2024 제15회

젊은작가상 수상작품집

2024 제15회

젊은작가상 수상작품집

문학동네

| 차례 |

대상

—

김멜라

이응 이응

작가노트

소설이 굴러가는 길

해설 전승민

몸짓의 진화

©온점

김멜라

2014년 『자음과모음』 신인문학상을 수상하며 작품활동을 시작했다. 소설집 『적어도 두 번』 『제 꿈 꾸세요』, 장편소설 『없는 층의 하이쎈스』, 산문집 『멜라지는 마음』이 있다. 문지문학상, 이효석문학상, 2021년, 2022년, 2023년 젊은작가상을 수상했다.

이웅 이웅

할머니와 나는 그 나무를 잘생긴 나무라고 불렀다. 우리는 나뭇잎 모양이나 열매를 보며 나무의 진짜 이름을 알려고 애쓰지 않았다. 이름에도 진짜와 가짜가 있을까. 어떤 이름이든 나무 스스로 지은 것은 아닐 테니 말이다. 그 나무는 회색 수피가 매끄러웠고, 하나로 곧게 뻗은 기둥 끝엔 우산살처럼 둥글게 휜 가지가 느긋하게 자라 있었다. 보리차차는 공원에 가면 꼭 그 나무 밑동에 대고 오줌을 쌌다. 보리차차가 나무를 돌며 꼼꼼하게 냄새를 맡았기에 우리는 그 옆에 서서 나무의 잘생긴 풍모를 봤다. 시간이 흐른 뒤, 나 혼자 그곳에 갔을 때 나무는 잎을 다 떨군 채 잿빛 기둥이 되어 쉬고 있었다. 갈색 깃털의 새가 악보의 음표처럼 나뭇가지를 오르내렸다. 나는 근처의 흙이나 돌멩이에 보리차차의 흔적이 있을지 모른다고 생각했다. 잘생긴 나무와 그 나무가 뿌리 내린 땅, 할머니와 내가 보리차차를 앞세우며 걷던 공원의 오솔길, 그 풍경 어딘가에 보리차차의 오줌이 스며든 자국이 남아 있을 것 같았다. 똥은 없겠지. 똥은 늘 우리가 배변 봉투에 담아서 가져갔으니까. 하지만 고불기리는 털 오라기나 콧방울에서 나오는 숨, 담홍색 젤리 같은 혓바닥에서 떨어지는 침방울, 높고 빠르게 짖는 소리…… 그게 무엇이든 보리차차의 일부가 산의 한 부분이 되어 여전히 내 곁에 머물고 있는 것 같았다. 부르면 의심 없이 달려오던 보리차차.

나는 땅에 떨어진 솔방울을 밟아 으스러뜨렸다. 잘생긴 나무가 있는 산의 저지대에서 클럽하우스가 있는 중턱까지 한 번도 쉬지 않고 걸어올라갔다. 내구성이 좀더 강한 신발을 신었어야 했다고 후회한 건 검은 바위가 솟아 있는 비탈길로 접어들었을 때였다. 길이 나지 않은 오르막에 낙엽과 마른 솔잎, 잔가지 들이 우부룩하게 쌓여 있었다. 나는 땅 위로 튀어나온 나무뿌리에 걸려 몇 번이나 넘어질 뻔했다. 가장자리에 살얼음이 낀 진창을 잘못 디뎌 흰색 스니커즈가 진흙투성이가 되었고, 거센 바람에 머리카락이 헝클어졌다. 이번에도 내가 쏜 화살을 찾지 못할 거라는 예감이 들었다. 잃어버린 화살을 찾으려면 같은 방향으로 한번 더 활을 쏴야 한다고 할머니는 말했었다. 오래 고민할 것도 없다고 했다.

"그 짓이 맞나 틀리나 긴가민가할 땐 똑같은 짓을 한번 더 해 봐."

그때 할머니는 부엌 바닥에 앉아 오미자를 우려낸 물을 유리병에 담고 있었다. 나는 벽에 기대앉은 채 주둥이가 좁은 유리병에 빨갛고 맑은 오미자물이 채워지는 걸 지켜봤다. 할머니는 병 밖으로 흐른 오미자물을 행주로 닦아내다가 손가락에 묻은 액체를 슙 하고 빨았다.

"더럽게."

"얼레?"

할머니는 보란듯이 한번 더 자기 검지에 키스했다.

슙.

그러자 무슨 일인가 하고 보리차차가 할머니에게 다가와 콧등을 들이밀었다. 나를 보며 타각, 할머니를 보며 타각. 어서 둘 중 한 명이 자기를 데리고 밖으로 나가라는 듯 타각 타각 타각 발톱으로 장판 바닥을 두들기며 제자리걸음을 걸었다. 나는 보리차차에게 손을 뻗어 귀와 턱 아래를 긁어주었다.

"착하지, 할머니한테 가자고 해."

할머니는 보리차차를 향해 웃는 표정을 지으며 말했다.

"할머니는 느림보라 싫지? 언니랑 가는 게 좋지?"

무릎을 세우고 앉은 할머니는 또다른 유리병 위로 주전자를 높이 들었다. 꾸루루 꽐꽐 꾸루루 꽐꽐 병 안에서 멧비둘기 우는 소리가 났다. 마지막 한 방울까지 비워낸 할머니가 젖은 행주를 들고 일어섰다. 할머니는 개수대에서 주전자를 헹구며 화살 얘기를 꺼냈다. 때가 묻고 좀 더러워져야 씻을 맛도 나는 거라고, 너도 알다시피 화살을 잃어버렸을 땐 한번 더 같은 방향으로 쏘면 그만이라고 했다. 쏠 때 어디로 날아가는지 화살 끝을 째려봤다가 얼른 가서 뒤져보면 된다고. 그 말은 셰익스피어가 쓴 『베니스의 상인』에 나오는 구절이었다. 할머니는 젊은 시절 소규모 출판사에서 일하며 어린이나 십대 미성년이 읽을 만한 명작 모음집을 만들었다. 자문위원인 어느 교수가 전체 내용을 반의 반의 반으로 축약한 줄거리에 삽화를 채워넣은 시리즈였는데, 그 요약본에는 할머니가 좋아하는 구절이 대부분 삭제되었다고 했다.

"그거 있지? 카뮈 팬티, 그 얘기도 싫어하더라."

할머니는 닦아도 물때가 지워지지 않는 주전자를 건조대에 올려놓았다.

"교수가?"

"아니, 학부모들이."

할머니는 젖은 손을 바지춤에 닦으며 식탁으로 갔고, 양푼에서 고사리 줄기를 한줌 집어들고서 나를 불렀다.

"짧은 거 뽑는 사람이 데리고 나가기."

할머니가 고사리를 쥔 손을 나에게 내밀었다. 내가 뽑은 줄기가 더 길었다. 할머니는 손에 남은 고사리를 양푼으로 던지더니 보리차차를 내려다보며 말했다.

"오라질, 갑시다, 똥 누러."

*

신발과 청바지 끝단이 흙투성이가 되고 지지대 삼아 붙잡은 삭정이가 부러져 엉덩방아를 찧은 다음에야 나는 초대 메시지에서 본 통나무집에 다다랐다. 캐러멜색 스웨터를 입은 레인코트가 앞뜰에 나와 있었다. 레인코트도 나처럼 낙엽비를 맞아 어깨와 팔, 발목까지 올라오는 워커에 갈색 잎들이 달라붙어 있었다. 밤색 모자를 벗자 모자의 챙에서 가느다란 솔잎들이 떨어졌다. 레인코트는 도깨비바늘이 붙은 개의 등덜미를 털어주듯 자기의 긴 머리카락 사이에 손을 넣어 헤집었다. 비스듬히 고개를 꺾고 팔을 휘저을 때마다 레인코트 주변으로 시원한 공기가 퍼지는 것 같았다.

"반가워요. 이쪽은 우유수염, 그리고 이쪽은……"

레인코트가 나와 다른 신입 회원을 번갈아 보며 말했다. 시든 이파리에 점령당한 나와 다르게 또다른 회원은 잔꽃 무늬 원피스를 입은 옷매무새가 말끔했다. 우유수염, 좋은 닉네임이었다. 뽀얗고 매끄러운 피부를 가진 닉네임의 주인과도 잘 어울렸다. 클럽의 회원들은 실제 이름 대신 닉네임을 썼는데, 색이 떠오르는 네 글자로 짓는 게 규칙이었다. 클럽 소개 화면에 나온 크루들의 이름도 모두 네 글자였다. 레인코트, 마호가니, 플라밍고, 블루제이 등등. 이름을 발음하면 어렴풋하게 그 단어가 품고 있는 색이 그려졌다. 그런데 레인코트는 무슨 색일까.

나는 수박주스와 자몽크림 따위를 떠올리다 마지막엔 가장 익숙한 것을 골랐다.

"오미자물 좋아해요?"

우유수염이 내게 물었다. 짧은 곱슬머리의 우유수염은 까만 눈동자를 빛내며 웃었다. 저 사람은 어떤 걸 보고 어떤 생각을 하길래 저렇게 눈동자가 반짝일까. 나는 활달한 강아지가 떠오르는 그 눈을 똑바로 보지 못했다. 위옹의 회원들에게 좋은 인상을 줘야 했지만 서툴게 시선을 피하느라 우유수염의 질문에 대답하지 못했다. 나는 다른 이와 포옹을 나눌 만큼 믿음직한 사람이 못 되는 것 같았다.

위옹은 '우리(we)의 포옹'이란 뜻의 합성어로 클럽에 가입하려면 아래의 항목에 동의해야 했다.

□ 우리의 포옹은 가슴을 맞대고 두 팔로 상대를 감싸는 신체 활동입니다.

□ 우리의 포옹은 인류애나 공감을 뜻하는 은유가 아닙니다.

□ 우리의 포옹은 사회 개선이나 진실 추구와 무관합니다.

□ 당신은 클럽 회원들의 피부 경계선을 존중합니까?

화살을 쏘고 하나 더 쏘는 심정으로 나는 사각형 박스를 클릭해 체크 표시를 했다. 클럽 회원과 파트너 관계를 시도하지 않을 거라는 다짐과 포옹의 행위에 로맨틱한 감정을 섞지 않을 거라는 약속에도 동의했다. 불법 다단계 업체나 사이비 교주가 이끄는 명상 모임이 아닐까 의심했지만, 할머니가 이야기한 화살 쏘기를 떠올리며 최종 가입 버튼을 눌렀다. 첫 모임을 기다리는 동안 움츠린 등과 어깨를 펴기 위해 방 문틀에 설치한 철봉에 매달렸다. 가까스로나마 턱걸이 반 개에 성공할 정도로 팔심도 길렀다. 누군가를 끌어안고 뱅그르르 돌 수 있을 만큼 힘이 세지고 싶었다.

"온통 나무네요."

우유수염이 통나무집을 올려다보며 말했다. 나도 우유수염을 따라 칠을 하지 않은 지붕의 들보를 올려다봤다. 나무벽을 타고 내려오는 빗물받이에는 마른 가랑잎이 쌓여 있었고, 널찍한 뜰에도 색색의 낙엽이 덮여 있었다. 특별히 누가 쓸거나 정돈하지 않아도 떨어진 그대로 아름다웠다. 나무를 심을 때부터 열매나 나뭇잎의 낙하를 생각하고 조경한 것 같았다. 나는 집안으로 들어서기 전 현관 앞에 놓인 회색 깔개에 신발 바닥을 문질렀다. 경첩의 쇳소리와 함께 두꺼운 나무문이 열렸다.

"우리 왔어요."

안에 있는 누군가에게 인사하듯 레인코트가 말했다. 그다음 뭐라 형용하기 어려운 빛이 내 앞에 펼쳐졌다. 주황빛 광택제를 바른 첼로의 울림통 안으로 들어선 기분이랄까. 결과 빛깔이 다른 목재들이 실내를 아늑하게 둘러싸고 있었다. 삼각형을 이루듯 꼭짓점에 서 있는 세 기둥은 약간 붉은빛이 돌았고, 복도 끝에 있는 나무 계단은 사막의 모래처럼 옅은 황색이었다. 서늘한 공기에선 적당한 농도의 풀냄새가 났다. 나는 유리창을 통과한 햇살이 마룻바닥에 물결무늬를 만드는 걸 내려다보다 대나무 줄기를 엮어 만든 흔들의자를 무릎으로 건드렸다. 앞뒤로 가우뚱거리는 의자의 팔걸이에는 녹색 담요가 걸쳐져 있었다. 그 아래, 공간을 구분하는 바닥 턱을 따라 나뭇잎 패턴의 살구색 카펫이 푹신하게 깔려 있었다. 창틀과 문손잡이는 오래된 금반지처럼 누르스름하게 빛났다. 집이 아니라 누군가의 품으로 들어온 기분이었다.

레인코트는 편한 곳에 앉으라고 말하고서 벽돌로 틀을 세운 난로 앞으로 갔다. 우유수염은 원피스의 밑단을 오므리지도 않은 채 바닥에 주저앉았다. 무릎을 세워 그 위에 턱을 얹고는 레인코트가 뭔가를 할 때마다 탄성을 내질렀다. 레인코트가 장작 더미에서 나무토막을 집어 난로 안에 넣을 때, 접이식 칼로 당근 껍질을 깎듯 장작 겉면을 얇게 벗겨낼 때, 그렇게 마련한 나무껍질 위에 검지만한 은색 막대를 세우고 칼을 내리그어 불을 피울 때, 우유수염은 방금 그 광경을 봤느냐는 듯 나를 돌아보며 입술을 벌렸다. 선홍빛 젤리 같은 혀를 조금 내밀기도 했다. 레인코트는 칼자루를 짧게 쥐고서 부싯돌 역할을 하는 그 은색 스틱에 칼날을 내리그었다. 불꽃이 일며 불이 붙자 난로 안에 짚불을 던지고는 가슴이 닿을 정도로 바닥에 엎드려 후후 불씨에 바람을 일으켰다. 나무 타는 냄새가 퍼지며 난로의 열기가 서서히 실내를 채웠다.

"골라봐요."

레인코트가 나에게 다가와 상체를 숙이며 말했다. 주변의 공기가 일시에 바뀌는 느낌이었다. 레인코트의 몸이 천장의 빛을 가리며 내 얼굴에 그림자를 드리웠다. 레인코트의 어깨는 가느다란 펜촉으로 단번에 그린 언덕의 능선처럼 대칭을 이루며 완만하게 펼쳐져 있었다. 나는 그 어깨가 만드는 잔영에 붙들린 채 레인코트가 건넨 코팅된 종이를 내려다봤다. 하나의 지형 같은 어깨와 그 아래로 이어지는 가슴. 저 품에 안기면 안전할 것 같다는 생각이 들었다. 그러자 귀밑에서 맥박이 크게 뛰면서 재채기가 날 것처럼 코가 간지러웠다. 어느새 우유수염이 내 뒤에 가까이 다가와 있었다. 마치 자기의 얼굴에는 아무 부피도 없다는 듯 우유수염은 내 어깨 너머로 턱을 내밀고서 음료 이름을 하나하나 소리 내 읽었다. 높은 톤으로 허브차와 커피 원두를 낭독하더니 자신의 닉네임과 어울리지 않는 주류 쪽으로 넘어갔다. 내가 오미자차를 고르고 레인코트가 원목으로 된 스탠드로 걸어가 물을 끓일 때까지 우유수염은 뭘 마실지 몰라 고민했다. 나중에는 끙끙 앓는 소리를 내며 발을 동동거렸다. 타각 타각 타각 코코아색 구두굽으로 나무 바닥을 두들겼다.

"나는 하이볼."

레인코트가 유리잔에 얼음을 넣으며 말했다. 우유수염은 그 말을 추천의 의미로 알아듣고서 자신도 같은 걸 마시겠다고 했다. 우리는 원탁 테이블에 모여 앉아 각자의 잔을 앞에 두고 난롯불을 쬐었다. 탁탁 잔가지를 분지르며 불길이 타올랐다. 세모꼴의 붉은 날개가 위로 펄럭였다가 옆으로 나부끼며 불꽃의 넓이를 키워갔다.

"안고 싶은 마음을 참을 수 없을 때가 있잖아요?"

정적을 깨고 우유수염이 말했다. 잔에 거의 입을 대지 않았음에도 연거푸 두 잔을 비운 사람처럼 목소리가 높고 떨렸다. 누구도 왜 클럽에 가입했느냐고 묻지 않았지만, 우유수염은 자신이 위옹에 들어온 이유를 이야기했다. 나는 우유수염의 수다가 고마웠다. 나이나 직업, 실제 이름을 말하지 않으면서 처음 마주한 사람과 대화를 이어가기란 쉽지 않았다. 우유수염은 자연스럽고 공평한 태도로 나와 레인코트에게 시선을 건넸고, 속마음을 털어놓듯 어깨를 약간 비틀며 앞으로의 포옹이 기대된다고 말했다. 반면에 나는 레인코트의 스웨터 목주름이나 타닥거리는 장작불, 스탠드 천장 랙에 거꾸로 걸린 와인 잔으로 눈길을 돌리며 제대로 말을 끝맺지 못했다.

"이를테면, 느슨한 S자 곡선을 그리는 거죠."

레인코트는 '이를테면'이란 말로 얘기를 시작했다. 그 문어체 말투에 묘한 반감이 들면서도 이 사람은 어떤 걸 보고 어떤 생각을 하길래 그런 단어를 쓸까, 호기심이 일었다. 서로 포옹하는 데 너무 많은 절차와 시간이 필요한 게 아니냐고 우유수염이 묻자 레인코트는 옥수수를 예로 들며 말했다. 이를테면, 옥수수가 자라는 것과 같다고. 옥수수는 겉으로는 성장을 멈춘 것처럼 보이다가도 어느 순간 폭발하듯 열매가 생장한다고 했다. 그러다 또 잠잠해지고 다시 폭발하듯 자라난다고. 레인코트는 검지로 허공에 S자를 그렸다. 본래의 필기 순서와는 반대로 아래부터 시작해 천천히 손끝을 위로 움직였다. 그러면서 위옹의 친밀함도 옥수수가 여무는 그 속도와 비슷하다고 말했다. 손끝으로 곡선을 그리는 레인코트에게서 어떤 위엄이 느껴졌다. 위옹의 다른 모든 크루를 포함해 레인코트가 이 클럽의 중심이란 걸 알 수 있었다. 컴퍼스로 그린 원의 중심이랄까. 종이 위에 바늘로 찍은 자국. 레인코트가 바로 그 중심이었고, 어쩐지 나는 그 원 안으로 들어갈 수 없을 거란 생각이 들었다. 레인코트가 앉거나 일어설 때 레인코트의 반듯한 어깨와 널찍한 가슴이 내 앞에서 비스듬하게 기울어졌고, 나는 눈앞에서 오래된 흙벽이 무너지는 것처럼, 차가운 천이 이마를 덮는 것처럼, 한 번도 경험해보지 못했으면서 마치 관속에 누워 내 위로 흙이 뿌려지는 소리를 듣는 것처럼, 깊은 곳으로 내려가 어둠에 잠기는 것 같았다.

"제 말이 너무 빠르진 않나요?"

우유수염이 피아노를 치듯 호두나무 테이블을 두드리며 물었다.

"말은 항상 느리죠. 생각에 비하면 언제나 느려요."

그러니 마음놓고 말하라며 레인코트가 우유수염의 팔에 닿을 듯 말 듯 자신의 손을 올렸다. 우유수염의 표정에서 S자 곡선이 그려지는 듯했다. 우유수염은 달아오른 열기를 식히듯 손등을 뺨에 갖다댔고 초조하게 주위를 두리번거렸다. 레인코트는 우유수염이 무엇을 찾는지 알아챘다.

"혹시 이응을 찾는 거라면."

레인코트의 말에 우유수염의 얼굴이 밝아졌다. 레인코트는 2층 발코니에 이응이 있지만 새 버전으로 업그레이드하기 위해 작동을 멈춰놨다고 말했다. 그러면서 자랑하는 기색 없이 이곳에서 하는 이응의 탁월함을 말했다. 풀과 흙 냄새를 맡으며 개울물 소리와 함께 이응을 하면 발가벗고 빗속에 서 있는 느낌이 든다고 했다. 도시의 폐쇄된 공간에서 하는 이응과는 자극의 차원이 달라서 한번 하고 나면 한동안 이응 생각이 안 날 만큼 에너지가 충전된다고.

"당연하죠. 좋은 이응은 이응 생각을 잊게 해요."

우유수염이 화답했다. 레인코트는 가만히 고개를 끄덕이며 동의한다는 표정을 지었다. 나는 재채기가 터져나왔다. 평생 그렇게 큰 소리로 재채기를 한 건 처음이었다. 두 사람의 다정한 대화에 방해를 놓기로 작정한 사람처럼 침과 콧물을 뿜어댔다.

"추워요? 덮을 것 좀 가져다줄까요?"

가까이 오려는 레인코트를 손을 뻗어 막으며 나는 구석으로 갔다. 장작더미 앞에서 혼자 분비물을 수습하고 있는 사이 우유수염이 자신의 무용담을 늘어놓았다.

"제가 나서서 이응을 심었죠. 학생 복지를 위해서요."

우유수염은 학교 기숙사에 이응이 없어서 자신이 친구들과 의견을 모아 최신 버전의 이응을 들여놓았다고 했다. 한창 컨디션이 좋을 땐 점심시간에 밥을 먹고 기숙사로 달려가 이응을 한 다음 책상 앞에 돌아와 앉아도 오 분이 남았다고 했다.

*

내가 처음 이응을 본 곳은 할머니가 데리고 간 공중목욕탕이었다. 그날 나는 할머니의 흰 털이 난 아래와 캡슐 형태의 이응을 봤다. '응'의 동그라미가 빨간 열매 모양으로 디자인된 베타버전의 이응이었다. 벌거벗은 할머니는 기저귀 같은 두툼한 팬티를 입고서 이응의 지문 인식기에 엄지를 댔다. 가운데 가로선을 중심으로 뚜껑이 열리자 할머니가 캡슐 안으로 들어갔고, 곧이어 이응 전체에 선명한 빨간색 불이 켜졌다. 나는 그 앞에 앉아 세제 냄새가 나는 목욕탕 수건으로 배를 접었다. 안과 밖의 면을 뒤집는 부분에서 자꾸 실패해 나중에는 수건을 망토처럼 어깨에 두른 채 이응의 불빛이 꺼지길 기다렸다. 사람들은 목욕을 마치고 로커 앞에서 옷을 입고 있었다. 젖과 궁둥이가 큰 사람이 마법 모자에 토끼 엉덩이를 쑤셔넣듯 브래지어 캡에 한 쪽씩 가슴을 욱여넣었다. 그 옆에 서 있던 한 아이가 자기의 고추를 손으로 들어올린 채 팬티를 입었다. 마치 코를 막고 가루약을 삼키는 것처럼. 나와 눈이 마주치자 그애가 소리 없이 입 모양으로 말했다.

'이래야 안 움직여.'

그러면서 나에게 보여주기 위해 고추를 고정해 팬티를 입는 동작을 처음부터 다시 반복했다. 위치를 잘 조절한 다음에야 편안해진 얼굴. 그애는 뒤늦게 부끄러움이 몰려온 듯 거울 앞에서 머리를 말리는 자기 엄마에게 뛰어갔다. 잠시 후 할머니가 "호" 하는 소리를 내며 이응에서 나왔다.

"거기에서 뭐했어?"

나는 할머니와 함께 온탕에 몸을 담그고서 물었다. 할머니는 새로 나온 팬티를 입어봤다고 했다. 입고서 간지러운 데도 긁고 쑤신 데도 문질렀다고.

"어디가 간지러운데?"

내가 묻자 할머니는 장난스러운 얼굴로 다가와 내 옆구리를 간질였다. 나는 허리를 비틀어 피하면서도 할머니의 겨드랑이를 향해 손을 뻗었다. 물장구를 치며 웃는 내 목소리가 타일로 된 벽과 천장에 부딪혀 되돌아왔다. 할머니가 처음으로 카뮈의 팬티 이야기를 한 게 그때였다. 카뮈가 쓴 『이방인』이란 책에 나오는 뫼르소의 말이라고 했다. 팬티를 갈아입는 인간은 자기 분수를 알아야 한다는 말. 뫼르소는 사형 집행을 앞두고 자신에게 그런 판결을 내린 자들이 팬티를 갈아입는 인간이란 사실에 치를 떤다고 했다.

"왜? 팬티 입는 게 나빠?"

나는 땀과 물로 번들거리는 할머니의 얼굴을 보며 물었다. 사형 집행이나 판결이란 말은 잘 몰랐지만, 아주아주 억울한 마음과 외톨이가 된 기분은 알 것 같았다.

"나쁘고 안 나쁘고를 떠나서 그게 사람이란 거야. 그게 이응이야."

할머니가 손으로 물살을 일으켜 물위에 뜬 때를 밀어냈다. 그 뒤로 나는 이응을 볼 때마다 뫼르소의 팬티와 이응에서 나오며 할머니가 내던 소리가 떠올랐다.

호.

한동안 목욕탕이나 마사지숍에서만 볼 수 있었던 이응은 몇 년 후 미술관이나 도서관에도 들어섰다. 정식으로 출시된 이응을 하려면 센서가 달린 특수 속옷을 입는 대신 손오공의 머리띠처럼 생긴 은색 띠를 머리에 두르기만 하면 됐다. 할머니는 동네 도서관에 이응이 생겼다는 소식을 듣고서 나를 데리고 그곳으로 갔다. 도서관의 이응은 거대한 물방울처럼 생긴 하얀 캡슐이었다. 캡슐의 환한 빛이 꺼지고 안에 있던 사람이 나오자 할머니가 이응으로 들어갔다. 나는 그 앞에 있는 녹색 천소파에 앉아 선반에 꽂혀 있던 작은 책자를 꺼내 읽기 시작했다.

"호."

얼마 뒤 할머니가 개운한 얼굴로 이응에서 나왔다. 나는 손에 든 책자를 크게 펼치며 할머니에게 물었다.

"파시니 소체가 뭐야?"

나는 '이응의 비전'이라는 책자의 한 부분을 소리 내 읽었다.

"클리토리스의 파시니 소체는 페니스의 귀두보다 두 배 많은 신경으로 이루어져 있습니다."

내가 또박또박 글자를 읽자 할머니가 책자를 들어 코앞으로 가져갔다. 할머니는 활자를 멀리서 봤다가 가까이서 봤다가 하더니 자신 없는 목소리로 말했다.

"짬지에 있는 건가?"

내가 이응에 관해 물으면 할머니는 숨기지 않고 말해주었다. 할머니뿐 아니라 사람들 대부분이 이응에 대해 얘기하는 걸 부끄러워하지 않았다. 내가 보기에 이응은 도시 곳곳에 있는 공중화장실과 그리 다르지 않았다. 화장실처럼 단순하고 확실한 쓸모로 만들어졌으며 사용 나이가 된 사람이라면 누구나 거기에 들어가 이응이 제공하는 감각을 체험할 수 있었다. 이응의 유익함이 퍼져나가자 얼마 안 가 주민센터나 병원에도 파란색 캡슐의 이응이 생겼다. 사람들은 '응' 모양의 둥근 캡슐을 열매라고 불렀는데, 술집이나 클럽의 열매는 조약돌처럼 까맸고, 마트나 쇼핑몰의 열매는 새싹처럼 밝은 연둣빛이었다. 새 버전의 캡슐이 나올 때마다 이응의 현자들이 언론에 나와 이응은 신의 축복이자 인지과학의 발달이 선사하는 혜택이라고 말했다. 이제 돈으로 사람의 육체를 사고파는 매춘이나 원치 않는 임신, 온갖 질병의 위험에서 벗어나 청결하고 합법적인 공간에서 건강하게 욕구를 해결하자고 말했다.

"성욕을 풀려고 연애하고 결혼하는 열등한 짓은 그만둡시다!"

이응의 현자는 바야흐로 새로운 로맨틱의 시대가 열렸다고 말했다. 번식과 성욕, 사유재산이 만들어낸 오랜 통치술의 사슬을 끊어내고, 진실로 사랑의 의미를 깨우친 이들이 평등하고 자유로운 관계를 맺는 반려의 르네상스가 도래했다고 말했다. 한 명의 아기는 단지 우연과 충동이 만들어낸 성욕의 부산물이 아니라 계획하고 합심해 인류가 함께 양육하는 지구 공동체의 선택받은 구성원이라고 했다. 실제로 이응이 설치된 뒤 성폭력 범죄율이 감소했고, 그와 동시에 혼인율도 줄어들었다. 몇몇 지방단체는 지역의 줄어드는 신생아 수를 걱정하며 이응의 설치를 반대했지만, 장기적 관점에서 예측한 국가의 출생률은 느슨한 S자 곡선을 그리며 상승했다. 이응이 있는 교도소의 수감자들은 출소 후 낮은 재범률을 보였고, 임상 시험을 통해 병원에 설치된 이응이 환자의 회복률을 높인다는 연구 결과가 나왔다. 법원에서는 사법부의 판결이 아닌 상호 간의 화해로 종결되는 사건이 늘어났다. 어린 나는 그런 사회적인 변화까진 몰랐다. 다만 거리에서 마주치는 어른들의 얼굴이 어느 때부턴가 편안하고 여유로워 보인다는 걸 알아챘는데, 이응을 하고 나온 할머니의 얼굴은 이응을 반대하는 사람들의 표정과 확실히 달랐다. 광고 속 속쓰림 위장약을 복용하기 전과 후의 표정처럼.

언젠가 나는 할머니와 함께 보리차차의 배변 산책을 나갔다가 이응을 반대하는 사람들의 시위를 보았다. 그들은 작게 만든 이응의 모형을 한데 모아 기름을 붓고 불을 붙였다. 성의 비인간화와 시험관아기의 무분별한 확산을 막아야 한다고 소리쳤다.

"시험관아기가 뭐야?"

나는 할머니에게 물었다. 할머니는 숨김없이 대답해주었다.

"고추 대신 주사기로 정자를 쏘는 거."

그걸 왜 반대하느냐고 묻자 할머니는 어른이 되어도 주사를 맞는 건 무섭기 때문이라고 했다. 나는 어렸지만, 그 말이 대충 꾸며낸 장난이란 것쯤은 눈치챌 수 있었다. 주사를 맞기 싫다고 저렇게 화를 낸다고? 게다가 거기에 몰려 있는 사람들은 대부분 아기를 낳을 수 없는 나이든 남자들이었다.

이응은 왜 이응일까. 나는 잘생긴 나무 아래를 천천히 코로 더듬는 보리차차를 기다리며 생각했다. 시위대가 한 말이 머리에서 떠나지 않았다. 그들은 이응이 더러운 섹스 토이라고 했다. 섹스 앞에 '더러운'이란 표현이 붙은 말을 들은 건 그때가 처음이었다.

"이응이 눈이야?"

나는 배변 봉투를 꺼내며 바지 주머니에 넣었던 시위대의 전단지를 끄집어냈다. 이응의 '응'이 옆으로 돌아가 무서운 눈 모양을 하고 있었다.

ㅇ|ㅇ

시위대는 그 기계 눈동자가 인간을 세뇌해 머지않아 인류의 생로병사를 완전히 통제할 거라고 했다. 할머니가 보리차차의 따끈

한 뜽을 봉투에 담으며 전단지 그림을 흘깃 봤다.

"못생기게도 그렸네."

할머니는 푸른색 봉투를 빙글빙글 돌려 매듭을 묶었다. 그러고 선 검시에 흙을 조금 묻혀 ㅇㅣㅇ 아래 방긋 웃는 입 모양을 그렸다. 할머니는 이응의 이름이 이응인 이유를 말해주었다. 그건 세종대왕의 한글 사랑을 기리는 마음이라고 했다. 이응을 자세히 보면 동그라미 위에 꼭지가 달려 있는데, 그게 훈민정음에 있던 '옛이응'이라고 했다. 지금은 사라진 그 글자의 발음을 다시 살려내서 ㅇ과 ㅎ 사이의 소리를 사람들에게 찾아준 거라고.

"호."

할머니가 입술을 동그랗게 모아 소리 냈다. 그냥 들으면 '호' 같지만, 실은 '오'를 발음하며 약간 가래가 끓듯 목에 힘을 줘서 내는 소리라고 했다. 무거운 돌덩이를 내려놓은 것처럼 홀가분한 목소리. 이응을 하고 나온 사람들을 잘 보면 사라졌던 그 소리를 들을 수 있다고 했다.

할머니는 거실 바닥에 등을 대고 누워 이응의 컬러볼을 불빛에 비춰 보곤 했다. 작은 삼각형들을 구 모양으로 이어붙여 만든 컬러볼은 빛이 굴절되는 각도에 따라 다양한 색이 반사되는 장신구용 다면체 프리즘이었다. 실제로 사람들은 이응 안에서 그 컬러볼 모양의 메뉴 설정 도구로 원하는 감각과 이미지를 골랐다. 가운데 중앙은 투명하고 바깥으로 갈수록 색이 어두워지는 구슬 모양의 입체볼을 손으로 굴려 사용자가 자기의 취향에 대응되는 색을 직접 조합하는 방식이었다. 액세서리로 나온 컬러볼은 표면이

흡사 유리처럼 매끄러우면서도 바닥에 던지면 고무공처럼 튀어 올랐다. 사람들은 여러 개의 컬러볼을 사 모아 가방이나 자동차 룸미러에 달고 다녔다. 컬러볼의 디자인을 딴 옷이나 모자도 흔했다. 할머니도 고리가 달린 컬러볼을 사서 보리차차의 보행 줄에 걸어주었다. 보리차차가 물고 흔드는 장난감도 천으로 만든 컬러볼이었다. 할머니는 이응을 할 만큼 세상이 성숙해져서 좋다고 했다. 하지만 갈수록 이응이 복잡해져 공부하지 않으면 따라잡을 수 없다고 했다. 이응의 색채 띠는 점점 더 그 스펙트럼이 다양해졌고, 사람들은 경계선 없이 색과 색으로 이어지며 삼백육십도로 회전하는 입체볼을 굴리면서 자신이 원하는 정체성과 쾌감의 종류를 선택했다. 할머니는 뭘 골라야 할지 모르겠을 땐 추천코스가 제일 좋다고 했다. 나는 이응의 최신 버전을 공부하는 할머니와 손톱을 깎으면 휴지에 잘 싸서 버리라는 할머니 중 어느 모습이 진짜 할머니인지 헷갈렸다. 문지방에 올라서면 재수없다고 말하는 할머니, 손발톱을 아무데나 버리면 쥐가 먹고 사람으로 둔갑할지 모른다고 겁을 주는 할머니. 만약 쥐가 할머니의 발톱을 먹고 사람으로 변해 나와 같이 사는 거라면 나는 어떻게 그 할머니가 가짜인 걸 알아챌까?

다초점 렌즈의 안경을 썼다가 벗었다가 하며 눈을 비비고 깜박거려도 이응의 색채 띠를 분간하기 어려워졌을 때쯤, 할머니는 이응을 졸업할 때가 왔다고 했다. 나날이 변해가는 이응의 설정 스펙트럼을 따라잡기 힘들다고 했다. 성별 정체성이랑 성 표현 정체성이 어떻게 다른지 모르겠다며, 억지로 느끼려고 하는 건

이웅의 정신이 아니라고 했다.

"하이고, 재미나게들 산다."

졸업생이 되고도 할머니는 보리차차와 산책할 때면 흔들그네에 앉아 이웅을 구경했다. 우리가 가는 공원에도 이웅이 있었다. 사람들은 이웅 주변에 모여 장기를 두고 요구르트를 나눠 마시고 배드민턴을 쳤다. 이웅 앞이라 그런지 이웅 얘길 하는 사람도 많았다.

"내가 인생 후반전에 이 재미를 알아서……"

어떤 여자는 어찌나 입을 크게 벌리며 웃던지 목젖이 보일 것 같았다.

"압박 단계를 높여봐. 그게 제대로야."

그 여자는 누군가와 통화하며 이웅으로 들어갔고, 나와서도 다급히 전화를 받았다.

"김치냉장고에 고등어 있으니까 꺼내서 데워먹어."

또 어느 날엔 내 또래의 여자애 둘이 걸어가며 말했다.

"중간에 마스터 체인지를 해."

"중간에?"

"응, 처음엔 여성을 고르고 그다음에 남성으로 바꿔. 자극 세기는 숫자로 맞추고."

"알려줘."

교복 바지를 입은 그애들은 서로 좋아하는 이웅의 설정을 공유했다. 어떨 땐 요리 레시피 같아서 듣고 있으면 이웅 얘기인지 파스타 만드는 방법인지 분간하기 힘들었다. 끼얹고 곁들이고 버무리고…… 할머니는 추천 코스를 자세히 설명하는 여자애들의 얘기를 곰곰이 들었다.

"호."

그중 한 명은 십대를 위한 컬러볼을 폰 케이스에 달고 있었다. 형광 오렌지색이 들어간 모델이었다. 만 열다섯 살 이상이면 누구나 자유롭게 이응을 즐길 수 있게 하는 법이 통과된 뒤부터 청소년들은 자신을 온전한 감각 주체로 여기는 이응 수업을 들었다. 더는 주머니에 숨긴 칼처럼 억눌린 성욕 때문에 고통받지 말고 공개적으로 이응을 즐기라고 교육받았다. 학교에서 이응을 하는 건 체육 수업이자 음악 수업이었고, 아이들은 이응 안에서 땀을 흘리며 자신의 소리를 내뱉었다. 어떤 아이는 낮잠을 자듯 누워 고요하게 이응을 즐긴다고 했고, 어떤 아이는 서로 다른 소리가 터져나오는 자극 부위를 한꺼번에 문질러 오케스트라처럼 합주한다고 했다. 저마다 이응의 설정과 에피소드를 거리낌없이 얘기했다. 성에 관한 이야기는 이응을 중심으로 다시 만들어졌고, 연애나 결혼도 이응을 기준으로 삶에서 재배치되었다. 연애/이응, 결혼/이응, 출산/이응이 각각 안전거리를 두고서 서로의 공간을 침범하지 않았다. 그렇다고 사람들이 이응을 대단하게 여기는 건 아니었다. 성욕은 단지 식욕이나 수면욕처럼 바이오리듬에 따라 몸이 원할 때 채워줘야 하는 신체적인 욕구이고, 이응은 그를 위한 자연스러운 생활환경일 뿐이라고 생각했다.

나 역시 생리 시기가 되면 이응이 떠올랐지만, 굳이 그 캡슐 안에 들어가 뇌파 자극 띠를 두르고 싶진 않았다. 이응이 어떤 것인지는 어릴 때부터 들어서 알고 있었다. 근육의 수축과 경련 그리고 이완. 오감을 채워주는 이미지에 둘러싸여 양극과 음극의 전기 자극에 따라 맥박수와 혈압이 상승하고 나중에는 모든 긴장이 풀리며 상쾌해진다. 무의식 상태로 들어서게 하는 델타파부터 휴식과 이완을 주는 알파파까지, 이응은 단계별로 뇌파의 변화를 유도해 우리의 몸과 의식을 열린 상태로 만들어준다고 했다. 그러고 나면? 그 열린 틈으로 뭐가 들어올지 어떻게 알지? 위생이나 보안이 걱정되는 건 아니었다. 이응의 위생과 개인 기록은 무인 자동 시스템으로 철저하게 관리되고 있으니까. 단지 나는 그런 욕구쯤은 참을 만했다. 그게 정말 식욕은 아니니까. 어떤 사람은 식욕보다 강하다고 했지만, 이응이야말로 그런 맹목적인 욕구를 희석해주는 중화제이자 충돌 방지 쿠션이었다. 다만 나는 정해진 단계에 따라 쾌감을 체험하고 싶지 않았다. 내 몸의 감각에 몰두하고 싶지도 않았다. 오히려 나는 나를 잊게 해주는 누군가의 이야기에서 느리고 모호한 쾌감을 느꼈다. 내가 좋아하는 건 아무도 찾지 않는 도서실의 고전문학 서가에 앉아 책을 통해 누군가의 느낌이나 감정을 들여다보는 것이었다. 글로 쓰이고, 종이에 인쇄된 인간의 욕구가 나에게는 위협적이지 않을 만큼만 생생했고, 그렇기에 안전하게 나를 열 수 있었다.

서가에 기대앉아 책을 읽다보면 운동장에서 육상부 코치의 목소리가 들렸다.

"호흡, 시선! 호흡, 시선!"

근육질 몸에 달라붙는 티셔츠를 입은 육상부 코치는 늘 같은 시간에 손뼉을 치며 외쳤다.

"마지막 한 바퀴! 전속력으로 뛰어 이응으로 간다!"

창밖을 내다보지 않아도 이응으로 몰려가는 육상부의 모습이 그려졌다. 멀리서 가죽 공을 차거나 억억대며 몸싸움하는 소리도 마지막에는 이응으로 가서 뭉친 근육을 풀자는 대화로 끝났다. 그런 소란스러움에서 물러나 나는 할머니가 말한 『이방인』을 읽었다. 책 속의 정확한 표현은 '속옷을 갈아입는 인간'이었다. 속옷을 갈아입는 인간이 내린 결정은 신뢰할 수 없다는 말. 나는 그 페이지의 모서리를 작게 접었다. 그뒤로 다른 책을 읽다가 속옷이나 팬티라는 단어가 나오면 종이 끝을 세모나게 접었다. 등장인물이 슬퍼하거나 우는 장면이 나올 때면 할머니에게 그 구절을 보여주고 싶었다.

할머니, 이 사람은 슬퍼할 자격이 있어? 울어도 돼?

할머니는 팬티를 갈아입는 인간이란 함부로 슬퍼하거나 눈물을 흘릴 자격이 없는 사람이란 뜻이라고 했다. 그래서 뫼르소는 자기 엄마가 죽었을 때 울지 않고 카페오레를 마신 거라고.

나는 카페오레 대신 오미자물을 마셨다. 엄마가 보고 싶어 우는 대신 빵빵해진 아랫배로 변기에 앉아 소변을 봤다. 할머니는 내가 울음을 터뜨리려고 하면 오미자물을 주면서 달랬다. 다 울어버리지 말고 울고 싶은 마음에서 한 걸음 물러나 울고 싶은 자신을 바라보라고 했다. 그런 복잡한 설명을 들으면서 차갑고 새콤한 오미자물을 마시면 내 슬픔은 어리둥절한 눈을 한 채 나에게서 멀어졌다. 할머니는 나를 욕실로 데려가 울고 싶지만 울음이 떠나간 내 얼굴을 닦아주었다. 세숫대야에 물을 받아 손에 물을 묻힌 다음 슬퍼서 흘러내릴 것 같은 내 얼굴을 손으로 쓸어내렸다. 흥, 흥! 나는 수건을 목에 두르고 앉아 내 콧방울을 움켜쥔 할머니의 손가락에 콧물을 풀었다. 향긋한 로션을 바른 다음 할머니의 배를 베고 누우면 꾸루루 꽐꽐 꾸루루 꽐꽐 멧비둘기 우는 소리가 들렸다.

"그냥 줄줄 나는 거야. 하나도 안 아프고 하나도 안 슬퍼."

내게 오미자물을 주며 울지 말라던 할머니는 녹내장 증상으로 시도 때도 없이 눈물을 흘렸다. 주전자의 주둥이와 유리병 입구를 제대로 맞추지 못해서 오미자물을 바닥에 흘렸고, 물을 흘린 것도 알아채지 못했다. 보리차차도 눈가에 눈물 자국이 생겼다. 송곳니가 약해져 딱딱한 음식은 잘 먹지 못했고 개가 먹을 수 있는 우유를 주면 코코아빛 입가에 우유 수염을 만들었다. 강아지 때부터 교육했는데도 성견이 되고 노견이 될 때까지 흥분하면 오줌을 지렸다. 나는 오줌이 고인 바닥을 손으로 탁탁 내리치며 보리차차를 혼냈다. 그러면 할머니는 슬쩍 팔을 들어올려 보리차차를 품안에 숨겨주었다.

"오래 살아라. 보리야, 오래 살아."

할머니는 이응이 발달하는 만큼 수의학 기술도 좋아져 개의 수명이 늘어날 거라고 했다. 할머니는 뭐든 다 좋아지고 있다고 말했다. 좋아지려면 시간이 필요하니 기다려줘야 한다고.

"차차 가리겠지. 차차 배우겠지. 너무 몰아붙이지 마라."

하지만 보리차차는 차차 배우거나 달라질 수 없었다. 세상은 그렇게 S자 곡선을 그릴 때까지 기다려주지 않는 법이니까.

*

우유수염의 명랑함은 보는 이로 하여금 옅은 수치심을 느끼게 하는 동시에 반사신경과도 같은 반응을 불러일으켰다. 나는 약속 장소로 뛰어오는 우유수염을 보고 나도 모르게 벤치에서 일어나 옆자리를 권했다. 우유수염은 입술을 벌린 채 나에게 달려와 의자에 앉았다. 마치 자기의 손은 저 가지의 마른잎처럼 가볍다는 듯 나무를 올려다보며 내 허벅지에 손을 올렸다. 이건 순서를 어기는 게 아닐까. 위옹의 클럽 규칙에 따르면 서두르지 않고 서로의 피부 경계선을 탐색하는 시간을 가져야 했다. 처음에는 눈맞춤과 대화, 그다음엔 나란히 발걸음을 맞춰 산책. 그날은 같이 숲길을 걸으며 서로의 보행 리듬을 맞춰보는 시간이었다. 내가 슬그머니 다리를 오므리며 손을 피하자 우유수염이 캉 하고 짖듯이 소리쳤다.

"오미자물!"

우유수염은 서운함을 감출 수 없다는 표정으로 뺨을 씰룩였다. 그러더니 나에게 왜 이응을 믿지 않느냐고 물었다.

"쾌감을 느끼는 게 두렵나요? 죽는 게 무서워요? 삶과 죽음, 그 모든 것이 이응 안에서 하나로 이어져 있다는 걸 믿지 못하는 거예요?"

우유수염은 이응의 현자처럼 말했다. 아니, 말한다기보다 나를 향해 짖는 것 같았다. 나의 방어적인 태도를 비난하듯이, 반짝이는 두 눈에 원망을 가득 담고서. 나는 왜 갑자기 이응 얘기를 꺼내는지 알 수 없었지만 자율신경이 반응하듯 대답이 흘러나왔다.

"하고 싶지 않을 수도 있잖아요."

내가 말하자 우유수염이 까만 눈동자를 크게 떴다. 내 안의 비밀을 탐지하는 듯 지그시 나를 바라보며 콧방울을 조금 벌름거렸다.

"좋아요. 잘하고 있어요. 다른 사람의 욕망을 따라 하지 않는 게 이응의 철학이에요."

우유수염은 흥분을 가라앉히듯 심호흡했다. 그렇게 해도 따끔거리는 상처의 통증은 가시지 않는지 목소리가 떨렸다.

"난 오르가슴이란 말이 싫어요. 애써 올라가야 할 것 같잖아요."

우유수염은 이응의 좋은 점은 '이응'이란 말을 만들어낸 것이라 했다. 섹스란 말은 이미 낡고 헐어서 다른 표현을 덧대어 쓸 수도 없을 만큼 초라해졌다고 했다. 그 말은 우리의 자연스러운 욕구를 제대로 담아내지 못했다고. 나랏말싸미 듕귁에 달아 어린 백셩이 니르고져 할 배 이셔도 마참내 제 뜨들 시러 펴디 못하던 서글픈 시절을 잊지 말아야 한다고 했다.

"무슨 말씀이요?"

내가 되물었지만, 우유수염은 자기가 하는 말에 빠져 있었다. 눈을 가늘게 뜬 채 허공을 보며 계속 말했다.

"그거 알아요? 인간은 기계 앞에서 제일 솔직해요."

포기를 모르는 성격인지, 아니면 마음의 행로에 따라 몸이 저절로 움직이는 건지, 우유수염이 내 허벅지에 또 손을 올렸다. 우유수염은 전 세계인의 쾌감 정보를 모은 이응이 앞으로 더 멋진 스펙트럼을 개발해낼 거라고 믿었다. 그러니 누구든 자기가 느끼고 원하는 걸 이응 안에서 표현해야 한다고, 그렇게 자기 기쁨을 만끽하는 게 지구별의 푸르름에 공헌하는 길이라고 했다.

"나는……"

나는 내가 원하는 것을 떠올렸다. 나도 뭔가를 만지고 싶을 때가 있었다. 이응이나 인류를 위해서가 아니라 그저 나 자신을 위해. 하지만 겨우 입을 열고서도 무슨 말을 해야 할지 몰랐다.

"나는…… 다른 인사가 있었으면 좋겠어요. 이를테면, 뺨을 맞대거나 포옹하거나, 아니면 반가운 사람이 상대를 안아서 들어올릴 수도 있겠죠. 너무 반가우니까. 반갑고 좋으면 개는 오줌을 싸잖아요. 물론 인간은 팬티를 입지만. 이를테면, 반가운 마음에 상대를 안고서 빙글빙글 돌면……"

한 번도 그런 생각을 해본 적 없었는데도 매일 그런 상상을 하고 또 한 것처럼 나는 어떤 자세가 좋은지 구체적으로 설명했다. 우유수염은 진지하게 고개를 끄덕였다.

"좋죠. 외음부가 자극되겠네요."

우유수염이 벤치에서 일어나 누군가를 안아올리듯 두 팔을 뻗었다.

"이렇게 상대한테 높이 안겨서 돌아가면 자연스럽게 여기가 눌리잖아요."

우유수염이 자기의 아랫배에 손을 얹었다. 나는 그런 게 아니라고 말하고 싶었지만, 내 바람을 직접 몸으로 실현하는 우유수염을 보고 있자니 정말 그런 게 아닌지 확신할 수 없었다. 만지거나 닿고 싶은 마음을 성적 쾌감과 완전하게 분리할 수 있을까.

"나, 레인코트를 따로 만났어요."

우유수염이 말했다. 나는 놀랐지만, 놀라지 않은 표정을 지으려다 어색하게 뺨을 씰룩였다.

"같이 이응을 했어요. 2인용 이응이 없어서 둘이 찾아다녔죠."

포옹하기도 전에 이응을 하다니. 아니, 포옹과 이응은 전혀 다른 것이지만, 그건 섹스와 임신만큼 분리된 것이지만, 그렇다고 해도, 레인코트가 우유수염과 같이 그걸 했다니. 우유수염은 하이볼을 세 잔 마신 목소리로 그날의 이응을 묘사했다. 마주보며 이응을 할 수 있는 캡슐을 찾아갔고 각자 빗소리 테마로 자극받은 다음 서로의 성 표현 정체성을 바꿔 즐겼다고 했다.

호.

나는 벤치에서 일어섰다. 열린 창문으로 흙탕물이 들이쳐 흠뻑 젖은 기분이었다. 멀리서 레인코트가 걸어오는 모습이 보였다. 레인코트의 품에는 보리차차의 어릴 때 모습을 닮은 갈색 푸들이 안겨 있었다. 개와 함께 산책하기. 공원에서 만난 고양이에게 간식 주기. 그날 우리가 해야 할 미션들이 나에게는 한없이 위선처럼 느껴졌다. 나를 부르는 우유수염을 돌아보지 않은 채 나는 레인코트를 지나쳐 뛰어갔다. 그렇게 모른 척 뛰어가는 게 레인코트에게 어떤 상처라도 입히는 것처럼.

곧장 내려가면 보리차차와 함께 걷던 오솔길이 나왔다. 리기다소나무가 줄지어 서 있는 그 흙길은 보리차차가 좋아하던 산책 코스였다. 개를 따라 걸으면 개의 엉덩이와 꼬리에서 개의 기쁨이 전해졌다. 공기에 떠도는 냄새를 한껏 들이마시며 나무마다 멈춰 서서 동족의 흔적을 찾던 보리차차. 조금이라도 자신에게 호감을 보이는 사람이 있으면 코를 벌름거리던 카페오레색 털의 개.

"한번 만져줘요. 얘가 그래야 가요."

보리차차가 멈춰 서면 할머니가 보리차차 대신 사람들에게 말했다. 나는 아무나 보면 만져달라며 올려다보는 보리차차가 창피했다. 하지만 할머니는 보리차차에겐 가리고 숨길 게 없으니 부끄러울 것도 죄스러울 것도 없다고 했다. 무르익은 곡식의 이삭처럼 황색 털을 가진 개의 원래 이름은 '보리'였지만, 할머니는 마음대로 바꿔 불렀다. 보리보리! 보리차! 보리차차! 어떻게 불러도 보리차차는 할머니의 목소리에 귀를 움찔했다. 의심 없이 우리에게 안겨 우리의 팔에 턱을 기댔다.

"흰 털이 났네. 흰 게 많아졌어."

할머니는 보리차차의 다리 관절을 하나하나 주무르며 개의 남은 수명을 헤아렸다. 할머니와 개, 둘 다 늙어가고 있었지만 할머니는 보리차차에게 남아 있는 시간이 아직 많다고 믿었다. 나에게 장담했다.

"오래 살 거야. 병이 나도 고칠 수 있을 거야."

나는 혼자 걷고 있었지만, 네발로 걷는 개가 곁에 있는 것처럼,

가다가 멈춰 서서 나무 아래를 살폈다. 어떻게 이 땅이 보리차차가 아닐 수 있을까. 내 눈에는 흙이 된 보리차차의 귀와 나무뿌리가 된 보리차차의 다리가 보였다. 보리차차는 발이 네 개였으니 인간보다 더 많이 땅에 닿았고, 그렇기에 더 쉽게 숨결이나 체액이 이 산에 스며들었을 것이다. 봄이면 보라색 제비꽃이 피는 풀밭은 보리차차가 온몸을 떨며 집중해 냄새를 맡던 곳이었다. 엉거주춤 뒷발을 굽히고 앉아 김이 나는 진흙색 똥을 누던 개. 작은 카펫 같은 귀를 열면 보이던 연분홍색 솜털, 그 안에서 풍겨오던 퀴퀴한 동굴 냄새, 참새떼가 날아오르면 놀라서 뒷걸음치다가 뒤늦게 검은 입술을 말아올리며 허공에 대고 화풀이하던 표정, 타각 타각 타각 걸을 때 장판에 부딪치던 검은 발톱. 할머니가 잠들면 보리차차는 할머니의 팔에 엉덩이를 들이밀었다. 할머니의 팔이 자기의 등을 감쌀 수 있게. 내가 외출하면 돌아올 때까지 문 앞에 엎드려 있었고, 돌아오면 노란 오줌을 바닥에 지렸다. 오줌을 닦으며 내가 혼을 내면 할머니가 보리차차 편을 들어주었다. 반가워서 그런 거니 봐줘라. 차차 배우겠지. 차차 가리겠지. 나는 다시는 위옹 모임에 가지 않을 생각이었다. 누군가를 힘껏 끌어안아도 이 열린 창문은 닫을 수 없을 테니까. 죽은 개는 더이상 만질 수 없으니까. 살아 있던 개도 날 안아준 적은 없었다. 개는 자기 가랑이를 핥던 혀로 내 손을 핥았다. 할머니는 개의 엉덩이를 두들기던 손으로 내 머리를 쓰다듬었다. 개나 나나 할머니에겐 죄다 강아지였다. 강아지, 라고 할머니가 부르면 보리차차와 내가 같이 할머니를 봤다.

"강아지! 우리 나갔다 온다!"

그날은 굵은 가을비가 내렸고 할머니는 보리차차에게 모자가 달린 우비를 입혀주었다. 속옷은 안 입어도 비옷은 입는 보리차차. 할머니는 한 손에는 개의 보행 줄을, 다른 손에는 우산을 들었다. 빗길을 달리는 자동차의 속도와 관절염을 앓는 할머니의 완보. 우비를 입은 갈색 푸들과 우산이 뒤집혀 비를 맞는 할머니. 할머니에게도 비옷이 필요했는데. 시야를 가리는 우산 대신 난간을 붙잡으며 안전하게 걸을 수 있게. 잘생긴 나무 앞은 빗물이 고여 진창이 되었고 도로와 이어진 나무 데크는 빗물에 미끄러웠다. 젖은 낙엽이 가득했다. 내가 이해할 수 없는 건, 어떤 이야기는 너무 비참하게 끝난다는 것이었다.

세팅된 코스가 있으십니까?

나는 공원의 이응으로 들어갔다. 이응의 내부는 오래된 악기의 울림통처럼 고요하고 잔잔한 어둠에 싸여 있었다. 뚜껑이 닫히자 사방이 캄캄해지면서 무중력 공간으로 이동하는 것처럼 내가 앉은 좌석이 천장을 향해 천천히 돌아갔다. 어디가 앞이고, 어디가 뒤인지 분간하기 힘들었다. 은색 띠를 두르고, 지문 인식기에 엄지를 대자 풍경 소리가 들리며 바닥부터 천장까지 희미한 조명이 켜졌다. 빛과 산소가 희박한 심해로 내려간 것처럼 시야가 좁아지고 숨의 간격이 길어졌다. 나는 내 욕구를 하나하나 코디했다. 처음은 내가 어떤 성별로 즐길 건지 고르는 것이었다. 여성/남성/

그 너머. 각각의 유형에도 프리즘이 있어서 정체성의 명도를 조절할 수 있었다.

나는 손이 떨려 한 번에 화면을 터치할 수 없었다. 첫 단계를 넘기기도 전에 손과 겨드랑이가 땀으로 축축해졌다. 얼음 위에 선 것처럼 발끝이 시리면서 뇌파 자극 띠를 두른 이마와 뒤통수가 조여왔다. 나는 내 욕구를 설계하는 것도 이렇게 힘든데 세상에는 어떻게 그 많은 불행이 예정되어 있는 걸까.

성적 끌림 대상과 정서적 끌림 대상. 나는 입체볼을 움직여 메뉴를 설정해나갔다. 내 검지를 따라 색이 바뀌고 명암이 짙어졌고, 입체볼 아래 '끌림의 크기'가 숫자로 표시됐다. 나는 몇 단계를 건너뛰어 자극 부위에서 멈췄다. 벌거벗은 사람의 이미지가 나와 자기 몸을 색칠해달라는 듯 부드럽게 팔다리를 움직였다.

받고 싶은 곳. 하고 싶은 곳.

나는 '하고'와 '받고'를 모두 선택하고, 어깨와 가슴 부위를 색칠했다. 특정 부위를 터치하면 이미지가 확대되어 삼차원 그림으로 눈앞에 펼쳐졌다. 뺨과 목덜미, 유두와 배꼽, 옆구리부터 허벅지, 놀랍도록 세밀하게 그려진 질과 외음부, 엉덩이, 발가락……

패스, 패스, 패스.

그뒤로도 선택은 끝나지 않았다. 물리적 자극의 경우에는 누르고 문지르는 방식이 세세하게 구분돼 있었다. 기울기는 몇 도, 자극의 세기는 얼마, 진동의 유지 시간과 회전 방향 그리고 우유수염이 즐겼다는 빗소리 테마 설정까지.

호.

할머니는 내게 말했다.

"이제 목욕탕에서 가랑이를 찜질하는 여자는 없잖니."

왜 목소리에는 주름이 있을까. 내 얼굴에 닿던 할머니의 손과 그 감촉. 하도 떠올리다보니 맛도 느껴졌다. 칼칼한 고춧가루 향, 물엿처럼 달고 끈적거리는 온기, 고사리나물처럼 쓴맛이 맴도는 할머니의 당부. 보리야, 아프지 마라, 아프지 마.

나는 화살표 버튼을 빠르게 눌러 남은 선택지를 패스하고 마지막 단계인 기억 유도 기능으로 갔다.

스토리텔링 코스를 적용하시겠습니까?

*

"좋을 거야. 저거랑은 비교도 안 되게 좋을 거야."

할머니는 무서워할 거 없다고 했다. 마른 대추처럼 주름진 눈으로 날 보며 말했다.

"난 하나도 안 무섭다? 그러니까 너도 할머니가 언제 어떻게 가든 겁낼 거 없어."

할머니는 죽는 것도 이응 같은 거라고 했다. 이응처럼 코스를 선택할 순 없지만, 이응의 컬러볼처럼 삶에서 죽음으로 굴러가는 거라고. 이 색에서 저 색으로 바뀌는 것뿐이라고. 이응을 하는 것처럼 억눌려 있던 게 풀리면서 기분좋게 흩어지는 거라고 했다. 아마 자신은 묵은똥을 싼 것처럼 가뿐할 것 같은데, 몸뚱이를 갖고 사는 게 늘 조금은 힘겨웠으니 거기에서 풀려나면 얼마나 시원하겠느냐고 했다.

"몸이 똥이야?"

"말이 그렇다는 거지."

할머니는 뭉쳐 있고 고여 있던 게 흘러 더 넓은 데로 갈 거라고 했다.

"꽉 쥐고 있던 걸 펼치는 거야."

할머니는 검버섯이 피고 핏줄이 불거져 나온 손을 천천히 오므렸다가 펼쳤다. 풀리고 풀리고, 그렇게 다 풀리고 나면 어쩌다 팬티에 못 볼 꼴을 보일 수도 있지만, 그건 남은 사람이 처리해야 할 일이지, 자기는 홀가분할 거라고 했다.

"좋을 거야. 너랑 보리랑 사는 것도 좋았으니 가는 것도 좋을 거야. 재밌고 아찔해서 웃음이 실실 날걸?"

할머니가 보리차차의 곱슬곱슬한 털 속에 손을 넣어 쓰다듬었다. 나도 보리차차의 털 속에 다섯 손가락을 넣었다. 장갑을 낀 것처럼 손등이 포근했다. 우리가 앉아 있는 흔들그네 앞에 이응이 빛나고 있었다.

*

걷다보면 나는 네발로 뛰는 개가 된 것처럼 눈높이가 낮아졌다. 하늘로 뻗은 나무와 먼지 냄새를 내뿜는 자동차, 그 사이를 오가는 직립하는 인간. 그들은 모두 나보다 커서 나는 그들의 얼굴을 자세히 볼 수 없었다. 보리차차도 그랬을까. 인간의 기분에는 언제나 알 수 없는 그림자가 드리워져 있어서 그게 보리차차를 불안하게 했을까. 더 많이, 나에게 안기고 싶었을까.

나는 땅에 떨어진 솔방울을 밟아 부서뜨렸다. 흰 반점이 난 나무껍질을 뜯어 주먹을 쥐며 으스러뜨렸다. 분명 보리차차와 산책하던 잘생긴 나무로 가고 있다고 생각했는데, 길의 풍경이 달라졌다. 클럽하우스로 가는 산중턱 길이었다. 가파른 언덕길에는 낙엽이 더 두툼하게 쌓여 있었고, 나뭇가지들은 생선 뼈처럼 앙상했다. 거센 바람이 머리카락을 헝클였다. 나는 지난번 빠졌던 진창에서 똑같이 발을 헛디뎠다. 절뚝거리며 검은 바위로 가서 운동화에 묻은 진흙을 긁어내고 있는데, 육중한 체구의 남자가 산길을 뛰어내려왔다. 육상부 코치를 닮은 그 남자가 날 보며 소리쳤다. 모두 전속력으로 뛰어 이웅으로 간다!

통나무집의 문을 열자 짙은 오렌지빛이 펼쳐졌다. 레인코트가 한쪽 무릎을 꿇고서 난로에 불을 피우고 있었다. 나는 소리 없이 레인코트를 불렀다.

할머니.

할 수만 있다면 나는 혀를 길게 내빼고서 엉덩이를 힘차게 흔들고 싶었다. 간절히 꼬리를 바랐다. 레인코트는 턱에 주름을 만들며 웃고는 무릎에 대고 나뭇가지를 분질렀다.

“착하지, 이리 와요.”

금색 발이 쳐진 안쪽 공간에서 우유수염의 목소리가 들렸다. 발을 열고 들어가자 고무보트처럼 커다랗고 둥근 쿠션이 보였다. 우유수염은 거기에 반쯤 기대어 누워 자신의 옆자리를 툭툭 치며 말했다.

"이리 와, 얼른!"

내가 무릎을 구부리고 앉자 우유수염이 기특하다는 듯 내 정수리를 손끝으로 긁어주었다. 우리의 뒤로 레인코트가 쿠션에 발도장을 푹푹 찍으며 들어섰다. 물과 공기가 반씩 담긴 거대한 풍선처럼 환한 자줏빛 쿠션이 구불텅하게 솟아올랐다.

같이 눕기.

이번에 우리가 함께할 미션은 같이 누워보는 것이었다. 세 사람이 누워 서로의 피부 경계선을 조금씩 뭉개보는 것. 나는 물컹거리는 바닥에 등을 대고 누워 나무틀에 유리를 끼운 천창을 보았다. 솔잎이 떨어진 투명한 유리 빗면에 황갈색 깃털의 새가 앉아 있었다. 새가 섬세하고 가느다란 두 발을 동시에 앞으로 내딛으며 작은 마찰음을 냈다.

"시작할까요?"

레인코트가 말했다. 레인코트는 나와 우유수염 사이에 누워 팔을 뻗었다. 길게 엎드려 있던 우유수염이 불편한 무언가를 바로잡듯 가랑이 사이에 손을 넣고 움직였다. 이래야 안 움직여.

우유수염이 양손을 가슴에 모은 채 시계 방향으로 굴러가 레인코트의 가슴에 머리를 댔다. "으어, 이어" 하는 소리가 들리며 쿠션이 출렁였다. 두 사람이 키들키들 웃으며 몸을 비틀었다. 그래,

이렇게 옥수수가 자라는 거지.

우유수염이 레인코트의 몸에서 내려와 내 쪽으로 굴러왔다. 나는 눈을 감았다. 내 차례일 거라고 생각했다. 하지만 내 옆으로 쿠션의 천이 솟아올라 우유수염의 모습이 보이지 않았고, 상황을 살피려 고개를 들었을 때 내 발밑에서 커다란 그림자 하나가 일어섰다. 천천히 그림자가 누워 있는 나에게 다가왔다. 한 번도, 누군가와 그런 자세를 해보지 않았지만, 나는 다리를 벌리고 눈을 감은 채 턱을 들었다. 레인코트는 내 다리 사이로 부드럽게 무릎을 밀어넣는 동시에 내 어깨 옆으로 손을 뻗어 자신의 몸을 지탱했다. 레인코트의 산등성이 어깨가 내 얼굴 위를 덮었다. 안 돼, 재채기는 안 돼. 숨이 멎을 듯 귓속이 먹먹해지면서 몸이 떨렸다. 이가 맞부딪칠 만큼 심하게 떨리면서 코끝이 아려왔다. 레인코트는 잠든 아이에게 베개를 받쳐주듯 내 목덜미 아래에 손을 넣었다.

호.

흙더미처럼 쏟아지는 살결. 내 코와 뺨이 레인코트의 가슴에 뭉개졌다. 이마와 콧등, 입술 사이사이로 레인코트의 온기가 밀려들었다. 나라는 사람과 그 얼굴로 지어야 했던 모든 표정이 레인코트의 품에서 지워지는 것 같았다. 왜 이제야 알았을까. 누군가에게 안길 때마다 할머니의 늙은 손이 떠오를 거란 걸. 내 안에 새겨진 그 손이 나타나 내 얼굴을 문지를 거란 걸. 할머니는 어린 나를 욕실 의자에 앉히고서 물이 담긴 세숫대야에 손을 넣었다. 툭툭 물기를 턴 다음 뺨을 쓱, 귓바퀴를 쓱, 콧방울을 움켜잡고 흥. 할머니의 손을 따라 뺨이 뭉개지고 나면 할머니는 턱받이처럼 목에 두른 수건으로 내 얼굴을 닦아주었다. 얼굴이 맑게 다시 생겨나는 기분. 그리고 나의 애처로운 강아지 보리차차는 아무리 내가 잘 말려줘도 털에 스민 물기를 세차게 흔들어 털어냈다. 머리, 몸통, 꼬리를 세 방향으로 비틀어 몸을 말렸다. 그러고선 날듯이 네발로 점프해 자기의 방석으로 몸을 던졌다.

내가 잃어버린 화살은 모두 내 안에 있었다. 나는 걷잡을 수 없을 정도로 몸을 떨었다. 레인코트가 떨며 신음하는 나를 더 세게 끌어안았다. 끝없이 애정을 갈망하는 강아지처럼 나도 모르게 앓는 소리가 흘러나왔다. 나는 이응 안에서 오래 포옹했다. 속옷을 갈아입어야 하는 몸으로 다른 몸에게 안겼다. 레인코트, 당신의 이름은 무슨 색이죠? 나는 묻고 싶었지만, 입속의 말들이 소리로 나오지 않았다. 옛이응의 '호'가 아닌, 지금 나를 가득 채우는 이 느낌을 표현할 새로운 언어가 필요했다. 더 깊은 품으로 스며들고 싶었다.

우리의 스토리가 마음에 드셨습니까?

황갈색 깃털의 새가 부리로 천장 유리를 콕콕 찍었다. 나는 그 새가 나의 개라는 걸 알았다. 보리차차, 이제 뛰지 않고 나는 거야? 날개로 나는 법을 배운 거야?

나는 울고 있었지만, 비옷을 입고 빗속을 걷는 것처럼 두 뺨은 눈물 자국 없이 보송했다.

* 느슨한 S자 곡선에 관한 내용은 호프 자런, 『랩 걸—나무, 과학 그리고 사랑』(김희정 옮김, 알마, 2017) 299쪽을 참고했다.
* 파시니 소체에 관한 내용은 한채윤, 『여자들의 섹스북—우리 모두 잘 모르는 여자들의 성과 사랑』(이매진, 2019) 29쪽과 79쪽을 참고했다.
* 이응의 스펙트럼에 관한 내용은 애슐리 마델, 『LGBT+ 첫걸음』(팀 이르다 옮김, 봄알람, 2017)의 '컬러 휠'과 '젠더 유니콘' 이미지에서 아이디어를 얻었다.

| **작가노트** |

소설이 굴러가는 길

1

연인에게 안겨 있을 때면 이따금 저는 이렇게 말했습니다.

"여기에서 죽고 싶어. 난 이렇게 네 가슴에 안겨서 끝나고 싶어."

이기적이고 한심한 소망이지만, 사랑하는 사람과 끌어안는 순간의 충만함을 저는 이렇게밖에 표현하지 못했습니다. 제가 이런 말을 하면 저의 연인은 입다물고 잠이나 자라는 듯 제 얼굴을 와락 끌어안고서 제 등을 손으로 쓸어내렸습니다.

이 소설은 바로 그 포옹에서 시작했습니다.

2

그리고 도무지 끝나지 않을 듯한 질문들이 있습니다.

인간은, 피부를 가진 포유류로서 사람은, 누군가와 접촉하고 누군가에게 닿고 싶은 욕구가 다른 어떤 것보다 중요하지 않을까. 어쩌면 손은 도구를 만들고 사용하기 위해서가 아니라 다른 존재를 더 잘 만지기 위해 발달한 게 아닐까. 뼈를 감싼 외피와 그 사이사이에 흐르는 피, 맛을 느끼고 단어를 발음하는 혀, 공기의 진동으로 전해지는 목소리…… 그 모든 것이 실은 누군가에게 진실로 닿고 싶은 마음에서 비롯된 하나의 응축된 갈망이 아닐까. 인간뿐 아니라 저 나무도 잎사귀 한 장 한 장이 빛과 바람에 의해 만져지고, 땅속의 뿌리는 비와 파도가 수없이 암석을 만져서 생긴 흙이라는 살결에 안겨 있으니까. 물은 무수한 물방울들이 부둥켜안고 흐르는 포옹의 이어짐이니까. 지구의 중력은 끊임없이 다른 존재에게 닿고 싶어하는 우주의 끈질긴 힘이니까.

그렇다면 성욕은? 성욕은 만지고 닿고 싶은 마음과 어떻게 다를까. 설마 그 모든 접촉의 기쁨이 번식이란 최종 목표를 위한 달콤한 미끼 같은 것일까. 대체 성은 무엇이길래 이토록 세상을 풍부하게, 또 폭력적으로 만드는 걸까. 왜 날마다 잔혹한 성범죄 뉴스가 끊이지 않는 걸까. 이만큼 기술과 과학이 발달한 사회라면, 그 문명을 앞다퉈 자랑하는 인류라면, 성에 대해, 주기적으로 맺혔다가 풀어지길 반복하는 그 욕구에 관해 다른 접근 방법을 고민하고 찾아봐야 하지 않을까.

3

생애 최초로 제가 마주한 최첨단 기술은 후회와 그리움으로 뒤범벅된 꿈에서 펼쳐졌습니다.

깜보는 석탄처럼 새까만 털을 가진 푸들로 제가 아홉 살일 때 처음 만났습니다. 깜보는 저를 보면 앞발을 들며 제 다리에 매달렸고, 머리나 등을 쓰다듬어주면 움츠려 앉아 바닥에 오줌을 지렸습니다. 그렇게 몇 년간 함께 지내던 깜보가 어느 날 갑자기 집에서 사라졌습니다. 어른들은 집 앞 골목에 깜보를 묶어둔 사이 누군가 훔쳐갔다고 했지만, 저는 그 말을 다 믿을 수 없었습니다. 깜보를 잃은 것은 깜보와 함께 살 자격이 없는 우리 가족 때문인 것 같았고, 그중에서도 깜보를 더 많이 안아주고 만져주지 않은 제 탓이 큰 것 같았습니다. 어린 저는 밤마다 깜보의 꿈을 꾸었습니다. 하루는 깜보가 늑대만큼 몸집이 커진 채 저에게 왔고, 저는 깜보의 목덜미를 끌어안으며 얼굴을 비볐습니다. 그런데 깜보의 몸이 뭔가 이상했습니다. 손으로 두드려보니 깜보의 몸에서 속이 빈 쇳덩이처럼 퉁퉁 소리가 났습니다. 아, 깜보는 이미 죽었구나. 죽은 다음 로봇이 되어 날 찾아온 거구나. 꿈속에서 저는 깨달았습니다. 매일 자기 꿈을 꾸며 우는 제가 걱정된 깜보가 로봇으로 다시 태어나 까만 털옷을 입고 저를 찾아와줬다는 것을요.

4

만약 미래의 어떤 기술이 우리의 삶을 좀더 이롭게 할 수 있다면, 그건 우리로 하여금 그 기술이 탄생하기 이전의 삶을 다시 한번 더 충실히 살 수 있게 해주기 때문일 거라고 생각합니다. 왜냐하면 기술이란 본질적으로 우리가 느끼고 이해하는 정보를 배열하는 방식인데, 그 정보란 것이 인간에겐 뇌에 입력된 과거의 기억들로 이뤄져 있기 때문입니다. 다시 말해 한 사람이 자기의 삶에서 그 어떤 것도 돌이켜 추억할 수 없다면, 그 사람은 현재를 지각할 수도 없고, 기억이란 재료를 혼합해 내일을 꿈꿀 수도 없을 것입니다. 그러니까 미래의 신기술은 우리의 지난 삶을 위해, 우리를 다시금 어린아이로 돌려보내 또 한번 배우고 자라나게 하기 위해 필요한 것인지 모릅니다.

5

자려고 가만히 누워 있으면 별안간 심장이 뚝, 하고 멈춰버릴 것 같은 두려움에 휩싸입니다. 소설을 써서 책으로 펴낸 뒤부터 그랬던 것 같은데, 얼마 전엔 그 증상이 심해져 낮에 일상생활을 할 때도 냄비 속 찌개가 부글부글 끓듯이 왼쪽 횡격막 부근이 불규칙하게 두근거렸습니다. 태어나 처음 느끼는 감각이었습니다. 며칠 동안 그 증상이 이어져서 병원에 가서 여러 검사를 받았습니다. 그중 하나는 활동 심전도 모니터링이라는 검사였는데, 동그란 기계 장치를 양쪽 가슴에 붙이고 사십팔 시간 동안 지내며 상태를 기록하는 것이었습니다. 그 이틀간 저는 돌연사의 가장 많은 원인이 부정맥이라는 것과 저와 혈연관계인 사람들이 앓았던 심혈관 질병을 떠올렸습니다. 언제든 내 심장이 멈춰버릴 수 있다는 사실이 가까운 현실로 다가왔습니다. 무섭고 당혹스럽긴 했지만, 못 견딜 만큼 비참하거나 그렇게 끝나버릴지도 모를 저의 삶이 크게 아쉽지는 않았습니다. 아직 쓰지 못한 글이 있나 떠올려보니 그다지 없는 것 같았습니다. 은행 계좌의 잔액이나 제가 가진 물건, 특히 책들의 뒤처리를 생각했습니다. 그런 제 모습에 저의 연인은 쓸데없는 생각 그만하고 카페인 음료나 줄이라고 말하며 나쁜 길로만 빠지는 저의 망상을 다른 방향으로 이끌어주었습니다. 인터넷으로 응급 심장 마사지 방법을 찾아보며 무슨 일이 닥치든 다 방법이 있다고 말해주었습니다.

다행히 검사 결과 약을 먹거나 시술을 해야 할 만큼 심각한 상태는 아니었습니다. 하지만 며칠 뒤 저는 또다른 신체 기관의 '비정상적인 음영' 때문에 병원에서 정밀 검사를 받아야 했고, 저의 연인 역시 녹내장이 의심되어 고달픈 안과 검사를 받았습니다. 우리는 나란히 육 개월 뒤 재검진이라는 숙제를 받아들었습니다. 앞으로 우리는 이렇게 통증과 불안 그리고 한시적인 안도감을 오가며 갈수록 쇠약해지는 몸과 함께 살아가겠지요. 괜찮을 거야, 어떤 일이 벌어지든 같이 헤쳐나갈 수 있을 거야, 그런 위로의 말을 건네며 우리를 뒤흔드는 불안과 연약함 덕분에 서로를 더 깊이 끌어안겠지요.

이 소설은 이런 길들을 거쳐 저에게 왔습니다. 저를 깨우치게 한 책들과 나무가 자라 있는 풍경, 그 안에 머무는 개와 새들이 제가 사랑하는 이의 품에 안겨 떠올리고픈 이미지입니다. 그 기억을 따라 저는 넘어지고 발을 헛디디며 틈과 오류로 가득한 '이응'으로 향했습니다. 그리고 이제 그 기억은 'ㅇ'이란 글자의 생김새처럼 저를 지나쳐 또다른 곳으로 굴러갑니다. 부디 이 소설이 길을 두려워하지 않고 마구 굴러가 자신만의 이응을 그려내는 누군가에게 잘 썩은 낙엽이 되길 바랍니다. 그리하여 온 세상이 등 돌리고 선 듯한 절망에 빠진다 해도, 그 이응 안에서 자기 자신만은 스스로를 꽉 안아주면 좋겠습니다.

| 해설 |

몸짓의 진화

전승민

1. 물질적인 너무나 물질적인

김멜라의 소설은 거침없이 진화하고 있다. 「이응 이응」은 작가의 이전 작품 「제 꿈 꾸세요」(2023년 제14회 젊은작가상 수상작)의 다음 단계다. 「제 꿈 꾸세요」(이하 「제 꿈」)가 세계를 떠나는 이의 입장을 추체험하며 애도 불능로부터 애도의 시작으로 이행하는 방법론을 보여준다면 「이응 이응」(이하 「이응」)은 그 건너편—누군가를 보내고 남겨진 이의 시점에서 알게 되는 애도의 구체적인 실천법을 제시한다. 죽음과 상실이라는 우주적인 사건의 발생은 인간의 논리적 인과율을 넘어선 이 세계의 필연적인 자연법칙이라는 깨달음과 함께, 김멜라의 소설 속 '나'는 과연 그러한 인식론적 태도가 현실에서 어떻게 수행될 수 있는지 알아가보기로 결심한다. 상실과 애도에 관해 서로 다른 각도에서 접근하는 두 소설을 나란히 읽을 때 우리는 김멜라 소설계의 물질적 우주론을 파악할 수 있다.

따라서, 이 소설을 읽기 위해서는 우선 작가가 「제 꿈」에서 제시한 몇 가지 진실[1]을 전제 조건으로 안아들어야 한다. 다소 거칠게 요약하면 다음과 같다. 하나, 인간은 흐름과 입자로 구성된 언제나 운동중인 물질이다. 둘, 그러한 횡단적 주체인 인간이 속한 세계 역시 뚜렷한 경계로 분할되거나 고정된 실체가 아니며, 인간의 신체는 세계의 일부 또는 그 자체에 속하는 시공간 다양체다. 셋, '나'라는 시공간 다양체는 '나'를 구성하는 타자들과 그 관계의 사이 공간을 포함한다.[2] 이와 더불어, 「제 꿈」에서 죽은 이의 물질적인 몸-영혼을 통해 죽음과 삶이 연결되어 있음을 보았던 우리는 「이응」이 제시하는 살아 있는 이의 몸—성적인 물질로서의 신체를 통해 삶 또한 죽음과 연결되어 있음을 감각하게 된다.

「이응」은 자칫하면 관념적이고 교조적인 설파에 불과할 수도 있는 발화를 이러한 물질적 인간관, 그리고 인간의 자연적인 성욕과 본능의 문제를 경유해 기호화한다. 도덕적 당위나 윤리적 교리보다 생동하는 의미들의 흐름이 독자의 머리와 마음을 흠뻑

1) 전승민, 「커피포리의 물질계」, 『2023 제14회 젊은작가상 수상작품집』, 문학동네, 2023 참조.

2) 전승민, "그림 1. '나'가 구성하는 횡단적 시공간의 정사면체", 같은 글, 105쪽.

적실 수 있다는 것을 김멜라의 소설은 이미 아는 것이다.[3] 가령, 소설에 등장하는 '이웅'이라는 포스트휴먼적 기계와 서로의 신체 경계선을 존중하며 포옹하는 모임 '위옹'은 작품이 전달하는 주제를 위해 설정된 단순 매개물에 머무르지 않고, 문제를 제기하는 기호가 되어 독자에게 저마다의 의미를 생성할 것을 요청한다. 나아가 인물과 주제, 서사로 이루어진 텍스트의 심층이 표층의 발화와 세계상을 연결하되 종합하지 않는 방식을 보여줌으로써 소설은 제 스스로가 하나의 흐름이자 유동하는 신체가 된다.

2. 젠더플루이드 기계와 오토에로티즘

「제 꿈」에서 '나'는 자신의 삶과 그가 속한 세계로부터 얼마간의 거리 두기—인과율의 강박을 물리치기—에 성공하며 자신을 하나의 물질적 입자로 자각한다. '나'가 인식한 세계와의 거리는 사면체의 입체적인 공간으로 그려지고, 「이응」에서 순환하는 시간성과 만나 우주의 모습을 형상화하는 데까지 이른다. 세계를 구성하는 수많은 '나'들이 있다면 그러한 작은 점들이 무한히 모인 입체는 바로 우주일 것이다. 삶과 죽음의 순환, 그러나 매번의

3) "중요한 것은 운동 자체를 어떠한 중재도 없이 하나의 작품으로 만드는 것, 매개적인 재현들을 직접적인 기호들로 대체하는 것이다. 직접적으로 정신에 힘을 미치는 어떤 진동, 회전, 소용돌이, 중력들, 춤 또는 도약들을 고안하는 것이 문제이다." 질 들뢰즈, 『차이와 반복』, 김상환 옮김, 민음사, 2004, 39~40쪽.

상실이 결코 동일한 사태의 반복이 아니라 세상에 단 한 번뿐일 고유한 차이의 사건이 된다는 진실은 영원회귀의 시간성을 담지한다.

반복과 순환의 시간성이라는 철학적 문제는 역설적으로 인간의 성욕, 한없이 세속적이다못해 동물적인 영역과 결부된다. '이웅'은 2차 성징이 지난 사람이라면 누구나 이용할 수 있는 둥근 캡슐 모양의 기계다. 원하는 사람은 누구나 '이웅' 안에 들어가서 성욕을 충족할 수 있다. 입체볼로 사용자의 젠더와 섹슈얼리티에 관한 세부 설정, 자극의 종류와 세기 등을 조작할 수 있고, 환경 테마를 설정할 수도 있다. '이웅'의 급진성은 파트너가 없이도 인간이 성욕을 해소할 수 있다는 새로운 차원의 섹스, 오토에로티즘[4]을 실현한다는 데에 있다. 이전의 세계와 달리 '이웅'의 세계에서 섹스의 최소 인원은 한 명이다.

여느 기술적 진보가 그러하듯 '이웅' 또한 긍정과 부정의 측면을 함께 지닌다. '이웅'은 화장실과 같은 하나의 공공장소이므로 사람들은 성욕을 부끄러워하지 않고 긍정하게 되고, '이웅' 속 섹슈얼리티의 설정은 이성애적 도식과 삽입 섹스의 경제를 벗어나 다양한 조합과 배치로 확장된다.[5] 더불어 성욕과 연애, 그리고 그

---

4) 19세기의 성과학자 해블록 엘리스가 대중화한 용어로, 다른 인간에게서 기인하는 외부적인 자극이 부재한 상태에서 야기되는 성적 흥분과 만족을 말한다. 자위(masturbation)와 유사한 의미로 쓰이기도 하지만 김멜라 소설의 오토에로티즘은 신체적인 자극과 감각, 만족에 국한되지 않고 주체가 자기 내부에서의 타자성을 발견해나가는 생성의 작업으로까지 확장되므로 자기 자신을 사랑하기(auto-affection)의 차원 또한 내포한다.

것의 제도적인 보장인 결혼을 분리시키는 효과는 인간을 단지 욕구에 얽매인 존재가 아닌 그 이상의 존재로 격상시키지만("한 명의 아기는 단지 우연과 충동이 만들어낸 성욕의 부산물이 아니라 계획하고 합심해 인류가 함께 양육하는 지구 공동체의 선택받은 구성원이라고 했다", 24쪽) 인간의 성욕에 보다 낮은 지위를 부여하는 양가적인 효과를 동시에 발생시키기도 한다.

소설 속에서 "반려의 르네상스"(같은 쪽)로 명명되는 국면 또한 문제적이다. 가령, 인간의 출생을 욕구와 본능의 결과가 아닌 "진실로 사랑의 의미를 깨우친 이들이 평등하고 자유로운 관계"(같은 쪽)를 맺음으로써 형성된 의지의 산물이 되게끔 하는 것은 마냥 바람직한가? 인간 삶과 죽음은 계획과 무관한 우연성에 의해 피투된 것이기에 그것이 아무리 복잡한 모순을 안고 있어도 받아들이며 살아가는 것 아니던가? 만약 삶이 무목적적이지 않고 숭고하고 고귀한 의도 하에 시작된 것이라면 그것의 짝패인 죽음은 어떻게 이해해야 하는가? 소설은 이러한 문제에 관해 특정 방향의 당위를 부여하지 않고, 다만 성에 접근하는 두 가지 벡터를 동시에 견인한다. 소설의 의도는 전적으로 이 모든 사안을 문제화하여 열어두는 것에 있기 때문이다. 소설은 '이응'을 통해 욕구와

5) '이응' 속에서 사용자는 매번 자신의 성 정체성을 다르게 설정할 수 있다. 몇 가지의 유한한 선택지가 아닌 스펙트럼의 연속체 안에서 다채로운 섹슈얼리티와 감각을 경험한다는 점에서 '이응'은 젠더플루이드-기계라 할 수 있다. '이응' 안의 몸과 마음은 매번 다른 젠더와 섹슈얼리티를 살게 되면서 자신의 정체성을 끊임없이 해체하고 재정립하는 과정을 겪는다. 이를 통해 소설은 '알 수 없음'의 불확정성이 퀴어의 자연이라고 말한다.

사랑, 섹스와 포옹을 분절하는 동시에 그 모든 것이 하나로 연결된 스펙트럼 안에서 경계없이 흐르는 것임을 긍정한다("만지거나 닿고 싶은 마음을 성적 쾌감과 완전하게 분리할 수 있을까", 36쪽). 인간은 명확한 경계나 개념으로 분절되지 않는 물질적인 존재다.

인간 존재, 그리고 생과 사의 문제는 특히, '나'가 '이웅'을 쉽게 받아들이지 못하는 지점에서 본격적으로 열린다. '위옹'의 멤버들과 신체를 접촉하기를 꺼리는 '나'에게 일갈하는 우유수염의 말은 '나'가 경험하는 가장 핵심적인 문제이자 소설의 근본적인 문제의식이다.

> "쾌감을 느끼는 게 두렵나요? 죽는 게 무서워요? 삶과 죽음, 그 모든 것이 이웅 안에서 하나로 이어져 있다는 걸 믿지 못하는 거예요?"(33쪽)

이에 "하고 싶지 않을 수도 있잖아요"라고 대응하는 '나'의 말을 우유수염은 순순히 받아들인다("좋아요. 잘하고 있어요. 다른 사람의 욕망을 따라 하지 않는 게 이웅의 철학이에요", 34쪽). 이 대목은 순환과 반복의 우주적인 흐름 안에서 섹슈얼리티의 자율성이 어떻게 확보될 수 있는지를 가늠하게 해주는 중요한 부분이다. 주체는 욕망하는 자이며, 욕망은 타자들의 세계로 구성된 이 우주의 거대한 흐름, 삶과 죽음의 연속과 반복을 받아들이면서 발견하는 자기 내부의 타자적 차이를 긍정하는 과정을 통해 실천된다. '이웅'(기계)과 결합한 인간 신체는 타자 간의 관계에서뿐만 아니라 자기 안에서 마주하는 타자성을 통해 자아로의 함몰로부터도 벗어난다. 젠더플루이드 기계인 '이응'의 부정할 수 없는 한 가지 순기능은 인간으로 하여금 성욕에 매몰되지 않게 하는 것, 다시 말해 세 안의 가장 거대한 구속으로부터 놓여나게 하는 것이다("좋은 이응은 이응 생각을 잊게 해요", 19쪽).

'나'에게로의 매몰, 그것이 욕구든, 슬픔이든, 사랑이든, 그러한 모든 나르시시즘으로부터 자아를 해방시키는 '이응'은 이와 동시에 인간의 비대한 주체성, 다시 말해 인간 중심성 또한 무화한다. 우리는 그저 한낱 "팬티를 갈아입는 인간"(21쪽)이라는 할머니의 말은 바로 그러한 나르시시즘을 배격하는 존재론이다("할머니는 팬티를 갈아입는 인간이란 함부로 슬퍼하거나 눈물을 흘릴 자격이 없는 사람이란 뜻이라고 했다. 그래서 뫼르소는 자기 엄마가 죽었을 때 울지 않고 카페오레를 마신 거라고", 31쪽). "다 울어버리지 말고 울고 싶은 마음에서 한 걸음 물러나 울고 싶은 자신을 바라보라"(같은 쪽)는 할머니의 말은 '나'가 자신의 삶으로부터 거리를 두고 사이 공간을 만들어야 한다는 말로 번역된다.[6] 이렇듯, 죽음이라는 사건에 압도되지 않고 다만 그것이 우주의 필연이자 흐름임을 받아들이는 철학적 태도는 섹스에 관한 실험적인 상상력으로부터 도출된다.

---

6) 할머니가 '이응'에서 나와 내뱉는 탄성인 '호'는 'ㅇ(이응)'과 'ㅎ(히읗)'의 사이 소리로, 두 소리의 경계의 접면을 노출시키는 하나의 사이 공간이다. 「제 꿈」에서 '나'가 유체이탈과 유사한 상태로 자신을 바라보는 상황 또한 주체가 자기 자신으로부터 타자를 발견할 수 있는 사이 공간을 만드는 작업이다.

3. 흐르는 뫼비우스의 띠

주체가 자기 자신으로부터 거리를 두며 생성하는 사이 공간과 시공간 다양체, 그 안에서의 해방에 관해서는 「제 꿈」에서도 제시된 바 있다. 그 사이 공간이 오토에로티즘을 경험할 때 그것은 주체의 내부인 동시에 외부가 된다. 주체가 곧 타자가 되며 모든 타자가 주체가 되는 의미론의 구조는 삶과 죽음 속에서 순환하는 차이들의 운동으로 나아간다. 예컨대, 누군가가 스스로를 이성애자나 퀴어로 정체화하거나 혹은 하지 않는 일과 무관하게 '이응' 안에서 그의 신체는 그 무엇으로도 이름 붙일 수 없는 **퀴어한 뫼비우스의 띠로서의 몸**이 되며 이는 주체가 자기 안에서 발견하는 새로운 차이다.[7] 「제 꿈」에서 획득된 '나'의 횡단적 주체성은 「이응」에서 더없이 성적인 존재자로서의 자신을 감각하고, 나아가 그러한 시공간 다양체로서의 '나'가 우주, 거대한 뫼비우스의 띠를 이루는 작고 작은 하나의 좌표에 불과하다는 소박하면서도 커다란 인식의 차원에 도달한다.[8]

---

7) "퀴어와 비퀴어의 경계는 분리된 이항 대립이 아니라 각각의 타자성이 물질적으로 얽히는 상호 연결의 관계망 안에 있다." 전승민, 같은 글, 108쪽.

8) '뫼비우스의 띠'는 주로 그것의 순환성의 강조를 통해 하나의 닫힌 구조로 자주 은유되지만 김멜라의 소설은 그러한 유폐적인 구조를 부수고 생성하고 유동하는 물질로서의 뫼비우스의 띠를 견인한다. 이때 뫼비우스의 띠는 차이로서 순환하는 흐름의 물질적 형태를 가시화한 연속체다.

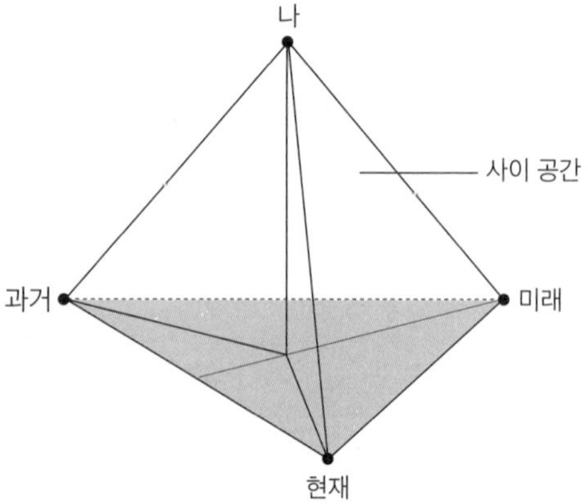

그림 1. '나'는 하나의 시공간 다양체다

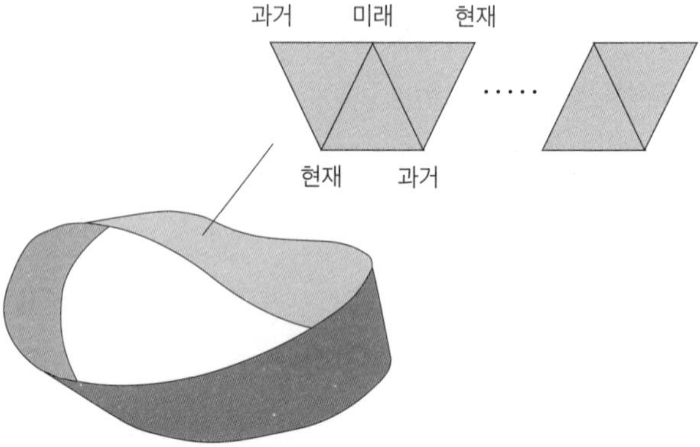

그림 2. 복수의 '나'들이 구성하는 뫼비우스의 띠

(세계와 우주의 형상, 그리고 그것의 일부로서 '나'의 신체는

흐르는 띠의 모양을 하고 있다.)

작은 점이 거대한 곡면으로 도약하는 것은 소설의 결말부에서다. 언뜻 간단해 보였던 서사 구조는 갑작스럽게 도약하면서 즐거운 반전을 선사한다. 마치 "느슨한 S자 곡선을 그리"(18쪽)는 것처럼 느리게 흘러가던 서사의 밀도가 '나'가 공원에 설치된 '이응'으로 들어가면서부터 점차 높아진다. 소설에서 첫번째 꽃표(*) 이후의 대목은 '나'가 '이응'의 스토리텔링 코스에 투입한 자신의 기억 중 일부이고, 두번째 꽃표(*) 이후의 대목은 그 기억이 적용된 현재 상황, 다시 말해 오토에로티즘으로 행위되는 '나'의 섹스 장면이다.

"얼굴이 맑게 다시 생겨나는 기분"(46쪽)으로 묘사되는 이 클라이막스로 인해 소설의 서사적 흐름 역시 하나의 뫼비우스의 띠이자 오르가슴의 형상이 된다. 표면상으로는 그 어떤 치명적인 갈등이나 대립 없이 안온하게 흘러가던 이야기의 대부분은 후반부의 섹스 장면에 의해 리비도의 잠재태로 의미화된다. 김멜라의 소설은 '소설'이라는 장르가 그간 전통적으로 부과당해온 서사적 당위, 발달-전개-위기-절정-결말로 이루어지는 구조를 거부한다. 중요한 것은 서사의 선형적인 발달이 아니라 주체이자 타자인 '나'가 세계의 작은 부분이자 입자로 유영하는 흐름 그 자체다. 인간과 삶, 우주가 횡단적인 물질로 구성되고 연결된다면 소설 또한 횡단적인 시공간 다양체로 드러날 것이다.[9] '나'의 기억

9) "소설은, 횡단적 주체인 인물의 실존과 내면을 생동하는 물질계로 가시화한다." 전승민, 같은 글, 106쪽.

과 '이응' 안에서의 섹스가 명시적인 설명을 동반하지 않고 꽃표(*)의 기호만으로 다소 모호하게 제시되는 것 또한 소설의 물질성에 의한 것이다.

인간의 생애 주기, 삶과 죽음의 경험은 하나의 거대한 오르가슴을 아주 느리게 경험하는 것에 불과할지도 모른다. 의식 세계가 일시적으로 무화되는 쾌락의 절정은 죽음 충동이 현실화되는 가상적인 시공간이 된다. 상실 이후에도 이어지는 삶을 계속해나가는 것에 대한 공포 속에 있던 '나'는 '이응'이 선사하는 오르가슴 속에서 그 공포를 극복하게 된다. 상실이 야기하는 슬픔을 자기 안의 타자와의 신체적 접촉을 통해 온몸으로 위무받는다. 이때 '나'가 경험하는 오르가슴은 단지 육체의 차원에서만이 아니라 타자와의 관계, 그리고 죽음과 상실에 대한 철학적 에피파니로 체현된다.

> 흙더미처럼 쏟아지는 살결. 내 코와 뺨이 레인코트의 가슴에 뭉개졌다. 이마와 콧등, 입술 사이사이로 레인코트의 온기가 밀려들었다. 나라는 사람과 그 얼굴로 지어야 했던 모든 표정이 레인코트의 품에서 지워지는 것 같았다. 왜 이제야 알았을까. 누군가에게 안길 때마다 할머니의 늙은 손이 떠오를 거란 걸.[10] (45쪽)

애도 불능의 멜랑콜리는 주체의 안팎을 구성하는 살갗의 타자

---

10) 강조는 인용자.

적인 만남을 통해 치유된다. 이는 단지 감정적 차원에서의 위로가 아니라 자아의 구덩이에 매몰된 '나'를 끌어내는 구원이자 '나'의 안에서 발견하는 새로운 차이의 생성이다. 오토에로티즘의 실현으로서 이 장면은 몹시 중요한데, 소설이 퀴어한 인물의 주체성과 정체성의 문제, 그리고 그것의 수행에 머무르지 않고 인간과 세계의 존재 역학, 구체적으로는 섹슈얼리티와 죽음의 문제를 가시화하면서 세계 전체를 퀴어화하는 대목이기 때문이다("내 욕구를 설계하는 것도 이렇게 힘든데 세상에는 어떻게 그 많은 불행이 예정되어 있는 걸까", 40쪽).

물론, 등장하는 모든 인물의 이름이 젠더적인 선입견으로 읽을 수 없도록 지어진 것이나('나'의 이름은 오미자물이다) "짧은 곱슬머리"에 "잔꽃 무늬 원피스"(13쪽)를 입고 내내 여성에 가까운 젠더로 패싱되던 우유수염이, '나'가 어릴 적 할머니와 갔던 공중목욕탕에서 만났던 남자아이가 팬티 속 고추를 고정하며 했던 그 동작을 따라 하면서("이래야 안 움직여", 44쪽) 젠더퀴어[11]가 되는 부분 등은 소설을 인물의 층위에서 퀴어하게 만든다. 꽃표(*)로 이어지는 대목은 '나'의 기억이 적용된 '이응'의 스토리텔링 코스이므로 어디까지가 사실이고 상상력의 결과물인지 우리는 알 수 없다. 하지만 바로 그 알 수 없음이야말로 퀴어의 자연이다. 레

11) '위옹'의 인물들은 할머니와 함께 목욕탕에 갔던 '나'를 제외하고 모두 젠더퀴어의 스펙트럼 안에 있다. 우유수염과 레인코트의 외양 묘사는 독자가 인물의 젠더를 유추하여 여성 또는 남성으로 판정하는 사고의 흐름을 계속적으로 철회, 유보하게 한다.

즈비언이나 게이, 트랜스젠더 등 정체성을 지칭하는 용어 또한 실은 반복적인 차이들로 구성된 가변적인 것이다. 가령, '같은' 레즈비언으로 불리는 부치나 펨의 남성성과 여성성은 개별적인 주체마다 다른 양적 비율과 질감으로 이루어질 것이고, 그러한 이름 붙일 수 없는 차이들이야말로 '나'이자 '나'의 퀴어함이기 때문이다. 김멜라의 인물들은 어디까지나 무수한 차이들로 이루어진 자기-타자들이다. 그래서 '이응'과의 결합을 통해 발생되는 오토에로티즘은 자아로의 유폐가 아니라 오히려 그 반대로, 자기 내부의 차이들을 생성하고 발견하는 방향으로 나아간다. '나'가 자신의 욕망을 자연적인 것으로 긍정하는 동시에 그로부터 놓여나는 아이러니의 역학이다.[12] 「제 꿈」에서 인과의 강박으로부터 해방되었던 '나'는 「이응」에서 주체의 동일성이라는 나르시시즘으로부터 또 한번 자유로워진다.

김멜라가 제시하는 '뫼비우스의 띠'로서의 신체는 남성과 여성, 강제적 이성애와 퀴어, 유성애와 무성애(성애적 끌림과 정서적 끌림), 나아가 몸과 정신, 인간과 비인간, 그리고 삶과 죽음—이 모든 이분법적 위계를 부드럽게 용해한다.[13] 소설을 통해 우리는

---

12) 김멜라의 소설들에서 자주 사용되는 '오줌'의 모티브는 이를 핵심적인 의미소로 사용한다. 가령, "엄마가 보고 싶어 우는 대신 빵빵해진 아랫배로 변기에 앉아 소변을 봤다"(31쪽)는 대목은 화자가 엄마를 상실하고 휩싸이는 슬픔으로부터 자유로워지고 싶어하는 무의식적 욕망의 증상 혹은 신체화의 양상으로 읽을 수 있다. '오줌'은 마음의 작용과 신체의 작용이 개별적이지 않고 의식과 의지의 차원을 너머에서 연결되어 있음을 방증한다. 할머니가 제시하는 '팬티의 존재론'도 같은 맥락이다.

각각의 구획된 경계의 표지를 경험하는 것이 아니라 다만 그것들이 연결된 접면들을 더듬을 수 있다. 김멜라의 세계에서 '퀴어'는 자신에 대한 차이를 생산하고 긍정하는 초월적 상상력의 다른 말이다.[14] 남성과 여성, 이성애와 동성애 등의 이분법적 선택지들은 온전히 현재로 환원되지 않는 시간성을 사유하는 작업 속에서 내파된다. '이응' 또한 뫼비우스의 띠처럼 기계의 '안'에서 '밖'을 경험하는 가상의 접면으로, 기억을 투입한 '이응' 속에서 과거와 현재는 뒤섞이고 순수한 '지금-여기'는 사라진다. 김멜라의 인물들이 행하는 '나'로부터의 거리 두기는 규정하는 자아와 규정되는 대상으로서의 자아를 불일치시키는 행위이며, 이로써 김멜라의

13) 엘리자베스 그로스의 『몸 페미니즘을 향해—무한히 변화하는 몸』(임옥희·채세진 옮김, 꿈꾼문고, 2019)의 원제는 'Volatile Bodies—Toward a Corporeal Feminism'으로 한국어 번역서의 구판 제목이 '뫼비우스 띠로서 몸'이었다. 그러나 이 글에서 말하는 '뫼비우스의 띠'는 그로스의 철학과 그 번역서의 제목을 염두에 둔 것이 아님을 밝혀둔다. 그로스는 정신과 신체의 이원론이 이분법적인 경계로 분할되지 않으며, 오히려 상호 체현되고 내면화된다고 주장하기 위해 뫼비우스의 띠를 비유적으로 사용하는 반면, 이 글에서 뫼비우스 띠는 하나의 시공간 다면체로서의 '나'들이 구성하는 생성중의 물질, 순환하는 차이들로 이루어진 흐름의 실질적 형상이다. 김멜라의 소설은 초월론적 일의성의 세계이며, 따라서 몸과 정신의 이원론은 그것이 상호 구성적인 작용을 한다 할지라도 그의 소설세계에서는 성립 불가능하다.

14) 이때의 초월성은 들뢰즈적인 것으로 이 세계에서 결코 도달되지 않는 이데아적인 것이 아니라 끊임없이 생성되는 'n개의 차이'들을 말한다. 사회·문화·제도가 당위로서 주체에게 제시되고, 그가 그것들을 내면화하여 자기검열을 통해 자기 자신의 자연을 구속할 때 차이의 생산은 억압된다. 들뢰즈의 초월성은 "시간성/무시간성, 역사성/영원성, 특수/보편 등의 양자택일적 선택지를 넘어서는" (질 들뢰즈, 같은 책, 19쪽) 데에서 기인한다.

퀴어들은 정체성 정치를 가뿐하게 넘어서며 '퀴어'의 차이를 생성하는 역동적인 기호로 전환한다.

'나'가 자기와의 섹스를 경험하는 장면 바로 직전에 제시되는 기억 속의 첫 문장, 할머니의 말은 죽음과 사랑이 경계 없이 중첩되어 있는 부분이다. '좋을 거야'가 지칭하는 목적어의 빈자리에는 오토에로티즘과 죽음이 나란히 등을 붙이고 숨어 있다.

> "좋을 거야. 저거랑은 비교도 안 되게 좋을 거야."
>
> 할머니는 무서워할 거 없다고 했다. (……)
>
> 할머니는 죽는 것도 이응 같은 거라고 했다. 이응처럼 코스를 선택할 순 없지만, 이응의 컬러볼처럼 삶에서 죽음으로 굴러가는 거라고. 이 색에서 저 색으로 바뀌는 것뿐이라고. 이응을 하는 것처럼 억눌려 있던 게 풀리면서 기분좋게 흩어지는 거라고 했다.(41~42쪽)

개별 타자들의 차이(이것을 존재의 고유성이라 불러도 좋을 것이다)는 각자의 세계 안에서 고립되는 것이 아니라 주체라는 경계의 막을 투과하여 함께 흐른다("누군가에게 안길 때마다 할머니의 늙은 손이 떠오를 거란 걸", 45쪽). 세계를 유동하는 이 물질의 이름은 바로 '기억'이다. 그렇기에 뫼비우스의 띠로 이루어진 세계에서 우리는 산 자이면서 동시에 죽은 자이고, 인간이면서도 동시에 개가 되고("고개를 들었을 때 내 발밑에서 커다란 그림자 하나가 일어섰다. 천천히 그림자가 누워 있는 나에게 다가왔다. 한 번도,

누군가와 그런 자세를 해보지 않았지만, 나는 다리를 벌리고 눈을 감은 채 턱을 들었다. (……) 끝없이 애정을 갈망하는 강아지처럼 나도 모르게 앓는 소리가 흘러나왔다", 45~46쪽), 개는 새가 된다("나는 그 새가 나의 개라는 걸 알았다. 보리차차, 이제 뛰지 않고 나는 거야? 날개로 나는 법을 배운 거야?", 46쪽). 이처럼 '팬티의 존재론'을 통해 형상화되는 인간형은 띠 모양의 세계, 물질계 안에서 공생하는 여타의 존재자들과 인간의 지위를 대등하게 만든다. 인간 또한 다른 비인간 존재자들과 마찬가지로 물질의 차원에서 하나의 '차이'일 따름이며, 세계는 서로 인접한 그 무수한 점들로 인해 하나의 곡면—뫼비우스의 띠가 된다. 그러한 인식론을 체화하는 순간, '나'는 그간 잠식되어 있던 삶과 죽음, 타자와 관계, 쾌락과 사랑에 대한 두려움 속에서 벗어난다.

떠난 자의 온기가 다시 돌아올 수는 없지만 주체 안의 타자성으로 그것을 재발견하는 일("내가 잃어버린 화살은 모두 내 안에 있었다", 같은 쪽), 이것이 「이웅」이 전해오는 애도의 구체적인 실천법이다. 소설이 선형적인 형식을 거부하는 것과 마찬가지로 상실과 애도에 대한 해법 또한 선형적이지 않다. '기억'이 우리를 구성하는 물질 중 하나인 이상, 우리는 언제라도 또다시 슬퍼질 것이고, 그때마다 몇 번이고 다시 애도를 수행해야 한다. 삶은 죽음으로 구성되며 죽음 또한 삶의 한가운데에서 발생한다. 다시 말해, 몇 번이고 되풀이되는 이 반복은 실상 무수한 차이들의 나타남이며 인과론의 저편에서 발생한다는 것이다. 그렇기에 '너'를 애도하는 일은 '나'의 안에서 새롭게 태어나는 '너'와 만나는 일이 되고, 그러한 '너'를 사랑하는 일은 '나'를 사랑하는 일로 자연히 나아가게 된다.

차이들의 반복이 만들어내는 순환이 바로 우리 자신이며, 자연이고, 세계이자 우주다. 한데, 우리를 포함한 우주가 생성된 것의 결과—차이라면 우리는 어찌하여 최초의 좌표를 알지 못하는가? 그것은 이 세계의 처음과 끝이 붙어 있기 때문이다. 말하자면 '이응'의 세계는 영원회귀의 시간 속에 있으며, 이 세계를 이루는 것은 절대자에 의해 창조된 것이 아니라 '너'와 '나'가 관계 맺음으로써 만들어낸 차이들이기 때문이다. 세계는 그러한 타자들의 "몸짓의 진화"[15]로 지어진다. 그리하여 김멜라의 소설계에는 매개되는 재현을 위한 자리를 허용하지 않는다. 거기에는 다만 역동하는 특이점들, 생성중인 실존들만이 자리한다.

살펴본 바대로 「이응」은 자신의 몸안에서 발생하는 타자성과 그것의 운동으로서의 반복을 보여줌으로써 삶과 죽음, 그리고 인간과 세계의 물질성에 관해 말한다. 소설의 말미에 '나'가 눈물 한 방울 흘리지 않고 보송한 두 뺨으로 우는 것은 '나'가 뫼비우스의 띠처럼 안과 밖을 동시적으로 가지는 물질적 존재이기 때문이다. 잃어버린 타자들이 실은 제 안에서 생동하는 한, 바로 그러한 이유로 '나'는 필연적으로 삼차원 이상의 부피를 가지는 다양체일 수밖에 없음을, 그리고 우리의 고유한 주체성은 '너'라는 n개의 점들로 구성된 물질일 수밖에 없음을 김멜라의 소설은

15) 질 들뢰즈, 같은 책, 65쪽.

다정하면서도 급진적인(이 또한 퀴어하지 않은가!) 상상력으로 전한다.

전승민
2020년 대산대학문학상, 2021년 서울신문 신춘문예를 통해 평론을 발표하기 시작했다.

공현진

어차피 세상은 멸망할 텐데

작가노트

갑자기 열리고 골몰히 닫히는 세계

해설 이소

그러므로 갈 수 있는 만큼 가보려 합니다

공현진

2023년 단편소설 「녹」이 동아일보 신춘문예에 당선되며 작품활동을 시작했다.

어차피 세상은 멸망할 텐데

곽주호와 문희주는 성인 기초 수영반 꼴찌였다. 선수도 아닌데 수영을 배우기 위한 강습반에 꼴찌라는 게 있을 수 있다고 곽주호는 생각해보지 못했다. 그래서 자기가 꼴찌로 여겨진다는 것도 전혀 알지 못했다. 애초에 못한다는 게 뭔지 몰랐다. 못하는 것이 꼴찌로 여겨질 수 있다는 사실 자체가 이해되지 않았다. 수영을 못하니까 배우는 게 아닌가. 곽주호가 보았던 수영 강습 전단지에는 '왕 기초반'이라고 큼지막하게 적혀 있었다.

"자기가 잘한다 싶은 사람은 알아서 앞줄로 나오고, 못한다 싶은 사람은 뒤쪽으로 서세요."

그래서 곽주호는 맨 앞에 섰다. 정확히 말하면 앞으로 나간 게 아니라 원래 서 있던 자리에 그대로 있었을 뿐이었다. 강사의 말에 따라 사람들은 네 명씩 한 줄로 대열을 이루었다. 물이 허리 아래서 찰박이는 유아 풀이었다. 곽주호는 첫 수업시간에도, 그다음 시간에도 앞에 섰다. 이어지는 수업시간마다 앞에 섰다. 누구도 곽주호를 밀치고 앞으로 나오지 않았으니까. 곽주호는 그냥 서 있던 자리에 서 있었다.

잘하는 사람은 앞줄, 못하는 사람은 뒷줄. 그건 딱히 수영 수업에만 해당되는 게 아니라 모든 단체 활동의 당연한 규칙이었다. 문희주는 그간 섭렵한 필라테스, 에어로빅, 요가, 방송 댄스 등등에서 그 규칙을 자연스럽게 이해했다. 잘하는 사람들은 복장부터 달랐다. 요란하고 과감한 색상은 숙련자의 것이었다. 삐걱대며 동작을 따라가는 초보들은 감히 범접할 수 없는 색과 무늬들이 있었다.

이번에는 수영이다. 희주는 저녁으로 먹을 토마토, 가지, 양파, 셀러리, 마요네즈가 든 장바구니를 들고 사설 수영 센터 앞을 지나다가 충동적으로 센터에 들어갔다. 월수금 밤 아홉시 수업. 마침 첫 수업이 시작되는 날이었다. 공휴일 보강은 따로 없고요. 여성분은 생리 할인 따로 없어요. 규정 잘 읽어보시고요. 희주는 네네, 대답하며 오늘부터 바로 배울 수 있느냐고 물었다. 하실 수는 있는데 수영복, 수경, 수영모, 아 그리고 여성분은 수건도 챙겨오셔야 해요. 여성분은 수건 따로 제공 안 돼요. 희주는 센터 입구에 있는 수영 용품 매장에서 수영 가방과 검은색 5부 수영복, 검은색 실리콘 수영모, 수경, 스포츠 타월을 구매하고 수영장에 들어갔다. 탈의실 사물함 안에 장바구니와 옷을 집어넣었다. 처음 써보는 실리콘 수영모 안에 머리를 집어넣는 데 애를 먹었다. 첫 수업에 조금 늦었다.

“아직 동작이 잘 안 되는 사람, 뒤로 가세요.”

“아직 부족하다 싶으면 뒤로 가서 앞사람이 하는 걸 보세요. 보는 것도 중요합니다.”

희주는 알았다. 아니, 희주만이 아니라 모두가 알았다. 강사가 목에 힘을 주고 왜 같은 말을 계속하는지, 누구를 향해 말하는 건지. 저 바보. 맨 뒷줄에 선 희주는 맨 앞에 꼿꼿이 서 있는 남자를 보고 생각했다. 희주는 첫 수업부터 자신의 자리를 알았다. 실력자가 아니고서는 감히 튀어서는 안 된다. 그것도 그룹 운동 수업의 아주 기본적인 규칙이었다. 에어로빅 수업에선 은색 스팽글을 휘날리며 격렬하게 춤추는 첫 줄을 보면서, 요가 수업에선 화려한 패턴의 레깅스를 입고 머리 서기를 하는 첫 줄의 흔들림 없는 자세를 보면서, 희주는 맨 뒤에서 튀지 않게 움직였다. 선생님도 거울도 보이지 않았지만 그 역시 뒷줄이 감당해야 할 몫이었다. 뒷줄로서는 도저히 따라 할 수 없는 기행 같은 동작이 나오면 뒷줄은 선생님과 첫 줄 경력자들의 움직임을 보며 감탄하면 됐다. 그 규칙을 깨고 남자는 첫날부터 튀었다.

진도가 생각보다 빨랐다. 첫 수업에서 발차기와 호흡법을 배우자마자 강사는 킥판을 잡고 끝까지 가라고 했다. 이제 막 수영을 배우기 시작한 초보들은 우르르 뒤쪽으로 몰렸고 희주는 맨 뒤를 내주지 않고 사수했다. 치열한 뒷자리 싸움으로 혼란스러운 가운데 강사는 출발, 하고 외쳤다. 맨 앞줄이 출발했다. 오른편 세 사람은 힘차게 발차기를 하며 나아간 반면 맨 왼쪽 남자는 제자리에서 발을 허우적댔다. 제대로 뜨지도 못하는 남자 때문에 다음 줄은 꼼짝도 할 수 없었다. 남자는 천천히, 아주 천천히 앞으로 갔다. 잠깐 떠올랐다가 멈춰 서고. 떠올랐다가 멈춰 서고. 지구를 느리게 떠나니는 빙하 같다고, 희주는 생각했다.

"이러면 수업 진행이 안 돼요. 안 되는 사람은 알아서 뒤쪽으로 서야죠."

제자리에 멈춘 채 숨을 몰아쉬고 있는 주호를 보며 강사는 말했고, 사람들은 웃었으며, 슬금슬금 후퇴하는 사람들로 뒷자리 싸움은 더 치열해졌다. 먼저 도착한 세 사람이 반대편 끝에서 기다렸다. 주호는 레인의 절반도 가지 못한 상태였고 영원히 거기 머물러 있을 것 같았다. 강사는 한숨을 쉬며 세 사람 먼저 출발, 외쳤다. 다음 줄의 세 사람이 출발했다.

두번째 수업도 세번째 수업도 같은 상황이 반복됐다. 주호는 첫 줄에 섰고, 강사는 같은 말을 반복했다. 희주는 자신을 저격하며 말하는데도 뚱한 표정으로 맨 앞에 서 있는 남자도, 회원님은 뒤쪽으로 가주세요, 라고 대놓고 말하지 않는 강사도 이해되지 않았다. 처음에는 기 싸움을 하는 건가 싶었는데 가만히 보니 남자는 강사가 자기를 가리키며 말하는 줄 모르는 것 같았다. 만년 뒷줄 전담자로서 희주는 뒷줄로 향하는 사람들의 표정과 태도를 잘 알았다. 남자는 우물쭈물하지 않았다. 그렇다면 더욱 문제였다. 아무튼 남자는 끝까지 맨 앞에 서 있었고, 강사는 끝까지 한 사람을 향해 주어 없이 말했다.

강사는 열정적이었다. 내가 가르친 사람이 이상한 폼으로 수영하는 꼴은 절대 볼 수 없다, 어디 가서든 수영 잘한단 소리를 듣게 만들고야 말겠다, 잘못된 습관은 고치기 힘드니 말하지 않은 건 하지 마라 등 자신의 철칙들을 강조했다. 이렇게 따르기만 하면 단 한 명의 낙오자도 없을 것이며, 우린 한 팀이니 함께 갈 것이다. 듣다보면 신흥종교의 교주 같기도 했는데 자신이 가르치는 방식에, 무엇보다 자기 일에 자부심이 있어 보였다. 확실히 믿음을 지니고 수영을 배우는 일은 효과가 있었다. 잠수하는 것조차 공포스러웠던 희주는 어느새 얼굴을 물속에 집어넣고 몸을 띄워 앞으로 나아갈 수 있게 됐다. 물론 여전히 맨 뒷자리였다.

"눈치 없다는 소리 많이 듣죠?"

수업이 삼 주 차쯤 접어들었을 때였다. 강사는 어김없이 맨 앞에 버티고 서 있는 주호에게 농담하듯 말했다. 그 말에도 주호는 꿈쩍하지 않았다. 실제로 자주 들었던 말이기 때문이었다. 내가 그렇게 생겼나보다, 티가 나나, 곱씹었을 뿐. 그때, 희주는 팔을 뻗어 주호를 뒤로 잡아끌었다.

"여기 오세요. 여기 자리 있어요."

뒤쪽에서 불쑥 나타난 손에 채여 주호는 뒤로 끌려갔다. 그리하여 맨 뒷줄 멤버들이 확정되고 부동의 뒷줄이 완성되었다. 주호와 희주, 한 할머니와 할머니의 딸이 뒷줄 동지가 됐다.

해수면이 점점 높아지고 있다. 전 세계의 도시들은 점차 사라질 것이다. 당장 꿀벌이 집단적으로 사라진 것에 주목해야 한다. 국내에서 칠십구억 마리의 꿀벌이 실종됐다. 미국에서도, 영국,

이탈리아, 스위스, 스페인, 포르투갈에서도, 중국과 남아프리카에서도 꿀벌이 사라졌다. 꿀벌이 멸종하면 인간은 더이상 아보카도, 브로콜리, 자몽, 양파, 가지, 오이, 딸기, 아몬드, 완두콩을 먹을 수 없다. 식물이 사라지면 인간의 식탁에서 유제품과 소고기가 사라지고, 생선도 귀한 음식이 될 것이다. 식량난이 발생하여 수백만의 사람들이 매해 죽을 것이다. 벌을 먹이로 살아가는 새도 사라질 것이다. 생태계가 파괴될 것이다.

아침에 일어나 희주는 기사를 읽고 내용을 긁어 파일로 저장했다. 꿀벌이라는 이름의 폴더에. 그 외에도 펭귄, 북극곰, 도시, 산호, 전복, 감태, 물고기 들의 폴더가 있었다. 희주는 기사를 스크랩한 후 식사 준비를 했다. 양상추를 씻어 물기를 제거하고, 토마토에 칼집을 내어 끓는 물에 데쳤다. 화분을 화장실로 들고 가 물을 주고 흙에서 물이 빠질 때까지 기다렸다. 마트에서 일주일 치 장을 보았다. 음식물 쓰레기가 남지 않도록 잘 계산해야 했다. 그 사이 엄마에게서 몇 번 전화가 왔지만 받지 않았고 연달아 문자까지 왔지만 확인하지 않았다.

집안을 찬찬히 들여다봤다. 오늘 버릴 물건을 골라야 했다. 그건 희주가 스스로 정한 규칙이었다. 환경에 관한 기사를 볼 때마다 물건을 사지 않겠다고, 미니멀리스트가 되겠다고 결심했지만 쉽지 않았다. 온종일 고심해서 물건 하나를 버렸다. 물건이 하나씩 사라질 때마다 마음이 가벼워지는 것 같았다. 그러다가도 물건을 잔뜩 사버리는 날이 있었다. 유화 수업에 등록하면서 36색 유화 물감, 캔버스 F형 6호, 붓 세트, 린시드&페트롤 오일, 접이식 나무 팔레트를 샀고, 요가 수업에 등록하면서 레깅스와 민소매 요가복, 요가 양말 열두 켤레를 샀다. 얼마 전에는 수영 관련 용품을 잔뜩 샀다. 버리는 일과 사는 일을 강박적으로 넘나들면서 희주는 균형을 맞추기 위해 애썼다.

엄마는 집요하게 전화를 걸어왔다. 문제가 있는 건 내가 아니라 엄마라고 희주는 생각했다. 직장을 그만둔 지 일 년이 넘어갔다. 교사 생활 십 년. 그에 대한 퇴직금으로 사천만원 정도를 받았고, 그중 절반 정도를 썼다. 일 년은 더 이렇게 생활할 수 있었다. 퇴직금만이 아니라 남은 돈은 좀더 있었다. 아니, 꽤 있었다. 직장에 다니면서 희주는 지출을 거의 하지 않았다. 152,780원. 직장을 그만두기 전, 카드 명세서에 찍힌 숫자였다. 희주는 명세서의 숫자를 한참 들여다보았다. 그 숫자가 잊히지 않았다. 아무것도 안 할 거야? 이렇게 인생 끝낼 거야? 대체 언제까지 이렇게 살 거냐고 엄마는 성화였다. 하지만 아무 일도 하지 않는 건 아니었다. 희주는 그 어느 때보다 할일이 많았다.

아침에 기사 스크랩을 하고 식물에 물을 주고 밥을 먹기만 해도 시간이 꽤 소요됐다. 취미반 수업도 가야 했다. 제과 제빵, 보자기 매듭 공예, 종이접기, 도예 수업 등 희주는 온갖 취미반에 등록했다. 그중엔 배우고 싶었던 것도 있었고, 전혀 생각지 않았던 것도 있었다. 아파트에 붙은 전단지나 인터넷 광고에서 발견하는 대로 등록했다. 운동도 그런 식이었다. 한편 하루 일과 중 희주가 가장 시간을 쏟는 일은 요리였다. 유튜브에서 채식 요리들을 찾아보고 영상에서 가르쳐주는 대로 재료를 샀다. 저온 조리 레시

피에 따라 당근, 우엉, 연근, 감자, 죽순 같은 야채를 네 시간 넘게 익히고, 삶은 콩을 한 알 한 알 벗기면서 시간을 흘려보냈다. 어느덧 창밖이 핑크빛으로 물들면 그날 다듬은 재료로 요리를 해서 저녁을 먹었다. 동네를 한 바퀴 산책하면 수영 갈 시간이 되었다.

주호도 꿀벌 실종에 관한 기사를 보았다. 주호는 구독하는 잡지에서 같은 내용의 글을 읽었고 몇 군데 형광펜으로 밑줄을 그었다. 꿀벌이 사라지면 모든 게 하나씩 사라진다니. 모든 게 연결되어 있다니. 주호는 거대한 사슬을 상상했다. 꿀벌 무리가 지구 밖으로 힘차게 날아가면서 아보카도, 브로콜리, 양파, 딸기, 사과, 완두콩을 끌고 나가고, 소와 돼지와 사슴을 끌고 나가고, 인간들도 끌고 나간다. 꿀벌 무리와 지구의 모든 생명체가 체인처럼 고리로 연결되어 있고, 그 고리 끝에 자신이 매달려 있다. 나는 얼마나 책임이 있을까. 주호는 무슨 일이든 거기에 자신이 얼마나 엮여 있을지 생각해보게 됐다. 어느새 그게 습관이 됐는데 자기가 왜 그러는 건지 이유를 알 수 없었다. 죄책감을 느끼기 위함인지 죄책감을 덜기 위함인지 헷갈렸다. 한편으론 그 헷갈림 속에서 마음이 편안해지는 것 같기도 했다.

"그만하면 됐잖아. 이제 그만하고 나와. 더는 무리야."

어제 김부장이 찾아왔다. 마음은 고마웠다. 자신을 그만큼 생각하기 때문이라는 걸 주호도 모르지 않았다. 하지만 주호로서도 어쩔 수가 없었다. 아무것도 안 하려고? 김부장은 안타까워했다. 김부장의 말처럼 주호는 얼마 전까지 정말 아무것도 할 수가 없었다.

사람들은 주호가 유별나다고 수군댔다. 처음에는 주호와 같이 침통해하고, 이건 문제가 있는 거 아냐? 라고 말하던 사람들도, 시간이 지나서도 계속 그러는 건, 그렇게 아무것도 안 하려는 건 주호의 문제라고 사람들은 말했다. 일부러 저러는 거 아냐? 일 안 하려고? 사람들은 주호를 의심하기 시작했다.

일하던 사업장에서 사람이 죽었다. 사고였다. 주호는 플라스틱 화분 받침대를 만드는 공장에서 일했다. 플라스틱 사출 성형기에 윤활제를 바르던 작업자가 사망했다. 끼임 방지 센서가 있었지만 작동하지 않았다. 누군가 스위치를 꺼놓았다. 오래전에. 센서가 꺼져 있다는 사실은 모두가 알았다.

안전보다 중요한 건 없습니다.

작업장 벽면에는 안전 문구가 적힌 포스터가 붙어 있었다. 한 달에 한 번 안전교육이 진행됐지만 형식적이었다. 이런 유의 사고가 나면 뉴스에서는 떠들었다. 안전 불감증 '여전', 무엇보다 안전이 최우선…… 뭘 모르는 소리였다. 안전보다 중요한 건 많았다. 빨리 돈을 벌어야 했다. 빨리 잠을 자고 싶었고, 빨리 쉬고 싶었다. 빨리 화장실에 가고 싶었고, 빨리 밥을 먹고 싶었다. 빨리 집에 가야 했다. 그러려면 일을 해야 했다. 일! 일을 해야 했다. 일을 하려면 일이 있어야 했다. 안전을 지키면 그만큼 속절없이 시간이 흘렀다. 시간이 흐르는 동안 일이 사라지거나 내가 일로부터 사라져야 했다. 안전보다 중요한 건 많았다. 주호도 그렇게 믿었다. 사망 사고가 발생하기 넉 달 전에도 한 작업자의 손이 사출 성형기에 끼이는 사고가 있었다. 큰 부상은 아니었다. 더 빠르게 손을 빼어야지! 모두가 그렇게 농담했고 주호도 그렇게 생각했다.

사출 성형기에 끼여 죽은 사람은 공장에 들어온 지 한 달밖에 되지 않은 카샤였다. 주호는 그와 친하지 않았다. 사고와 관련도 없었다. 주호는 관리자급 직책을 맡고 있었지만 사고가 일어난 구역의 담당자가 아니었을뿐더러 그날 휴무로 사업장에 나가지 않았다. 사고 후에도 공장은 예전과 다름없이 돌아갔다. 공장은 벌금형을 받았지만 처음 있는 일은 아니었다. 벌금을 내면 그만이었다. 공장은 멈추지 않았고, 사람들은 똑같이 나와서 하던 일을 했다.

"이건 아니죠."

주호는 가동되던 사출 성형기를 껐고 공장은 조용해졌다. 그 침묵이 소름 끼쳤다. 곽주호는 불려갔다. 김부장은 화를 내지 않고 타일렀다. 마음 아픈 건 알지만 그래도 공장을 멈출 수는 없잖아. 그러기를 여러 번이었다. 또다시 곽주호는 기계 전원을 끄고, 모두를 조용하게 만들었다. 처음에는 아무도 침묵 속에서 말을 꺼내지 못했다. 김부장은 계속 주호를 타일렀다. 지금까지 문제 한 번 일으키지 않고 유능하게 일했던 주호였다. 김부장은 그런 주호를 내심 아꼈다. 왜 이래 정말. 이러면 곤란해, 정말. 주호가 다시 한번 공장에 침묵을 몰고 왔을 때 사람들은 말했다. 이건 아니지 않냐.

네가 왜 난리냐, 라는 말을 듣고 주호는 그러게, 내가 왜 난리일까, 싶었다. 주호는 스스로 정의로운 사람도, 가슴이 뜨거운 사람도 아니라고 생각하며 살아왔다. 그런 삶을 살았다. 그런데 나는 정말 책임이 없는 걸까, 그 생각에 사로잡혔고 무슨 일을 대하든 습관처럼 이 질문을 마주했다. 점점 주호는 자신과 상관없는 뉴스들을 보면서도 숨을 쉬기가 어려워졌다. 몸이 물속 깊이 가라앉는 것 같았다. 인터넷 기사 댓글들은 책임자가 책임을 회피한다고 화내고 분노했다. 하지만 누가 책임을 져야 할까. 주호는 그 물음에 더 마음을 기울였다. 기울어진 마음은 점점 가라앉고 가라앉아서 주호의 세계를 무너뜨렸다.

"잠깐 좀 쉬어. 쉬다가 다시 와."

김부장이 곽주호에게 말했다. 주호는 무슨 일을 하든 책임을 져야 할 것 같았다. 그래서 아무 일도 할 수가 없었다.

그러다 도시가 물에 잠기고 있다는 뉴스를 보았다. 무슨 이유였는지 모르겠다. 주호는 그 뉴스를 보고 수영을 배우기로 마음먹었다. 주호가 지금 하고 있는 유일한 일은 수영을 배우는 일이었다.

주호는 동작이 너무 컸고, 희주는 동작이 너무 작았다.

"저게 바로 물장구죠."

강사가 주호를 두고 말하자 사람들은 웃음을 터뜨렸다. 주호는 사방으로 물을 뿜어내는 중이었다. 주호의 발등 아래로 거대한 파도가 일었다.

"어디 감전됐어요?"

강사는 희주에겐 이렇게 말했다. 희주는 옆으로 누가 지나가기만 해도 고꾸라졌다. 두 사람은 잘못된 동작의 예시로 늘 뽑혔다. 둘의 문제는 한두 가지가 아니었다. 총체적으로 문제였지만 그중에서도 가장 큰 문제는 몸에 힘을 빼지 못하는 일이었다. 힘을 빼야 하지만…… 그렇다고 힘을 다 빼면 안 되고…… 이게 대체 무슨 말인가. 희주는 잘못된 답이 도돌이표처럼 되풀이되는 느낌을 받았다. 힘을 빼는 거면 빼는 거고, 주는 거면 주는 거지. 그게 바로 균형이라고 강사는 말했다. 남들은 어떻게 이런 균형을 어렵지 않게 잡을까. 희주는 너무 몸에 힘을 주지 않아서 혼이 났다가, 곧바로 너무 많은 힘을 주어서 물속으로 가라앉았다.

반면 주호는 자기가 지금 힘을 주고 있는 건지 아닌 건지 알지 못했다. 분명 힘을 뺐다고 생각했는데 강사가 소리쳤다. 이렇게 몸에 잔뜩 힘을 주면 어떡해요! 또 주호가 이번엔 몸에 힘을 주었다고 생각하면 강사가 말했다. 아예 몸에 힘을 빼면 안 된다 했잖아요. 코어 잡고 중심은 안 흔들려야지! 주호는 자신의 몸이 자신과 분리되어 있다는 기분이 들었다. 고장난 기계처럼 오작동하고 있는 자신의 몸은 뭔가 잘못된 게 분명했다.

"부족하면 연습을 해야죠."

좀처럼 실력이 늘지 않는 둘을 향해 강사는 말했다. 하지만 그건 강사가 뭘 모르고 하는 소리였다. 곽주호와 문희주는 누구보다 열심히 연습했다. 하루도 빠지지 않았다. 그 반에서 가장 열심히 연습하는 건 두 사람일지도 몰랐다.

강습이 없는 화 목 토 오후 세시. 희주는 그 시간이 수영 연습을 하기에 가장 좋은 시간대라는 것을 터득했다. 한쪽에선 어린 아이들이 수영을 배웠고, 다른 한쪽에서는 할머니들이 여유롭게 물속에서 움직였다. 다른 시간대보다 사람이 적었다. 희주는 새로 산 짙은 네이비 색상 실리콘 수영모를 썼다. 첫날 산 수영모는 쓰는 데 늘 애를 먹었다. 인터넷에서 찾아보니 긴 머리용 수영모가 따로 있었다. 사도 괜찮을까. 희주는 망설였다. 일주일간 버린 물건들을 생각하니 하나 정도 사는 건 괜찮을 것 같으면서도 그간의 노력을 허사로 돌리는 일처럼 느껴져 괜찮지 않은 것도 같았다. 그러다 하루는 수영모를 쓰다가 손톱으로 잡아당기는 바람에 수영모가 찢어졌다. 조금의 죄책감을 덜고 희주는 긴 머리용 실리콘 수영모를 새롭게 장만했다.

매번 주호가 먼저 와 있었다. 주호는 수영장 구석에서 호흡 연습을 하고 있었다. 희주는 주호가 신기했다. 자신도 실력이 엉망인 것은 마찬가지였지만 주호의 엉망진창 수영은 자신과는 결이 달랐다. 자긴 노력해도 안 되는 것이지만 주호는 뭐랄까, 실력이 늘지 않기를 원하는 사람처럼 보였다. 물위에 둥둥 떠 있기만 하면서 계속 연습을 나오는 주호가 신기했다.

주호는 물속에 얼굴을 집어넣었다가 빼기를 반복했다. 주호는 잘 떠 있고 싶었다. 더 둥둥 떠 있고 싶었다. 주호는 수영장에 나와 종일 호흡법을 연습했다. 물속에서는 물 밖에서와 반대로 숨을 쉬어야 한다. 물속에서 코로 숨을 뱉고, 물 밖에서 입으로 숨을 들이마신다. 그 숨이 간절해진다. 숨쉬기가 자연스러운 일이 아니라 아주 부자연스럽고 절실한 일이 된다는 점. 그 점이 주호는 마음에 들었다.

"어떻게 이 시간에 나오세요?"

물속에서 얼굴을 빼낸 주호가 옆에 서 있던 희주에게 물었다. 희주는 평소 사람들에게 거의 아무것도 묻지 않았다. 나이도, 직업도, 사는 동네도, 무얼 좋아하는지, 싫어하는지도. 궁금하지 않아서가 아니었다. 희주는 사람들에게 궁금한 것이 별로 없는 사람이 아니라 오히려 반대였다. 궁금했지만 묻지 않았다. 주호가 아무렇지 않게 이런 질문을 해오니 반가웠다. 희주가 대답하기도 전에 주호가 먼저 말했다.

"백수예요, 전."

"저도요. 저는 잘렸어요. 거의."

희주는 웃으며 대답했다. 말하자마자 마지막 말은 덧붙이지 말걸, 후회했다. 왜 굳이 쓸데없이, 라고 생각하는데 주호가 바로 이어서 말했다.

"저도 좀 애매해요."

"애매?"

"제가 그만두니 다 좋아했거든요. 그런 거 같았어요."

희주는 별다른 대답을 하지 않았다. 왜요? 라고 물어야 하는 타이밍 같았지만 말을 삼켰다. 주호는 질문이 많았다. 처음에는 자신에게 호감이 있는 건가 싶었지만 그건 아닌 것 같았다. 그냥 질문이 많은 사람이었다. 또 희주에게 궁금한 게 있다기보다 자기가 궁금한 걸 묻고 자기가 말하고 싶은 걸 말하는 것 같았다. 두 사람은 다시 수영 연습을 했다.

수영 센터 앞 횡단보도 옆으로 노점 분식집이 있었다. 수영을 끝마치고 나면 희주는 늘 거기에 있었다. 주호는 늘 거기에 서서 뭔가를 먹고 있는 희주가 신기했다. 희주가 길바닥에 내려놓은 장바구니가 주호의 눈에 들어왔다. 엷게 비치는 장바구니 안으로 길쭉한 뿌리채소와 알록달록한 과일, 짙푸른 잎사귀 들이 보였다. 매번 바뀌는 희주의 식재료들을 보면 주호는 즐거웠다. 희주가 마술 바구니를 들고 다니는 것 같았다.

길거리 음식을 좋아하지 않던 주호였다. 주호는 '먹방'에도 흥미를 느끼지 못했다. 그런데 희주는 음식을 단순히 맛있게 먹는 다기보다 소중하게 대하는 느낌이 들었다. 매번 지나쳤던 주호도 희주 옆에 자리를 잡고 떡볶이를 주문했다.

"여기 어묵도 맛있어요."

희주가 말했다. 주호는 어묵 국물을 떠서 희주에게 건넸다.

"저는 괜찮아요."

희주는 고개를 저으며 어묵 국물이 담긴 종이컵을 주호 쪽으로 밀었다.

"음식을 좋아하시나봐요."

주호는 진지하게 물었다. 그런 질문도 희주로서는 새삼 놀라웠다. 사람들은 보통 희주에게 그런 종류의 질문을 하지 않았다. 다른 의도나 악의 없이, 정말 궁금해서 묻는 것 같은 주호의 태도에 희주는 웃음이 나왔다.

그후로, 오늘은 뭐가 들었어요? 오늘은 뭐 해먹을 거예요? 하고 주호는 매일 물었고, 희주는 그날 집으로 돌아가서 자신이 할

요리에 대해 설명했다. 그렇게 두 사람은 수영이 끝나고 나면 분식집 앞에서 대화를 했다. 대화의 내용은 비슷했다. 늘 주호는 희주의 장바구니를 궁금해했고, 희주는 재료 하나하나에 대해 진지하게 말했다. 중요한 건 두 사람이 나누는 대화가 중요하지 않은 말들이라는 사실이었다. 집으로 돌아가서 떠올리더라도 후회하지 않아도 되는 말들. 그 자리에서 흩어지고 휘발되어버리는 말들.

그런 말들이 오가다보면 아무 말이나 하고 싶은 순간이 왔다. 그런 순간에는 너무 깊은 이야기를 불쑥 하게 된다. 그 순간을 조심해야 한다고 희주는 생각했다. 우울한 이야기는 사람들이 싫어하니까, 우중충한 사람은 매력적이지 않으니까. 희주는 자기도 모르게 내밀한 이야기를 할까봐 조심했다.

그런데 주호는 때때로 아무렇지 않게 자신의 깊은 이야기를 했다. 야채튀김에 간장을 찍으면서.

"전 죽고 싶다거나 죽으려고 생각한 적은 단 한 번도 없거든요. 그런데도 살고 싶다는 생각이 드는 게 이상해요. 그럴 수가 있는 걸까요."

주호는 살고 싶다는 강한 충동이 밀려오는 자신이 이상했다. 그런 충동은 죽음에 대한 충동과 짝을 이루는 것 아닌가. 삶이, 살아 있음이 자연스럽다면 살고 싶다는 충동 자체를 느낄 수 없을 것이다. 그러나 주호는 최근 들어 죽음에 대한 충동이나 갈망 없이도, 살고 싶다는 충동에 절실하게 시달렸다. 살고 싶다. 더욱 살고 싶다. 그리고 그런 말들을 때로 장바구니를 든 희주 앞에서 흩뿌렸다.

희주는 주호가 집으로 돌아가서 자신의 말들을 후회하는지 그러지 않는지 궁금했다. 희주 역시 살아 있어서 좋다는 생각이 불쑥불쑥 들 때가 있었다. 왜인지는 몰랐다. 죽고 싶다고 생각한 적도, 죽음을 시도한 적도 없었다. 주호의 말에 희주는 저도요, 살아 있어서 좋아요, 같은 말로 맞장구를 칠 뻔했다. 하지만 하지 않았고, "역시 여기 야채튀김이 최고예요" 따위의 말만 했다. 그래서 정말 다행이라고, 장바구니를 흔들며 집으로 돌아가는 내내 희주는 생각했다.

두 사람은 각자 다른 시간에, 다른 장소에서, 다르지만 비슷한 다큐멘터리를 보았다. 다큐멘터리는 오십 년 뒤, 빠르면 삼십 년 뒤에 지구가 완전히 물에 잠긴다는 사실을 강조했다. 희주는 반짝이던 도시가, 사람들이, 색색의 거리들이 물에 잠긴 모습을 상상했다. 무서운 것이 아니라 이상하게 위안이 됐다. 같이 떠내려가는 것. 같이 잠기고 같이 사라지는 것. 그런 것도 사랑이라고 할 수 있지 않을까, 희주는 생각했다.

그게 채식이야?

희주는 된장찌개에서 얇게 저민 돼지고기를 골라내고 있었다. 전에 사귀던 남자친구가 희주에게 싸늘한 표정으로 물었다. 희주가 평소처럼 고기를 골라 담은 접시를 남자친구 쪽으로 밀었는데 그는 평소와 달리 팔짱을 끼고 접시를 내려다보기만 했다.

질린다, 진짜.

갑자기 마음이 변할 수는 있다. 그런데 그는 왜 그렇게까지 말했을까. 너는 정상이 아니야. 그는 식당에 희주를 두고 나가버렸다. 나도 안다고. 희주는 혼자 앉아서 남은 음식을 꾸역꾸역 다 먹었다. 기후 위기는 윤리의 문제보다 희주의 생존 방식에 더 연결되었다. 모든 게 사라질 건데. 내가 대단한 사람이 아니라는 게 얼마나 다행이야. 평범해서 다행이야. 희주의 엄마는 희주가 의사가 되기를 바랐다. 희주의 성적으로 의대에 가지 않는 건 미친 짓이라고 했다. 희주의 엄마는 희주의 꿈을 커뮤니티에 올려서 희주의 선택이 얼마나 미친 짓인지 수많은 댓글을 통해 확인시켜주었다.

수능 날 희주는 시험을 잘 치렀다. 원하는 곳은 다 갈 수 있었다. 다음날, 학교가 발칵 뒤집혀 있었다. 모두 비통해했다. 다들 시험을 잘 못 봤나. 희주는 대수롭지 않게 생각했다. 담임선생님이 칠판에 무언가 적기 시작했다. 빈소. 발인. 상주. 연락처. 아이들이 울었다. 희주는 칠판을 노려보았다. 맨 위 '부고'라는 글씨 옆에 적힌 이름을 노려봤다. 자신이 그 이름을 전혀 모른다는 사실을 곧 알아챘다. 무서웠다. 나는 무서운 사람이 아닐까. 희주는 자신이 무서웠다. 그 사실을 누군가 알아챌까봐 무서웠다.

희주는 좋은 사람이 되고 싶었다. 환경문제에 집착하게 된 건 그런 이유 때문이었을지도 몰랐다. 하지만 처음 시작이 어떻든, 또 현재의 강박이 어떻든 환경에 관심을 갖는 일은 희주가 살아가는 데 도움을 줬다. 언젠가 요가 강사가 희주에게 실수로 문자를 보낸 적이 있었다. 뚱땡이한테 맞아 죽을 뻔. 머리 서기를 하던 희주가 넘어지면서 발로 강사를 쳤던 날이었다. 화는 나지 않았다. 희주가 초등학교 교사였을 때 학부모들은 희주가 뚱뚱한 것을 두고 불만을 쏟아냈다. 희주는 이따금 전 남자친구가 마지막으로 뱉고 갔던 말을 떠올렸다. 여러 번 떠올릴수록 화가 나지 않았다. 싸늘하다고 기억했던 그의 마지막 얼굴이 쓸쓸하게 느껴질 뿐이었다. 희주는 화내야 하는 일과 화낼 필요가 없는 일을 정했다. 고래와 펭귄과 물고기 들이 떼죽음을 당하고 지구가 죽어가는 일에 화를 내자. 어차피 인간은 죽는데. 다 같이. 희주는 괴롭힘을 당하는 아이들과 괴롭히는 아이들에게도 이 사실을 빨리 알려주고 싶었다. 어차피 우리는 모두 물에 잠길 거다. 빠르면 삼십 년 뒤에. 다 같이 죽는 거지. 희주가 그 말을 한 건 아이들을 사랑하기 때문이었다. 하지만 희주가 근무하던 사립학교는 그렇게 생각하지 않았다.

하얀 스티로폼 부표, 플라스틱병, 업소용 케첩 통, 펠리컨과 거북, 알록달록한 유릿조각들, 연어, 농어, 우럭, 철제 담장, 크고 작은 얼음들, 펭귄들…… 이미 지구에는 많은 것이 둥둥 떠다니고 있었다. 떠내려가는 생명체와 흘러가는 깨진 빙하를 영상은 계속해서 보여주었다. 주호는 이미 자신이 거기에 속해 있는 것 같았다. 얼음이 모두 녹았다. 시력이 좋지 않은 바다코끼리가 절벽을 오른다.

인간은 물속에서 살기 적합한 동물이 아니다. 수영을 배우면서 주호는 그 점이 새삼 신기했다. 인간은 물고기로부터 진화한 것이라는 말을 어디선가 들었다. 인간의 귀는 아가미가 진화한 것이라고 했다. 그렇다면 인간의 진화는 실패한 게 아닐까, 주호는 생각했다. 인간은 물속에서도 공중에서도, 그러니까 너무 깊은 곳에서도 너무 높은 곳에서도 살 수 없다. 숨을 쉴 수 없다. 그러니 너무 깊은 곳으로도, 너무 높은 곳으로도 가서는 안 된다. 주호는 그렇게 살아왔다. 그런데 왜 그래야 하지? 주호는 억울했고, 슬펐다.

야간작업을 나갔다가 카샤와 한 번 이야기를 나눈 적이 있다. 카샤는 공장 앞 편의점에서 컵라면을 먹고 있었다. 주호도 옆에 앉아서 컵라면을 먹었다. 카샤는 어렸다. 일이 힘들지 않아? 주호가 물었다. 힘들어요. 하지만 돈 벌어야 해요. 카샤가 말했다. 돈 벌어서 뭐 하게? 라고 물으면서도 주호는 이미 대답을 들은 것 같았다. 흔한 대화 주제였다. ……저 영화 만들고 싶어요. 카샤는 말했다. 주호는 자신이 예상했던 답이 아니어서 잠깐 멍했다. 멋지다. 주호가 말했고 카샤는 라면을 먹으며 웃었다.

주호는 카샤가 만들지 않은 영화에 대해 상상했다. 다큐멘터리를 보면서도 꼭 카샤의 영화 같다고 생각했다. 그럴 수는 없겠지만 꼭 그런 것 같았다.

주호는 숨을 내쉬며 수영장으로 갈 준비를 했다.

"아, 진짜. 저 무시하세요?"

강사가 낮지만 큰 목소리로 말했다. 강사의 목소리가 수영장에 울렸다.

"방해는 하지 마셔야죠. 진행이 안 되잖아요!"

하루도 거르지 않은 주호와 희주의 트레이닝은 소용없었다. 갑자기 강사가 소리를 질렀다. 희주와 주호에게 제발 나가라고 소리쳤다. 사람들에게 피해를 주지 말라는 말이 수영장을 갈랐다. 내가 안 가르친 게 없는데, 뭘 더 어떻게 하냐, 이게 내 잘못이냐. 그는 화를 쏟아냈다. 희주는 당황했다. 아니, 왜 갑자기? 그러면서도 당장 밖으로 나가고 싶어졌다. 어쩔 줄 모르고 서 있는데 주호가 앞장섰다. 주호는 천천히 물 밖으로 나가는 계단 쪽을 향해 움직였다. 희주는 주호를 따라갔다. 강사는 흥분을 누그러뜨리지 못했다. 천천히 걸어가는 희주와 주호의 뒷모습을 보면서도 그는 화를 쏟아내더니, 욕설을 내뱉었다.

그때 주호가 뒤돌아서 강사에게 다가갔다. 아주 느린 속도로. 물이 갈라졌다.

"뭐가요. 씨발. 왜 어쩌라고?"

강사는 자신을 향해 다가오는 주호에게 욕을 하며 소리쳤다. 그 모습을 보며 희주도 긴장했다. 주호는 강사의 빨간 얼굴을 보며 물었다.

"선생님. 괜찮으세요?"

진심으로 걱정하는 목소리였다. 당황한 강사는 말을 잇지 못했다. 희주도 당황했다. 대체 어떤 사고 과정을 거쳐야 저런 말이 나올까. 대화 맥락에 대한 이해 자체가 없는 것일까. 지금까지 주호와 나눴던 대화가 아닌 대화들이 떠올랐다.

침묵.

고요했다. 물을 밀어내는 소리. 밀어올리는 소리. 튀어오르고 가라앉는 소리. 세상이 멈춘 것 같은 순간에도 물결이 쳤다. 곧 사람들이 소리쳤다.

"대체 저 두 사람이 뭘 잘못했어요?"

사람들이 한쪽으로 몰려갔다. 수영복 입고 나가시면 안 돼요! 누군가 소리쳤다. 물을 뚝뚝 흘리면서 사람들은 밖으로 나갔다. 수영복을 입은 채 데스크로 함께 갔다. 다 같이 강사를 바꿔달라고 요구했다. 무서워서 수업을 못 듣겠어요. 우리 다 같이 그만둘거야. 아니, 그리고 대체 왜 여자들만 수건 안 줘요? 똑같은 돈 내면서? 또 여긴 왜 생리 할인도 없고? 사람들은 그간 쌓였던 불만들을 한꺼번에 쏟아냈다. 바닥에 고인 물이 흥건했다.

샤워실에서 희주에게 사람들이 와서 말했다. 고마워. 자기 덕분에 마음에 안 들었던 거 이참에 다 말했지 뭐야. 희주는 자기가 한 건 없다고 생각했지만 그래도 사람들은 희주와 주호 덕분이라며 고맙다고 말했다.

곧 새로운 강사가 왔다. 사람들은 대열을 맞춰 물속에 섰다. 주호와 희주는 마지막 줄에 나란히 섰다. 수영장 끝에서 끝으로 사람들은 수영해 갔다. 먼저 간 사람들이 반대쪽에서 주호와 희주를 기다렸다. 희주와 주호는 천천히 앞으로 갔다. 아직 도착도 하지 않았는데 저 멀리서 사람들이 박수를 치는 소리가 수영장에 울렸다.

희주는 마트에 들러 장을 보다가 잘린 강사를 마주쳤다. 수영장 밖에서 앞머리를 내린 얼굴을 보니 학생인 듯 앳된 모습이었다. 그 강사도 계약직이었대. 그래서 열심히 해야 했나봐. 뒷줄 동지 모녀 중에 딸이 희주에게 말했다. 그래도 그렇게 욕을 하면 안 되지. 할머니가 말했다. 강사가 분노한 건 우리 때문만은 아니었을 거예요. 주호는 희주에게 그렇게 말했다. 희주는 수영 용품 매장에 들어갔다. 눈여겨보았던 형광 초록색과 짙은 초록색이 사선으로 디자인된 수영복을 샀다. 당분간 정말 더는 사지 말아야지, 결심했다.

수영장에 들어가니 주호가 물속에 얼굴을 박고 있었다.

"악당이 됐네요, 그 강사가. 졸지에. 우리 때문에."

물 밖으로 나온 주호에게 희주가 말했다.

"악당은 우리죠."

주호가 말했고 희주는 고개를 끄덕였다. 자유 수영을 마치고 나니 어느덧 날이 저물었다. 샤워를 하고 나와 수영 센터 앞에서 희주와 주호는 다시 마주쳤다. 희주는 소중한 식재료들이 담긴 장바구니를 안고 있었고, 희주의 장바구니에 뭐가 들어 있는지 묻던 주호는 "집밥을 먹어본 지가 언제인지" 하고 나지막이 덧붙였다. 희주는 망설이다가 요리를 해주겠다고 했다.

"지금요?"

지금 해준다는 뜻은 아니었지만 주호의 말에 희주는 고개를 끄덕였다. 희주의 집으로 같이 걸어가는 동안 희주는 주호가 자신에게 이성적 호감은 없다는 사실을 여러 번 느꼈다. 희주와 같이 대화하며 가다가도 주호는 희주의 옆자리를 계속 이탈했다. 주호는 길에서 조금이라도 곤란해 보이는 사람이 나타나면 달려갔다. 아주 큰 캐리어를 끌고 가다 턱에서 낑낑대는 여자에게 달려갔고, 넘어진 아이를 일으켰다. 할머니가 끄는 폐지가 가득 담긴 리어카를 뒤에서 밀었다. 거리의 라이프 가드였다. 시각장애인 아저씨가 나무 앞에서 계속 흰 지팡이를 두드리고 있었다. 주호는 아저씨에게 달려갔다가 돌아왔다.

"아저씨가 왜 저 앞에서 헤맸는지 알아요?"

"왜요?"

"음. 편견 없이 생각해봐요."

"아…… 혹시 술?"

주호는 웃었다. 두 사람은 같이 희주의 집으로 갈 것이고, 따듯한 식사를 함께 먹을 것이다. 앞으로도 가끔은. 지구가 물에 잠길 때 두 사람이 함께한 따듯한 저녁식사가 기억날 것 같다고, 희주는 주호에게 웃으면서 말했다. 주호 역시 그럴 것 같다고 말했다.

*

수영장 천장에서 빛이 쏟아진다. 형광등에도 타나. 많이 탔어. 사람들의 웅성거리는 말들을 물이 밀어낸다. 물속과 물 밖. 시끄러움과 고요함. 오늘은 끝까지 가볼래요? 아니요. 저는 안 갈래요. 왜 안 가요. 희주와 주호는 실랑이를 한다. 희주가 먼저 간다. 주호가 뒤따른다. 물이 흔들리고 물이 휜다. 딱 그만큼 몸이 흔들리고 몸이 휜다. 떠오르는 몸. 가라앉는 몸. 물을 밀어내는 만큼 밀려가는 몸. 밀어내는 만큼의 무게. 딱 그만큼 두 사람은 손안에 들어오는 물을 만진다. 움켜쥔다. 갈 수 있는 만큼 간다.

| 작가노트 |

갑자기 열리고 골몰히 닫히는 세계

1

재작년, 나는 수영을 배우기 시작했다. 물은 내게 늘 공포스러운 것이었는데 다소 충동적으로 수영을 배우게 됐다. 그전의 내겐 '앞으로 수영을 배워야지' '언젠가 수영을 배우고 싶다' 따위의 계획이나 결심 같은 것도 없었다. 어린이 수영 교실에서 수영을 배우지 않은 자, 커서도 수영을 할 수 없다고 여겼다. 통영에서 서울로 온 나의 가까운 이는 이런 변명을 놀렸고, 통영 어린이들은 그냥 바다에서 알아서 논다며, '수영'에 대한 나의 환상을 더욱 휘황찬란한 것으로 만들었다. 팔다리가 그냥 움직인다고? 안 알려줬는데 잠수를 했다고? 흥, 거짓말. 언젠가의 밤. 우리는 서로를 이해할 수 없어서, 즐거웠다.

내 위시 리스트에 수영은 없었다. 이렇게 커버린 몸으로 어떻게 수영을 배우겠는가 싶었다. 그저 나는 나를 수영할 수 없는 사람으로 자연스럽게 여겨왔고, 그러니 수영을 배워야겠다는 야망 같은 것도 없었다.

모처럼 쉬는 날이었다. 오후 늦게 일어났고, 수영 스승 없이 통영 바다를 누볐다던 이와 자동차 엔진오일을 교체하러 갔다. 예약을 하지 못해서 두 시간을 기다려야 했다. 기다리던 중에 나는 말했다. 수영을 배워야겠어. 나는 수영복도 수영모도 수경도 없었다. 당장 그것들을 사서, 당장 지금부터 수영을 배우고 싶었다. 갑자기 왜 수영을 배우고 싶어졌는지에 대해서는 생각하지 않았다. 그 이유와 목적을 생각하는 동안 수영으로부터 멀어질 수도 있었다. 엔진오일 교체가 끝난 후에 수영복과 수영모와 수경을 사러 돌아다녔고, 수영장으로 갔다. 그리고 그날부터 수영을 배웠다.

나는 아주 가끔 일기를 쓰는데, 수영을 배우기 시작한 첫날 일기를 썼다. 촘촘히 적어둔 그날 하루 일어난 일들에 수영과 상관없는 내용들—태풍의 상륙과 자동차 엔진오일 교체 같은—까지 자세히 적고선 그 모든 일이 마치 수영을 배우기 위한 전초전에 해당하는 것처럼 썼다. 덜컥 수영 강습 결제까지 마치고 대기하는 동안의 마음도 적어놓았다. 나는 생각했다. '내가 물속에 얼굴을 넣을 수 있을까.'

나는 꽤 열심이었다. 과장이 아니라, 일주일에 일곱 번 수영장에 갔다. 일 때문에 지방에 가는 날에는 그 지역의 수영 센터를 검색해 찾아갔다. 지금 돌이켜보면 지독하게 했던 것 같은데, 그때 나의 목표는 수영을 잘하는 것이 아니었다. 강습반 앞줄에 서는 것이 아니었다. 그렇게 해야 간신히 강습반에서 방해가 되지 않을 것 같았다.

초급반에서 처음으로 수영을 배우기 시작한 사람들은 나를 포함해 꽤 많았다. 할머니들도 여럿 있었다. 나는 맨 뒷줄에서 할머니들과 친구가 되었다. 나는 느리고 느렸다. 그런데 사실 내게는 딱히 '빨리' 가고 싶은 의지도 없었다. 다만 나는 내가 너무 느려서 수업 진행에 방해가 될까봐 걱정했다. 미안한 마음도 있었다. 어느 날, 초급반에서 네 사람씩 열을 맞춰 한 줄씩 헤엄쳐갔다. 나는 아주 뒤처져서 느릿느릿 움직였는데, 먼저 가 있던 사람들이 그런 나를 향해 박수를 쳐주었다. 물속에 얼굴을 박고 가는 중이었지만 도착하기도 전에 사람들이 박수를 치는 것을 알았다. 그건 무언가 부끄럽고 수치스러우면서도…… 좀 따듯했다. 그 순간이 마음에 강하게 남았다.

연습을 위해 자유 수영을 하러 가면 나와 같은 줄 동지인 할머니들이 같은 시간에 나와 있었다. 오늘은 끝까지 가자고 할머니들이 말했고, 그럼 나는 "저는 안 갈래요……"라고 고개를 저었다. 나는 할머니들에게 등짝을 맞으며 끝까지 갔다.

나는 물속에 서서, 앞을 향해 나아가는 사람들을 바라보았다. 수영장에 가면 마음이 편안했다. 좋았다.

불현듯 이 소설의 제목이 된 문장이 떠올랐다. 나는 거기에서 소설을 시작했다.

2

아니다. 시작은 더 먼저였을 수도 있다. 많은 순간이 소설에 연결되었을 것이다. 수영을 배우기 전 자동차 엔진오일을 갈러 간 일조차. 소설에 쓰이지 않고 삭제된 이야기들이 있어서, 소설이 되었다고 생각한다.

수영을 배우며 얻은 것이 있다면, 수영 실력이 아니라, 이 소설을 쓰게 된 것이다. 주호와 희주를 쓰며, 조금은 평온한 공간이 만들어지길 바랐다.

함께 수영을 배우기 시작했던 사람들과 끝까지 함께하지는 못했다. 계절이 바뀔 때마다 많은 사람이 그만두었다. 모르는 사람들, 새로운 얼굴들을 또 자주 보았다. 나는 이제 접영을 한다. 엉성하고 엉망인 자세로, 맨 뒤에서. 레인 끝까지 가지는 못한다. 그리고 수영을 처음 배웠을 때 함께했던 사람들이 아닌 다른 사람들과 수영장에 있다. 잘 모르는 사람들과 인사를 하고 암묵적 규칙에 따라 움직인다. 수영이 끝나면 우리는 헤어진다.

3

수영을 배우며 나는 특히 수영의 호흡법이 흥미로웠다. 숨을 쉰다는 것이 자연스러워서 의식하지도 않는 일이 아니라, 아주 의식적이고 부자연스럽고 간절한 일이 된다는 점. 그 점이 무척 마음에 들었다. 나는 이 소설과 관련해 인터뷰를 할 기회가 있었는데 이렇게 말했다. "누군가에겐 물 밖이 물속과 같겠구나"라고 생각했다고. 사실 '누군가'에는 나도 포함되어 있었다. 그러나 나는 '나에게'라고 말하지 않고 '누군가에게'라고 말하길 택했다. 그것은 내가 나의 삶을 견디기 어려울 때 택하는 방식들 가운데 하나였다. 나는 나를 통과하기도 하고 멀어지기도 하면서, 글을 썼다.

나는 이 소설을 쓰며 조금 즐거웠다. 이 소설을 읽는 동안, 나와 나 아닌 누군가도 그러했으면 좋겠다.

| 해설 |

그러므로 갈 수 있는 만큼 가보려 합니다

이소

1

1946년, 전장에서 고향으로 돌아온 젊은 시인은 자신의 세대를 '이별 없는 세대'라고 이름 붙인다. 패전 후 독일에 남은 것이라곤 이후 삼십이 년간 치워야 할 막대한 폭격의 잔해 더미.[1] 여기에는 이별의 의식을 치를 만한 것조차 남아 있지 않았다. 이미 모든 것은 과거의 형태와 가치를 잃었고, 시인이 상속받은 건 산더미 같은 잔해뿐. 그런데도 폐허를 노래하는 시인의 목소리에는 어딘가 기묘한 구석이 있다. 희열에 들떠 일렁이는 단호하고 열정적인 목소리. "우리는 이별 없는 세대, 귀향 없는 세대가 되었

1) 하랄트 얘너, 『늑대의 시간』, 박종대 옮김, 위즈덤하우스, 2024, 49쪽.

다. 그러나 우리는 도착의 세대다." 그러니 이제부터 시작이다. "새로운 별에, 새로운 삶에 다다르는 도착의 세대."[2] 역설적이게도 폐허는 재건을 자극하고, 독일이 빚어낸 찬란한 '라인강의 기적'은 폐허 위에서 피어났다. 사람들은 끊임없이 몸을 움직여 거대한 쓰레기 더미를 치우고 그 위에 도시를 세우고 기어이 미래를 빚어냈다.

그렇다면 조금의 빈터도 남지 않은, 무엇 하나 더할 필요 없이 매끈한 세계에 태어난 오늘날의 세대는 어떠한가. 무언가를 세울 공간도 여지도 없거니와 더는 세우는 행위가 재건이 아닌 위기를 앞당기는 해악이 되어버린 지금의 세대에게 저 패잔병 시인의 목소리를 빌려 '이별밖에 없는 세대'라고 이름 붙여도 좋을까. 조밀하고 과잉된 세계에서 옴짝달싹하기조차 어려운 지금의 세대는 폐허 위에서 앞으로 올 시대에 특권을 부여했던 우수어린 전후(戰後)세대와 정반대의 형상을 하고 있다. 공현진의 「어차피 세상은 멸망할 텐데」에서 희주와 주호의 모습이 그러하다. 동강난 시대의 척추를 바라보며 미래를 기획하는 고독한 세대가 아닌, 위태로울 만큼 화려한 척추가 무너지고 쏟아지기 시작할 때 그 뼈의 물결에 함께 휩쓸려내려갈 세대. 더는 미래를 기획할 수 없고, 미래를 떠올리면 자꾸 "지구가 물에 잠길 때"(98쪽)를 상상하게 되는, 그런 이별밖에 남지 않은 세대.

---

2) 볼프강 보르헤르트, 『이별 없는 세대』, 김주연 옮김, 문학과지성사, 2018, 97~98쪽.

2

이미 너무 많은 것이 있다. 그런데도 사람들은 끊임없이 만들고 쌓는다. 더는 세울 공간이 보이지 않자 메타버스든 화성이든 다른 차원의 공간까지 탐을 내면서. 매일 많은 것이 사라지는 중이다. 그런데도 사람들은 변함없이 살아간다. 무언가 사라지기 이전과 이후가 다르지 않아야 현실적인 어른의 삶이라고 믿으면서. 그러나 이제 근본적인 질문을 던져야 할 때가 왔다. 정말은, 무엇이 '현실'인 걸까.

주호와 희주는 이 뫼비우스의 띠에서 자발적으로 떨어져나왔다. 두 사람은 꿀벌 실종 기사가 자신과 무관한 일처럼 여겨지지 않고, "무슨 일이든 거기에 자신이 얼마나 엮여 있을지 생각"(82쪽)하지 않을 수 없다. 정말 화내야 할 일에 화내지 않은 채 고작 서로를 괴롭히는 학생들이 안타깝고, 일하던 공장의 플라스틱 사출 성형기에 사람이 끼여 죽었는데도 다음날 공장이 돌아간다는 사실을 도저히 받아들일 수 없다. 사라지는 것들 앞에서 원래대로 살 수 없는 두 사람에게 다른 사람들은 "이렇게 인생 끝낼 거"(81쪽)냐고 힐난하거나 "그만하면 됐"(82쪽)다고 다독인다. "유별나다고 수군"(83쪽)거리거나 "네가 왜 난리냐"(84쪽)라고 비난하는 일도 드물지 않다.

그러니까 두 사람은 충분히 실제로 있을 법한 사람들이면서도 실제의 상황을 초과하는 사람들이다. '현실'이란 묘한 것이라서, 많은 이가 오늘날 세계가 처한 '현실'을 잘 알고 있으면서도 그와 별개로 자신의 '현실'을 유지하며 살아가야 한다고 생각한다. 기후 위기 뉴스를 보며 '현실'에 혀를 차다가도 '현실적으로' 편리한 생활을 사수하고, 사출기에 사람이 끼여 죽어나가는 '현실'에 문제가 있다고 여기면서도 '현실적으로' 공장은 계속 돌아가야 한다고 믿는다. 소설은 두 개의 현실을 사는 사람들이 나쁘다고 비난하는 것도, 그 현실들 사이의 단절을 견디지 못하는 두 사람에게 그럴 만한 사연이나 트라우마가 있다고 설득하는 것도 아니다. 다만, 현실을 필요에 따라 나누어 '이중의 현실'로 만드는 대신 '하나의 현실'을 자연스럽게 느끼고 경험하는 사람들이 있다고, 어쩌면 이들이야말로 가장 현실적인 사람들일 수 있다고 이야기할 뿐이다. 누군가의 눈에 희주와 주호는 지나치게 선량하고 비현실적인 존재일지도 모른다. 그렇다면 그때 말하는 '현실'이란 무엇인가. 어떠한 '이별'도 제대로 감지하지 못한 채, 걱정해야 할 일을 걱정하는 대신 끊임없이 쌓고 부수기를 반복하는 것이야말로 더 비현실적인 건 아닐까. 주호와 희주는 그저 "살아 있어서 좋"(91쪽)고 계속 "살고 싶다는 충동"(90쪽)을 느끼는, 그러나 세상이 점점 그와 반대의 것들로 뒤덮이고 있음을 고통스러워하는, 지극히 현실적인 사람들인 건 아닐까.

'어차피 세상은 멸망할 텐데'의 다음에 이어질 구절이 반드시 냉소적이리라 믿지 않는다. 뒤따를 문장이 기어코 허무에 가닿을 수밖에 없다고 믿는 이들이야말로, 그 냉소의 제스처와 달리 일인분의 삶을 초과하는 욕망을 은폐하고 있을 가능성이 크다. 영원이 보장되지 않는다면 어차피 망한 것이라는 무의식적이고 유구한 믿음. 어차피 망할 것이라면 그때까지라도 현재의 풍요를 지키고 싶다는 공포가 뒤섞인 욕망. 그러나 머지않은 미래에 세상이 멸망하리라는 현실을 진심으로 수용한다면, 이 오래된 필연의 고리는 힘을 잃고 끊어질 수 있다. 더이상 타자의 죽음을 딛고 세계의 엔진을 돌리며 멸망을 앞당길 필요는 어디에도 없다. 어차피 세상에 끝이 있다면 끝까지 최대한 살아볼 수밖에 없다. 희주의 말처럼, "같이 떠내려가는 것. 같이 잠기고 같이 사라지는 것. 그런 것도 사랑이라고 할 수 있"고, 그것은 "무서운 것이 아니라 이상하게 위안이"(91쪽) 되는 것이다. 물론 이 같은 희주의 사랑에 어떠한 종류의 체념도 섞여 있지 않다는 말을 하는 것은 아니다. 다만, 반문해본다. 왜 체념은 나쁜 것인지, 왜 영원을 체념하고 발전을 포기하면 안 되는지. 우리가 정말 세상의 멸망을 실감한다면, 멸망에 대한 인식이야말로 삶을 명목과 당위의 차원이 아닌 '현실'의 차원에서 정확히 볼 수 있도록 도와줄 텐데.

3

희주의 삶은 자주 아득해질 수밖에 없다. 희주를 사랑하고 아끼는 엄마가 "희주의 선택이 얼마나 미친 짓인지" 확인시켜주려 하고, 남자친구는 "너는 정상이 아니야"(92쪽)라는 말을 남기고 희주의 곁을 떠나버린다. 현실을 쪼갤 수 없는 자, 하나의 현실을 지닌 자에게 고독은 필연적이다. 그러니 기꺼이 멸망을 수용한 사람이라면 함께 떠내려갈 동료를 찾는 일이 시급하다. 지금 "따듯한 식사를 함께 먹을" 수 있고 "지구가 물에 잠길 때 두 사람이 함께한 따듯한 저녁식사가 기억날"(98쪽) 사람. 이런 동료를 찾는 것은 결코 쉬운 일이 아니지만 그렇다고 그리 어려운 일도 아니다. 다시 해답은, 끝끝내 현실을 보는 것. 내 앞의 현실에 집중하여 그저 "자기가 궁금한 걸 묻고 자기가 말하고 싶은 걸 말하"(88쪽)며 제때에 도움을 주고받는 것. 다행스럽게도 희주의 앞에 그런 주호가 나타나고, 더 다행스럽게도 희주는 어떠한 "다른 의도나 악의 없이"(89쪽) 타인에게 관심을 기울일 줄 아는 주호의 다정함을 늦지 않게 알아본다. 시뻘게진 얼굴로 쉴새없이 욕설을 내뱉고 화를 쏟아내는 강사에게 주호는 주저하지 않고 묻는다. "선생님, 괜찮으세요?"(95쪽) 주호는 이것이야말로 가장 확실하고도 유일한 현실이라는 듯이, 눈앞의 광경을 계산 없이 바라보고 정확하게 반응한다.

당신은 주호처럼 무거운 짐을 끄는 행인이나 넘어진 어린아이를 향해 망설이지 않고 달려갈 수 있나. 지팡이를 두드리는 시각장애인이나 폐지가 가득찬 수레를 끄는 어르신에게 도움이 필요한지 물으러 다가갈 수 있나. 왜 나는 낯선 이를 걱정하고 돕고 싶은 마음을, 어떠한 악의나 의도 따위 품지 않은 내 마음을 숨기고 누르며 살아왔을까. 만약 그것이 여러 갈래로 찢겨버린 현실들의 방정식에서 산출된 보잘것없는 결과라면, 당장 우리에게는 하나의 현실에 집중하고 반응하는 연습이 필요할 것이다. "물이 흔들리고 물이 휜다. 딱 그만큼 몸이 흔들리고 몸이 휜다."(98쪽) 주호와 희주가 천천히 함께 수영을 배워나가듯, 우리 역시 우리의 몸에 맞닿은 이 세계에서 흔들리고 휘어지면서 갈 수 있는 만큼 나아가길 최선을 다해 희망해야 한다.

이소
2020년 경향신문 신춘문예를 통해 평론을 발표하기 시작했다.

김기태

보편 교양

작가노트

보편적인 메모

해설 박서양

이토록 달콤한 멜랑콜리

김기태
2022년 단편소설 「무겁고 높은」이 동아일보 신춘문예에 당선되며 작품활동을 시작했다.

보편 교양

종료령이 울리면 학생들은 교실을 빠르게 떠났다. 곽은 출석부와 태블릿 피시, 두세 권의 책, 황동 클립으로 묶은 학습지를 상아색 에코백에 넣었다. 두꺼운 직물을 단단히 박음질한 가방이었다. 그걸 구매한 런던의 고서점을 잠시 회상하면 교실이 텅 비었다. 몇몇 책상 위에는 수업중 배부한 학습지가 그대로 버려져 있었다. 그것들을 반듯하게 모아 교실 뒤편 분리수거함에 넣을 때면 가정통신문도 앱으로 배부되는 시대인데 자신의 수업은 너무 많은 종이를 소모하지 않나 고민했다.

복도는 이동하는 학생들로 소란스러웠다. 꼭 다음 수업 교실로 향하는 건 아니었다. 친구를 만나려고, 간식을 사 먹으려고, 혹은 그냥 움직이는 게 즐거워서 움직이는 듯 보였다. 곽은 좁은 계단을 내려가다 체육 수업을 마치고 올라오는 한 무리의 십대들 사이에 갇히고는 했다. 땀과 열기와 웃음 속에서 곽은 "실례합니다"라고 말하며 가방을 품에 안았다. 윤동주의 「쉽게 씌어진 시」 속 '늙은 교수'를 떠올린 날이 있었다. 현실과 괴리된, 정체된, 그래서 화자로 하여금 부끄러움을 느끼게 한다고 해설되는 이미지. 그 늙은 교수는 적어도 '노-트를 끼고' 강의에 출석하며 밤마다 육첩방에서 시를 쓰는 성실한 제자를 두었다. 나는 늙지도 않았고 교수도 아니다. 그렇게 생각하다 '늙지도 않았고' 부분의 판단은 유보했다.

수년 전 수업시간이었다. 시였는지 소설이었는지 기억나지 않지만 수능 대비 교재에 수록된 1970년대, 혹은 1960년대 작품이었다. 권력의 억압에 훼손된 개인의 자유를 형상화하며 반성과 실천을 독려하는…… 식의 설명을 마쳤을 때 맨 앞줄 학생이 질문했다.

"선생님도 민주화운동 했어요?"

곽은 학생이 박정희 정권 때 무엇을 해보았느냐고 묻는 건 아니며, 늦춰 잡아 전두환, 그러니까 1980년대쯤을 상상했다고 가정했다. 그 시대에 자신이 한 일이 있다면 하나, '태어나는 일'이었다. 곽은 자기가 그렇게 늙어 보이는지, 학생이 근현대사 연표 학습을 게을리한 것인지 잠시 고민했다. 지루한 수업 분위기가 전환되길 기대하며 분유나 기저귀 같은 단어가 포함된 유머로 대답했다. 주름 개선 화장품 2종을 추가해 피부 관리 루틴을 체계화했다. 가끔 혼자 재치 있는 대답을 만들어보기도 했다. '독립운동을 했냐고 묻지 그래요?' 미시사를 포함한 세 권의 역사서를 읽고

'인간이란 자기가 살지 않은 과거는 뭉뚱그리는 관성이 있다'라고 메모했다. 세대론은 의심스러운 도구였지만 젊은 사회학자의 저서는 고등학생의 심성 구조를 상상하는 데에 도움이 되었다. 마흔이 된 지금, 곽은 '동시대'라는 단어에 소유권이 있다면 자신보다는 십대들의 지분이 크다는 걸 납득했다. 교사는 어린 학생들과 생활하며 유치해지기 쉬운 직업이라고들 했다. 퇴행보다는 조로(早老)가 나왔다.

생각은 생각이고 시간은 시간이었다. 충분한 연금 수령액에 도달하려면 십오 년은 더 일해야 했다. 그 연금을 실제로 받으려면 이십오 년이 남아 있었다. 따지자면 곽은 교무실에서는 젊은 축이었다. 대표전화와 가깝고 방문자에게 등을 보이는 자리. 도서전에서 받은 머그잔과 저녁 산책을 하다 구입한 스투키 옆에 가방을 내려놓으면 힘이 빠졌다. 밀린 보직 업무를 시작하기 전, 의자에 몸을 묻고 수업을 돌아봤다. 연주하던 기타를 부수거나 관객에게 주먹을 날린 적이 있는 록 밴드들의 음악을 한두 곡 이어폰으로 들었다. 오아시스가 인터뷰에서 "우리는 예전에 끝났어"라며 위악적으로 남긴 말은 재미있었다. 그걸 이렇게 바꿔서 속으로 읊기도 했다.

'교육은 예전에 끝났어. 그러니까 엿같은 월급이나 내놔.'

냉소는 독이었지만 적당히 쓰면 자기 연민을 경계하는 데에 유용했다. 머그잔에는 『노인과 바다』의 문장이 새겨져 있었다. A man can be destroyed but not defeated. 인간은 파괴될지언정 패배하지 않는다. 탕비실에서 향 좋은 커피를 내리며 그 문장이 자신에게 사치라는 걸, 자신은 패배는커녕 파괴되지도 않았다는 걸 분명히 해두었다. 아쉬운 월급이었지만 임금노동자 평균 수입에 비하면 넉넉했다. 법으로 고용을 보장받았고 실적의 압박이 없으며 냉난방이 원활한 공간에서 일했다. 자잘한 연수나 업무가 있긴 해도 방학은 방학이었다. 일 년에 두 달을 쉴 수 있는 직업은 많지 않았다. 균형감각, 계급의식, 뭐라고 부르든 견지해야 할 미덕이 있다면 푸념은 자제해야 했다. 게다가 한국은 대다수의 국민이 십 년 이상 공교육을 받는 선진국이므로, 명절의 친척집이든 독서 모임이든 포털 댓글난이든 모두가 학교와 교사에 대해 나쁜 기억 하나쯤은 있었다. 병원에 가봤다고 의사의 일을, 은행에 가봤다고 은행원의 일을 다 아는 건 아닐 텐데 다들 지나치게 비난한다는 의문이 들기도 했으나, 그만큼 지난 시대 교육이 남긴 상흔이 큰 탓일지도 몰랐다. 곽은 사람들에게 물을 따라주고 냅킨을 건넸으며 겸손하면서도 정직하고 싶어서 이렇게 말하고는 했다.

"교사는 감사한 직업이고, 가끔은 아주 감사한 직업이에요. 학생에게 뭘 가르치려고 하지 않는다면 말예요."

그래서 하늘이 맑고 바람이 따뜻하고 학생들이 잠드는 5월의 어느 날, 곽은 자신이 수업시간에 정치적으로 편향된 내용을 가르쳤다는 민원을 교장에게서 전해들었을 때 다소 놀랐다. 분노나 환멸보다 잃어버렸던 무엇을 찾은 듯한 반가움이 먼저였다. 곽은 곤란한 표정의 교장에게 이렇게 되물었다.

"제가 뭘 가르쳤다고 하던가요?"

'고전읽기'는 올해 처음 개설된 3학년 선택과목이었다.

곽의 또래들만 해도 정해진 시간표에 따라 종일 한 교실 한자리에서 꼼짝없이 듣는 수업에 익숙했으므로, 곽이 요즘 고등학생들은 수강 과목의 절반 이상을 선택할 수 있다고 말하면 다들 신기해했다. 선택권을 주는 척만 하고 학교가 행정 편의에 맞춰 배정했던 과거와도 달랐다. '학생이 주체적으로 진로를 설계해 각자의 적성과 흥미를 계발하도록 수요자 중심의 교육과정을 운영할 것.' 그런 문장이 밑줄로 강조된 각종 지침과 사업 안내가 문서함에 끊임없이 하달되었다. 대입 종합 전형에서도 자기주도성, 전공적합성 같은 평가 요소가 부상한 지 오래였다. 학생이 무슨 과목을 택했는지에서부터 가늠되는 자질이었다. 있는 꿈도 없는 듯 주머니에 쑤셔넣고 문제집을 푸는 게 과거의 입시라면, 없는 꿈도 있는 듯 만들어서 스토리텔링을 하는 게 지금의 입시였다. 곽은 경쟁은 여전히 경쟁이며 선택은 기만이 아닌지 의심하기도 했다. 그러나 학생 주체가 자신의 결정에 따라 배우고 성장할 가능성이 마련되긴 했다는, 그런 원론적인 차원에서 새 교육정책을 얼마간 환영했다.

심리학, 여행지리, 영상제작의 이해, 세계문제와 미래사회…… 선택과목 안내서를 보다보면 학생들이 부럽기도 했다. 수능 문제집이 가득한 바구니를 책상 옆에 두고 기계처럼 정답과 오답을 솎아냈던 고교 시절을 돌아봤다. 순수할 정도로 반복적인 문제풀이도 나름의 근육을 남겼고, 드물게는 정서적 안정까지 제공했으므로 그 시절을 완전히 부정하고 싶지는 않았다. 그러나 졸업할 때까지 관심 분야의 책 한 권 편히 읽지 못하는 걸 '공부'라고 부를 수는 없었다. 동료들이 난색을 표했던 과목인 고전읽기에 곽이 자원한 건, 그 '공부'를 학생들과 해볼 수 있을지도 모른다는 호기심 때문이었다. 고전읽기의 '고전'은 「관동별곡」처럼 수능에 나올 법한 고전문학을 지시하는 게 아니었다. 동서고금의 명저 모두를 뜻했다. 곽은 '지문'이 아니라 '책'을 다루고 싶었다. 객관식 문제를 내기 위해 토막낸 소설이나 논문을 도식화하는 데에 학생들만큼이나 지쳐 있었던 것이다.

'인간으로서 갖춰야 할 보편적인 교양과 바람직한 인성을 형성하며, 학문이나 직업 활동에 필요한 문제 해결 능력을 갖추고, 읽기는 물론 말하기와 글쓰기 등 통합적인 국어 능력의 향상을 꾀한다.'

그런 과목 취지와 성취 기준만이 존재할 뿐 교과서도 개발되지 않은 과목이었다. '고전을 통해 자아와 세계를 이해한다'는 식의 추상적 기준에 뼈와 살을 부여해야 하는 건 담당 교사의 몫이었다. 부담이 크다는 뜻이었지만 곽은 그 부담을 어떤 가능성으로 받아들였다. 새 학기를 앞둔 겨울방학을 수업 준비로 보냈다. 출근은 하지 않았지만 베이글에 바질페스토를 바르는 아침부터 싱잉볼을 문지르고 잠자리에 드는 밤까지 스스로 묻고 답하며 수업의 얼개를 정리했다.

첫째, 인류의 지성사와 예술사에서 고유의 좌표를 차지하는 열 권 내외의 도서를 선정한다. 각각 3차시 내외의 강의로 핵심 내용과 의의를 소개한다. 이러한 추천과 해설은 일종의 정전(正典)주의를 강화할 위험이 있으나 독서 경험이 얕은 학생들에게는 비계를 제공할 필요가 있다.

둘째, 학생들은 지망 전공이나 개인적 호기심에 따라 자유롭게 도서 한 권을 택해 읽는다. 추천 도서가 아니어도 상관없다. 실제로 책을 읽으며 꾸준히 독서록을 쓰는 시간을 마련한다. 2차 저작을 고를 수도 있고 발췌독을 해도 무방하다. 제한적으로 이해하더라도 한 권의 책을 손에 쥐는 경험은 유의미하다.

셋째, 최종적으로 학생들은 읽은 책을 인용하여 자신의 주장을 담은 글 한 편을 쓴다. 교사는 주제 탐색부터 개요 조직, 집필과 공유와 퇴고까지 지원한다. 학습이란 입력뿐 아니라 출력도 포함하며, 생각이나 감정을 표현하는 능력은 누구에게나 필요하다. 논지를 뒷받침하기 위해 오래 널리 읽힌 저작의 권위를 빌리는 것은 부끄러운 일이 아니다. 의지하기 위해서가 아니라 도전하기 위해 인용한다면 더 훌륭하다.

먼저 추천 도서를 선정해야 했다. 곽은 현대문학 석사일 뿐인 자신의 독서 이력이 불충분하다고 느꼈다. 그러나 수학 교사가 인공지능을, 윤리 교사가 심리학을 담당하는 일도 흔해지고 있었다. 새 시대에 학생들이 요구받는 새 자질이 있다면 교사도 부담해야 할 몫이 있는 게 당연했다. 곽은 스스로를 고전읽기 수업의 첫 수강생으로 여겼다. 공립도서관에 출입했고 3층 창가의 채광이 공부하기에 좋다는 걸 발견했다. 수업에서 쓰지 않더라도 물질적이고도 정신적인 자산으로 남을 것이므로 삼십만원어치의 도서를 사비로 구입해 집에서도 읽었다. 그중 두 권은 겨울 휴가로 명명한 5박 6일의 싱가포르 여행에 동행했다. 새 과목에서 새 학생들과 읽을 책을 고르는 일이 마치 여행을 앞두고 차에서 들을 플레이리스트를 편집하는 듯 즐거웠다. 학생들이 각자의 희망 진로와 연관되는 책을 한 권쯤은 발견할 수 있도록 인문계, 사회계, 상경계, 예능계, 그리고 자연과학계까지 고루 배분해야 했다. 대입만을 위한 수업이 아니므로 학제 구분을 넘어 귀를 기울여볼 만한 책들도 포함시켜야 했다. 너무 두껍거나 어려워서 손도 대지 못할 정도는 아니어야 했는데, 그런 이유로 배제하기에 어떤 책들은 의의를 무시할 수 없어서 발췌역 문고판으로라도 다루기로 했다.

겨울방학의 절반이 지났을 무렵 아리스토텔레스의 『시학』과 밀의 『자유론』으로 시작해서 베케트의 『고도를 기다리며』로 끝나는 열한 권의 목록을 작성했다. 고르고 보니 『논어』를 빼면 전부 백인 남성들의 저작이었다. 슈마허의 『작은 것이 아름답다』를 카슨의 『침묵의 봄』으로, 카의 『역사란 무엇인가』를 네루의 『세계사 편력』으로 바꾸었다. 학습지와 PPT 슬라이드를 만들고 미디어 자료를 찾았다. 미리 받아둔 예산으로 전용 교실에 새 책장을 집어넣고 추천 도서 다섯 권씩을 비롯하여 연계 도서까지 백여 권을 채웠다. 큐레이션 메모를 컬러로 출력해 코팅해서 붙였다. 학생들이 서점이나 도서관에 갈 필요 없이 손만 뻗으면 책을 읽을 수 있어야 했다. 차분한 암녹색과 진회색으로 교실을 칠하고 타탄체크 커튼을 구매했다. 개학 전날 빈 교실에서 커튼에 핀을 꽂고 있을 때 지나가던 동료가 "정성이네, 정성이야" 하며 거들었다. 곽은 의자에 올라가 커튼을 달며 말했다.

"어때요? 막 책을 읽고 싶어지는 분위기 아니에요?"

3월 첫 수업. 곽은 아끼는 네이비색 재킷을 입었다. 한 번 접은 소매로 살짝 보이는 블루 스트라이프의 안감이 젊고 시원한 인상을 주길 기대했다. 교실에 들어서며 대다수 학생이 노트 한 권, 펜 한 자루 없이 나타났다는 것을 눈치챘지만 불길한 암시로 해석하지 않았다. 선입견을 경계해야 했다. 고전에 담긴 지혜와 아름다움은 닫힌 마음에 스며들 수 없었다. 그러한 조건을 곽 자신도 공평히 수용했다. 수강생들의 성적 자료도 열람하지 않았으며, 담임교사에게 평판을 묻지도 않았다. '학생'으로 통칭하며 '성적'이라는 가치로 파악하는 관성에서 벗어나야 했다. 호르크하이머와 아도르노가 『계몽의 변증법』에서 비판한 동일성 원리란 학교에서 그런 식으로 작동하는 것일 수도 있었다. 곽은 한 명 한 명의 개별성을 포착하기 위해 수강생이 스스로에 대해 기술할 수 있는 양식을 나누어주었다. 수강 신청 동기와 희망 진로, 관심 주제를 포함해 일곱 개의 물음을 담았고, 자유롭게 전하고 싶은 말을 쓰는 칸도 있었다. 대단치 않은 양식이었지만 곽은 그걸 '작은 노력'이라 불러보기로 했다.

동료들은 이미 퇴근한 저녁. 곽은 에너지 절약을 위해 자신의 책상을 밝힐 만큼의 형광등만 두고 나머지는 껐다. 머그잔에 따뜻한 홍차를 우리며 '작은 노력'을 천천히 넘겨보았다. 대다수는…… 빈칸이었다. 조금은 실망스러웠다. 하지만 자기 기술도 연습이 필요한 일이었다. 그동안 교육과정에서 자기 표현 기회를 가져본 적이 없었다는 방증일 수도 있었다. 적절한 빛깔로 우러난 홍차에서 티백을 빼고 한 모금을 마셨다. 수강 동기를 묻는 질문에는 '미적분이나 영어는 싫고 그나마 국어라서'라는 답변이 다수였다. 곽은 교육과정표를 꺼내봤고 맹점을 발견했다. 졸업 요건을 채우기 위해 과목을 조합하다보면 3학년 때 '미적분'과 '진로영어', 그리고 '고전읽기'를 저울질하게 될 확률이 높았다. 학업 성취도가 높은 학생들은 이공계 진학을 선호하는 분위기라 대개 미적분으로 모였을 것이다. 대학 학과명에 '글로벌'이 붙은 지 오래였고, 근래에는 '세계시민' 같은 키워드도 인기이므로 인문사회계 진학 희망자에게는 '진로영어'가 유망해 보일 수 있었다. 즉 '고전읽기'에는, 고전을 읽고 싶다기보다 다른 걸 하기 싫은 학생들이 모이기 쉬웠다. 희망 진로 또는 지망 전공을 밝히는 칸에 내심 기대했던 문학이나 사회학은 한 손에 꼽을 만큼 드물었다. 뷰티 매니저, 게임 크리에이터, 실용음악 보컬…… 절반 이상은 '모름'이거나 빈칸이었다. 독서 욕구나 이해력을 지레짐작하는 것은 옳지 않았다. 고전읽기는 일하고 사랑하고 꿈꾸는 인간이라면 누구에게나 필요한 보편적 교양을 담은 수업이어야 했다. 그날 밤 곽은 사철 제본되어 펼침이 좋은 일기장에 이렇게 적었다.

'수업 첫날의 수강생은 교사의 책임이 아니다. 그러나 수업 마지막날의 수강생은 교사의 책임이다.'

3월이 지나며 곽은 수업중에 창밖을 자주 보게 되었다.

교실은 실명 공간이며 모두가 독자적 인격이라는 의미에서 매 시간 출석을 부르려 했으나 제대로 되지 않았다. 곽이 교실에 들어서는 시점에 이미 절반은 엎드려 자고 있었다. 노트를 가져온 학생보다 베개를 가져온 학생이 더 많았다. "일어납시다"라고 한들 한두 명이 부스스 몸을 일으킬 뿐, 대개 깊은 잠에 빠져 이름을 불러도 듣지 못했다. 다가가서 깨우면 찌뿌둥한 얼굴로 겨우 일어났다가 곽이 돌아서면 다시 엎드렸다. 수업을 시작하기 전에 활기찬 음악을 틀어보기도 했으나 그런 꼼수도 두어 번이 한계였다. 유머러스한 사례나 시각 자료도 수면 앞에서는 쓸모가 없었다. 곽은 아무리 훌륭한 스탠드업 코미디언도 자는 관객을 웃길 수는 없다는 비유를 생각해냈다. 지적 호기심은커녕 생에 호기심을 잃은 듯한 학생들을 깨우다 지친 날, 사실 주체성이란 드문 자질이 아닌지, 인생을 더 나은 방향으로 영위하려는 꿈과 끼가 모두에게 잠재되어 있다는 믿음은 미신이 아닌지 의심했다. "인간은 굴종을 원해" 운운했던 영화 속 파시스트 악당들을 떠올리며 자신이 그런 의심을 했다는 사실에 죄책감을 느꼈다. 한번은 종료령도 듣지 못하고 잠든 채 교실에 남아 있는 학생을 흔들어 깨웠다. 새벽까지 게임을 하거나 유튜브를 봤을 거라 짐작하며 어제 무엇을 했길래 이렇게 자느냐고 물었다. 학생은 짜증내는 기색 없이 입가의 침을 훔치며 겸연쩍게 말했다.

"늦게까지 배달을 해서…… 죄송합니다."

사연을 물을지 고민하는 곽을 두고 학생은 목덜미를 긁으며 베개를 들고 교실을 떠났다. 곽은 스무 살도 안 된 아이를 밤마다 거리로 내모는 사회가 새삼 무서웠다. 각자의 삶에서 이 수업이란 전혀 중요하지 않으며, 차라리 오십 분의 숙면이 더 귀할 수도 있지 않을까. 그들을 교실에 가두는 것은 어른들의 욕심이 아닐까. 엎드린 이 학생, 그리고 저 학생도, 억압적인 제도 교육에 대하여 멜빌의 「필경사 바틀비」 속 바틀비처럼 "하지 않겠습니다"라는 메시지를 온몸으로, 그러니까 잠으로 표현하고 있는 것 아닐까.

깨어 있는 학생들 중 다수도 수업을 외면했다. 고전읽기는 수능 과목이 아니었다. 절대평가 과목이라 상당수의 대학은 내신 성적에 산입하지도 않았다. 담당 교사가 기술하는 특기사항은 종합전형에 지원하지 않는다면 필요가 없었다. 맨 앞에 앉아서 이어폰을 꽂고 '확률과 통계' 문제집을 풀고 있는 학생을 제지할 수 없었다. 당사자에게는 긴급한 과제임을 곽도 이해했다. 물론 수업에서 소개하는 고전에 귀를 기울이는 게 장기적으로는 더 뛰어난 성취와 풍요로운 삶으로 이어질 거라고 믿었다. 그러나 그 학생의 문제집 아래 깔린 학습지에 곽 스스로 적어둔 것이 있었다. '밀은 『자유론』에서 개인의 행동이 설사 그 자신의 이익과 상충되는 듯 보이더라도, 그러할 자유를 보장하는 게 포괄적 공리에 부합한다고 여겼다.' 좋은 수업이란 훌륭한 예술품이 그러하듯 내용과 형식이 일치해야 했다. 충분히 이성적이지 못한 미성년자의 자유는 제한할 수 있다는 구절도 기억났으나, 밀이 같은 논리로 당시 식민지인에 대한 지배도 정당화했다는 점에 주의해야 했다. 3월이 끝나갈 무렵 곽은 주체, 타자, 대상화, 전유, 포섭, 폭력 같은 단어들이 섞인 일기를 이렇게 끝맺었다.

'……하지만 학생들은 나의 식민지가 아니다.'

4월이 되자 완연히 따뜻해진 날씨에 꽃나무들이 만개했다. 고전읽기 교실은 2층이라 창밖으로 손을 뻗으면 하얗고 부드러운 꽃잎들을 손으로 만질 수도 있을 듯했다. 교실 안으로 고개를 돌리면 엎드려 자거나 스마트폰을 보거나 다른 과목 문제집을 풀고 있는 학생들이 한가득 보였다. 곽은 참여하지 않는 학생들을 비난하기보다는 참여하는 학생들에게 감사하려고 했다. 네다섯 명은 곽의 설명을 듣고 텍스트를 읽고 학습지를 쓰고 있었으며 이따금 웃어주기도 했다. 은재도 그중 하나였다. 철학이나 사회학 전공을 고려하고 있다고, '수업 재미있게 해주세요'가 아니라 '열심히 공부하겠습니다'라고 정돈된 글씨체로 썼던 은재. 그렇다고 평가를 계산하며 요란하게 열심을 드러내는 것도 아니고, 단지 허리를 펴고 수업을 듣다가 종종 무언가를 끄적거리며 초연하게 앉아 있던 은재. 덕분에 창밖으로 뛰어내리지 않았다고 농담을 건네며 나중에 악수라도 하고 싶었던 은재.

민원을 넣은 건 은재의 아버지였다. 은재가 마르크스를 읽고 있다는 것이었다. 『자본론』은 수업에서 다루는 열한 권의 추천 도서 중 하나였다.

"그 집 아버지가 교양 없이 막 그런 사람 같진 않고……"

교장의 말에 따르면 은재의 아버지가 우악스럽게 항의한 건 아니었다. 구체적인 요구도 없었다. '걱정된다'는 의견을 전했을 뿐이지만, 대응에 따라서 문제가 커질 수도 있지 않겠냐는 게 교장의 입장이었다. 교장은 그간 곽의 성실한 근태와 안정적인 수업 운영을 몇 마디 치하한 뒤 조언했다. 샷되게 호들갑을 떠는 학부모에게는 비위를 맞춰주면 쉽게 합의점을 찾을 수 있다. 오히려 점잖은 쪽이 위험하다. 그런 치들은 조치가 취해지지 않으면 선택할 수 있는 다음 패를 지니고 있으며, 거기에는 법과 제도, 언론의 힘도 포함된다.

"자기 전교조는 아니더라고?"

그 말을 듣고 곽은 조합에 가입해둘 걸 그랬다는 생각이 들었다. 이런 민원으로부터 보호받으려면 조직이 있는 편이 나을지도 몰랐다. 전교조와 교총 등 모든 교원 조직 가입을 거절했던 이유를 돌아보고 있을 때 교장이 말을 이었다.

"다행이네. 전교조 교사, 수업중 마르크스 읽혀. 이런 기사라도 나봐. 작살난다."

기사에 달릴 댓글이 눈에 선했다. 전교조가 사상 교육으로 학생들을 세뇌하며 공교육의 저반을 흔들고 있다…… 노동조합에 대한 몰이해는 차치하고, 곽이 가늠할 때 조합에는 그런 영향력이 남아 있지도 않았다. 학생들이 들어줘야 세뇌를 하고, 조합원이 존재해야 저반을 흔들 것 아닌가. 전교조를 한국 교육에 암약하는 간첩 집단 취급하는 세계관은 황당하다못해 순진해 보였다. 하지만 광범위하게 실재하는 편견이기도 했다. 통제할 수 없는 채널과 연루되면 진의가 왜곡될 수도 있었다. 전교조가 내세우는 의제 중에는 완전히 동의하기 어려운 것도 있었고, 다른 조직도 마찬가지였다. 문제틀을 정확히 조각하기 위해서는 혼자 맞서는 편이 낫다는 결론을 내렸다. 그리고 '맞서다'라는 단어를 떠올린 자신에게 조금 놀랐다.

곽은 그 낯설고 활기찬 감정에 반항심이라는 이름을 붙여보았다. 명백한 수업권 침해였다. 수강생들이 수업을 외면할 수는 있지만, 누가 자신에게 무엇을 가르치거나 가르치지 말라고 지시할 수는 없었다. 이 민원은 나의 불가침한 권리를 파괴하려는 시도 아닌가. 게다가 학생이 까다로운 『자본론』에 관심을 보였다는데, 거기에는 반드시 보호하고 독려해야 할 지적 호기심이 있지 않나. 자신은 물론 학생의 권리를, 나아가 '사상의 자유'를 위협하는 민원이라 생각하자 반항심을 더 정당하다 여길 수 있었다. 삶에서 한 번은 맞닥뜨릴 거라 예감한, 파괴될지언정 패배해서는 안 되는 시험이 먼 길을 돌아 눈앞에 나타난 듯했다.

잘 수습하겠다고 말은 하고 교장실을 나왔지만, 물러서면 안 된다고 스스로를 북돋았다. '투쟁'이라는 단어가 떠올랐고 조금이라도 비슷한 경험을 돌아보려 했는데 쉽지 않았다. 대학 신입생 시절 등록금 동결을 요구하는 집회에 동원되었던 적이 있었다. 한낮의 태양이 뜨거웠고 구호를 따라 하기가 어색해 입을 벙긋거린 기억이 전부였다. 머리띠를 매고 팔뚝질을 하거나, 피켓을 들고 1인 시위를 하는 자신이 잘 그려지지 않았다. 말과 글을 가르치고 배우는 이곳에 더 적합한 방식이 있을 듯했다. 사실관계를 검토하고 논리를 구축하는 데에서부터 시작하기로 했다.

『자본론』의 역사적 의의는 분명했다. '개인적으로……' 같은 비겁한 서두도 불필요했다. 소개할 도서를 선정하며 초기에 한자리를 할당한 저작이었다. 특별한 애정이 있는 건 아니었다. 대학 시절 드물게 마르크스 읽기 모임이 있었지만, 학생회관 으슥한 곳에 녹슨 명패를 달고 있는 학회들을 일부러 찾아갈 이유는 없었다. 자신을 사회주의자라고 규정한 적도 없었다. 도리어 수업을 위해 마르크스를 급속으로 공부했다고 말하는 편이 정직했다. 학생들에게도 밝혀뒀지만, 곽은 『자본론』을 완독하지도 않았다. 제1권을 도서관에서 빌려 1장과 7장, 12장을 발췌해서 읽었을 뿐이었다. 단지 소개하기 위해 통독을 하기에는 시간이 부족했다. 입문서로 통용되는 2차 저작 두 권을 속독하고 교수 요소를 추출했다. 수업 목표는 소박했다.

첫째, 저술 배경. 초기 자본주의의 혹독한 노동환경을 가늠하기.

둘째, 핵심 내용. 잉여가치란 무엇을 의미하는지 개략적으로 이해하기.

셋째, 의의와 한계. 어떤 역사적 사건으로 이어져 무엇을 남겼는지 살펴보기.

인터넷 백과사전 수준 이상은 아닌, 두 장의 학습지로 진행한 두 시간의 수업과, 이해를 돕기 위해 약 삼십 분간 시청한 EBS 다큐멘터리가 전부였다. 곽은 『자본론』이 특정한 정치적 실천을 요구하는 저작이기에 앞서 자본주의의 탄생과 운동 법칙을 연구한 학술서라는 점을 강조했다. 오늘날의 주류 경제학은 마르크스 경제학보다 풍부한 설명을 제공할 수 있다고도 덧붙였다. 학습지의 말미에 으레 들어가는 '생각해보기' 항목에 이렇게 적어둔 게 문제가 될 수 있을까.

"자본주의는 인간이 도달할 수 있는 최종적인 형태의 경제체제일까? 아니면 다른 미래가 있을까?"

가능한 질문이었다. 가능하다못해 상투적인 질문이었다. 곽은 그 질문을 이해시키기 위해 이런 예를 덧붙였었다.

"지금으로서는 자본주의 이외를 상상하기 어렵지만, 삼백 년 전 저잣거리에서 어떤 노비가 이렇게 말했다고 칩시다. 언젠가 양반 상놈 구분 없이 평등한 세상이 올 거라고. 그럼 옆에서 다른 노비가, 헛소리하지 말고 짚신이나 만들라고 했겠죠? 지금 어떻게 됐지요?"

두 명쯤은 웃었다. 뒤늦게 생각해보니 지금도 정말 평등한 세상이라고 말하긴 어려우므로 허술한 비유였다. 자신이 마르크스와 『자본론』에 우호적인 태도였던 것 같기도 했다. 하지만 애초에 스스로 가치를 믿는 저작만 골랐으므로 당연했다. 왜 마르크스만 문제가 되나. 마르크스를 읽고 사회주의자가 되는 게 공자를 읽고 유교 원리주의자가 되는 것보다 위험한가. 따지자면 추천 도서 중에서 카뮈의 『이방인』이 제일 위험하지 않나. 학생이 자기 어머니의 기일을 기억하지 못하거나 대낮의 태양에 눈이 부셔서 아랍인을 총으로 쏠지도 모르니까.

곽은 은재가 어떤 동기로 마르크스를 읽고 있으며 아버지와 무슨 대화를 했는지 파악하기로 했다. 학습 주체로서 은재도 현재의 상황을 인지하고 원하는 바를 선택할 권리가 있었다. 종례 후 교정 한편의 벤치에 은재와 앉았다. 둘만의 대화는 처음이었다.

"읽어보고 싶어서요."

은재는 아버지가 전화까지 했다는 사실에는 조금 놀랐지만 어려워하지 않고 말했다. 2학년 '사회문화' 과목에서 마르크스와 베버를 배우며 관심이 생겼는데, 3학년이 되고 마침 고전읽기에서 기회가 생겨 『자본론』의 문고판과 2차 저작을 읽고 있다. 『공산당 선언』은 얇아서 완역본을 읽을 계획이다…… 평범한, 아니 모범적인 대답이었다. 과목 간 연계 학습이 이루어진 사례로 발표도 할 법했다. 고전읽기가 아니더라도 공인된 교육과정에 마르크스가 등장한다는 게 자신에게 유리한 사실임을 곽이 헤아리고 있을 때, 은재가 말했다.

"그리고…… 선생님 좀 진심이신 것 같았거든요."

"내가? 수업에, 아니면 마르크스에?"

"둘 다요."

은재는 마르크스를 주제로 기말 과제를 계속 준비하겠다고 말했다. 아버지가 사업만 하셔서 잘 모르고 성급히 전화를 했다는 것이었다. 자신이 해결할 테니 괜히 신경쓰지 마시라며, 죄송하다는 말까지 덧붙였다. 마르크스를 공부하다보면 다시 마주칠 수 있는 편견이므로, 은재 스스로 넘어서보는 것도 의미가 있었다. 하지만 '애가 빨간 물이 제대로 들었다'며 혀를 차는 완고한 중년 남성이 아른거렸다. 은재에게 개인 휴대폰 번호를 알려주며 만약 어려움이 있을 경우 꼭 연락하라고 당부했다. 필요하다면 아버님과 직접 통화하겠다고 주지시켰다. 은재는 해사한 미소를 남긴 뒤 요즘은 보기 드문 커다랗고 무거운 가방을 등에 메고 떠났다.

작은 체구의 은재를 땅으로 끌어내리는 듯 보여서, 곽은 가방을 대신 들어주기라도 하고 싶었다.

그날도 다음날도 전화는 오지 않았다. 소문이 벌써 퍼졌는지 말을 얹는 동료들이 있었다. 짐작을 못한 바는 아니었지만 은재는 성적이 뛰어난 모양이었다. 전교에서 세 손가락에 들어서 서울대 추천을 두고 다툴 정도는 아니고, 유난스럽게 교사들을 따라다니는 유형도 아니어서 존재감이 약했을 뿐, 3학년 부장의 '관리 목록'에는 포함되었던 것이다.

"생기부에 사회주의 같은 거 적어도 괜찮을까? 사정관이 어떻게 볼지 모르잖아."

마르크스 읽었다고 떨어뜨릴 대학이면 안 가는 게 낫다고 대답했지만, 다른 의미로 걱정이 되긴 했다. 종합전형은 생기부의 모든 기재 내용을 총체적으로 평가했다. 붙고 떨어진 요인을 콕 집어 따지기 어렵다는 뜻이었다. 하지만 사후에 입시 사례를 분석하다보면 합격 요인과 불합격 요인을 지목할 수밖에 없었다. 말 많은 동료들이 "요새 최상위권 애들이 마르크스를 교과 활동에 쓰나? 괴델, 콰인, 그런 거 많이 갖고 오던데"라는 식으로 얘기하면 불안해졌다. 곽은 단순한 문답을 되새겼다. 학생이 마르크스를 공부하길 원하는가? 그렇다. 마르크스는 공부할 가치가 있는가? 그렇다.

일주일이 지나는 동안 은재는 전과 마찬가지로 평범히 수업을 들었지만 곽은 은재 아버지에게서 전화가 올 거라는 예감을 떨칠 수 없었다. 전화를 기다리다못해 기대하게 됐다. 정중하면서도 비굴하지 않은 인사말을 상상했다. '아이고 아버님' 같은 실없는 넉살로 시작하진 않으리라 다짐했다. '은재가 훌륭한 학생이라서 아버님은 어떤 분이실지 궁금했는데요' 정도면 적절할 듯했다. 마르크스의 의의를 증빙하는 정보도 수집했다. 영국 공영방송의 설문에 따르면 지난 천 년간 가장 위대한 사상가 1위, 마르크스. 지난 천 년간 가장 큰 영향을 끼친 책 1위, 『자본론』. 국내 교수들이 뽑은 해방 이후 한국사회에 가장 큰 영향을 끼친 책 1위, 역시 『자본론』. 서울대학교 권장 도서에도 포함되어 있으며, '경제' '세계사' '사회문화' '윤리와 사상' 과목의 교육부 인정 교과서에서도 지면을 할애하는, 전국연합학력평가 및 수능 연계 교재에도 지문으로 등장한 적 있는 마르크스. 이런 정보들은 마르크스를 공부하는 게 전혀 위험하지 않음을 지시했다. 자신이 마르크스를 긍정하려는 것인지 부정하려는 것인지 혼란스럽기도 했지만 소구 대상을 고려할 때 유효한 정보라는 것만큼은 분명했다.

전화는 민원으로부터 열흘 뒤, 수업은 끝났지만 근무시간은 남겨둔 때에 왔다. 곽은 은재 아버지가 세심히 때를 골랐을 거라고 짐작했다.

"학생들 가르치시느라 늘 고생이 많으십니다. 은재가 선생님 수업을 굉장히 좋아하더라고요."

상상보다는 덜 점잖은, 어딘가 영업 사원처럼 사근거리는 어조였다. 곽은 해명해야 할 잘못이 없으므로 조급해할 이유도 없다는 점을 상기하면서도, 전개에 따라 필요할 수도 있는 논리들을 정렬했다. 하지만 그 어떤 카드를 꺼내기도 전에 통화는 종료되었다. 은재 아버지가 "저 때 생각만 하다가 지레 걱정을" 했다며, "다망하실 텐데 신경쓰시게 해서 죄송"하다고 사과한 것이다. 앞으로도 좋은 수업 부탁드린다는 그의 말에, 곽도 은재에게 도움이 되도록 최선을 다하겠다는 말밖에 할 수 없었다. 싱겁지만 훈훈한 통화였다. 곽은 아버지와 대화하는 은재를 상상했다. 은재는 주어진 과제를 준수하게 수행하는 것을 넘어서, 과제 자체의 의의를 스스로 판단하고 주장하고 설득할 수 있구나. 그런 메타인지 능력은 정량적 학업 성취도가 높은 학생 중에서도 '진짜'에게서만 발견할 수 있는 희소한 자질이었다. 곽은 은재가 자신의 수업을 좋아한다는 사실에 모처럼 보람을 느꼈다.

'진심인 것 같았다'라는 은재의 말을 곱씹으며 곽은 점점 진심이 됐다. 남은 추천 도서들을 다시 펼쳐봤고 새로운 의미를 발견하며 애정을 느꼈다. 해설을 더 정확한 문장으로 다듬었고 학생들의 경험적 삶과 고전의 의의가 맞닿는 사례를 찾으려 노력했다. 『고도를 기다리며』를 소개하는 시간. 곽은 럭키의 황당한 독백을 읽다가 웃음을 터뜨렸고 '둘은 그러나 움직이지 않는다'라는 마지막 지문에서는 목이 메어 말을 더듬었다.

"여러분도 늘 무언가를 기다리지 않았나요. 하교를 기다리고, 방학을 기다리고, 졸업과 합격을 기다리고, 성인이 되기를 기다리고…… 졸업하고 합격하고 성인이 되면 기다림은 끝일까요. 어쩌면 우리는……"

물론 그 말을 들은 학생은 은재를 비롯한 서너 명뿐이었다. 스무 명은 엎드려 자고, 다섯 명은 이어폰을 꽂고 인터넷 강의를 듣고 있었기 때문이다. 하지만 곽은 아무 제재도 하지 않았으며 모멸감을 느끼지도 않았다. 모두를 이해할 수 있었다. 이 수업을 듣지 않는 게, 혹은 어떠한 학교교육에도 참여하지 않는 게 부와 권력만을 추종하고 소수자를 배척하며 환경을 파괴하는 불량배로 성장할 거라는 뜻은 아니었다. 노동 착취에 시달리며 형벌 같은 생존을 이어가지만 어떤 비판 의식도 벼릴 수 없는 죄수가 된다는 뜻도 아니었다. 아무도 예단할 권리는 없었다. 학교에서 잘 배워야 훌륭한 시민으로 성장한다는 믿음은, 제도교육에서 '모범적인' 성취를 얻어서 삶의 기반을 마련한 자신 같은 교사들의 고정관념이었다. 공교육이란 중산층의 아비투스를 재생산하고 체제 유지에 기여하는, 필연적으로 보수적인 국가 장치 아닌가. 바른 자세로 수업을 경청하라는 지도는 규율화된 신체를 양산해 사회적 유용성을 극대화하려는 '학교-감옥'의 통치술 아니냔 말이다. 곽은 일리치, 부르디외, 푸코 등을 떠올리며…… 어떤 지도도 하지 않았다. 엎드린 학생들의 뒤통수를 애정어린 눈으로 보았다. 학생들이 버리고 간 학습지의 빈칸에 숨은, 자신이 모르는 언어로 된 가지각색의 목소리들을 상상했다.

은재가 기말 과제로 제출한 글은 이렇게 시작했다.

"사람들은 흔히 사회주의가 인간의 본성에 어긋나서 실패했다고 말한다. 인간이란 다른 인간보다 더 많은 것을 배타적으로 소유하고 싶어하며, 그러한 동기가 없다면 나태해진다는 것이다. 그러나 인간의 본성이 그렇게 쉽게 단정지어질 수 있다면 학교에서 배우는 온갖 사상이나 주의, 문학작품은 다 무의미할 것이다……"

그 글은 마르크스와 사회주의에 대한 흔한 편견, 결과적 평등을 실현하기 위해 모든 자원을 균등 분배하려고 했다는 등의 곡해를 지적하며 오늘날 자본주의의 병폐를 성찰하고 대안적 체제를 모색하는 데에 여전히 마르크스가 유효함을 주장했다. 생태와 젠더 등 동시대적 화두에 대해 마르크스의 유산에서 활로를 찾는 움직임을 소개하기도 했다. 엄정한 논증이라기보다는 일종의 학술적 에세이였지만 주제는 선명하고 내용은 풍부했으며, 구성도 문장도 안정적이었다. 무언가를 읽었고, 의견을 생성했으며, 그것을 설득력 있게 표현해낸 것이다. 수업의 목표를 완벽히 달성한 과제물이었다.

곽은 은재의 생기부에 교과 담당 교사로서 최선의 기록을 남겨주고 싶었다. 바른 자세로 수업을 경청하여 급우들에게 귀감이 되고…… 그런 상투적 상찬이 유효한 시대가 아니었다. 곽은 은재가 제출한 모든 학습지와 독서록을 다시 검토했다. 독서 이력과 습득 개념과 적용 사례, 최종 산출물의 탐구 목적과 방법, 수행 수준, 그 과정에서 드러난 협력적 학습 태도까지 구체적으로 기술하였다. '마르크스'와 '자본론'이라는 고유명사를 똑똑히 박아넣었다. 주관적 평가는 말미에 간결하지만 선명하게 남겼다. '……지적 탐구심, 비판적 사고력, 논리적 표현 능력 등 모든 면에서 동료 학습자 중 최고 수준의 학업 역량을 갖추었음.'

수험이 임박한 가을부터는 수능 과목이 아니면 자습으로 운영하는 게 암묵적인 합의였다. 수시 원서 작성이나 면접 스터디를 위해 어수선하게 움직이는 학생들, 또는 꼼짝없이 앉아 문제집을 풀며 수능을 준비하는 학생들도 있었다. 물론 입시지옥이란 입시에 목매는 경우에만 지옥이므로, 다수는 여전히 잠을 자거나 게임을 했고, 아예 학교에 오지 않는 학생들도 많았다. 곽은 모두 각자의 스무 살을 향해 나름의 속도로 움직이고 있다고 여기며 마음속으로 응원했다. 그리고 겨울방학이 다가올 무렵, 은재가 서울대에 합격했다는 소식을 들었다.

수년 동안 전교 1등 한 명만을 추천전형으로 간신히 서울대에 보냈는데, 모처럼 은재까지 합격생이 두 명이 되어 교무실이 떠들썩해졌다. 추천이 아닌 일반전형으로 합격하는 건 드문 일이었다. 1학년 때부터 은재가 참여한 수업, 동아리, 교내 프로그램 등이 합격 요인으로 검토되며 고전읽기 수업도 재조명되었다. 민원 사건은 은재가 교내에서 입방아에 올랐던 최근의, 어쩌면 유일한 사건이었으므로 동료들은 지나가며 한마디씩 곽을 추켜세웠다.

"이제 애들 다 『공산당 선언』 읽히고, 머리에 빨간 띠도 매줘야 되는 거 아냐? 하하하."

3학년 부장이 호탕하게 웃었다. 교내 독서 인증 프로그램의 공식 추천 도서 목록이 업데이트되며 『자본론』의 2차 저작 한 권과 마르크스 평전 한 권이 추가되었다. 연구부장의 부탁으로 곽은 교내 전 교원 연수에서 '전공별 심화독서 플랫폼 과목으로서의 고전읽기'라는 제목으로 십오 분 분량의 발표를 했다. 담임교사들이 우수한 학생에게 고전읽기 선택을 더 권하게 될지도 모른다고 기대했지만, 한편으로 곽은 모든 호들갑에 거리를 두고 싶었다. 여전히 '서울대 몇 명 보냈는지'로만 학교의 수준을 가늠하는 지역사회나 거기에 휘둘리는 관리자들에게 동조할 수 없었다. 은재는 읽고 생각하고 쓸 수 있었다. 인류의 정신적 유산을 흡수하며 성장할 수 있는 '지성'을 갖고 있었다. 곽은 자신이 알아본 은재의 역량을 대학에서도 알아보았다는 사실에 만족하면서도, 진정 귀한 것은 지성 그 자체이며 그에 비하면 대학 합격증은 일종의 운전면허증에 불과하다고 생각했다.

새파란 하늘에 산뜻한 햇살이 빛나는 졸업식 날. 곽은 소란함을 피해 고전읽기 교실로 향했다. 커튼을 걷어 침침한 실내를 밝혔다. 겨울 오전 열시의 햇살과 부유하는 먼지와 가만히 놓여 있는 서른 개의 책걸상. 비밀스러운 숲이 그러하듯, 찾아올 누군가를 기다리지 않아도 그대로 평화로운 풍경.

신청자가 늘어나 새 학기에는 두 개 반이 편성될 예정이었다. 곽은 교실을 쓸고 닦고 유명 서점에서 출시한 디퓨저를 비치했다. 대문호들의 초상을 작은 흑단 액자에 넣어 벽에 걸었다. 물러나서 보다가 문학적 위상을 고려해 서너 번 위치를 바꿔 걸었다. 창밖 교정에서 졸업을 만끽하는 웃음소리가 간헐적으로 들렸다. 새로 주문한 도서로 가득한 상자를 열었다. 저작 자체의 성격과 수업에서의 용도를 고려해 책장에 배치해야 했다. 노크 소리가 나고 미닫이문이 천천히 열렸다. 교복을 단정히 입은 은재가 혼자 들어섰다.

"잠깐 도와줄래?"

곽은 은재와 함께 도서를 정리했다. 『도련님』은 우측 중단에, 『수레바퀴 아래서』는 중앙 상단에, 『도덕적 인간과 비도덕적 사회』는 트롤리에 두고 『시민의 불복종』은 좌측 하단에, 『노인과 바다』는…… 사신의 손에서 은새의 손으로, 은재의 손에서 자신의 손으로 건네지는, 함부로 펼친 적 없는 새 책들의 반듯함. 축하의 말과 감사의 말. 요즘 어떻게 보내느냐는 물음에 은재는 마르크스의 초기 저작부터 순서대로 읽고 있다며, 「포이어바흐에 관한 테제」의 마지막 문장이 인상 깊었다고 말했다. 곽은 그 문헌을 읽지 않았지만 마지막 문장은 알고 있었으므로 공감을 표했다. 이제는 해프닝이 된 민원 전화를 돌아봤다. 그때 아버님이랑 대화를 잘해서 다행이라고, 어떻게 말씀드렸던 건지를 물었다.

"컨설턴트 선생님이 아버지께 전화드렸어요. 마르크스 전혀 문제없고 고전읽기 수업도 괜찮다고. 아버지도 좀 물어보고 전화를 하시지."

은재가 가방에서 네모난 상자를 꺼내어 곽에게 건넸다. 소수의 수집가들을 위해 공들여 만든 양장본처럼 섬세하면서도 단단한 상자였다. 가름끈을 연상시키는 리본 장식 아래에 백화점에서 몇 번 지나쳤던 고급 파티스리의 이름이 각인돼 있었다. 은재는 별건 아니지만 성의로 받아달라고, 또 찾아뵙겠다며 허리를 숙여 인사하고 떠났다. 곽은 빈 교실에서 상자를 열었다. 작고 예쁜, 틀림없이 달콤할 것들이 가지런히 놓여 있었다. 동봉된 카드에는 고교 생활중 선생님의 고전읽기 수업이 가장 즐거웠다고 깨끗한 필체로 쓰여 있었다.

창밖에서 "하나, 둘"이라거나 "한번 더"처럼 한 무리의 학생들이 단체 사진을 찍는 소리가 들렸다. 곽은 상자 속에 있던 피낭시에, 혹은 다쿠아즈나 비스코티일 수도 있는, 유럽 어느 언어로 된 이름이 분명한 디저트를 하나 입에 넣었다. 역시 달콤했다. 경박한 단맛이 아니라 깊이가 있고 구조가 있는, 하지만 묘사해보려고 하면 이미 여운만 남기고 사라져서 어쩐지 조금 외로워지는 달콤함. 사람을 전혀 파괴하지 않고도 패배시킬 수 있는 달콤함.

곽은 한 발 물러나 조금 전 정리한 책장을 봤다. 벽면을 가득 채운 동서고금의 명저들. 유서 깊은 출판사가 기획하고 석학들이 감수한 지식교양총서와 세계문학전집. 하나하나는 알맞게 배치했지만 전체적으로는 조화롭지 않아 보이기도 했다. 그 불만족을 해석할 언어를 구성할 수 없었다. 넘친 자리가 있었고 빈자리가 있었다. 고전의 의미를 제한적으로만 설정하고 동시대 지식사회의 논의를 반영하지 못한 게 문제일 듯도 했다. 인터넷 서점의 장바구니에 넣어둔, 아직 읽지는 못한 이름들을 떠올렸다. 스피박, 버틀러, 아감벤, 랑시에르, 라투르, 브라이도티, 차크라바르티, 마사타케, 휜테게르키, 량밍쉬고우, 음뚜아스부이…… 하지만 자신이 뷔페식 속류 인문학을 좇는 게 아닌지도 의심했다. 딜레탕트라는 호명의 모욕적 뉘앙스와 단순한 지식에 대한 아도르노의 비판적 견해와 박사과정 진학에 필요한 시간과 비용을 저울질했고, 모든 사유의 방황이 어디에서 시작되었는지 거슬러올라가 은재와 은재 아버지와 교장과 동료들의 언사에서 사실과 의견을 분리하였으며, 고전읽기 수업을 포함하여 읽고 쓰고 생각하고 가르치는 삶 전반에서 자신의 패착을 검토했다. 이 세계와 학생들과 부분적으로는 자기 자신까지 더 정교하게 이해하고 설명하고 변호할 필요가 있었다. 그리고 다음과 같은 결론에 닿았다.

'나는 『사본론』을 제대로 읽지도 않고 수업을 했다.'

그러므로 『자본론』의 서문으로부터 다시 시작해야 했다. 교실에 앉아 대표적인 석학이 몇 해 전 내놓은 전면 개역판 세트를 검색했다. 부담되는 가격은 아니었고 쌓아둔 포인트가 넉넉했으며 '지금 주문하면 오후 여덟시까지 배송'이었다. 귀가하면 서재부터 정돈해야겠다고 마음먹으며 곽은 교실 전등을 끄고 문단속을 했다. 한결 한적해진 복도를 가벼운 발걸음으로 걸었다. 와르르 웃는 소리가 났고 꽃다발을 들고 사진을 찍던 세 학생과 마주쳤다. 빨간 머리가 곽에게 함께 사진을 찍자고 졸랐다. 옆에서 쌍꺼풀과 후드가 거들었다. 곽은 졸업을 축하한다고 말하며 셋의 이름을 정확히 불렀다. 셋은 놀라며 '대박'이라는 단어를 사용했다. 곽은 세 학생 다 일 년 내내 잠만 잤는데 왜 자신과 사진을 남기려는지 의아했고 그래서 주춤거렸다. 왼쪽 가장자리 혹은 오른쪽 가장자리. 손으로는 브이, 하트, 엄지 또는 주먹. 빨간 머리가 "선생님 고장났다" 하면서 웃었다. 곽은 그들이 성인의 삶을 어디에서 어떻게 시작하게 되었는지 궁금했지만 불투명한 상황이라면 실례일 수 있으므로 아무것도 묻지 않았다. 셋은 다음으로 생물실로 갈지 음악실로 갈지를 떠들고 서로 때리고 쫓기도 하며 사라졌고 곽은 빈 복도를 한번 돌아본 뒤 퇴근했다.

| 작가노트 |

보편적인 메모

하나이고 거룩하고 보편되며 사도로부터 이어오는 교회를 믿나이다. 죄를 씻는 유일한 세례를 믿으며 죽은 이들의 부활과 내세의 삶을 기다리나이다……

—「니케아-콘스탄티노폴리스 신경」에서

'가톨릭(Catholic)'은 '보편적'이라는 뜻의 옛 그리스어 '카톨리코스(Καθολικός)'에서 유래하였다. 바티칸의 교황청을 중심으로 하며 국내에서 흔히 천주교라 부르는 그 공동체는, 말하자면 '보편 교회'라는 이름을 가진 셈이다. 이 사실을 오래전에는 귀담아듣지 않았지만 시간이 지날수록 곱씹게 되었다. 여전히 나에게는 종교가 없다. 하지만 나의 속되고 척박한 마음에도 신앙이라는 게 자라난다면 그 씨앗은 '보편'이라는 단어일 것이다. '모든 것에 두루 미치고 통한다'는 의미의 이 단어가 주는 울림이 살면 살수록 커진다. 그때도 지금도 언젠가도, 여기도 저기도 어디에도 존재하는 무엇을 향한 갈증은 근원적인 것일까. 나는 자주 그 갈증을 신자가 아니라 소비자로서 채우려고 시도한다. 가톨릭교회가 천 년 넘게 세계 최대의 이념 공동체로 존속했다면 오늘날 자본주의는 이념을 초월한 자연이다. 그러나 이 넓은 세계의 어느 낯선 구석에서 지친 몸을 맡기고 보편성을 감각하고 싶을 때, 내게 허락된 공간이 스타벅스일 뿐이라면 초라하다. 힐튼이나 메리어트라고 해도 마찬가지이다. 보편은 그 이상의 무엇이라는 예감 또는 기대가 있다. 그 무엇이 꼭 시스티나성당의 벽화나 아야 소피아의 첨탑은 아닐 수도 있다. 어쩌면 식탁 위의 촛불, 골목에 내놓은 의자, 숨을 불어넣어 연주하는 악기……

보편적이라는 말을 '평범하고 뻔하다'는 맥락에서 쓰기도 한다. 2008년에 발표된 브로콜리너마저의 정규 1집 표제곡 〈보편적인 노래〉는, 한때는 내밀하고 특별하다 믿었지만 이제는 속절없이 퇴색된 기억에 대한 송가다. 플라스틱 장미 귀걸이, 견과류를 뺀 샐러드, 안양역 앞 닭볶음탕집이나 유리 상자 속 북극곰 같은 세목들도 시간과 거리를 두고 보면 비슷비슷한 심상으로 마모된다. 나에게는 하나뿐인 하루, 하나뿐인 삶이 저이나 그이도 겪었던 반복적인 패턴의 재현일 뿐이라 생각하면 쓸쓸하다. 사람은 종종 보편성에서 도망쳐 개별성을 인지해야 하는 동물인 듯하다. 그런데 한정판 스니커즈나 프리미엄 멤버십 카드로만 나의 나됨을 확인할 수 있다면 그 또한 초라하다. 그것들이야말로 평범하고 뻔한 질서의 일부이다. 소설을 쓰기 시작한 데에는 그런 질서에서 이탈해 고유한 궤적을 남기고 싶다는 욕망도 있었다. 국립중앙도서관의 서가 한끝에 내가 썼고 내 이름도 적힌 무언가가 보관된다 상상하면 작은 개별성을 획득한 기분이 들기도 한다. 그러나 국립중앙도서관에 납본되는 도서는 일 년에 약 사십칠만 권이다. '국립' 그리고 '중앙'이라는 이름에 내가 동의하지 않는 임의의 성질이 포함된다는 점에서도 그것을 내 개별성의 증거로 삼을 수는 없다. '젊은'이나 '작가'라는 이름도 마찬가지이다. 젊은 작가는 언제나 존재하였고 그들은 모두 늙은 작가가 됐다. 나도 별수없고, 상당한 확률로 늙은 작가도 못 되고 그냥 늙는데……

> 부조리의 경험에 있어서 고통은 개인적인 것이다. 반항적 운동을 기점으로 하여 그 고통은 그것이 집단적인 것임을 의식하게 되고, 그 고통은 인간 모두가 겪는 모험이 된다. 이상함의 느낌에 사로잡힌 인간이 최초로 내딛는 진일보는 그러므로 이 이상함을 다른 모든 사람들과 함께 나누어 느낀다는 사실과……
>
> —알베르 카뮈, 『반항하는 인간』에서*

한 장면을 상상한다. 내가 모르는 당신이 아무도 모르는 밤에

* 알베르 카뮈, 『반항하는 인간』, 김화영 옮김, 책세상, 2003, 46쪽.

나의 소설을 읽고, 나의 입력값을 초월하여 당신의 출력값을 내는 일. 이는 나의 성취이자 당신의 성취로, 두 사람이 각자의 특별함을 함께 얻는 순간이다. 하나의 특별함이 곧 다른 하나의 평범함을 전제한다면, 둘이 함께 특별해진다는 모순적 사태는 어떻게 발생할까. 어쩌면 그러한 모순만이 우리를 진부한 삶에서 잠깐이라도 이탈시킨다. 한 사람의 개별성을 증빙하는 것은 상품도 상패도 아니라 다른 한 사람이다. 우리가 이미 사랑이나 우정 같은 이름을 붙이고 있는 이 호혜적 관계 속에서 쓰는 사람과 읽는 사람의 이분법은 무의미하다. 다만 이 우연한 교류를 설명하려면, 두 사람 사이에 두루 미치고 통하는 무엇을 상정하지 않을 수 있을까. 시간차는 있을지언정 우리에게 공평히 깃드는 무엇이 전혀 없다면, 어떻게 사랑과 우정과 문학이 가능할 수 있을까. 그러므로 내게 소설을 나누는 일은 나의 개별성과 우리의 보편성을 동시에 탐색하는, 가장 덜 기만적인 수단이기도 하다. 맞춤형 개성을 구매하라고 재촉하는 이 세계에 잠식되고 싶지 않다. 하나이고 거룩하며 보편된 저 세계로 투신하기에는 이르다. 둘 사이에서 나는 일단 문학에 머물러보기로 했다. 당신도 그곳에 계심을 믿는다.

| 해설 |

이토록 달콤한 멜랑콜리

박서양

김기태는 전작 「전조등」을 통해 입시와 취업, 연애와 결혼으로 이어지는 삶의 궤도를 성공적으로 밟아온 인물을 그려낸 바 있다. 사회에서 주어지는 과업을 무리 없이 해낸 한 남성의 평탄한 삶에서 세계와의 불화란 우연히 차량 한쪽의 전조등이 깨졌을 때 발생하는 미묘한 위화감으로 존재할 따름이었다.

「보편 교양」의 주인공 곽 역시 고등학교에서 국어를 가르치는 마흔 살의 남성 교사로, 그는 안정적인 직업인으로서 나름의 "균형감각"(116쪽)을 유지하는 일이 사회적 미덕임을 잘 알고 있으며, 사람들에게 겸손하고 정직하게 보이도록 처세하는 일에 익숙하다. 또한 그는 자신의 수업이 너무 많은 종이를 낭비하지 않는지 고민하고, 수업 교재로 고른 텍스트의 저자 비율이 백인 남성에 치우치지 않도록 섬세하게 주의를 기울이는 등 정치적으로 올

바른 행동을 보여주기도 한다. 그와 동시에 곽은 자신이 무사히 안착한 세상의 질서에 맞서고 대결하고자 하는 반항심을 내면에 품고 있는 인물이기도 하다.

소설의 본격적인 이야기는 입시 준비에 한창인 고등학교 3학년 학생들에겐 짐짓 따분하고 한가로운 과목으로 여겨지는 고전읽기 수업 지도에 곽이 자원하는 것으로 시작된다. 그는 고전읽기 수업을 통해 "졸업할 때까지 관심 분야의 책 한 권 편히 읽지 못하는 걸 '공부'라고 부를 수는 없"(118쪽)다는 자신의 이상주의적 교육관을 구현하고자 한다. 이와 같은 그의 신념은 일종의 교양주의(教養主義)적 자세를 드러낸다. 교실 한쪽에 교육을 통해 계급 상승을 이루고자 하는 세속적 욕망이 존재한다면, 다른 한쪽에는 이러한 입신출세주의를 거부하고 독서와 인문학적 교양의 중요성을 강조하는 교양주의가 존재하는 것이다. 인문교양 역시 입시 경쟁의 강력한 도구로 활용된다는 점에서 기실 교양주의와 입신출세주의는 마치 동전의 양면과 같은 짝패이지만, "'지문'이 아니라 '책'을 다루고 싶었"(같은 쪽)다는 곽에게 두 가지는 서로 반대되는 것으로 존재하는 듯 보인다.

그러나 막상 고전읽기 수업이 시작되자 곽은 자신의 기대가 지나치게 컸다는 것을 체감한다. 수능 과목도 아니고, 내신 시험에 나오지도 않기에 고전읽기 과목을 수강하는 학생들은 이어폰을 꽂고 다른 공부를 하거나, 새벽까지 배달을 하고 와서는 엎드려 자기 일쑤다. "일하고 사랑하고 꿈꾸는 인간이라면 누구에게나 필요한"(122쪽) 보편 교양을 가르치고자 하는 곽의 이상과는 달리, 아이들에게 학교는 그러한 지식을 배우는 공간이 아니라 각자의 방식으로 살아남아야 하는 생존투쟁이 펼쳐지는 곳일 뿐이다. 그런 아이들이 빚어내는 교실 속 풍경을 곽이 다시금 푸코와 부르디외 같은 이론가들의 언어로 해석하려고 할 때, 소설의 희극적 아이러니는 극대화된다.

한편 은재의 아버지가 학생들에게 『자본론』을 읽혔다는 이유로 곽의 수업에 민원을 넣자 수업은 또다른 난항에 빠진다. 하지만 우려스러운 교무실의 분위기와는 달리 곽은 내심 "잃어버렸던 무엇을 찾은 듯한 반가움"(116쪽)을 느낀다. 이때 그가 잃어버렸다고 여기는 대상은 바로 "인간은 파괴될지언정 패배하지 않는다"(115쪽)라는 『노인과 바다』의 문장이 상징하는, 세계에 대한 인간의 투쟁과 그를 통해 드러나는 삶의 진정성이다. 대학생 시절 등록금 동결 집회에 동원되어 어정쩡한 포즈로 구호를 따라 했던 곽이 경험해보지 못한, 억압적인 시대와 대결하고 세계를 변혁시키고자 하는 가슴 뜨거웠던 시절을 향한 동경과 그리움. 곽이 느끼는 상실감은 자신이 손에 쥐어보지 못한 과거를 이상화하며 생겨나는 일종의 향수이자 노스탤지어(nostalgia)에 가까워 보인다. 곽이 그러한 노스탤지어를 자신의 현재 상황에 투사할 때, 은재의 아버지의 항의는 "삶에서 한 번은 맞닥뜨릴 거라 예감한, 파괴될지언정 패배해서는 안 되는 시험"(127쪽)으로 여겨지는 것이다.

은재의 아버지가 곽에게 사과하며 사태가 해프닝으로 일단락되자, 곽은 은재가 스스로 『자본론』의 가치를 판단하고 이해하여 아버지를 설득했다고 생각한다. 이로 인해 곽은 고전읽기 수업을 하기로 선택한 자신의 이상주의가 틀리지 않았다는 만족감을 느끼며, 은재는 "반드시 보호하고 독려해야 할 지적 호기심"(127쪽)을 가진 학생으로 이상화된다. 그런 은재가 서울대학교에 합격하자 곽은 주변의 떠들썩한 분위기에 거리를 두면서도 내심 흡족해한다. 이렇듯 소설이 해피엔딩으로 막을 내리는 듯하던 순간, 곽은 은재가 입시 컨설턴트의 도움을 받고 있었다는 사실을 알게 된다. 그리고 그는 자신이 발 딛고 서 있는 자리가 명문대 입학을 향한 욕망과 부모의 경제력이 뿌리깊게 뒤얽힌 입시 제도의 한복판이었다는 사실을 새삼스레 깨닫는다. 은재에게 선물받은 디저트인 유럽식 고급 제과를 맛본 졸업식 날의 한가로운 교실 안에서 그는 짙은 상실감을 느낀다.

"곽은 상자 속에 있던 피낭시에, 혹은 다쿠아즈나 비스코티일 수도 있는, 유럽 어느 언어로 된 이름이 분명한 디저트를 하나 입에 넣었다. 역시 달콤했다. 경박한 단맛이 아니라 깊이가 있고 구조가 있는, 하지만 묘사해보려고 하면 이미 여운만 남기고 사라져서 어쩐지 조금 외로워지는 달콤함. 사람을 전혀 파괴하지 않고도 패배시킬 수 있는 달콤함.

곽은 한 발 물러나 조금 전 정리한 책장을 봤다. 벽면을 가득 채운 동서고금의 명저들. 유서 깊은 출판사가 기획하고 석학들이 감수한 지식교양총서와 세계문학전집. 하나하나는 알맞게 배치했지만 전체적으로는 조화롭지 않아 보이기도 했다. 그 불만족을 해석

할 언어를 구성할 수 없었다."(139쪽)

소중한 대상을 잃어버린 인간은 애도의 과정을 통해 상실감을 극복하고 현실의 자리로 돌아가야 하며, 이때 상실의 대상은 사랑하는 사람뿐만 아니라 자유나 이상과 같은 존재가 될 수도 있다. 만일 애도 작업이 성공적으로 이루어지지 못하면 인간은 슬픔의 과정을 계속 되풀이하는 멜랑콜리(melancholy) 상태로 빠져든다. 은재가 떠난 뒤 곽은 자신의 이상주의가 현실에서 갖는 한계를 자각하고, 지식과 교양만으로 이 세상을 온전히 이해하고 설명하기에는 불충분하다고 생각한다. 그러나 바로 다음 장면에서 곽은 "나는 『자본론』을 제대로 읽지도 않고 수업을 했다"는 성찰과 함께, 그러므로 "서문으로부터 다시 시작해야 했다"(140쪽)고 다짐하며 그의 이상이 좌절된 자리로 되돌아온다. 여기에는 자신의 이상을 좌절하게 만든 현실에 슬픔을 느끼면서도, 다시 그 현실적 조건 속에서 발붙이고 살아가야 하는 양가적인 존재의 멜랑콜리함이 있다.

누군가는 이러한 소설의 마지막 장면을 두고 곽이 자신의 안전한 자리로 되돌아간다는 점에서 보수적인 결말이라고 비판할 수 있을 것이다. 하지만 곽이 느끼는 멜랑콜리야말로 우리가 그를 복합적이고 다면적인 존재로 바라보아야 하는 이유를 제시해준다. 만일 개인과 구조 사이의 관계를 저항과 순응의 이분법적 시각으로만 이해한다면, 곽은 사회적으로 안정적인 위치에 있기 때문에 구조에 저항할 수 없는 존재가 되거나 그러한 위치에 있으면서도 특이하게 저항심을 지닌 예외적 인물로만 읽힐 것이다.

하지만 「보편 교양」은 한 인물을 쉽게 저항의 경계 바깥으로 밀어내지도, 그가 지닌 정치적 잠재성을 과장하지도 않으면서 현실과 이상 사이, 세속성과 진정성 사이에 존재하는 개인의 위치를 부단히 탐문한다. 그 갈림길에서 때로 들끓는 열정을, 자기기만과 모순을, 허탈함과 상실감을 느끼면서도 결국 희망을 길어올리는 한 인간의 얼굴을 조금 더 오래 들여다보도록 하면서 말이다.

박서양
2020년 문학동네신인상을 수상하며 평론을 발표하기 시작했다.

김남숙

파주

작가노트

그런 사람

해설 최다영

허무에 매겨진 보상 청구서

©오주헌

김남숙
2015년 문학동네신인상을 수상하며 작품활동을 시작했다. 소설집 『아이젠』, 산문집 『가만한 지옥에서 산다는 것』이 있다.

파주

현철을 생각하면 파주가 생각난다. 파주를 생각하면 현철이 생각나고. 나는 창밖으로 머리를 쭉 뺀 채로 현철을 생각하며 귓가를 긁적인다. 주변은 어두워 아무것도 보이지 않고 귀는 긁으면 긁을수록 낙엽 부서지는 소리가 난다. 머리통 언저리에 생긴 구멍에서 모래가 자꾸 떨어지는 소리. 현철도 이런 소리를 들으면서 귀를 긁적거렸으려나. 아니면 다른 소리를 들었으려나. 그것도 아니면 아무런 소리도 듣고 싶지 않아서 그런 거였으려나. 현철도 이렇게 귓가를 긁적이는 버릇이 있었다. 오랫동안 알레르기를 앓고 있는 사람처럼 손톱을 세워 벅벅 긁던 현철의 모습을 나는 아직도 기억한다. 귓가의 피부가 짓물러도 긁어야지만 속이 후련해지는 사람 같던.

현철은 내 친구도, 가족도, 그 무엇도 아니었다. 그저 갑자기 나타났고, 이젠 내가 기억하는 사람에 속할 뿐이다. 그리고 여전히 현철의 말을 기억한다.

가끔씩은 보게 될 거야.

나는 현철이 한 말 중 그 말을 세일 좋아한다.

현철이 주로 어떤 옷을 입는지, 어떤 신발을 신는지, 어떤 냄새가 나는지도 잘 기억하지 못한다. 나는 그저 그 말과 현철의 눈동자와 흐릿한 현철의 목소리를 기억한다. 현철은 아직도 파주에 있을까. 잘 모르겠다. 일부러 파주에 있는 것이라고, 되도록 계속 거기서 살 것이라고 했으니까 아마도 파주에 있지 않을까. 하지만 알 수 없는 일이다. 여전히 있을 수도 있고 없을 수도 있다. 나는 어떤가. 나는 지금 파주에 없다. 파주보다 조금 밑에 위치한 일산 귀퉁이에 있다. 길고양이들이나 개들이 하루종일 울다가도 어느 날 갑자기 사라지기도 하는 한적한 동네에 있다. 가끔씩 창문 밖으로 고개를 쭉 빼고 주위를 둘러봐도 눈에 띄는 건 아무것도 없는 동네에 있다. 파주에는 다시 가지 않는다. 현철 때문은 아니다. 아니, 현철 때문이다. 그렇다면 현철은 내가 현철을 생각하는 것처럼 나를 생각할까. 그렇지는 않을 것이다. 현철은 나보다 정호를 더 떠올릴지도 모른다. 현철은 정호를 죽도록 미워하니까. 아마도 평생 동안 미워할 것이라고 말했으니까. 주먹을 쥐고 입술에서 침을 튀기면서 그 선명하고 무해한 눈동자를 반짝이면서. 무엇을 입었는지, 신었는지, 어떤 냄새가 나는지도 기억할 수 없게 만드는 그 눈동자를 반짝이면서.

미안하다고 말하지 마. 그건 너무 쉬워. 미안하다고 한 번만 더 하면 진짜……

나는 그 뒷말과 현철의 얼굴을 일부러 생각하지 않는다. 그런 말을 하고 있는 현철을 떠올리면 나는 엄청난 죄인이 된 것 같은 기분이 든다. 그러나 나는 현철에게 아무런 죄도 짓지 않았다. 왜 죄는 정호가 짓고 죄책감은 내가 감당해야 하는지 나는 알다가도 모르겠다.

현철은 언젠가—아마도 마지막 인사를 전할 때쯤—내가 불쌍하다고 말했다. 그걸 나 자신이 너무 잘 알고 있어서 더 그렇다고 했다. 그러나 나는 왜 그런지에 대해서는 정확히 정의 내릴 수가 없다. 무엇이 어떻게 그렇게 보이게 만든 것인지 알 수도, 말할 수도 없다. 어쩔 수 없이 그 말을 인정할 수밖에 없게 만드는 현철의 눈동자를 다시 한번 떠올릴 뿐이다. 그에 반해 나는 현철을 전혀 불쌍하다고 생각하지 않는다. 그저 현철을 생각할 때면 알 수 없는 기분에 휩싸인다. 번거롭고 사치스럽고, 말하자면 슬픔에 가까운 그런 기분에 휩싸인다. 그리고 그때마다 귓가에는 서걱서걱 알 수 없는 소리가 들린다. 나는 이 소리를 혼자서 파주 소리라고 부른다.

거실 전등불은 약해 아무리 켜놓아도 방의 절반은 어두웠다. 마치 절반은 늘 밤인 것처럼. 전구를 갈아도 마찬가지였다. 무엇이 잘못인지는 모르겠으나, 그 사실을 알고 난 이후부터는 전구를 다시 갈지 않았다. 어차피 새 전구로 갈아도 잠깐만 밝을 뿐 이

내 다시 어두워지곤 하니까. 사람들은 이런 것을 보고 무소용이라고 불렀다. 지랄 전등이라고도 불렀다. 이사를 온 이후로, 집주인에게 이런저런 하자에 대해 이야기한 적이 없다. 전구를 아무리 갈아도 사꾸만 껌뻑거리다가 확 죽어버린다고 말하기 위해 전화를 거는 일이 전구를 열 번 가는 것보다 더 번잡한 기분이 들게 했다. 이 집에서 나는 지독한 냄새를 빼기 위해 고군분투했을 때도 집주인의 손을 빌리지 않았다. 정호와 나는 겨울에도 이불을 온몸에 감싼 채 매일같이 환기를 하고 여러 종류의 방향제를 집 안 곳곳에 놓았다. 그때 정호는 씨발, 씨발을 입에 달고 살았다. 그때까지만 해도 정호는 갈비뼈가 훤히 보일 정도로 마른 몸이었다. 머리숱만 뒈지게 많아서 대가리가 큰 성냥개비 같았다. 정호와 나는 어떤 일이든 우리끼리 해결했다. 그건 예전이나 지금이나 마찬가지였다. 작은 하자나 불편 사항도 말 꺼내지 않는 편이 항상 나았다. 다른 누군가가 우리의 문제를 해결해줄 것이라는, 혹은 해결해주지 않을 것이라는 절반의 가정하에 우리는 그 부탁에 대한 체력을 아꼈다.

파주에서 일산으로 이사를 온 지도 이 년이 다 되어간다. 정호는 그사이 여전했다. 아니, 조금 변했다. 정호는 이사를 온 이후 전보다 살이 붙었다. 등, 배, 허리, 어깨, 손가락, 발가락까지. 살이 찌면 손가락, 발가락에도 살이 찐다는 것을 나는 정호를 보고 알았다. 정호는 전보다 잘 먹고 전보다 잘 잤다. 나는 그게 어쩐지 현철과 관련이 있다고 생각했다. 갑자기 나타난 현철이 약속대로 정말 갑자기 사라져주어서. 정호도 현철의 말투와 눈빛과 옷과 냄새와 신발을 기억할까? 잘 모르겠다. 정호는 애초에 그런 건 기억에 담아두지 않았을지도 모른다. 정호는 단순하고 규칙적이니까. 그리고 나 또한 여전히 이다지도 단순하고 별것 없는 규칙을 지키면서 정호와 살고 있으니까. 누구보다 시시하게.

현철이 떠난 후, 정호는 파주 LG디스플레이 공장에서 일산의 물류 회사로 직장을 옮겼고 나는 파주의 논술 학원에서 일산 변방의 논술 학원으로 자리를 옮겼다. 나는 일산 변방의 논술 학원에서 아이들을 대면하면서 여전히 같은 말을 반복하며 산다. 좆같은 띄어쓰기와 좆같은 맞춤법이나 알려주는 존재로서 생존하고 있다. 아이들의 눈, 아이들의 머리칼, 아이들의 숨, 아이들의 냄새를 여전히 역겨워하면서. 빌어먹고 살 게 없어서 여기에 붙어 있으면서도 그 생각을 바꾸려고 노력조차 하지 않으면서.

가끔 정호의 통통하게 살이 오른 두 뺨을 보면 현철을 정말 잊은 것이냐고, 물어보고 싶었지만 나는 묻지 않았다. 만약 그렇게 묻는다면 정호는 다 지난 일이라고, 재수없다고 말할 것이 뻔했다. 그러면서 현철에 대해서 또 그렇게 말을 붙이겠지.

등신 오타쿠 새끼. 그 씨발놈 때문에 개고생한 거 생각하면……

정호는 그런 말을 할 때마다 무엇이든 다 아는 사람 같은 표정을 지었다. 그러나 정호는 알지 못할 것이다. 그 말을 하고 있는 자신이 얼마나 역겨운 표정을 짓고 있는지를.

정호는 여전히 주말이면 배드민턴을 쳤고, 곧은 바가지 머리를 고수했다. 그 머리를 중학생 때부터 유지했다고 했다. 정호는 거리가 좀 멀더라도 머리만큼은 항상 정호의 어머니가 운영하는 미용실에 가서 손질했다. 그게 효도라고 했다. 그리고 나는 그건 개 같은 마마보이 짓이라고 속으로 생각했다. 정호가 자기 어머니 미용실에 가서 머리를 자를 때마다 나는 정호 어머니의 발목에 있는 장미꽃 문신을 물끄러미 바라보았다. 새긴 지 오래되어 꽃잎이 주홍색으로 바래고 줄기가 푸른 문신을, 정호의 머리를 자르는 정호 어머니의 얼굴과 번갈아가면서 보았다.

정호는 전에 찍은 사진들과 자기 얼굴을 비교하면서 늙었다느니, 눈빛이 조금 매서워진 것 같다느니 말했지만 내 눈에 정호는 그대로였다. 정수리가 빽빽했고, 여행을 가는 것에 큰돈 쓰는 것을 싫어했고, 여행 자체도 싫어했다. 정호는 집을 좋아했다. 별것 없는 집을 정호는 좋아했다. 우리는 늘 집에만 있었다. 일산에서도, 파주에서도 마찬가지였다. 가끔씩 짜장면을 시켜 먹고 주말이면 족발에 소주와 맥주를 섞어서 마시고 별것 아닌 푸념을 해댔다. 정호가 하는 얘기는 전부 다 회사에 관한 이야기들이었다. 누가 왕따를 당한다느니, 바람을 피운다느니 하는 별 관심 없는 이야기들. 정호는 그런 말을 끝내고 항상 부풀어오른 빵처럼 웃었다. 현철에 대한 이야기는 한마디도 없었다. 정호는 현철을 정말 잊은 것일까. 언제부터? 나는 생각해본다. 마지막으로 현철에게 돈을 송금했던 이 년 전? 아니면 송금을 했음에도 집 앞에 누군가 있는지 없는지 매일같이 진을 치고 살펴보던 일 년 육 개월 전? 아니면 파주랑 완전히 이별하고 일산으로 내려온 그날부터? 나는 알 수 없었다. 그러나 나는 아무렇지 않은 정호의 모습을 볼 때마다 언젠가 그런 단순한 정호 앞에 현철이 다시 나타나주었으면, 하고 내심 바랐다. 가끔씩은 보게 될 거야, 가끔씩은 보게 될 거야, 나는 아무렇지 않게 허탈한 듯 웃는 정호를 보면서 그 말을 혼자 중얼거렸다.

현철이 나타난 것은 삼 년 전이었다. 나는 그때 현철을 처음 보았다. 드센 추위가 몰아치던 날, 현철은 그 추위 속에 누구보다 시시하게 서 있었다. 시시한 검은색 바지와 검은색 후드 티, 누가 봐도 시시하게 동여 묶은 운동화를 신고. 그때 우리는 파주에 있었다. 금촌역 근방, 롯데리아 위 2층 건물에 세 들어 살던 정호와 나의 집 앞에서였다. 발가락과 손가락이 꽝꽝 얼 정도로 추운 겨울이었고, 정호와 잠깐 편의점에 가서 소주를 사 집으로 다시 들어가던 중이었다. 현철은 그렇게 건물로 통하는 계단 입구에 서 있었다. 가방 하나 들지 않은 채였다. 주변에는 사람이 아무도 없었다. 텅 빈 계단 앞 현철의 휴대폰만이 반짝였다. 현철은 우리집 계단 앞에 펄떡이고 있던 잉어킹을 잡는 중이었다. 레벨 49로 곧 만렙을 앞두고 있었던 현철의 포켓몬 고. 꼬박 오 년을 했다는 그 포켓몬 고. 처음에는 모르는 누군가가 그저 건물 입구에 서 있다고만 생각했다. 그러나 현철은 마치 우리를 불러 세우는 것처럼 입구를 막고 비켜주지 않았다. 좁은 틈을 비집고 계단을 오르려고 할 때 정호가 현철을 알아보았다. 정호의 손에 들린 검은 봉지 속 소주병들이 탈랑탈랑 소리를 냈다. 정호는 누구보다 당황스러운 눈치였다.

정현철?

정호가 현철의 어깨를 잡고 말했다. 정호의 손바닥에 현철의 어깨가 눌릴 때 바람이 일면서 먼지 냄새가 났다. 정호의 우그러진 이마에 당황한 기색이 어려 있었다.

너, 뭐냐? 너가 여기 왜 있어?

정호가 묻자, 현철은 아무 말도 하지 않은 채, 정호 옆에 잠바를 목 끝까지 잠그고 서 있는 나를 쳐다보았다. 그리고 슬리퍼 밖으로 삐져나온 내 빨갛게 꽁꽁 언 맨발을 흘깃 쳐다보았다. 현철은 잠시 동안 아무 말도 하지 않았다. 그러고는 잡지 못한 잉어킹이 떠 있는 휴대폰을 그대로 주머니 속에 넣었다.

왜 전화 안 받으십니까?

현철은 한참 뒤에야 입을 떼었다. 떨리는 목소리는 아니었다. 혀가 짧아 어딘가 순해 보이는 말투였고, 미리 약속이라도 된 만남처럼 평온한 말투였다. 현철은 나를 다시 한번 보더니 정호에게 한 발짝 더 다가갔다. 정호가 다가오는 현철을 피해 몸을 뒤로 살짝 젖혔다.

왜 전화 안 받으십니까?

현철은 정호를 보며 다시 물었다. 정호는 주머니 속으로 손을 넣고는 휴대폰을 괜시리 만지작거렸다.

전화? 뭐, 뭐래는 거야. 이 새끼가.

왜 전화 안 받냐고 했습니다.

정호가 마치 그제야 무언가를 눈치챈 사람처럼 몸을 미세하게 떨었다.

여기 왜 왔냐? 어떻게 알고 찾아왔냐?

저번주 화요일 기억 안 나십니까? 그때도 분명 말했는데……

현철이 말했다. 정호를 바라보는 현철의 눈에 잠깐 알 수 없는 눈물이 고였다가 사라졌다.

지난주 화요일, 정호는 오랜만에 연락 온 군대 친구들과 약속이 있다고 했다. 이름이 무엇인지는 모르겠으나 우탱, 오뎅, 승자, 라고 불리는 애들 사이에 현철이 있었다. 알고 보니 나는 현철에 대해 들은 적이 있었다. 같이 취사병으로 일했다는 그 후임이 현철이었다. 일을 너무 못해서 매번 먼지 나게 팼다던 그 현철이었다. 그 외에 정호는 한 번도 현철에 대해 자세히 얘기한 적이 없었다. 두 사람이 전역한 지는 이제 삼 년이 넘었다. 그러나 현철은 무언가를 결심한 듯, 그렇지만 너무 오랜 시간이 지나버려서 이제는 자연스러운 감정이 된 것처럼 초연하게 나와 정호 앞에 서 있었다. 언젠가 왔어야 할 사람처럼. 그때 나는 어쩌면 직감했는지도 모른다. 저렇게 시시하게 서 있는 현철이 누구보다 시시한 복수를 하러 온 것이라고.

현철은 다시금 나를 잠깐 보다가 고개를 돌렸다. 그러고는 정호에게 더 가까이 다가가 정호의 얼굴을 뚫어져라 쳐다보았다.

그때 말했지 않습니까. 술 많이 마셔서 기억 안 나십니까. 똑같이, 아니. 아니요. 나도 이제 괴롭히겠다고요. 이제야.

현철은 그 말을 끝내고 주머니에서 담배를 꺼내 물었다. 바람이 들이치는 탓에 불이 제대로 붙지 않는데도 여러 번 시도한 끝에 결국 담배에 불을 붙였다. 정호는 나를 보며 먼저 올라가 있으라고 눈짓을 보냈다. 그러나 나는 정호의 눈이 아니라 현철의 눈을 바라보았다. 너무 어설퍼서 투명한 그 눈빛이 나는 무서웠다.

니가 뭘 어떻게 복수를 하실 건데요. 내가 너한테 뭘 했는데. 그때도 말했잖아. 그런 것 있었으면 미안하다고. 거기서는 뭐 별 수 있냐. 나도 똑같았어, 새끼야. 지금 그게 언제 적이냐. 이 오타쿠, 하, 아니 현철아. 벌써 삼 년이 넘었어. 이제 와서 뭘. 진짜 골치 아프네.

뭘 어떻게 했냐고요?

현철이 눈을 번뜩였다. 현철의 주머니가 윙윙, 하고 두어 번 울려댔다. 현철이 816번째 잡아야 하는 잉어킹의 펄떡임과 같이 현철이 흔들렸다.

뭘 어떻게 했냐고 했습니까? 하나하나 다 말할까요? 나는 아직도 전부 기억나는데…… 삼 년밖에 안 지났는데, 잊어버렸습니까? 그걸?

현철은 마치 어제 일인 것처럼 주먹을 쥐고 침을 튀기며 말했다. 정호는 그런 현철에게서 한 발짝 떨어졌다. 슬리퍼를 신은 정호가 뒷걸음질칠 때마다 슬리퍼 뒤축에서 얼음 알갱이들이 부서지는 소리가 났다.

……그니까, 뭘 어떻게 복수를 하겠다는 거냐고. 무릎이라도 꿇을까? 이제 와서? 넌 그리고 군대 제대한 지가 언젠데 아직도 말투가 그따위냐. 나 돈도 없어 새끼야. 그냥 이렇게 사는 거야. 보면 모르냐. 저 위에가 우리집이라고. 월세.

정호는 현철의 눈치를 살폈다. 정호를 보던 현철은 고개를 떨구고 바닥을 쳐다보며 새 담배를 꺼내 물었다. 이번에는 불이 잘 붙었다.

최정호 병장님. 파주, LG디스플레이 다니시죠? 액정 검수하고, 하자 가려내고. 거기에 소문낼 거예요. 사진 뿌리고, 나한테 어떻게 했는지. 전역하고 힘들게 들어간 거 아닙니까? 거기만 그럴 건 줄 아십니까? 계속 따라다닐 거예요. 따라다니면서 당신이 한 짓 다 말할 거라고요. 그게 싫으면 조건이 하나 있습니다.

와, 이야. 이 새끼, 와. 이거……

현철은 말을 계속 이어갔다. 정호는 아무 말도 하지 않았다. 거들먹거리는 척, 겁먹지 않은 척했지만 정호가 떨고 있음을 알 수 있었다.

현철은 딱 일 년 치만 복수를 하겠다고 했다. 보상금이라고 생각하고, 일 년, 그러니까 십이 개월 동안 달마다, 많이도 아니고 딱 백만원씩만 보내라고. 그러면 딱 십이 개월 뒤에 사라져주겠다고. 안 그러면 계속 나타나서 괴롭힐 것이라고. 현철은 '많이도 아니고 딱 백만원'이라는 자신의 조건을 거듭 강조하며 말했다. 그깟 돈은 정말 아무것도 아니라고. 현철은 시시한 그 말을 마치고 정호에게 계좌번호를 보내고는 돌아갔다. 정호는 멍해진 채로 가만히 서 있었다. 뒤돌아 걸어가는 현철의 걸음걸이는 느리고 엉성했다. 조금만 잘못 걸으면 넘어질 것처럼. 현철은 걸어가면서 우리 쪽을 뒤돌아보려다가 애써 앞으로 걸어갔다. 한 손에는 휴대폰을 쥐고 다른 한 손으로는 귀 뒤쪽을 긁적이면서. 무언가 속이 시원해 보이면서도 아닌 것 같은 모습으로.

나는 정호와 집으로 들어오자마자 거실에 정호를 불러 세웠다. 정호는 헛웃음을 치면서, 웃을 때 빵처럼 부푸는 그 얼굴로 연신 욕을 내뱉었다.

허, 허허허. 존나 웃기네. 신경쓰지 마. 저 새끼 등신이라, 저딴 거 못해. 그리고 그게 언제 적인데. 아오, 귀신 새끼 보는 것처럼 놀랐네. 저번주에도 아무도 초대 안 했는데 지가 알아서 기어온 거야. 얼마나 놀랐는지. 저런 새끼들 사회생활 가능은 하냐? 참, 씨발. 말세다, 말세야.

정호는 말을 하며 옷을 갈아입고 곧바로 바닥에 소주를 내려놓았다. 아무렇지 않은 척했지만 정호는 여전히 떨고 있었다.

날씨 한번 존나 춥네. 족발 시켰지? 언제 온다냐.

정호는 일부러 아무렇지 않게 말했다. 그러나 바닥에 앉아서 간간이 생각에 잠기는 것처럼 보였다.

저 사람한테 뭘 했어. 뭘 했길래. 이렇게 찾아올 리가 없잖아.

나는 말했다. 그러자 정호가 한바탕 웃어젖혔다. 가끔 아무것도 모르는 얼굴로 순박한 웃음을 짓곤 했던 정호가 징그럽게 느껴졌다.

뭘 하긴 뭘 해. 다 똑같았지. 일 못하면 몇 번 때리고, 군기 잡고 그게 끝이지. 그것도 못 버티면서 군생활 한 사람이 있기나 한 줄 아냐. 저 새끼는 심지어 괴롭힌 것도 아니야. 더한 사람도 많이 봤다고. 그게 언제 적……

정호는 말을 하다 말고, 어딘가 불안한 듯 휴대폰을 몇 번 만지작거렸다. 아무런 메시지가 오지 않았는데도 정호는 몇 번씩 휴대폰을 확인했다.

차라리 제대로 사과해. 미안하다고. 그러고 끝내.

나는 말했다. 정호는 심각해진 나를 보고는 대충 고개를 주억거렸다.

다음에 만나서 술 사주고 미안하다고 풀어주면 돼. 애새끼니까, 그냥 어르고 달래고. 너는 저 말을 진짜 믿냐? 저게 진짜 같아? 막말로 증거는 있대? 있다고 해도 어차피 저 새끼 저럴 용기도 없어. 저 새끼 군대에서도 겁만 많아서 혼자 벌벌 떨면서 민폐끼친 새끼야, 저거. 지 딴에 존나게 용기 내서 여기까지 왔겠지. 그래, 내가 미안하다고 그러면 되는 일이라고. 간단하지?

나는 아무 말도 하지 않았다. 정호는 내 표정을 보더니 다시금 혼자 왈칵 웃어젖혔다.

근데 너도 진짜 멍청하다. 너는 저걸 진짜 믿는 거야? 쟤가 진짜 그럴까봐? 삼 년이나 더 지난 얘기를? 그렇게 순진해서 어디다 쓰냐. 애들은 어떻게 가르쳐?

나는 가만히 정호를 내려다보았다. 갈비뼈가 훤히 드러나는 몸통에서 숨이 부풀다가 사라졌다.

애들 얘기 꺼내지 마. 그 얘기가 여기서 왜 나와?

나는 정호를 노려보면서 말했다.

씨발, 아무것도 모르면서.

정호가 웃어젖히면서 나를 똑바로 바라보았다.

아, 알았어. 애들 얘기 안 할게. 뭘 그렇게 심각한 표정을 지어, 또. 애들 얘기만 나오면 난리네. 야 근데 너 그거 아냐? 그거 자격지심이다.

애들 얘기 하지 말라고. 싫다고, 난.

나는 다시금 말했다. 정호는 내가 매일 학원에서 어떤 생각과 어떤 눈빛들을 마주하는지 알지 못했다. 아이들의 눈을 보고 있으면 나는 매번 나의 치부를 들키는 것 같은 기분이 들었다. 내가 얼마나 하찮은 사람인지 다 꿰뚫고 있다는 듯한 눈빛과, 꼭꼭 숨겨둔 것이 무색하게 나의 지저분한 면모들을 이미 알고 있다는 듯한 표정들. 언젠가 나 스스로 순순히 그 치부를 보여줄 수밖에 없는 날이 올 것 같은, 처형을 기다리는 염소의 마음을 정호가 알리 없었다.

근데, 진짜 왜 왔을까. 이제 와서. 그 새끼 그거 진짠가?

정호가 말을 이었다. 나는 잠시 멍하게 뜸을 들이다 말했다.

진짜가 아니면? 그게 아니면 갑자기 여기까지 올 리 없잖아.

내 말에 정호는 한참을 아무 말도 하지 않았다.

저게 진짜 같다고? 갑자기 왜? 이제 와서? 어떤 계기로? 이렇게 뜬금없이?

정호가 나를 바라보며 물었다.

계기 같은 게 필요 없을 수도 있잖아. 그냥 미운 거잖아. 언제 찾아와도 안 이상할 정도로.

다시 침묵하던 정호가 크게 한숨을 뱉더니 방바닥에 벌러덩 누웠다.

씨발, 좆같네. 아니, 근데…… 윤정아. 나 진짜로 잘 기억이 안 나는데. 저 새끼가 뭐가 그렇게 억한 심정이 들어서 찾아왔는지.

이거 진짜 좆된 부분이지, 그렇지?

그렇게 말한 정호는 잠시 골똘한 얼굴로 천장을 보았다. 그러고는 영 알 수가 없다는 표정을 지었다.

정호는 딱 족발이 도착하기 전까지 기억나는 군생활에 대해서 다시 말해주었다. 무언가 생각난 듯한 표정을 짓기도 하고, 간간이 침묵을 유지하기도 했다. 정호가 말하기로는 취사병한테는 위생이 생명인데, 저 새끼는 지키지도 않았다느니, 음식 만드는데 아무렇게나 기침을 해대고, 소금 설탕도 제대로 구분 못하고, 늘 짜거나, 늘 싱겁게, 그래서 몇 번 때렸고, 그래, 먼지 나게 때렸고, 여름철 훈련 끝나고도 뒈지게 안 씻어서 씻으라고 면박을 줬고, 이건 솔직히 비인간적이긴 하지만 몇 번은 속옷을 제대로 갈아입는지 검사를 했고, 그냥 그 정도라고. 그때는 괴롭히는 축에도 못 들었다고. 자신은 더 심하게 당했다고. 아직도 생각하면 패 죽이고 싶은 새끼들 얼굴이 몇몇 떠오를 정도라고. 그냥 다 까먹고 사는 거라고. 정호는 그렇게 말하며 소주와 맥주를 섞어 마시곤 괜히 얼굴을 붉혔다. 그러나 나는 그 말을 듣다가 잠시 멈춰 있었다. 정호의 말이 거짓말이라는 것을 나는 알 수 있었다. 나는 어쩐지 붉어진 정호의 얼굴을 보면서 말했다.

거짓말.

그 말을 꺼내자마자 정호의 얼굴이 좀더 붉어졌다.

뭐가?

거짓말하지 마.

아니, 도대체 뭐가.

거짓말. 그것 말고 더 있잖아.

정호가 우물거리던 입을 멈추고는 잠시 동안 아무 말도 하지 않았다.

현철의 말이 진짜인지 가짜인지 가려내는 데는 딱 일주일이 걸렸다. 정호의 말은 틀렸고, 현철의 말은 진짜였다. 현철은 시시하게 찾아왔지만 끈질기게 괴롭힐 준비가 된 사람 같았다. 현철은 모든 증거를 가지고 있었다. 현철이 찾아온 지 딱 일주일 되던 날, 현철은 증거의 일부를 정호에게 보냈다. 얻어맞은 사진과 의사의 소견서도 삼 년 전에 머물러 있기는 했지만 진짜였다. 그런데 어째서 지금인지 나는 알 수 없었다. 그렇게 아무렇게 불쑥불쑥 꺼내도 미울 만큼의 미움을, 나는 잘 헤아릴 수가 없었다. 그런 미움은 어떤 것일까. 시시해 보일 만큼 자연스럽고 명이 긴 미움은 어떤 것일까. 현철은 그 이후부터 그림자처럼 우리 주변을 맴돌았다. 정해진 입금일이 되었거나, 날짜가 지나도 돈이 들어오지 않을 때마다 나타나 주변을 맴돌았다. 그러나 나는 현철이 무섭거나 위협적으로 느껴지지는 않았다. 현철이라면 분명 나에게 해를 가하지 않을 것이라는 것을 나는 알았다. 현철은 그저 시시한 일상처럼 스며들었다. 그러나 정호는 달랐다. 정호는 현철과 비슷한 그림자만 보아도 소름 끼쳐했고, 그럴 때면 머리가 무거운 사람처럼 고개를 조금 떨구고는 생각에 잠기곤 했다.

진짜 이렇게까지 해야 하는 거야? 씨발, 저 개새끼한테? 저 새끼 지금 또 온 거지? 아니, 온 게 아니라 그냥 여기에 죽치고 있는 거잖아. 이 씨발.

밖에서 포켓몬을 잡고 있는 현철을 창문 너머로 보면서 정호는 말했다. 현철은 늘 그렇듯 똑같은 표정을 유지했다. 정호는 현철에게 정확히 어떤 짓을 했는지 나에게 죽어도 말해주지 않았다. 어떤 날은 마치 억울한 사람처럼 굴었고, 어느 정도 무언가를 감내해야만 한다는 것을 인정한 사람처럼 굴 때도 있었다.

일 년이면 저 새끼 진짜 안 올까? 주변에 검은 옷 입은 사람만 봐도 돼질 것 같아. 그냥 월세 입금하는 것처럼만 하면 되냔 말이야. 아니, 근데 진짜 저 새끼가 그럴까? 사람들한테 내가 팼다고 저 사진 올리면 사람들은 그걸 그대로 믿을까? 저 오타쿠 새끼가 없는 말까지 지어낼 수도 있잖아…… 시간이 이렇게나 지났는데.

정호는 말을 하면서도 입술을 부르르 떨었다. 나는 그때마다 아무렇지 않은 현철의 표정보다 정호의 표정이 더 무서웠다.

첫 달과 둘째 달까지 입금을 한 다음 정호가 현철에게 다시 만나자고 했을 때도 달라지는 것은 없었다.

나 너한테 진짜 사과하려고 왔다, 현철아.

아직 한겨울임에도 불구하고 현철의 앞에는 아이스초코가 놓여 있었다. 카페 창밖에는 온통 살얼음이 낀 도로가 빛을 받아 반짝거렸다. 현철은 정호의 얼굴을 빤히 보다가 아이스초코를 쭉쭉 빨았다.

미안하다고 했습니까?

현철이 말했다.

정호는 고개를 숙이며 현철에게 다시금 사과했다.

내가 미안하다, 현철아.

현철은 그런 정호를 내려다보았다.

뭐가 말입니까?

응?

정호는 고개를 들어 현철을 바라보았다.

뭐가 미안하냐고 물었습니다. 뭐가, 정확히, 어떤 것이 어떻게 미안한지 말하십시오.

내가 너 때리고 괴롭힌 거, 그냥 전부 다.

현철은 진동하는 휴대폰을 꺼내 게임 화면에 정호의 얼굴을 비췄다. 그러고는 화면 속 정호의 얼굴에 포켓볼을 던지기 시작했다.

정확히 뭐가 미안하냐고 물었습니다.

정호는 아무 말도 하지 않았다.

정확히 잘 기억이 안 나지 않습니까. 그러면서도 돈이 아까워서 앞에서 미안한 척하고. 미안하다고? 미안하다고 말하지 마. 그건 너무 쉬워. 미안하다고 한 번만 더 하면 진짜…… 진짜, 조건이고 뭐고. 사진 다 뿌리고 죽여버릴 거니까.

아니, 내 말은……

넌 네가 뭘 잘못했는지 모르지. 모르잖아. 난 그 속에서 죽을 것 같았는데. 너는 일 년을 못 참아내겠어?

현철은 말을 뱉으며 가려운 듯 얼굴을 박박 긁었다. 속에 있는 말을 다 뱉어내도 어딘가 가려운 것 같은 얼굴로, 여전히.

정호는 아무 말도 하지 않았다. 어딘가 무서워하는 것도 같았다. 정호는 바가지 같은 더벅머리를 테이블에 떨구었다가 현철을 다시 노려보기 시작했다.

그 정도 했으면 됐잖아. 두 달 치 돈도 줬고 사과도 했고.

정호가 눈이 벌게진 채로 현철을 쳐다보았다. 현철은 아무렇지 않은 표정으로 아이스초코의 빨대를 한번 더 쭉 빨았다.

그럼 그만하십시오. 그만하고 말면 되지 않습니까.

이 씨발, 오타쿠 새끼. 이래서 너 같은 새끼들은 안 되는 거야. 이 씨발, 내가 그때. 내가 그때 너를 더……

정호는 말을 하다가 말고 자리를 박차고 나갔다. 현철의 표정은 미동조차 없었다. 나는 정호가 박차고 나간 자리로 옮겨 앉아 현철을 바라보았다. 현철의 투명한 눈동자 속에 내가 비쳤다. 대신 죄인이라도 된 듯이 버석버석한 머리로 어깨를 웅크리고 있는 나. 현철은 나를 한참을 바라보다가 입을 뻥긋거리면서 말했다. 가세요, 같이. 나는 잠시 동안 가만히 앉아서 현철의 얼굴을 바라보았다. 떠올리면 떠올릴수록 입에서 쓴맛이 나는 그 표정을 나는 아직도 기억한다. 어딘가 쓸쓸한 풀벌레 소리가 나는 것 같은 그 표정을. 그래, 풀벌레 소리…… 그러나 그 표정을 풀벌레 소리라고 불러야 할까. 아니, 그 소리는 풀벌레 소리가 아니다. 그렇게 말해버리면 너무 시시한 소리가 되어버리니까. 그러나 나는 아직도 그 표정을 어떻게 불러야 할지 잘 모르겠다. 그 소리는 개같이 쓸쓸하고, 파주의 한겨울철 뿌리내린 단단한 얼음 같아서 아직까지 나는 그때와 비슷한 소리를 한 번도 다시 들어본 적이 없다.

현철의 시시한 복수는 정호를 괴롭히는 데 그치지 않고 여러 가지를 바꾸어놓았다. 소리 없이 아주 조금씩. 현철의 등장과 동시에 정호와 나 사이에는 보이지 않는 균열이 일기 시작했다. 생활도 마찬가지였다. 나에게는 정호가 현철에게 어떤 짓을 했는지 가늠해보는 버릇이 생겼다. 식탁에 앉아서 반찬을 나눠 먹을 때도, 티브이에서 하는 재미없는 코미디 쇼를 볼 때도, 집으로 들어가는 계단을 오를 때도, 정호가 들어간 화장실에서 아무런 소음 없이 물 흐르는 소리만이 들릴 때도, 나는 궁금했다. 정호가 현철에게 도대체 어떤 짓을 했는지, 그리고 현철의 마음이 지금 어떤지. 어쩌자고 어떤 마음으로 지금 다시 찾아왔는지. 수십 번 제대로 묻고 싶었지만 용기가 나지 않았고 마음을 먹으려고 노력해봐도 아무런 대비가 되지 않았다. 나는 그저 궁금해할 수밖에 없었다. 어떤 날은 그저 궁금해하는 것이 내 몫처럼 느껴지기도 했다. 그렇게 정호가 한 일에 대해 생각하다보면 현철이 생각나고 현철에 대해 생각하다보면 현철이 참을 수 없이 궁금해졌다. 정호와 식탁에 앉아 밥을 먹을 때 현철이 무엇을 먹고 있는지 궁금했고, 정호와 재미없는 티브이 프로를 볼 때 현철이 어떤 프로를 좋아하는지, 집에서는 어떤 옷을 입고 있는지, 집에서도 그렇게 시시하고 탁한 검정 옷을 입은 채 경직된 자세로 있는지, 집에서도 그 재미없는 포켓몬 고의 만렙을 찍기 위해 노력하는지, 가끔씩 현철도 화장실에 들어가 가만히 물을 틀고 미동 없이 오랜 시간 서 있는지, 그때 주로 무슨 생각을 하는지, 여전히 앓고 있는지 알고 싶었다. 매일 같은 옷을 입고도 추위를 타지 않는 것처럼 구는 것도, 눈에 이상한 슬픈 기운이 얼기설기 붙어 있는 것도, 다 이유가 있는데 내가 모르고 있는 것 같아 신경이 쓰였다. 어디에 살며 무엇을 하는지도 알 수 없어서 현철이 더 궁금해졌다.

어떤 날은 학원에 출근해서 철 지난 포켓몬 띠부띠부씰을 붙여 놓은 공책 표지만 봐도 괜히 반가운 마음이 들었다. 스티커를 손가락으로 문지르며 생각에 잠기기도 했다. 나도 이런 게 좋았을 때가 있었는데, 나도 이런 걸 열광하며 모았던 때가 있었는데, 그런데 지금은 다 지난 얘기지, 지금은 이런 거 하나도 안 중요하고, 하나도 안 기쁘고……라며 말도 안 되는 혼잣말을 중얼거리기도 하면서. 아이들의 눈빛이 어떻든 그저 혼자 중얼중얼하면서.

그런 나의 행동을 정호가 모르는 것은 아니었다. 다만 모르는 척할 뿐이었다. 정호는 아무렇지 않은 척 굴었다. 오히려 무심하게 말하려고 노력했고, 아무 일도 아니라는 표정을 짓기 위해 열심히 표정을 궁리하며 앉아 있었다. 정호에게 눈에 띄는 변화가 있다면 전보다 살이 좀더 빠졌다는 것이었다. 현철에게 송금하기 위해 추가 근무를 서고, 수당을 받으려고 휴일을 반납하며 일했다. 정호는 액정이 내뿜는 빛 외에는 아무런 빛도 없는 깜깜한 검수실에서 밥 먹는 시간을 빼고 매일 일곱 시간 이상을 보냈다. 액정 픽셀의 하자를 가리기 위해 등급 버튼을 누르면서, 아무도 없는 방에서 혼자. 정호는 매일같이 화가 나 있었다. 전보다 술을 많이 마시고 금방 곯아떨어졌고 아침에 눈을 떠보면 어느새 출근을 해서 집에 없었다.

나와 정호는 십이 개월 중 절반의 시간을 그렇게 채워갔다. 서로를 가늠하며 추가 근무를 서는 식으로. 추위가 가시기 시작하고 선득한 바람이 불었다. 간혹 늦거나 이른 시간, 정호의 휴대폰에 무언가 알림이 오긴 했지만 정호는 그것이 무엇인지 절대로 알려주거나 보여주지 않았다. 정호는 그저 성실하게 돈을 보냈다. 말을 잘 듣는 착한 아이처럼. 현철의 그 시시한 말들을 정호는 이제야 믿는 눈치였다. 정호는 현철에게 보낸 문자메시지와 입금 내역을 열심히 저장했다. 가끔씩 잠꼬대를 하면서도 씨발, 씨발 하고 웅얼거렸다.

열심히 입금을 한 탓에 한동안 현철을 보는 일은 없었다. 나의 궁금증은 더 커져만 갔다. 무엇보다 현철을 궁금해하는 마음이 커질 수밖에 없게 된 일이 있었다. 나는 아주 우연히 혼자서만 현철을 본 적이 있었다. 아직 찬 기운이 조금 남아 있던 초여름이었다. 나는 역 근처 공원으로 걸어가고 있었고, 현철은 역 근처 정류장을 지나는 버스에 타고 있었다. 현철은 여전히 그 시시한 검정색 후드 티 차림이었다. 모자를 뒤집어쓰고 휴대폰을 쥐고 있었는데, 항상 띄워져 있던 포켓몬 고의 번뜩이는 화면은 보이지 않았다. 봄이 지나가고 있는데도, 현철은 몸을 웅크리며 추워하는 듯했다. 추울 때는 추워하지 않고 더워질 때에야 추워하는 현철을 나는 이상하게 바라보았다. 그때 현철의 얼굴은 나에게 보여줬던 그동안의 얼굴과는 달랐다. 어딘가 슬프게 울고 난 사람의 얼굴이었다. 무언가를 골똘하게 슬퍼하는 사람의 얼굴. 현철은 우는 듯 보였다. 아니, 울음을 참는 것처럼 보였다. 기를 쓰고 울음을 참으려고 하는 그 붉어진 얼굴이 버스 차창과 함께 지나갔다. 현철은 왜 참고 있었을까. 어째서, 왜. 그 이후로도 간간이 현철과 비슷한 사람인지, 혹은 진짜 현철인지 헷갈리는 뒷모습을 마주했다. 현철도 파주에 사니까. 정확히 어디에 사는지는 알 수 없지만, 바람이 바싹 마른 것처럼 건조하고 겨울이면 춥고, 여름에도 서늘하고 뜨거운 기운을 동시에 지니고 있는 그 근방 어디에 살았으니까. 아마 우리는 우리가 모르는 사이에 몇 번 더 마주치거나 지나쳤을 수도 있을 것이다. 현철을 닮은 비슷한 사람들은 등에 축축한 이불을 짊어지고 있는 것처럼 다 조금씩은 슬퍼 보였다. 어째서, 왜. 나는 그 답을 알 수 없어서 스스로 오래도록 질문해야만 했다.

현철의 얼굴을 정확히 마주하게 된 것은 그로부터 사 개월 뒤였다. 정호의 부탁이었다. 스멀스멀 찬 기운이 멀리서부터 다시 불어오기 시작했고, 현철이 받아낼 돈은 두 달 치가 남아 있었다. 정호는 마지막으로 자기 대신 현철을 만나달라고 했다. 만나서 이제까지의 일을 내가 대신 사과해달라고 했다. 그러나 정호가 정말 원하는 것은 그게 아니었다. 정호는 사과와 동시에, 두 달 치의 돈을 송금하지 않아도 된다는 말을 듣고 오길 원하는 눈치였다.

이 정도 했으면 그 새끼도 넘어가주지 않을까. 이제까지 꼬박꼬박. 네가 한번 만나서 얘기 좀 해봐. 내가 반성하고 있다고. 그러니까……

정호는 전보다 파리해져 있었다. 어떤 기대감으로 부풀어 있는 것처럼 보이기도 했다. 나는 알겠다고 했다. 그러나 정호의 이야기를 대신 전하기 위해서 현철을 만나기로 한 것은 아니었다. 내 궁금증을 위해, 그리고 무엇보다 현철을 만나서 이야기하고 싶었다. 그동안 내가 궁금했던 것들에 대해 물어볼 수 있는, 용기를 낼 수 있는 기회라고 생각했다. 정호는 내가 알겠다고 답하자마자 고맙다며 나를 안아주었다. 오랜만에 안은 정호에게서 내가 늘 거북스러워하는 숨 냄새가 났다.

다시 만난 현철은 머리를 전보다 짧게 자른 모습이었다. 정호가 무슨 말을 해서 현철을 나오게 했는지는 그다지 중요하지 않았다. 현철은 멀리서 맨발로 슬리퍼를 끌며 내 앞으로 다가왔다. 현철은 머리가 짧아지기는 했지만 전처럼 시시하고 날씨에 맞지 않는 옷차림이었다. 여전히 현철의 휴대폰 화면에는 포켓몬들이 날뛰고 있었다. 현철은 어딘가 죄를 지은 것처럼 나를 바라보며 앉았다. 그러고는 한 마디도 하지 않았다. 나는 가만히 있다가 현철을 보며 아무런 이야기나 뱉기 시작했다.

정호 얘기 하려고 온 거 아니에요. 그냥 말하고 싶어서요.

나는 그렇게 운을 뗐다. 그러자 현철이 화들짝 놀란 표정으로 나를 쳐다보았다. 나는 현철을 보며 시시한 질문들을 늘어놓기 시작했다. 그러나 현철은 입을 떼지 않았다. 침묵이 이어졌고, 얼마 안 가 현철의 핸드폰이 윙 하며 울렸다. 나는 현철의 휴대폰 화면을 바라보았다.

전부터 궁금했던 건데, 그 게임은 언제부터 한 거예요?

내가 묻자 한참을 두리번거리던 현철이 부끄러운 듯 말하기 시작했다. 어떠한 악의도 느껴지지 않는 환한 표정이었다.

현철은 포켓몬 고를 시작한 지 오 년이 넘었다고 했다. 만렙을 앞두고 있는 레벨 49, 라고 힘주어서 말했다. 이제 조금만 더 하면 곧 만렙인 레벨 50이 될 수 있을 것이라고도 했다. 나는 현철을 보면서 웃었다.

만렙이 되고 싶어서 하는 거예요?

내 물음에 현철은 꼭 그것만은 아니라고 했다. 현철은 얼굴을 붉히며 그저 좋다고 말했다. 정확히 말하면 포켓몬이 좋다고 했다. 나는 현철을 보면서 다시금 웃어 보였다. 만렙이 되기 위해서는 무엇을 더 해야 하느냐고 물었다. 내 물음에 현철은 XP가 중요하다는 말을 먼저 꺼냈다. XP는 경험치를 뜻하는데 게임을 켜고 걸으면서 포켓몬을 잡으면 쌓을 수 있고 자신은 아직 110킬로미터를 더 걸어야 한다고도 덧붙였다. 오 년 동안 총 27만 마리를 잡았지만, 지금까지 살아남은 애들은 고작 4556마리뿐이라고. 토나오는 퀘스트도 많이 깨봤지만 만렙이 되려면 아직 부족하다고. 나는 현철이 설명하는 모습을 보면서 현철의 눈동자를 바라보았다. 눈앞에 있는 현철은 시시한 복수를 하려고 온 사람도, 시시한 복수를 해온 사람도 아닌 것처럼 느껴졌다. 현철의 눈동자를 바라보면 볼수록 어떤 허무한 기운이 몰려왔다. 내가 절대 알 수 없을 것만 같은 그 맑은 눈동자 속의 허무함이 현철의 눈 안에서 넘실댔다.

지금은 레벨 50이 끝이지만, 나중에 게임이 좀더 업그레이드가 되면 아마 만렙이 될 레벨도 늘어날 거예요.

현철이 말했다.

만약에 그때까지 이 게임이 살아 있으면요. 저는 아마 그때까지는 계속할 것 같아요.

현철은 그 얘기를 하면서 간간이 미소를 지었다. 끝에는 알 수 없는 말을 덧붙였다.

얘네들은 친절하거든요. 착해요. 순하고.

현철이 웃을 때마다 작은 덧니가 잘 보였다. 나는 현철이 웃을 때마다 덧니가 보이는구나, 라고 생각했다. 현철과 만나서는 일부러 정호 이야기를 한 번도 꺼내지 않았다. 어디에 사느냐는 내 말에, 현철은 그저 파주에 산다고 답했다. 앞으로도 파주에 살 것이라고 했다. 현철이 일부러 그런다고 했지만 나는 그 이유에 대해서 물어보지 않았다. 현철의 눈을 보면 자신만의 이유가 있을 것 같았다. 현철도 나에게 정호에 대해 물어보려다가 일부러 이야기를 꺼내지 않는 것처럼 보였다. 그런 질문을 하고 싶을 때면 뜸을 들이다가 말 뿐이었다. 정호와 나는 전혀 상관없는 사람이라는 듯이.

현철은 가끔 나를 보며 자신의 입가를 닦아대거나 잠시 밖으로 나가서 어설프게 담배를 피웠다. 나는 현철에게 나에 대한 이런저런 이야기를 늘어놓았다. 파주에서 아이들에게 논술을 가르친다는 것부터 아이들이 싫다는 것까지. 어쩐지 현철 앞에서는 무엇이든 말하고 싶은 기분이 들었다. 오랫동안 이야기를 나눠왔던 사람처럼 현철은 나의 이야기를 잘 들어주었다.

아이들이 싫으세요?

현철의 물음에 나는 고개를 끄덕였다.

왜 싫으세요?

나는 그 질문에 잠시 깜짝 놀랐다. 골똘히 생각하다가 입을 열었다.

나를 평가하는 것 같은 그 눈이 싫어요. 그 눈을 보면 매번 평가받고 있다는 생각이 들거든요. 언젠가 들킬 것 같아요. 내가 얼마나 별로인 사람인지, 내가 얼마나 별로인 마음을 가지고 있는지. 지들이 뭐라고……

그렇게 말하자 어쩐지 얼굴이 뜨거워졌다. 현철이 한참 뒤에야 말을 꺼냈다.

그건 미워하는 것보다 무서워하는 것 같은데요. 근데…… 너무 무서워하다보면 미워지게 되거든요. 무서워하는 거랑 미워하는 마음이 나중에는 잘 구별이 안 가더라고요. 그게 그거 같고, 굳이 나눠야 하나 싶기도 하고……

나는 현철의 말을 가만히 듣고 있었다. 그러자 현철이 내 얼굴을 빤히 바라보더니 다시금 말을 이었다.

이제 딱 두 달이에요. 최정호 병장님한테 말해주세요. 두 달이면 어차피 다 끝이라고. 나도 다 잊어버리고 살 거라고. 그니까 애쓰지 않아도 된다고요. 그러려고 나온 거잖아요.

나는 아무 말도 하지 않았다. 그런 게 아니라고, 말하고 싶었지만 그럴 수도 없었다. 나는 한참을 아무 말 없이 현철을 바라보다가 용기를 내서 현철에게 되물었다.

도대체 뭘 했어요? ……정호가요.

현철은 잠시 멍한 표정을 짓더니 나를 바라보았다.

……몰라요.

현철은 짧게 말했다. 그런 것은 이제 더이상 중요하지 않다는 듯한 말투였다.

……모르겠네요. 그냥 매일 그 속에서 죽고 싶다고 생각했어요. 말할 수 없을 만큼 괴롭혔으니까. 아니, 이미 죽은 거라고 생각했어요. 그러면 마음이 편할 것 같아서. 저 새끼 전역하면 진짜 다 끝이다, 생각하면서 버티고. 근데 진짜 끝이더라고요. 허무하게. 허무해서 더 화가 나더라고요. 사실 이제 와서 그게 뭐가 그렇게 중요한가, 그런 생각도 해요. 근데 어느 날은 이런 생각이 들더라고요. 이렇게 넘어가면 나는 다음번에 또 이렇게 넘어가겠구나, 하는 생각. 앞으로 계속 이렇게 피하기만 한다고 상상하니까 내 다음이 무서워지고, 내가 무서워지고. 무서워지니까 또 밉고…… 미치게 밉고. 이해 안 되겠지만 그래서 그랬어요. 전역하고 나서 매일 생각했어요. 목 조르는 생각, 칼로 찌르는 생각. 그런데 막상 행동으로 옮길 수 있는 게 없었어요. 그렇게 골라내다 보니 이렇게 시시해진 것도 같고. 그땐 진짜 죽이고 싶었는데. 어떤 사람한테는 삼 년이 어저께 같아요. 그 생각에 묶여서 시간이 안 가요.

나는 아무 말도 하지 않았다. 그때 갑자기 현철이 나에게 물었다.

근데, 결혼하실 겁니까?

나는 그 말에 아무런 대답도 하지 못했다. 현철은 내 얼굴을 빤히 바라보았다. 마치 그 눈이 무언가를 대신해서 말하고 있는 듯 보였다. 그때 현철의 휴대폰이 울렸다. 시간을 알리는 알람 소리였다. 현철은 일어나겠다고 말했다. 일하러 가야 하는 시간이라고 했다. 현철은 고깃집과 PC방 알바를 병행한다고 했다. 틈이 나면 단기 알바를 또 구해서 예식장이나 배달 일도 한다고. 굳이 왜 그렇게 일을 많이 하느냐는 내 말에 현철은 갈 수 있는 곳이 많으면 좋다고, 이상한 답변을 했다. 현철과 역으로 걸어가면서 나는 현철의 걸음걸이를 살폈다. 느리고 엉성하지만 한 발 한 발 부드럽게 걷는 현철이 나는 좋았다.

이런 얘기 진짜 웃기지만요. 살아 있어서 다행이다, 그런 생각 해본 적 있어요?

현철이 말했다. 엉성하게 담배를 피우며, 엉성한 말투로.

전 없어요. 매번 고비의 고비의 고비. 이거 넘으면 또 비슷한 게 기다리고 있고. 근데 조금은 나아질 방법이 있어요. 남들이 보기에 그 방법이 비열해 보이고 엿같아 보이고 역겨워 보여도. 어쩌겠어요. 그렇게라도 보상받고 싶은 걸…… 그게 진짜 존나게 받고 싶은 걸……

현철은 말을 마치고 나에게 고개를 한 번 숙인 다음 앞으로 나아갔다. 나는 사라지는 현철의 뒷모습을 천천히 바라보았다. 현철의 뒷모습은 현철과 다르게 너무 빨리 사라졌다. 나는 그 자리에 서서 침을 계속해서 삼켰다. 무언가를 기다리는 것도, 어디를 가려고 하는 것도 아닌 자세로.

집으로 돌아오니 정호가 나를 기다리고 있었다. 무언가 초조한 기색이 얼굴에 덕지덕지 붙어 있었다.

뭐라고 해?

정호는 돌아오자마자 나를 보고 물었다. 나는 아무 말도 하지 않았다. 뭐라 말해야 할지 알 수가 없었다.

뭐라고 하냐니까.

정호가 재촉하듯 손목을 잡아챘다. 나는 정호를 바라보았다.

애쓰지 말래. 어차피 두 달이라고. 두 달만 지나면 자기도 다 잊어버리겠대.

씨발, 그러면 그렇지. 하, 그 씨발놈이. 그만했으면 됐지, 뭘 또.

정호가 욕을 뱉었다. 나는 정호를 바라보면서 말했다.

넌 네가 뭘 잘못했는지, 모르지.

그러자 정호가 나를 휙 쳐다보았다.

뭐라고?

너는 네가 뭘 잘못했는지 모르잖아. 진짜로 다 까먹은 거지.

뭐? 그 새끼가 뭐라고 하던? 그 등신이?

너는 왜 반성할 줄을 몰라. 너는, 왜.

뭐라고? 야, 쓸데없는 소리 좀 하지 마. 이 정도면 반성이지 뭐야. 휴가도 반납하고 맨날 검수실에서 그거만 들여다보고 있는 거 알면서 그러냐? 그 새끼가 뭐라고 했네. 뭐라고 했는데.

나는 화가 난 정호를 한참을 바라보았다.

아무 말도 안 했어. 네 이야기는 꺼내지도 않았어.

그럼 둘이 뭘 한 건데. 그 오타쿠 새끼랑 너랑.

얘기했어.

무슨 얘기.

그냥 아무 얘기. 궁금한 것 물어보고.

그냥 얘기? 넌 참 속도 좋다. 멍청한 건가? 내가 너 그 개새끼랑 얘기하라고 보낸 줄 아냐?

보낸 게 아니라, 내가 간 거야.

무슨 차인데, 씨발 진짜. 왜 이래, 너까지.

정호의 얼굴이 구겨졌다.

너 나 못 믿냐? 뭐 없다고 진짜. 그 새끼가 오버하는 거라고. 내가 때리긴 때렸지, 그래. 다 말했잖아. 솔직하게.

정호야. 나는 애들이 싫다. 나 쳐다보는 눈도 싫고 숨소리도 싫고 냄새도 싫어.

뭔 소리야, 갑자기.

싫다고. 애들이. 근데도 매일 출근하고 애들 앞에서 웃고, 좋은 선생인 척 노력해. 그리고, 그리고 네가 무슨 짓을 했는지 매일 생각해.

정호는 아무 말도 하지 않았다.

나는 네가 매일 그 사람한테 무슨 짓을 했는지 생각해. 생각하다가 그 사람에 대해서 생각하고, 그 사람이 어떨지 생각해.

정호는 어이가 없다는 듯이 나를 노려보았다.

너도 참, 멍청하다.

정호의 말에 나는 당장이라도 정호의 목을 졸라버리고 싶었지만 그러지 않았다. 그 대신 말했다.

멍청한 건 너지. 그런 짓을 해놓고도 다 잊어버렸으니까.

나는 정호를 등지고 그대로 옷을 벗고 화장실로 들어갔다. 밖에서는 정호가 뭐라고 웅얼거리는 소리가 들렸다. 나는 샤워기를 틀고 가만히 서 있었다. 조용히 물이 흐르는 소리만이 귓가를 채웠나. 나는 현철을 떠올렸다. 사람들 앞에서 고기를 굽는 현철, 버스에 앉아서 울음을 참고 있는 현철, 걸어가는 현철, 뛰어가는 현철, 서 있는 현철, 담배를 피우는 현철, 포켓몬 고를 하는 현철, 꼬박 110킬로미터를 더 걸어서 만렙이 된 현철. 수많은, 토 나오는 퀘스트를 깨고 또 깨고 있는 현철, 사는 게 재미없는 현철, 다음 고비를 기다리는 현철, 기다리기 싫은 현철, 시시한 현철, 시시하지 않은 현철, 아픈 현철, 아프지 않은 현철. 시시한 복수, 아니, 시시한 보상에 성공한 현철. 그리고 아무것도 아닌 나. 어떤 것보다 시시한 나.

현철은 현철의 말대로 딱 십이 개월의 입금을 끝으로 어떠한 연락을 하지도, 나타나지도 않았다. 현철은 마지막 달에 나를 찾아와 마지막으로 짧게 이야기를 나누고는 다시는 오지 않았다.

가끔씩은 보게 될 거야. 동네가 좁으니까. 이사가지만 않으면.

현철은 그때도 시시하게 말하면서 시시한 인사를 했다. 그리고 나와 정호는 현철에게 돈을 송금했고, 몇 달 뒤에 새로운 곳으로 이사를 했다. 정호는 현철과의 일이 끝난 뒤로 한 번도 현철에 대해 입에 올리지 않았다. 그러나 어쩌다가 현철 이야기가 나오면 그 개새끼 때문에 고생한 것만 생각하면, 이라는 말을 끝에 꼭 붙였다. 오타쿠, 라는 말도 잊지 않았다. 파주에는 다신 가고 싶지 않다는 말도. 거기 살면서부터 재수가 없었다는 말도. 그게 다 그 새끼가 사는 곳이라서 그렇다는 말도.

이사를 오고, 정호와 내가 각자 직장을 옮긴 뒤에도, 우리는 여전히 같이 살고, 나는 여전히 비슷한 공간에 있다. 우리는 전과 똑같아 보인다. 그러나 나에게는 아주 작은 습관 하나가 생겼다. 어딘가 답답한 마음이 들 때면 귓가를 긁적이는 버릇이다. 꼭 현철이 그랬던 것처럼. 그런데 이상한 것은 귓가를 긁으면 긁을수록 가려워진다는 것이다. 나는 시시때때로 귓가를 긁는다. 긁으면 긁을수록 가려운 사람처럼. 가려운 곳을 괜히 건드려버린 사람처럼. 그리고 귓가를 긁을 때마다 가끔씩 현철의 말을 떠올린다.

비열하고 역겨워도, 그래도 보상받고 싶다는 말.

나는 그 말을 내 생활의 여기저기에 갖다 붙여본다. 그러나 무엇을 어떻게 해야 하는지 잘 알 수가 없다.

정호는 여전하다. 주말이면 배드민턴을 치고, 어머니의 미용실에서 머리를 자르고, 주말이면 소주와 맥주를 섞어서 족발과 같이 먹으며 얼굴을 붉히고, 가끔은 술 없이 짜장면을 시켜 먹기도 하고. 정호는 정말로 현철을 잊은 것 같다. 아니, 정호는 현철을 잊었다. 나는 아직 정호에게 제대로 된 이야기도 듣지 못했는데. 여전히 정호가 무슨 일을 했는지 생각하고 있는데. 그러면서 동시에 현철을 떠올리고 있는데.

등뒤에서는 정호가 재미없는 코미디 프로를 보며 하하하 부푼 빵처럼 웃는 소리가 들린다. 나는 창 너머로 아무도 없는 거리를 바라본다. 창밖에는 개, 고양이 한 마리 지나가지 않고 멀리서 우는 소리조차 들려오지 않는다. 씨발, 씨발, 이제는 내가 정호 대신 그 말을 입에 달고 산다. 씨발, 씨발, 진짜로 엿같네. 나는 가끔 창밖을 보면서 내가 너무 시시해서 죽어버릴 수도 있을 것이라는 생각을 종종 한다.

| 작가노트 |

그런 사람

조금 이상하게 들릴 수도 있겠지만 나는 약한 사람이 싫었다. 너무 착해서 약한 사람. 살성이 야들야들해서 꼭 무른 감 같은 사람. 손가락으로 푹 찌르면 찌른 사람은 그대로인데, 자기가 뭉개져버리는 사람. 너무 착해서 어디에다 자기를 맡기지도 못하는 사람. 그렇다고 스스로 지탱할 곳을 찾지도 않는 사람. 술을 마실 때마다 그 술에 먹혀버리는 사람.

언젠가 그도 그랬다. 그는 내가 아는, 세상에서 가장 착한 사람이었다. 누워 잘 때 발바닥이 가지런한 사람. 지금은 어떻게 자고 있으려나. 아직도 발을 가지런히 모은 채 잠들려나. 마음을 잠시 풀 수 있는 방법을 찾다가 점점 술독이 되어버린 그를 나는 이해할 수가 없었다. 그렇다고 내가 그와 반대로 단단하고 힘이 센 것도 아니었지만 그의 약함이 싫었다. 비틀거리다가 이내 넘어지는 것도, 술만 마시면 주머니에 있는 모든 것을 밖에다 내동댕이치고 오는 것도. 혹은 빈 술병을 장롱에 숨기는 것도, 나로서는 이유를 알 수 없었다.

술병을 도대체 왜 자꾸 장롱에다 넣어놔. 차라리 밖에 버리든가.

내가 그렇게 말하면 그는 정말로 미안한 얼굴이 되었다. 눈가에 순한 주름이 잡혀서 미안해서 죽을 것 같아 보였다.

네가 마시는 걸 너무 싫어하니까. 미안해서.

그가 그런 표정으로 말하면 나는 그를 이해하지 못하다가도 이해할 수밖에 없게 되었다. 이해해야 할 것 같았다. 내가 이해하지 않으면 누가 그를 이해할 수 있을까, 라는 생각을 하기도 했다. 그가 술을 마시지 않을 때는 언제든지 그를 용서할 수 있었다. 견딜 수 있다고 생각했다.

진짜 그럴 수 있다고 생각했는데. 그럴 힘이 아직은 내게 무궁무진하다고 생각했는데. 아니었다. 솔직히 지쳤으니까. 밀쳐내고 싶은 기분이 들면서도 참는 것, 그게 독이었다. 더 비겁한 일인 줄 알면서도 좋은 사람인 척, 그래 보이기 위해 애썼다. 그를 견디는 것인지 좋은 사람을 연기하는 것인지 가끔은 헷갈릴 정도로. 차라리 그때 그를 이해하지 못한다고 했다면 뭐가 조금은 달라졌으려나. 지겨워 죽을 것 같다고 했다면 뭐가 조금은 달라져 있었으려나.

그는 매일같이 술을 마셨다. 저녁에만 먹더니, 이제는 낮과 새벽을 가리지 않았다. 어떤 날은 내가 들어오지 못하게 문을 잠그고 술을 마시기도 했다. 환하게 웃으면서 조잘대던 것도 옛날이야기가 되어버린 지 오래였다. 그는 점점 말수를 줄이더니 이내 아무 말도 하지 않았다. 한 마디도 하지 않은 채 하루를 보내는 날도 많았다. 그러다가 한꺼번에 많은 말들을 쏟아내기도 했다.

네가 나를 망치고 있는 것 같다. 네가 날 망쳤어. 그래서 술을 마시는 거야.

내가 널 망쳐?

응. 네가 날 망쳐. 지금 이 순간에도 너는 나를 망치고 있어. 네가 날 이렇게 만들었어.

나는 배신감에 차서 그를 당혹스럽게 바라보았다. 그런 날에는 그가 아니라 내가 술을 입에 댔다. 그가 그랬던 것처럼 정신이 몽롱해져서 비틀대기도 하고, 일부러 넘어지려고 노력하기도 하고. 네가 이래서 술을 마시는구나. 그냥, 그냥 뒈지고 싶어서 먹는 거구나. 그럼 그냥 뒈지지 그랬어. 내 옆에서 계속 이러지 말고. 다음날 미안해 죽겠다는 그 지겨운 표정도 짓지 말고.

물론 그가 다시 마음을 잡고 회사에 다닐 때도 있었다. 그때는 진짜 행복했는데. 연락도 하지 않던 친구들에게 행복하다고 늘어놓다가 친구가 지쳤을 즘에야 전화를 끊기도 했는데. 왜 항상 모든 일은, 아니 나에게 소중한 시간은 충분히 즐길 사이도 없이, 적당함이 없이, 빠르게 몰아치다가 결국 구겨지고 찢어지고 망가지는 걸까.

어느 날 점심에 그의 회사 동료에게서 전화가 걸려왔다. 점심 식사를 하며 가볍게 막걸리를 먹기 시작하다가 혼자 만취해서 쓰러진 그를 걱정하는 전화였다. 나는 그날 그에게 오래 참아왔던 말을 했다.

병원 가.

병원?

입원해.

입원?

소설을 쓰면서 약한 사람을 바라볼 수밖에 없는 것이 싫었다. 소설도 사람도 전부 다 싫게만 느껴졌다. 한동안 안 쓰고 안 읽고, 아무런 생각도 하지 않았다. 아무런 생각도 하지 않으니까 울지도 않았다. 다 잊어버린 척 열심히 연기했다. 그러다가 한 번쯤 무너질 것이라고 생각했는데, 무너지지 않았다. 그래서 더 무서웠다. 언제 무너질지 모른다는 생각을 늘 한편에 품고서 살았으니까.

약하지만 약하지 않은 사람을 보고 싶었다. 「파주」에 나오는 현철은 정호보다, 그리고 '나'보다도 힘이 세다. 아니, 어쩌면 누구보다 셀지도 모른다. 나의 작은 소망 때문에 현철이 파주를 빙빙 돌고 있는 것 같다. 그러지 않아도 되는데, 이제는.

이상한 소설도 많이 썼다. 멀리서 누군가를 지켜보기만 하는 소설. 망가지는 누군가를 바라보기만 하는 소설. 그러다가 같이 뭉개져버리는 소설. 소설을 쓴다는 건 조금씩 시간을 유예하는 것이라는 생각이 든다.

| 해설 |

허무에 매겨진 보상 청구서

최다영

어느 날 청구서가 날아든다. 일목요연하게 정리된 서류의 형태가 아니라 배회하는 몸을 입고. 청구 취지는 다음과 같다. 피고는 원고에게 매달 백만원씩 열두 달을 지급하라. 정호에게 삼 년여 만에 나타나 군복무중의 괴롭힘에 대한 피해 보상을 요구하는 현철은 여전히 시시하고 보잘것없는 모습으로 "나도 이제 괴롭히겠다고"(161쪽), 유예된 선고를 내린다.

정호의 "이제 와서?"(162쪽)와 현철의 "이제야"(161쪽) 사이에는 삼 년보다 더한 시간의 격차가 흐르고 있는 것처럼 보인다. 정호와 달리 현철은 여전히 피해의 기억에 매여 있으면서 그때를 반복적으로 살고 있기 때문이다. 그렇다면 현철로 하여금 바로 어제 같은 피해의 기억을 더이상 버티지 못하게 한 건 무엇이었을까. 정호를 찾아오기까지 현철의 내면에서는 어떤 일이 벌어졌던 걸까.

1. 당사자들의 지위—이분되지 않는 잉여의 시선

이는 바로 「파주」의 초점화자 윤정이 파고드는 의문이기도 하다. 「파주」는 폭력 사건을 중심에 두고 있으면서도 이를 당사자들이 아닌 제삼자 윤정의 시각에서 바라봄으로써 가해와 피해 바깥의 잉여까지 사건 연루의 구도를 확장한다. 이러한 설정은 상당한 특이점을 형성하는데, 윤정이 가해자 정호의 생활 동반인으로서 죄책감과 부채감을 전가받으면서도, 피해자 현철 몫의 괴로움에 더욱 이입하며 정호에 대한 혐오를 심화하게 되기 때문이다. 또한 「파주」는 윤정을 관찰자의 위치에만 두지 않고 윤정이 겪고 있는 불행에 대해서도 조명한다. 폭력의 사건은 공백으로 비워진 채 다른 내밀한 고통들과 얽히며 여기 파주에서 다시 발생하는 것이 된다.

그리하여 과거를 추적하며 '진실'의 구체성에 접근해가기보다는, 시간의 경과에도 경감되지 않는 "자연스럽고 명이 긴 미움"(168쪽)의 근원과 동력을 '알고자' 하는 윤정의 해소될 수 없는 궁금증이 이 소설을 전개해나간다. 이때 선뜻 이해하기 어려울 정도로 집요한 윤정의 궁금증은 정호의 죄질을 판단하여 현철의 복수의 정당성을 가늠하는 데에만 목적이 있지는 않은 것처럼 보인다. 그것은 단순한 호기심도 아니고, 현철의 불행을 알게 된 것에 대한 책임감 혹은 속죄 의식에서 기인한 것도 아니다. 심문관을 자처하는 윤정의 궁금증은 마치 제 안의 불행을 수색하듯이 맹목적이고 강박적인 면이 있다.

이는 혼자 있는 현철의 "어딘가 슬프게 울고 난"(174쪽) 듯한 얼굴을 본 뒤 더욱 걷잡을 수 없게 된다. 무감하고 무심하게 보이기까지 했던 현철이 실상 무엇을 필사적으로 참고 있는지에 대한 윤정의 의문은 현철의 신체를 샅샅이 뒤지고 훑는 듯한, 그의 일거수일투족과 그라는 사람 자체에 대한 생각으로까지 집요하게 가지를 뻗어간다.[1)]

그리고 그 미움의 뿌리가 지닌 윤곽이 윤정과 현철이 마주본 장면에서 암시된다. 고대하던 현철과의 독대가 성사되었을 때, 윤정은 현철의 눈 안을 넘실거리는 허무를 본다. "허무해서 더 화가 나더라고요"(180쪽)라는 현철의 말에서 짐작되듯 이 허무야말로 점점 몸집을 불리며 현철을 잠식해온 고통의 근원이자 "존나게 받고 싶"(181쪽)은 보상의 실체임을 알 수 있다.

---

1) 이러한 시선은 마치 성적 긴장을 내포하고 있는 것처럼 보이기도 한다. 소설의 첫 장면이 현철의 몸을 탐색하는 시선으로 시작하기에, 초반부만 읽고서는 이 시선이 연애 대상을 회상하는 시선과 구별되지 않는다. 정호가 송금할 돈을 벌기 위해 분노를 참으며 추가 근무를 하는 동안, 윤정은 현철이라는 낯선 인물을 상상으로 구체화하면서 그에 대한 내적 친밀감을 쌓아간다. 윤정의 궁금증은 시간의 경과에 따라 다음 세 가지 의문을 점차 누적해가는데, 각각은 군-파주-일산이라는 다른 공간을 대표하는 것이기도 하다. ①정호는 현철에게 도대체 무엇을 했는가. ②현철은 현재 무엇을 하고 있는가. ③정호는 현철을 잊었는가. 마지막 의문은 물론 그렇게 쉽게 잊어서는 안 되지 않느냐는 질책과 허무감에 가까울 것이다.

2. 원고의 복수극 진행 경과—공모하는 공포

그러므로 현철의 보상 청구서는 단순히 "얻어맞은 사진과 의사의 소견서"(168쪽)가 증명하는 폭력 사실에 대한 것이 아니다. "많이도 아니고 딱 백만원"(163쪽)은 피해 내용에 매겨진 금액이라기보다도, 그로부터 파생된 셈해질 수 없는 허무, 청구하려 해도 물적 실체가 없고 심증을 검증할 수도 없는 허무에 매겨진 최소의 보상 금액인 것이다. 그리고 바로 이 허무가 정호를 찾아가기에 앞서 현철이 스스로를 추궁하도록 했을 것임이 아래 인용을 통해 암시된다.

> 사실 이제 와서 그게 뭐가 그렇게 중요한가, 그런 생각도 해요. 근데 어느 날은 이런 생각이 들더라고요. 이렇게 넘어가면 나는 다음번에 또 이렇게 넘어가겠구나, 하는 생각. 앞으로 계속 피하기만 한다고 상상하니까 내 다음이 무서워지고, 내가 무서워지고. 무서워지니까 또 밉고…… 미치게 밉고. 이해 안 되겠지만 그래서 그랬어요.(180쪽)

해결되지 못한 과거의 상처는 자기 자신에 대한 두려움과 미움의 연쇄로까지 이어진다. 현철은 모두가 가볍게 치부해버린 폭력의 상흔이 정말로 사소한 일이 되어버리지 않게끔, 그리고 자신의 "다음번"만은 지켜내기 위해, 비참함을 무릅쓰고 정산을 시작한 것이다. 한편 이 허무는 윤정이 정호에게도 못 하던 말을 현철에게는 털어놓을 수 있게 하는 매개가 되기도 한다. 현철은 윤정이 논술학원에서 가르치는 아이들에게 품는 미움이 무서움에서 비롯되는 거라 진단하는데, 그 무서움에 바탕한 미움을 현철 또한 고백하면서 둘은 공통의 감정에 기반한 은밀한 정서적 유대감을 형성한다. 마지막 인사를 할 때 현철은 윤정더러 스스로의 불쌍함을 "너무 잘 알고 있어서"(155쪽) 불쌍하다고 말하는데, 윤정 또한 현철의 눈동자를 들여다보며 이를 인정하게 된다. 현철의 눈 너머 허무를 통해 윤정 또한 자신의 허무를 들여다보고, 직면하기를 미뤄온 자신의 속마음을 솔직하게 마주보게 된 것이다. 어쩌면 작중에서 빈번히 언급되는 '시시함'이란 실상 '불쌍함'의 다른 말인지도 모른다.

한편, 무서우니까 미워하는 거라는 현철의 말은 현철 또한 재회한 정호 앞에서 무서움을 계속 견뎌야 했을 것임을 짐작하게 한다. 여기서 주목해야 할 것은 현철이 이 복수극의 원고이자 그 자신의 변호인이며 복수를 승인한 행정관이라는 점이다. 입금이 이행되지 않으면 고용된 유령처럼 정호의 주변을 배회하는 일도 현철 자신의 몫이다. 스스로 부과한 현철의 복수적 지위와 역할은 그가 짊어져야 하는 감정의 무게를 또한 짐작하게 한다. 가해자를 다시 대면하여 죄를 묻고 권리를 주장하는 일은 자신의 무력함과 수치심을 다시금 대면하게 되는 일, 결국 자기 자신을 벌주는 일이기도 한 것이다.

정호는 현철에게 끊임없이 가해의 언어를 쏟아부으며 스스로 죄를 경감하고 현철의 사고와 행동을 통제하고자 하지만, 현철 또한 매번 과거와 같은 모욕을 감수하면서도 스스로 책정한 배상의 내용을 결코 수정하지 않는다. 그것은 제 존재 가치를 자신만이라도 붙들고 있기 위해 결코 타협할 수 없는 최후의 보루인 셈이다. 어쩌면 이 시시한 복수극을 통해 얻는 것보다 잃는 게 많다고 할지라도, 현철은 자기 자신을 위해 공포를 무릅쓰고 트라우마와 맞선 경험을 얻음으로써 최소한의 자기 존엄은 확신하며 살아갈 수 있을 것이다.

3. 피고의 배상의무—미안하다는 모욕

존엄을 회복하기 위해 스스로 일으킨 파문은 그러므로 작을지언정 결코 하찮지 않다. 정호는 상스러운 욕설로 어떻게든 당혹스러움을 떨쳐내고 가해 사실을 축소시키려 하지만, 군에서처럼 가해에 공모하는 남성 연대가 부재한 상황에서 그가 내뱉는 욕설과 모욕들은 맞장구로 이어지는 대신 불안감으로 되돌아온다.

정호는 두 차례 합의를 제안하는데, 직접 대면한 첫번째 시도에서 미안하다는 '사과'로 무마하고자 한다. "지 딴에 존나게 용기 내서 여기까지 왔겠지. 그래, 내가 미안하다고 그러면 되는 일이라고. 간단하지?"(165쪽)라는 허세에서 짐작되듯 여전히 현철을 깔보면서 그의 노력과 용기를 우스운 것, 별것 아닌 것으로 폄하해버리면서. 모멸감을 느끼고 "뭐가, 정확히, 어떤 것이 어떻게 미안한지 말하"라는 현철에게 애초에 미안한 마음조차 없었던 정호는 "그냥 전부 다"(170쪽)라고 무성의하게 대꾸한다. 이러한 태도는 "그 정도 했으면 됐"(171쪽)다며 피해 보상의 판단 기준과 시일을 전적으로 가해자인 자기 위치에서 결정하고 통제하려는 거만함으로 연장된다.

이는 내내 무표정하던 현철의 감정을 강하게 자극하고, 현철은 "미안하다고 한 번만 더 하면" "죽여버"리겠다며 악을 쓴다. "너무 쉬"(170쪽)운 방식으로 혼자 편해지고자 하는 정호의 끝까지 이기적이고 고압적인 모습, 반성의 기미조차 내비치지 않으려는 고자세가 현철에게는 참을 수 없는 모욕으로 받아들여지는 것이다.

이후 현철은 십이 개월의 입금이 끝나자 정말로 더는 나타나지 않는데, 그렇기에 오히려 정산을 받고 간편하게 해방되는 건 정호라 할 수 있다. 겨우 십이 개월간 백만원씩을 지불하는 것만으로 이후의 어떤 '성가신' 책임에서도 놓여나면서 말이다. 일산으로 이사한 뒤 정호는 빠르게 자신의 루틴을 회복하며 살이 오른다.

그런데 정호가 이전으로 '돌아갔'다면, 윤정은 현철의 복수 사건 이후 완전히 달라졌다. 윤정은 피가 날 듯 귓가를 긁던 현철의 습관과 정호의 말 습관이었던 "씨발, 씨발"(174쪽) 모두를 고스란히 전이받은 채, 정호를 더욱 역겨워하며 구역질날 정도로 '시시한' 자기혐오 속에서 매일의 일상을 버틴다.

4. 결어 — 처분을 기다리는 마음을 대면하기

앞서 현철이 자기 자신의 원고이자 피고였듯 윤정 또한 자신에 대해 이중으로 분할된 태도를 갖고 있는데, "빌어먹고 살 게 없어서 여기에 붙어 있으면서도 그 생각을 바꾸려고 노력조차 하지 않"(157쪽)는 지독한 무기력함에 항의를 하고 싶은 마음과, 이를 억지로 외면하고 무마해버리고 싶은 마음이 그것이다. 윤정은 언제든 자신의 꼭꼭 숨겨둔 지저분한 치부에 따른 대가를 치르게 될 거라는 생각으로 괴로워한다. 고작 이것밖에 안 되는 삶을 사는 것에 대해 언젠가 책임을 져야 할 거라는 두려움에 빠져 있으면서도 윤정은 "무엇을 어떻게 해야 하는지 잘 알 수가 없다"(185쪽)[2].

이는 윤정이 어떤 일에든 그토록 자주 '시시하다'는 수사를 붙이는 이유이기도 하다. 처음에 이 표현은 언뜻 우습게 보일 정도로 초라한 현철의 보상 요구와 현철의 외형, 습관 등에 대한 묘사에 쓰였지만, 점차 그 복수 사건 자체와 현철의 존재에 대해, 더 나아가 자기 자신의 보잘것없음에 대한 표현으로 귀결된다. 그러나 현철로 인해 맞닥뜨리게 된 모든 것이 정말로 시시한 것이라면 윤정이 일산으로 이사하고 몇 년이 지나도록 줄기차게 현철을 생각하지 않을 것이므로, 실상 무엇을 견디고 있는 윤정이 현철

2) 이는 앞서 현철이 정호에게 "뭐가, 정확히, 어떤 것이 어떻게"(170쪽) 미안한지 그 세목(細目)을 묻던 말이 윤정에게서도 발화되어야 함을 암시한다.

에 관한 것들을 무의식중에 시시한 것으로 축소하는 것처럼 보이기도 한다. 한편으로 '시시하다'는 소설 속 인물들을 일컫는 가장 적확한 서술이기도 한데, 그들이 풍기는 "내가 너무 시시해서 죽어버릴 수도 있을 것이라는"(186쪽) 정조는 절대 시시해서는 안 될 존재적 영역이 손상되었음을 암시하기 때문이다.

윤정이 마치 메시아의 재림을 기다리듯 현철이 다시 나타나주기를 바라는 이유는 현철을 통해 맞닥뜨렸던 자기 안의 책임을 추궁하는 목소리를 다시 듣기 위함이다. 그 목소리를 듣는 일은 분명 괴로웠겠지만 오래 기다렸던 어떤 쾌감과 조우하는 느낌이기도 했을 것이다. 현철의 공허한 얼굴을 묘사하던 '파주 소리'는 모래가 허물어지는 것처럼 바스락거리면서 "비열하고 역겨워도, 그래도 보상받고 싶다는 말"(185쪽)을 반복적으로 윤정의 내부에 심는다.

복수가 끝난 이후 현철이 남기고 간 허무의 잔여는 계속 윤정의 삶을 배회하며 고통을 상기시키겠지만, 그들은 또한 그 고통을 자각함으로써 해결되지 못한 과거의 변형태만을 살아가는 일에서 비로소 탈피하여 지금과는 다른 삶의 가능성을 향해서도 첫 걸음을 내디뎌볼 수 있을 것이다. 자신을 방치함으로써 학대해온 윤정은 현철을 따라 스스로에게 보상을 청구할 수도, 보상을 해줄 수도 있을 것이기 때문이다. "보낸 게 아니라, 내가 간 거야"(183쪽)라는 말에서처럼 부과당하는 게 아닌, 스스로 책정한 값만큼. 현철이 그러했듯, 당장은 알 수 없을지라도 윤정 또한 천천히 자신의 존엄을 세울 자기만의 방식을 알아갈 것이다.

최다영
2022년 문학과사회 신인문학상을 수상하며 평론을 발표하기 시작했다.

김지연

반려빛

작가노트

운칠기삼

해설 전청림

망한 삶의 천재

김지연

2018년 문학동네신인상을 수상하며 작품활동을 시작했다. 소설집 『마음에 없는 소리』, 장편소설 『빨간 모자』, 중편소설 『태초의 냄새』가 있다. 김만중문학상 신인상, 2021년, 2022년 젊은작가상을 수상했다.

반려빛

"너는 강아지나 고양이 중 한 마리만 키워야 한다면 어느 쪽이야?"

"둘 다 별로. 난 동물 안 좋아하잖아."

마트의 반려동물 용품 코너 앞을 지나며 선주가 물었을 때 정현은 망설임 없이 그렇게 대답했다. 그 말에 선주는 입을 떡 벌리고 정현을 돌아보았다. 어떻게 인간 된 자로서 개나 고양이를 싫어할 수 있단 말인가! 하고 바라보는 얼굴이었지만 곧 그 이유를 알았다는 듯 고개를 끄덕이며 물었다.

"너 알레르기 있었지?"

정현은 차라리 심한 알레르기라도 있었으면 했다.

"집에 털 날리는 것도 싫고, 내 한몸 건사하기도 힘든데 먹여주고 씻겨줘야 하는 것도 벅차고……"

개나 고양이가 아프기라도 하면 돈도 엄청 든다는 말은 속으로 삼켰다. 어쩌면 그게 가장 큰 이유인지도 몰랐지만 돈 얘기를 너무 많이 한다고 선주에게 잔소리를 들은 적이 있기 때문이었다. 그건 맞는 말이어서 반박을 할 수 없었다.

정현은 거의 매 순간 돈에 대해 생각했다. 아침에 알람을 끄며 십 분 더 자고 택시를 타고 출근할까 생각하는 순간부터, 점심 메뉴를 고를 때나 퇴근 후 마트에 들러 오렌지를 살까 고민하는 순간까지. 유튜브 중간 광고를 강제로 보며 프리미엄 구독을 할까 싶은 때에도. 정현은 순간순간 나가야 할 돈과 들어올 돈에 대해 생각했다. 아주 많은 돈을 바라는 건 아니었다. 그저 맘 편히 레드콤보 한 마리를 시켜 먹을 수 있는 정도면 됐다. 물론 치킨을 먹으며 볼 왓차를 정기 구독할 돈도 있어야 했다. 소파도 좀 편한 게 있으면 좋긴 하겠지. 그러려면 소파가 들어갈 만큼은 넓은 집도 있어야 하고. 거기에 집이 자가면 더 바랄 게 없을 것이다.

"그럼 넌 결혼도 안 하고 개나 고양이도 안 키우면 무슨 낙으로 살아?"

"낙 없이 사는 사람도 있어……"

그 말을 듣고 선주가 정현의 등짝을 가볍게 찰싹 쳤다.

"아니, 무슨 정신 나간 소리야? 낙이 있어야 살지. 그리고 인간은 혼자 못 살아. 반려자가, 하물며 반려동물이라도 있어야 해. 서로 보듬어주고 보살펴줄 그런 존재가! 죽고 싶다 생각했다가도 내가 저거 때문에 못 죽지 그런 생각이 들게 해주는 거. 우리 연어사서 반씩 나눌까?"

정현은 연어도 싫었다. 그 기름지고 물컹거리는 살을 씹을 때면 욕지기가 솟았다. 선주에게도 몇 번이나 말했는데 선주는 기억을 못 했다. 중학교 때부터 벌써 이십 년째 알고 지냈지만 선주와 가까워진 건 둘 다 고향을 떠나 상경해 같은 동네에 살면서부터였다.

선주의 말대로 정현은 반려자도 반려동물도 없었지만 자신이 완전히 혼자라고 생각해본 적은 별로 없었다. 자신에게는 아직 사이가 틀어지지 않은 친언니와 부모가 있었다. 선주 같은 동네 친구 말고도 매일 카톡을 주고받는 친구도 있었고, 자주는 아니어도 두세 달에 한두 번씩 만나는 친구들도 있었다. 물론 선주의 말이 어떤 뜻인지 모르지는 않았다. 선주는 그보다 훨씬 더 친밀한 사이가 필요하다고 말하는 것일 테니까. 연어를 싫어한다는 것쯤은 까먹지 않을 사람. 자신의 치부도 다 내보일 수 있는 그런 사이. 서로에게 영순위가 될 수 있는 존재. 그야말로 인생의 동반자 같은 것. 정현이 마지막으로 연애를 한 것도 벌써 이 년 전이었다.

긴 연애의 끝에 정현에겐 빚이 남았다. 일억 육천 정도…… 여자친구 서일과 동거할 집을 구할 때 정현의 이름으로 빌린 전세자금 대출금 팔천을 포함한 금액이었다. 정현은 여전히 그 집에서 살고 있었다. 전세 대출금은 저금리의 이자만 내고 있으니 별로 부담이 되지 않는다고 여겨졌고 대출 잔액을 헤아릴 때 아예 포함시키지 않기도 했다. 서일 때문에 생긴 빚의 월 상환액이 부담이었다. 만기 일시 상환으로 이자만 내고 있던 대출금의 만기 일이 돌아왔을 때는 원금을 갚을 형편이 안 돼 대출 기간을 연장해야 했는데, 갱신이 되지 않을까봐 조마조마했다. 서일이 반년 안에 돌려주겠다고 말하고 빌려간 돈이었다. 그게 벌써 삼 년 전이었다. 조금만 더, 몇 달만 더, 하다가 지금까지 왔고 서일이 떠나고 연락이 끊긴 다음에도 빚은 정현의 곁에 남았다.

정현은 다 때려치우고 싶다거나 죽고 싶다가도 그래도 저건 다 갚고 죽어야지……라는 생각을 했다. 죽으면 어차피 다 끝인데 그걸 왜 굳이 다 갚으려는 건지 스스로가 이해 안 되기도 했지만 그래도 정현은 빚진 것 없이 깨끗하게 죽고 싶었다. 자신의 부채를 언제나 부모에게 떠넘기고 싶지도 않았다. 만약 그런 일이 벌어진다 해도 상속 포기를 하면 그만이겠지만 아무것도 모르는 가족들이 자신의 속사정을 낱낱이 알게 되는 것이 싫었다. 늘 저거 어디 가서 사람 구실은 하고 살려나, 걱정하는 가족들에게 변변한 사람으로 보이고 싶어서 그동안 갖은 노력을 다 했는데 빚이 일억 육천이나 있다는 사실을 들켜서는 안 됐다. 다른 가족들보다 장수를 하든가 빚을 다 갚든가 둘 중 하나는 해야만 했다. 하지만 한국에서 태어난 죄로 과로하며 살고 있으니 장수는 이미 물건너간 것 같고 살아 있는 동안 빚을 다 갚는 수밖에 없었다.

빚이야말로 정현이 잘 돌보고 보살펴 임종에 이르는 순간까지 지켜봐야 할 그 무엇이었다. 빚 역시 앞으로 수년간은 정현의 옆자리를 떠나지 않을 것이고, 정현이 죽었나 살았나 그 누구보다도 두 눈 부릅뜨고 계속 지켜볼 것이다. 빚이야말로 정현의 반려였다.

"나는 그런 거 없어. 그리고 난 연어 안 좋아해."

정현은 선주의 말에 그렇게 대답하면서도 계속 빚을 떠올렸다. 연어를 좋아하지 않아서 다행이라고도 생각했다. 좋아했다면 당연히 사고 싶어졌을 텐데 그러면 동시에 자신의 통장 잔고를 헤아리지 않을 수 없었을 테니까.

*

그날 밤 꿈에서 정현은 반려빚과 함께 산책을 나갔다. 목줄을 한 쪽이 정현이고 목줄을 쥔 쪽이 반려빚이었다는 점이 좀 다르긴 했지만 개와 산책하는 것도 이와 비슷하리라 생각했다. 정현은 집으로 돌아가는 길에 목이 말라 시원한 아이스 아메리카노를 마시고 싶어져 반려빚에게 넌지시 말을 건넸다. 카페에 잠깐 들를까? 반려빚은 정현이 꽤 가엽다는 듯이, 그러나 목줄을 쥔 자로서 단호해야만 한다는 듯이 줄을 잡아당기며 말했다. 집에 커피믹스 있잖아. 정현은 카페 쪽으로 향하는 발걸음을 쉽사리 포기하지 못하고 꽤 오래 낑낑거렸지만 별도리가 없었다. 정현은 낑낑대다 잠에서 깼고 깬 뒤에도 꿈속에서의 기분이 그대로 남아 좀 찝찝했다. 온몸이 뜨겁고 얼굴도 화끈거려 전기장판의 전원을 껐다. 꿈인데. 꿈에서만이라도 좀 맘대로 먹게 해주지.

왜 원하는 걸 주장하지도 못했을까. 정현은 돈 앞에서는 한없이 작아지고 말았다. 어떤 때는 그런 마음이 정현을 완전히 사로잡았다. 한없이 작아지고 싶다는 마음이…… 부피도 질량도 거의 없다시피 한 아주 작은 존재가 되고 싶다는 마음이…… 반려빛의 가장 아름다운 형태 역시 점점 작아지다가 완전히 사라지고 마는 것이듯 정현은 자신도 크게 다를 게 없다고 생각했다.

*

"차용증은 왜 안 썼어?"

선주가 오늘이 만료일인 쿠폰을 써야겠다며 스타벅스로 정현을 부른 날이었다. 어쩌다 서일에 관한 이야기가 화제에 올랐는지는 알 수 없었다. 정현은 생크림 카스텔라를 아주 오래 씹으며 입안에 음식이 있어서 대답하지 못하는 척을 했다. 정현이 요새 동네 카페 케이크들은 왜 이렇게 비싸냐는 얘기를 한참이나 떠들어댔기 때문인지도 몰랐다. 돈 얘기는 늘 서일에 관한 이야기를 불러왔다.

정현은 선주에게 모든 이야기를 털어놓았던 것을 후회했다. 선주의 원룸에서 같이 술을 마시다가 언제나처럼 주량을 조절하지 못해 마구 퍼마시고는 결국 완전히 취해버려서 신세한탄을 했던 것이다. 선주의 엄마는 정현의 엄마와 친분이 있었고 그래서 혹시라도 이야기가 새어 들어갈까 걱정이 되기도 했지만 선주는 입이 무거운 편이었다.

차용증을 썼다면 뭔가 달라졌을까? 그때 정현은 서일을 백 퍼센트 신뢰하고 있었기 때문에 그런 걸 쓸 생각도 하지 않았다. 자신이 얼마만큼 믿고 있는지를 서일에게 보여주고 싶었던 것 같기도 했다. 우리 사이에 이런 건 필요 없어.

"아직도 연락 없지?"

정현은 고개만 끄덕였다.

"하여튼 걔는 돈에 미친 애야."

아니야, 그냥 돈이 필요했던 것뿐이야. 좀 많이…… 정현의 머릿속에 반사적으로 서일을 변호할 말이 떠올랐다. 사실 서일도 잘못한 건 없었다. 서일은 전세 사기의 피해자였다. 정현과 동거를 하기 위해 서일이 살던 원룸을 빼려고 했을 때 집주인이 전세 보증금을 돌려줄 돈이 없다고 했다. 알고 보니 집주인은 이미 상당한 빚이 있었고 세금 체납액도 한두 푼이 아니었다. 그 전세 보증금은 고등학교를 졸업하자마자 취업한 서일이 이십대 내내 벌어 마련한 돈이었다. 주말도 없이 일해서 돈을 모은 서일은 탈출하듯 집에서 독립했고, 보증금을 높여가며 반지하 원룸에서 지상 원룸으로 올라왔다. 서일은 정현과 동거하기로 결심한 후 자신의 전세 보증금으로는 가계약을 해둔 네일숍의 잔금을 치르려던 상황이었다. 서일은 그저 돈이 필요했다. 원래 자신의 몫인 그 돈이 있기만 하면 됐다. 집주인은 법대로 합시다, 라는 말만 반복했고 법대로…… 하자니 서일이 보상받을 수 있는 돈은 원금의 반의 반도 안 됐다.

정현은 자신이 줄 수 있는 최대치를 서일에게 주고 싶었다. 그 당시에는 줄 수 있는 게 있어서 천만다행이라고 생각했다. 자신의 부채마저도 줄 수 있는 것이라고 착각했던 게 문제라면 문제였겠지만.

"너 지금 속으로 개 편들었지?"

정현은 아무 말도 못했다.

"너야말로 진짜 미친년이야. 정신 좀 차려. 걘 결혼도 해서 잘 산다며."

정신을…… 차리자. 정현이 자신에게 가장 자주 되뇌는 말이었다. 하지만 좀처럼…… 정신이…… 차려지지가 않았다.

사귀는 동안 정현은 서일에게 자주 부채감을 느꼈다. 왜 빚진 마음이 드는지, 왜 미안하다는 말을 입에 달고 사는지 알 수 없었다. 늘 자신이 훨씬 더 부족한 것만 같아서 서일의 기분이 어떤지를 자주 살폈다. 자신이 아무런 잘못을 하지 않았을 때도, 서일이 영 다른 일로 기분이 저조할 때에도 정현은 서일에게 미안했다. 자신이 부족해서 서일을 만족시키지 못하는 것만 같았다. 그걸 만회하고 싶어서 더 무리를 했는지도 몰랐다. 정현은 제1금융권을 돌며 빌릴 수 있는 만큼 돈을 빌렸고 몽땅 서일의 계좌로 이체했다. 당시 무직 상태나 다름없었던 서일은 대출받을 수 있는 상황이 아니었다. 서일은 당연히 고마워했지만 그런데 이게 은행에서 빌릴 수 있는 전부냐고 조심스레 물었다. 정현의 연봉이나 신용으로는 그게 전부였다. 제2금융권이나 캐피털로 간다면 사정이 다르겠지만 그렇게 많이 빌리면 제대로 상환할 수 있을 리가 없었다. 서일은 곧 갚겠다고, 반년 내에는 대출을 받아 돌려주겠다고 말했다. 정현은 서일의 빚이나 자신의 빚이나 함께 갚아나가야 할 돈이라고 생각했으므로 어찌하든 상관이 없었다.

정현은 서일과 헤어진 이유가 돈 문제 때문만은 아니라고 생각했다. 하지만 제법 중요한 요소였던 것은 분명했다. 동거를 하면 안정적인 생활을 할 수 있을 거라 여겼는데 시간이 지날수록 둘 사이는 삐거덕거리기만 했다. 네일숍이 생각만큼 잘되지 않아서 서일은 월세를 내기도 벅찼고 갈수록 더 많은 돈을 필요로 했다. 사랑 같은 건 필요하지 않았을지도 모른다. 서일은 필요한 것을 찾아서 떠났는지도 모른다. 헤어질 때 서일은 자신이 빌린 돈에 대해서는 조금만 기다려달라고 말했다. 때문에 두 사람은 헤어진 뒤에도 종종 연락했다. 서일은 조금씩 돈을 갚았고 그때마다 얼마를 보냈다고 알려왔다. 하지만 언제부턴가 서일은 먼저 연락해 오는 일이 뜸해졌고 정현의 연락도 피하기 시작했다. 얼마 지나자 전화번호도 바꾸어버렸다.

연락이 끊긴 이유를 가장 비참한 방법으로 알게 되었을 때 정현은 절망했다. 머리끝까지 화가 치밀었고 자기가 무얼 잘못했나 자책했으며 이제 앞으로 사람을 어떻게 믿나…… 하고도 생각했다. 앞으로는 사람을 쉽게 믿을 수 없을 것만 같았다. 하지만 시간이 흐르면서 정현은 자신에게 그런 선택지가 남아 있지 않다는 것을 깨달았다. 정현이 누군가를 믿고 안 믿고는 정현이 향후 만들어갈 관계에서 전혀 문젯거리가 아니었다. 정현이야말로 그 누구보다도 신뢰 못 할 인간이었다. 정현은 자신의 신용 점수가 또래보다 한참이나 낮다는 조회 결과를 자주 들여다봤다. 열심히 빚을 갚아왔고 딱 한 번 연체했을 뿐인데도 여러 군데서 빌릴 수 있는 만큼 최대한 빌린 탓인지 신용 점수는 쉽게 높아지지 않았다. 이 경제적인 신용도가 자신에 대해서 아주 많은 것을 설명해주는 것 같았다. 빚이 일억 육천 있는 사람과 만날 수 있어? 팔천은 전세 대출금이긴 한데. 누군가 자신에게 그렇게 물었어도 부담스럽다고 생각했을 것이다.

한때 정현에게 서일은 신용 점수가 만점인 사람이었다. 정현은 자신이 매긴 그 점수에 확신이 있었다. 여생을 함께할 마음까지도 먹었던 사람이니 당연했다.

"혹시라도 연락 오면 나한테 꼭 말해. 내가 같이 가서 일원 단위까지 탈탈 털어서 받아줄 테니까. 넌 왜 서일이를 못 잊어? 너 이렇게 망하게 한 사람인데."

"나 망했어?"

"너 개 땜에 빚만 일억 넘는다며."

정현은 고개를 끄덕였다. 가끔은 있는 힘 없는 힘 쥐어짜내서 모든 걸 돌파해보려다가도 그런 말에 기가 죽었다. 나 망한 거구나.

"그니까 힘들면 혼자 울지 말고 나한테 말해. 내가 밥도 사주고 술도 사주고 할 테니까."

정현은 또 고개를 끄덕였다. 말만 들어도 고마웠다.

*

서일에게서 연락이 온 것은 여전히 빚이 많이 많이 남아 있을 때였다. 모르는 번호로 걸려온 전화를 받은 정현은 상대가 "나야, 잘 지내?"라고 말하는 것을 듣고는 멍해져 입을 아 벌렸을 뿐 아무 말도 못 했다. 숨이 점점 거칠어졌고 마스크를 쓰고 있었던 탓에 안경엔 김이 서렸다. 서일은 오랫동안 혼자 주절거렸다. 날씨가 너무 춥다느니 폰을 바꾸며 번호가 다 날아갔는데 정현의 번호는 딱 기억이 났다느니…… 그리고 마침내 이렇게 말했다.

"너 돈 필요하지?"

정현은 머릿속으로는 '미친년……' 하고 생각했지만 혹시라도 돈을 전부 다 갚으려는 건가 싶어 순순히 그렇다고만 대답했다.

"그럼 내 부탁 하나만 좀 들어줘."

"니가, 양심이 있으면 나한테 사과부터 해야 되는 거 아냐?"

정현은 그뒤로도 계속 소리를 지르다가 자신이 시내버스에 앉아 있다는 것을 가까스로 떠올리고 목소리를 줄였다. 정현은 공공장소에서 크게 소리를 질러대며 싸우느라 자신의 속사정을 동네방네 소문내버리는 사람들을 도무지 이해하지 못했었다. 하지만 그건 그저 자신이 여태껏 살면서 그만큼 화가 난 적이 없었기 때문일 뿐이었다는 걸 정현은 그때 깨달았다. 서일은 만나서 이야기하자고 했다. 정현은 서일과 만나는 게 왠지 내키지 않았지만 계속 이렇게 전화로 화를 내고 있을 수만도 없었고 어떤 식으로라도 결판을 내고 싶어 그러자고 했다. 한참 고민하다가 선주에게 서일을 만나러 갈 거라는 사실을 알렸다. 장소와 날짜까지는 말하지 않았다.

집 근처 스타벅스에서 서일을 마주하고 나서야 정현은 만남이 내키지 않았던 이유를 깨달았다. 자신이 좋아했던 모습 그대로 나타난 서일을 봤을 때 정현은 선주의 말대로 자신이야말로 미친

년이라고 생각했다. 다시 서일과 함께 집으로 돌아가고 싶어졌으니까. 그냥 호구 잡힌 채로, 목줄 매인 채로 살고 싶어졌으니까.

"요즘은 뭐하고 지내? 별일 없어?"

"일하지…… 일하고 빚 갚고……"

만났을 때 머리채를 잡고 싶어지면 어떡하나 고민했었는데 별반 달라지지 않은 서일의 얼굴을 보니 어쩐지 좀 안심이 되기도 해서 정현은 꼬리를 내리고 편히 속내를 털어놓았다.

"용케 아직 회사를 다니고 있어. 다 네가 빚을 잔뜩 만들어준 덕분이지 뭐야."

그 말에 서일은 아무런 걱정이 없는 사람처럼 태평하게 웃었다. 가끔 정현은 서일이 아주 나쁜 길로 빠졌을지도 모른다고 생각했다. 큰돈을 한 번에 만질 수 있는 범죄의 길로 갔을지도 모른다고. 남을 등쳐먹고 사는 사람들이 넘쳐나는 대한민국에서 맘만 먹으면 아주 손쉽게 그런 부류의 인간이 될 수 있을 것이었다.

"내가 당장은 다 못 갚아."

"얼마나 더 기다려야 돼?"

"조금만 더 기다려주면 안 될까?"

"얼마나 더? 하도 오래돼서 요샌 빚이 내 반려자 같고 그래."

정현의 말에 서일은 정색을 했다.

"넌 진짜 뭘 아껴본 적이 없구나. 어떻게 반려자랑 빚을 비교해? 그건 반려라는 단어한테 모욕이야."

돈 얘기를 더는 하고 싶지 않아서 말을 돌리려고 하는 소리인지도 몰랐다. 여하튼 정현에겐 그 말이 정말 모욕적이었다. 정현은 자신이 할 수 있는 한 열과 성을 다해서 서일을 아꼈다. 서일은 그걸 몰랐을까? 다시 서일에게 방어적인 마음이 됐다.

"당장 돈을 갚을 생각도 없는 것 같고, 그럼 왜 보자고 한 거야?"

"아직 거기 살지? 나 너희 집에서 좀 지낼게. 월세는 낼게."

정현은 고개를 숙이며 머리를 감싸쥐었다. 그런 부탁이라면 들어줄 수 있는 일이라는 생각부터 든 자신이 이해가 가지 않았다. 왜 부탁을 들어주고 싶은 걸까? 어쩌면…… 제대로 되는 일이 하나도 없기 때문인지도 몰랐다. 할 수 없는 것만 가득한 날들 속에서…… 할 수 있어! 를 발견했기 때문에……

"나한테 왜 이러는 거야? 왜 나야?"

"너는 나를 이해해주잖아."

정현은 서일을 좋아했다. 그뿐이었다. 이해할 수 없는 점들이 훨씬 많았다. 그런데도 좋아하니까 그냥 받아들였던 것뿐이었다.

"누가 그래? 나 너 이해 못 해. 그냥 내가 만만해서 이러는 거지? 누울 자리 보고 다리 뻗는댔으니까."

미친년이…… 낯짝도 두꺼워가지고…… 또 나타나서…… 미안하다는 말도 없이…… 다시 또 나를 벗겨먹겠다는…… 그런 뻔뻔한 말을…… 잘도 내뱉네…… 정현은 고개를 숙이고 머리를 감싸쥔 채 그런 생각들을 두서없이 했다. 또 넘어가면 안 된다는 결론도 내렸다. 그런데 한편으로는 서일이 돌아오기만 한다면 서일에게 간이고 쓸개고 다 빼주고 싶다는 그런 정신 나간 마음이 들어서 다시 멀쩡한 생각이 돌아올 때까지 한참이나 고개를 숙이고 있어야만 했다.

정현은 연애 상담을 해주는 예능 프로그램에서 아무리 봐도 구제불능인 애인과 헤어질까 말까를 고민하며 보내온 사연을 볼 때면 도대체 저걸 왜 고민하고 앉았냐고 당장 헤어져야지 이 덜떨어진 인간아! 하고 욕을 퍼부었었는데 막상 자신에게 문제가 닥치자 그런 합리적인 판단을 신속하게 내릴 수가 없었다. 합리적인 셈법으로는 도무지 취합되지 않는 자료들이 정현의 마음에는 많이 남아 있었다. 그 자료들은 정현이 단호한 결정을 내리려 할 때마다 정현이 계산해놓은 결괏값들을 죄 뒤섞어놓았다.

"근데 나는 어떻게 지내는지 안 물어봐?"

서일의 말에 정현은 고개를 숙인 채로 웅얼거리며 물었다.

"어떻게 지내는데?"

정현이 물은 뒤로도 한참이나 답이 없어서 정현은 고개를 들었다. 서일은 정현과 눈을 마주치고는 잠시 망설이더니 말했다.

"나, 이혼했어. 위자료도 많이 받았어."

그러고는 씩 웃어 보였다. 굉장하다. 그 미소를 보자 정현의 머릿속에 그런 문장이 나타났다. 굉장해. 어쩌면 이런 뻔뻔함을 좋아했는지도 몰라. 저 뻔뻔하고 철이 하나도 안 든 애 같은 미소를. 도톰하고 붉은 입술 너머의 반듯하고 흰 치아를.

"그럼 나한테 돈부터 갚아."

"그게 당장 통장에 꽂힌 건 아니라서 말이야. 그니까 조금만 기다려줘."

그러고는 그동안만 자기를 집에서 지내게 해달라는 거였다.

"서일아, 내가 너를…… 어떻게 믿어? 너는 나한테 한 약속도 안 지키고 연락을 끊었었는데 내가 너를 또 어떻게 믿어?"

"그건 사정이 좀 있었어. 정현아, 나 못 믿어? 좀만 기다리면 돈도 다 갚는다니까. 조금만 기다려줘. 아니면 내가 매달 조금씩이라도……"

"씨발, 어떻게 믿냐고."

정현은 서일을 믿고 싶었다. 마지막이라 생각하고 한번 더. 하지만 문제는 정현 자신이 믿을 만한 사람이 못 된다는 점이었다. 그간 자신이 선택했던 것들이 자신을 배반한 역사가 너무 길고 깊었다. 그동안 조금이라도 뭔가를 배웠다면 자신은 더는 누구도 믿어서는 안 됐다. 특히 서일을. 그러니까 자신이 내리는 판단을, 그 근거가 될 만한 자신의 감정과 기분을 신뢰해서는 안 됐다. 정현은 서일을 너무나 믿고 싶어서 도저히 그럴 수가 없었다.

"서일아, 나는 너 못 믿어."

*

어느 달엔가 정현은 나가야 할 카드값이 십삼만원 정도 부족했다. 사장이 직원들을 불러놓고 미안하다며 월급이 한 달 늦어지겠다고 고지한 달이었다. 그 말에 정현은 가슴이 철렁 내려앉았다. 퇴근하자마자 이직할 만한 곳을 찾아보았다. 여기저기 이력서를 넣었지만 당장 취직을 하기는 쉽지 않을 테니 한 달의 구멍이 생기는 건 어쩔 수가 없었다. 가지고 있던 현금을 아무리 긁어

모아도 십삼만원이 부족했다. 누군가에게 이십만원쯤은 빌릴 수도 있었다. 정현도 회사 동료에게 십만원을 빌려준 적이 있었다. 그때 그 동료에게 부탁할 수도 있었다. 하지만 그도 월급을 받지 못할 테니 사정이 어떨지 알 수 없었다. 아니면 선주에게 부탁을 해도 됐다. 선주가 아니더라도 정현을 가엽게 여기는 친구들이 몇몇 있었다. 어쩌면 그 때문에…… 자신을 가엽게 보는 시선을 견디는 게 너무 수치스러워서 부탁하지 못하는지도 몰랐다. 가족들에게 손을 벌릴 수도 없었다. 아들 둘을 키우며 아파트 대출금을 갚는 언니는 늘 돈 나갈 데가 많아 종종 정현에게 돈을 빌릴 수 없을지 묻곤 했으니까. 부모에게는 자칫 잘못하면 채무 상황을 전부 들킬지도 모른다는 생각에 말을 꺼내기가 꺼려졌다. 그러느라 더 일을 키우게 됐는지도 몰랐다. 호미로 막을 걸 가래로 막는다고 했나. 누구에게도 도무지 말할 수가 없어서, 부탁을 해볼까 싶다가도 뭐라 운을 떼야 좋을지를 알 수 없어서 정현은 집에 있는 물건 중 돈 될 만한 것이 없나 뒤져보았다. 뭐든 팔아서 십삼만원을 마련해야 했다. 책이라도 팔려고 했는데 정현이 가진 거의 모든 책은 중고 서점에서도 취급하지 않는다고 했다. 정현은 자신이 좋아했던 것들은 죄다 이렇게 똥값이 된다는 사실을 받아들였다.

결국 팔 만한 것이라곤 애플워치와 만년필뿐이었다. 둘 다 서일이 사준 거였다. 정현이 지나가는 말로 갖고 싶다고 한 것을 기억하고 선물로 주었다. 그런데 막상 잘 사용하지는 않았다. 살면서 손목시계를 차고 지낸 적이 한 번도 없는 정현에게 애플워치는 영 걸리적거리기만 했고 만년필은 오래 쓰지 않자 잉크가 말라 굳어버렸다. 헤어지고 나서도 어쩌지 못하고 보관해두었다. 어쩌면 이렇게 써먹으려고 그랬는지도 몰랐다. 벌써 연체한 지 사 일째였고 하루만 더 늦으면 다른 카드회사와 은행에 연체 이력이 공유될 것이고 그러면 신용 점수가 하락할 것이고 신용카드 사용에 제한이 생기거나 완전히 정지될 수도 있을 것이고……

만약 신용불량자가 되면 어떤 일이 생기는 것일까. 정현은 크게 나쁜 짓을 저질러본 적이 없었기 때문에 그런 상상만 해도 뒷골이 당겼다. 정현이 한 나쁜 짓이라고는 고등학교 때 학교에 가기 싫어서 일주일 정도 무단결석을 한 것뿐이었다. 성인이 된 뒤로는 아무것도 잘못하지 않았다. 길바닥에 담배꽁초 하나 버리지 않았다.

"진짜 거의 새거네요. 왜 파시는 거예요?"

지하철역에서 만나 애플워치를 받아든 구매자는 어딘가 숨겨진 하자가 없는지 요모조모 따지며 그렇게 물었다. 정현은 농담처럼 웃으며 대꾸했다.

"이번달 카드값이 모자라서요."

구매자도 정현을 따라 헛웃음을 웃고는 더는 묻지 않고 정현의 계좌로 이십만원을 이체해주었다.

집으로 돌아가는 길에 정현은 집 근처 마트에 들렀다. 사과가 먹고 싶어서 한참 고민했지만 결국 사지 않았다. 반려빚은 꿈에 한번 나타난 이후로 종종 정현의 머릿속에 등장해 정현이 돈을 쓰려고 할 때마다 시비를 걸었다. 정현은 진라면 한 묶음과 계란

한 판, 양파 한 망을 사 들고 집으로 돌아가면서 어디서부터 잘못된 것인지를 생각했다.

*

"생각해보면 너는 언제나 나를 믿어줬는데, 그치? 그 많은 돈도 턱턱 빌려주고. 다 내 탓인 것만 같아. 우리가 이렇게 된 것도."

정현은 저도 모르게 천천히 고개를 끄덕였다. 맞아, 네 탓이야. 전부 다 네 탓이야. 서일과 헤어지기 전부터 헤어지는 순간까지, 그리고 헤어지고 난 후로도 정현은 자주 서일을 탓했다. 그래야 좀 참고 견딜 만해졌다.

"너 때문에 내 인생은 다 망했어. 나는 이제 사람도 잘 못 믿고 의심부터 해. 뒤통수치고 도망가지 않을까 하고."

돈은 어떻게든 갚을 거라고 애써 믿을 수 있었다. 착실히 회사를 다니고 주말에는 배달 알바도 하면서 어떻게든, 얼마가 걸리든 갚을 수 있을 거라고 믿어야만 했다. 약속대로 서일이 갚아줄 거라는 기대도 완전히 버리진 못하고 있었다. 그런 걸 기대하지 않으면 살아갈 수가 없었다. 문제는 자신의 세계가 변해버렸다는 것이었다. 전의 세상은 친구가 될 수 있을 사람들로 넘쳐났는데 이제는 도통 못 믿을 사람들로 가득해졌다. 정현은 자신의 세계관이 완전히 뒤바뀌어버렸다고 생각했다. 더 잘된 것일까? 이제 더는 뒤통수 맞는 역할을 맡진 않을 테니까.

"나는 네가 망하지는 않았으면 좋겠어."

"이미 다 망했다니까 뭔 소리야."

"아니야. 너 하나도 안 망했어."

정현은 자신의 세계가 어떻게 바뀌어버렸는지를 이야기했다. 이제 아무도 믿지 못한다고. 말을 해나갈수록 정현의 목소리가 점점 높아져 옆 테이블에 앉아 있던 중년 여자가 힐끔힐끔 쳐다보았다. 어느 순간 그녀와 눈이 마주치고서야 정현은 흥분을 가라앉히려 애썼다. 누군가 자기를 알아볼까봐 떨렸다. 이런 망한 이야기를 나누고 있는 걸 사람들이 몰랐으면 했다. 아주 멍청한 일을 저질러버린 것만 같아서 자신의 멍청함을 들키고 싶지 않았다. 누가 그래, 네 잘못도 아닌데. 그런 건 여기저기 소문을 많이 낼수록 빨리 해결되는 거야. 선주라면 그렇게 얘기했을 것이다. 하지만 정현이 보기에 이 일을 해결할 수 있는 사람도 제도도 없었다. 그래도 모든 걸 다 말하고 나니 속이 후련했다. 정현은 자신이 망했다는 이야기를 이렇게 맘 편히 털어놓을 사람이 서일뿐이라는 점에 조금 서글퍼졌다. 서일은 정현이 겪는 모든 일에 책임이 있었고 그래서 그 모든 일을 이해해주는 것만 같았다.

사는 건 정말 쉽지 않아. 뜻대로 되는 게 하나도 없거든. 그냥 콱 죽어버릴까. 그게 가장 빠른 문제 해결 방법 아닐까? 하지만 누구 좋으라고…… 씨발 누구 좋으라고 내가 죽어…… 정현은 그런 말도 했고, 내가 좋지 않을까? 지금 가장 힘든 건 나니까 내가 죽으면 내가 가장 좋지 않을까? 그런 말도 했다. 일도 사랑도 인간관계도 뭣도 제대로 되는 게 하나도 없고, 너는 왜 나를 떠났어? 빚은 갚아도 갚아도 줄어든 티도 안 나고 사는 낙도 하나 없는데 그냥 콱…… 술에 취한 사람처럼 거의 울 것 같은 목소리로 주절거리는 정현의 말을 멈추려는 듯 서일이 정현의 손을 끌어당겨 꼭 붙들고는 말했다.

"너 잘할 수 있을 거야. 나도 돈 빨리 갚을 수 있도록 할게."

"내가 잘할 수 있을 거라고?"

"그래, 넌 좋은 사람이니까."

"내가 좋은 사람이야?"

"너는 나를 못 믿는댔지만, 난 너 믿어."

"믿는다고?"

"응, 믿어."

정현에겐 그 말이 꽤 달콤하게 들렸다. 오랜만에 다시 맞잡은 서일의 손도 너무 부드럽고 따뜻했다. 이토록 변변찮은 자신을 믿는다는 서일의 말을, 정현도 믿고 싶었다. 돌고 돌아 마침내 귀의해야 할 종교를 만난 것처럼 정현은 다시 서일을 믿었다. 그 사실이 감격스러워 눈물이 왈칵 쏟아질 것만 같았다. 갑자기 나타난 선주가 서일의 머리채를 잡지만 않았다면 정현은 서일이 다시 자신의 집으로, 정확히 말하자면 전셋집으로 돌아오는 것을 허락했을 것이다.

*

정현이 빚을 다 갚는 그런 날이…… 오기는 했다. 갑자기 통장으로 제법 큰 돈이 입금되었고 보낸 사람은 서일이었다. 아무래도 위자료를 다 받은 것이려니 했다. 그렇다고는 해도 이자는 제대로 계산하지 않은 금액이어서 여전히 정현의 손해가 컸다. 서일의 결혼생활은 그리 길지 않았기에, 그 많은 돈이 다 위자료라면 남편의 귀책사유가 정말 큰 모양이라고 정현은 생각했다. 혹시 위자료가 아닌 걸까. 물어볼 걸 그랬나. 왜 이혼을 했는지, 무슨 일이 있었던 건지 늦게라도 물어볼까. 정현은 혹시나 하고 기다렸지만 서일에게서는 따로 연락이 없었다. 서일에게는 무슨 일이 있었을까. 무슨 일이 일어나고 있으며 또 일어나게 될까. 정현은 종종 서일을 염려하는 척하기도 했지만 한 번도 진심으로 안부를 묻지는 않았다. 그런 건 더는 궁금하지 않았으니까.

초여름이었다. 더위가 무척 빨리 찾아와 가만히 있어도 땀이 줄줄 흘렀다. 정현은 서일이 남기고 간 빚을 다 갚기로 결심했다. 생활비는 신용카드로 해결할 생각이었다. 그렇게 계속 다음달에 빚을 지게 될지도 몰랐지만…… 당장은 좀 홀가분한 기분을 느끼고 싶었다. 정현은 사무실에서 슬그머니 빠져나와 비상계단으로 갔다. 반 층 내려가 창턱에 기대 섰다. 근처의 초등학교 운동장이 내려다보이는 자리였다. 창은 오래 닦지 않아 뿌옜지만 운동장에 열을 맞춰 서 있는 아이들의 모습은 잘 보였다. 이 더운 날에 뭘 하고 있는 것일까. 에어컨 바람을 쐬지 않으니 금방 온몸이 끈적해지기 시작했다. 정현은 손부채를 부치며 상담원에게 전화를 걸었다. 대출 해지하려고요. 잠깐 본인 확인 절차를 거친 다음 상담원이 다시 상냥하게 물었다. 잔액을 모두 상환하신다는 말씀이

시죠? 네네. 기존 이체 통장에 잔액 충분한 건 확인하셨고요? 네네. 금일 기준 이자와 중도 상환 수수료 포함해서…… 네네.

전화를 끊고 얼마 지나지 않아 대출이 해지되었다는 문자가 왔다. 빚을 다 갚고 나자 그제야 사람이 된 것 같았다. 쑥과 마늘만 먹고 삼칠일을 버텨낸 곰처럼 정현도 욕망을 최소화한 채 수십 개월을 버텨냈다. 그리고 마침내 사람으로…… 아니, 그렇게 생각하지는 않았다. 정현은 자신이 쑥이라고 생각했다. 아니면 마늘이라고. 먹으면 사람이 되게 해준다고 소문이 나서 다들 잘근잘근 씹어 먹으려고 손을 뻗치는.

여전히 전세 대출금이 남아 있긴 했지만 그건 진짜 반려처럼 잘 데리고 살아야 했다. 정현은 서일 때문에 진 빚을 다 갚은 그날의 날짜와 그 순간 우연히 보게 된 숫자들을 행운의 수로 삼아 그 번호들로 로또를 사기로 마음먹었다. 무엇보다도 돈과 숫자에 사로잡혀 있던 때였으므로 그런 쪽으로밖에 머리가 돌아가지 않았다. 저녁 일곱시에 회사를 나온 정현은 가장 가기 편한 복권방을 떠올렸다. 집 근처 마트 옆에 있는 곳이었다. 그러다 생각을 고치고 집에서 한 정거장 떨어진 곳으로 가기로 했다. 1등이 무려 열 번이나 나온 명당이었다. 운동도 할 겸 집에 갈 때는 한 정거장 걷기로 하고 그곳으로 가자 퇴근을 하고 온 직장인인 듯한 사람들이 이미 줄을 서 있었다. 잠깐 고민했지만 정현도 그 뒤에 가서 섰다.

3, 6, 14, 27, 44…… 차례를 기다리는 동안 머릿속으로 번호를 고르며 정현은 남은 한 숫자를 뭘로 할지 고민했다. 고민 끝에 정현은 서일에게 전화를 걸기로 했다. 마지막으로 연락한 지 한

참이 지났지만 보내준 돈을 잘 받았고 그걸로 빚도 다 갚았다는 사실을 알려주고 싶었다. 그 말이 서일에게 어떤 반응을 일으킬지 보고 싶은 건지도 몰랐다. 그런 마음이 남아 있다는 게 당황스러웠고 그런 마음을 진짜 실행에 옮길 수도 있다는 것에 어이가 없기도 했다. 그리고 마지막으로 번호 하나만 골라달라고 하려 했는데…… 전화를 걸었더니 모르는 사람이 받았다.

"여보세요?"

"저기, 강서일씨 폰 아닌가요?"

"아닌데요."

"아니에요?"

상대는 한숨을 푹 내쉬었다.

"제가요, 난생처음 폰이 생겼는데요. 강서일이라는 사람 찾는 전화가 진짜 많이 와서요. 궁금해서 그러는데요. 서일이가 누구예요?"

"그렇구나……"

전화를 받은 사람은 아직 변성기가 오지 않은 남자아이였다. 서일은 누구일까. 정현도 할 수 있는 말이 없었다.

"저기 있지, 미안한데 번호 하나만 불러줄래요?"

"네?"

"그냥 1부터 45까지 중에 하나만 골라주면 안 될까?"

"로또 하려고요?"

"로또가 뭔지 알아요?"

"네. 저희 삼촌이 맨날 저보고 번호 골라달라 해요. 제가 난생

처음 골랐던 번호가 4등 된 적이 있거든요. 그뒤로 저한테 번호 고르는 재주가 있다고 하면서 맨날 골라달라 해요. 당첨되면 반 준다면서요."

"그래, 나도 번호 하나만 골라줘."

"나머지 다섯 개는 다 골라놨어요?"

"응. 하나만 더 있으면 돼."

"반 줄 거예요?"

"뭐?"

"당첨되면 반 줄 거냐고요."

"그래, 줄게."

"그 말을 어떻게 믿어요? 그리고 번호 하나만 골랐는데 왜 반이나 줘요?"

서일의 휴대폰 번호를 가진 초등학생은 정현보다 한참이나 더 야무진 데가 있었다.

"그렇지…… 네 말이 다 맞다."

정현이 미안하다고 말하고 끊으려는데 다시 야무진 목소리가 들려왔다.

"로또 번호 고르는 일 같은 건 혼자서 하세요. 난생처음 본 초등학생한테 물어보지 말고요. 그럼 안녕히 가세요."

전화는 저쪽에서 먼저 끊어졌다. 아마도 난생처음이라는 단어를 최근에 알게 된 것 같은 초등학생과의 통화를 마치고 나서 정현은 줄에서 빠져나왔다. 천천히 집으로 걸어가면서 로또 당첨 같은 요행은 바라지 말고 살자고 마음먹었는데…… 아무래도 번호가 계속 아른거려서 집 근처 복권방에서 로또를 샀다. 남은 한 번호로는 그냥 1을 골랐다. 그 주 토요일이 되었을 때 정현은 번호를 맞춰보지 않았다. 그다음 주에도 또 그다음 주에도 매주 똑같은 번호로 로또를 사면서도 번호는 맞춰보지 않았다.

수개월이 지났을 때 이제 정현의 통장에는 이십팔만원이 있었다. 그간 아끼는 삶을 살았기에 한동안은 마구 써보자 다짐했고 그 다짐을 착실히 실천한 결과로 정현은 버는 족족 써버렸다. 미뤘던 여행도 갔다. 코로나 때문에 해외로 가지는 못했지만 국내의 산 좋고 물 맑은 곳에 있는 숙소를 골라 하루이틀씩 묵다가 왔다.

이만하면 됐다…… 하는 생각이 든 것은 마구 써버리는 생활을 한 지 일 년이 넘었을 때였다. 정현은 다시 허리띠를 조이는 삶으로 돌아갔다. 인생이 진짜 견딜 수 없어질 때마다, 그러니까 거의 매일 정현은 그간 샀던 로또를 한 장씩 꺼내 번호를 맞춰보았다. 번호를 일일이 대조할 것도 없이 휴대폰의 카메라 앱을 켜서 로또 종이의 큐알 코드를 찍으면 당첨 여부를 확인할 수 있는 페이지로 자동 연결되었다. 대체로 꽝이었고 번호가 단 한 개도 맞지 않는 적도 있었고 가끔 5등이 나왔다. 그건 다시 새 로또 한 장으로 교환했다. 매주 로또를 사도 좀처럼 4등은 되지 않았고 당연히 3등도 되지 않았다. 그러니 2등도 1등도 될 리가 없었다. 자신이 죽을 때까지 매주 로또를 사도 1등이나 2등은 한 번도 되지 않을 확률이 높다는 점을 정현은 잘 알았다. 그게 자신의 삶이었다. 또 어디 가서 사기나 안 당하면 다행이었다.

사실 정현은 로또 1등에 당첨되는 삶을 바라지는 않았다. 어쩌면 2등도 바라지 않았다. 3등도. 만약 운이 좋다면 겨우 4등에 당첨될 수 있지 않을까? 서일의 전화번호를 가진 초등학생이 그랬던 것처럼. 정현은 자신의 몫으로 남아 있을지도 모를 행운을 그런 데 쏟아붓고 싶지 않았다. 다만 사랑하는 사람을 만나서 그 사람에게 아낌없이 다 주고 싶었을 뿐이었다. 아무런 값을 따지지 않고 셈하지 않고. 상대 또한 그런 사람이었으면 했다. 그런 어리석은 사람을 만나기는 쉽지 않았다. 무엇보다도 이제는 정현이 그 누구보다도 열심히 셈하고 값을 따져보고 있었다. 서일 덕분이었다.

정현이 빚을 다 갚고 얼마 지나지 않아 꿈에 반려빚이 나왔다. 반려빚은 정현에게 할말이 있으니 잠깐 거실로 나와보라고 했다. 거실 소파에 앉아 주말 연속극을 보고 있던 반려빚은 정현이 방에서 나오자 티브이를 껐다. 정현은 우리집에 소파나 티브이가 있었나? 잠시 의문에 빠졌다. 하지만 꿈이었으므로 없던 것이 있는 것도, 있던 것이 없는 것도 다 용인되었다. 반려빚처럼, 있어서는 안 되는 것도 태연하게 있었으니까.

반려빚은 정현에게 헤어지자고 말했다. 정현은 등골이 오싹해졌다. 그 말이 가당치 않다고 생각했다. 아무리 있어서는 안 될 것이 있을 수 있는 꿈이라고 해도 그건 말이 안 됐다.

우린 진작 헤어졌잖아.

반려빚은 잠시 정현의 말을 곰곰 생각해보는 듯했다.

참, 그랬지.

반려빛은 짐을 싸기 시작했다. 코트 깃을 세우고 현관에 서서 정현에게 작별인사를 했다. 그리고 망설임 없이 단호하게 정현을 떠났다. 정현 역시 현관에 오래 서 있지 않았다. 찬장에서 소금을 꺼내와 현관 밖에 팍팍 뿌렸고 문이 닫히자마자 걸쇠를 단단히 걸어 잠갔다. 다시는 얼씬도 못 하도록. 꿈속에서 정현은 마냥 홀가분했고 깨어서도 그랬다. 마침내 0이 된 기분. 정현은 그 이상을 바라는 것도 이상하게 무섭기만 해서 그저 0인 채로 오래 있고 싶었다.

| 작가노트 |

운칠기삼

'반려빚'이라는 단어를 처음 떠올린 것은 꽤 오래전이다. 나는 사람을 두루 사귀는 편이 아니고 새로운 사람을 사귀는 재주도 별로 없어서 그저 평생 함께 놀 반려 한 명 정도만 있으면 좋겠다고 늘 생각해왔는데, 그 무렵에 만나던 친구와 헤어지고 만사가 싫다 인간 싫다 다 싫다의 상태가 되어서 주로 누워만 지내다가 '이제 내 곁에 남은 것은…… 빚뿐이네'라는 생각을 하게 되었다. 진짜 빚이 있는 것도 아니었다. 그런데 내 마음에 남아 있는 어떤 부채감이 계속 그런 생각을 하게 만들었다. 그즈음엔 친구들과의 만남도 조금씩 뜸해졌다. 어쩌면 코로나 때문이었으려나 싶지만 나이가 나이니만큼 다들 자기 반려를 찾아갔기 때문에……라는 생각도 종종 한다.

*

한동안 '반려빚'이라는 단어를 까먹고 있다가 재작년쯤 갑자기 또 떠올랐고 그걸 제목으로 소설을 써야겠다 마음먹었다. 그즈음에 돈에 대한 생각을 너무 많이 했기 때문인지 별다른 구상도 없이 술술 써졌다. 가끔 제목이 가장 먼저 떠오르고 그뒤에 남은 이야기들이 펼쳐지는데, 역시 그럴 때 소설이 가장 잘 써지는 것 같다.

*

벌써 몇 주 전에 독서대에 펼쳐놓았지만 아직 서문까지밖에 못 읽은 책의 1장 첫 단락에는 '좋은 글쓰기는 진실을 말하는 것'이라는 문장이 있다. 그다음 내용은 아직 읽지 않았지만 그 문장만으로도 나는 뭔가를 깨달은 사람처럼 오랫동안 그에 대해 생각했다. 그런 의미에서 「반려빚」은 좋은 글쓰기였다……고 할 수 있다. 진짜니까. 물론 가짜지만, 그럼에도 진짜다.

*

당연히 「반려빚」의 대부분의 이야기는 지어낸 것이다. 언젠가 글쓰기 수업에서 ㄱ선생님이 소설에서 진실이란 무엇인가……에 대해 이야기하다가 그것은 실제로 진실인지 아닌지와는 무관하게 독자로 하여금 진실로 느껴지게 하는 것……이라고 정리했다(오래전 일이라 기억에 왜곡이 있을 수 있다). 요즘 무언가를 쓰려고 할 때면 종종 그 말이 떠오른다. 이 이야기는 얼마만큼 진실로 보일 수 있을까? 나는 무엇을 진실로 만들고 싶은 것일까? 지어낸 이야기를 진실로 만들고자 하는 일의 무게감에 대해서도 생각한다. 어느 탁월한 창작자가 진실인 것만 같은 어떤 세계를 만들어냈는데 실은 그게 전혀 진실과 가깝지 않을 때, 더 나아가서 그런 것은 진실이 되어서는 안 되는 것일 때, 그럼에도 독자의 머릿속에서 점차로 진실인 양 자리를 잡아갈 어떤 이야기를 떠올리면 좀 무서워진다.

*

젊은작가상의 수상을 알리는 메일에 이런 문구가 있었다. '젊은작가상은 한 해 동안 발표된 등단 십 년 이내 작가들의 중단편소설 중에서 가장 뛰어난 일곱 편을 선정'한다는 것이었다. 나 역시도 연말이 되면 한 해 동안 읽었던 작품 중 좋았던 것을 되새겨본다. 그해 발표된 모든 소설을 다 읽지는 못하지만 그래도 접근이 용이한 매체에 실린 작품들을 찾아 읽으면서 내 나름의 올해의 소설을 뽑아보는 것이다. 그런 식으로 '가장 뛰어난' 소설을 뽑을 때 내 취향이 적극 반영되는 것은 어쩔 수 없는 일이다. 때문에 내가 쓴 소설이 어떤 문학상의 후보로 선정되었다는 소식을 들을 때면 나는 어떤 이유에서든 내 소설에 감응한 심사위원의 비중이

높았으리라는 것을 인정하는 일부터 한다. 운이 좋았다는 것을 매번 생각한다. 운칠기삼……은 과학적으로도 증명되었다는 뉴스를 어디선가 본 적이 있다.

*

2024년도의 대한민국에서 사기를 당하지 않는 것, 무탈히 하루를 보내는 것도 순전히 운이다. 2023년에도 그랬고 2022년에도 그랬지만 그 정도가 점점 더 심해지는 것 같다. 칠 정도가 아니라 거의 팔, 구에 육박하는 것 같다. 나는 운에 기대지 않아도 되는 내 몫의 일을 열심히 하려고 한다. 이왕이면 즐겁게 하려고 한다. 그러려고 하는데…… 운이 영 안 따라준다면 어쩌나. 아직까지는 내 운이 그렇게까지 나쁘진 않은 것 같다.

*

요즘은 어딜 가나 윤석열에 대한 뉴스를 마주치고 만다. 나는 윤석열이 묵살한 목소리들, 윤석열이 자기변호를 위해 한 말들, 윤석열이 하겠다고 말한 것과 실제로 한 일들에 대해 생각한다. 윤석열이 가진 운에 대해서도 생각한다. 왜 그 같은 자가 그 같은 운을 가져서 그 같은 일들을 저지를 수 있는 자리에 앉아 있는 것일까? 그야 물론 그가 국민의 투표로 당선된 자이기 때문이지만…… 그 사실을 떠올릴 때면 역시나 또 놀란다. 어쩌면 이 세상의 진실은 우리 중 다수가 그 같은 자를 원한다는 데에 있는지도 모르겠다. 우리 모두는 진실이 무엇인지 모르는 채로 진실이기를 바라는 쪽을 지지하는 데 익숙한 자들이니까……

*

아무리 운칠기삼이라고 해도 그저 운에만 기대는 사람이고 싶진 않지만 운이 좋아 살아 있다는 생각을 떨칠 수가 없는 세상이다. 이제 내게는 얼마만큼의 운이 남아 있을까?

| 해설 |

망한 삶의 천재

전청림

반려빚 선언

미래를 상상할 필요가 없다면 어떤 '미래'가 펼쳐질까? 생각해보자. 상상할 수 없는 것이 아니라 상상할 필요가 없는 미래 말이다. 미래에 아무도 없을 것이고, 그래서 미래를 상상할 책임조차 필요하지 않다면 남는 건 가뿐한 자유다. "내 한몸 건사하기"(203쪽)라는, 소박해 보이지만 버거운 과제에 부역하기로 결정한 청년의 초상은 여기서 시작된다.

도나 해러웨이는 「반려종 선언」을 통해 종과 종의 마주침을 능숙한 솜씨로 풀어냈다. 동물과 인간 간의 의존관계를 강화하고 서로의 끈끈한 매듭을 확인하는 이 글에서 종 사이의 우위는 전제되지 않는다. 그렇다면 태생과 성장에서 뼛속까지 치밀하게 금융자본주의를 겪어온 '자본주의 키즈'에게는 어떤 의존관계가 가능할까. 세상의 모든 관계가 알고 보면 기브 앤 테이크라는 거래로 암시되어 있고, 쾌락은 소비로만 가능하며, 자립마저 철저히 경제적인 설차에 따라 이루어진다. 그런 세상에서는 우정과 사랑처럼 인간을 연결하는 가장 끈끈한 계기 역시 모두 '돈'에서 출원하는 것이지 않을까. 가장 인간적인 신뢰가 경제적 신용(credit)으로 형성되고, 매력이라는 자본(erotic capital)으로 시장에서 승부를 봐야 하는 복잡한 그물망 속에서 김지연의 「반려빚」은 돈이 곧 자연이라는 '반려빚 선언'을 수행하며 몸의 모든 세포가 돈으로 활성화된 세계를 그린다.

반려빚 시대에는 누군가에게 얼마만큼 특정한 빚을 졌다는 사실이 중요한 것이 아니라, 인간의 삶이 빚을 지는 일 없이는 꾸려질 수 없다는 성찰이 중요하다. 우리의 모든 미래는 돈이 든다. 청년의 좌절과 N포를 거쳐 2020년대의 한국사회는 그야말로 희망의 불모지에 진입했다. 이 희망의 사막 속에 사는 청년에게 저출산이라는 단어는 서투르고 부족한 사회의 설명일 뿐이다. 마침내 '자낳괴(자본주의가 낳은 괴물)'와 '돈미새(돈에 미친 새끼)'라는 자조적 멸칭에 도달한 청년은 이제 '밑져야 본전'이라는 말을 냉철하게 직시하며 삶 자체가 끝없는 경제적 불안으로 이루어져 있다는 사실을 잊지 않는다. 의식(衣食)을 갖출 돈, 집, 그 안을 채울 가구와 살림뿐만 아니라 가성비와 가심비를 만족시켜줄 온갖 정서적이고 감정적인 안정감조차 이해타산적 계산 없이는 상상될 수 없다. 빚을 졌다는 불쾌하고 찝찝한 감각은 통장 잔고가 마이너스가 되었을 때뿐만 아니라, 미래를 상상하는 우리의 삶의 조건이 된다. 빚이 우리의 미래를 만들어주고 있기 때문이다.

꿈을 꾼다는 말이 돈을 꾼다는 말과 동의어가 되어버린 지금 필요한 사유는 속물적 세태와 물질만능주의로 인해 인간이 소외되고 있다는 성찰만은 아닐 것이다. 문제는 돈이 없이는 사유하고 관계를 맺기 어렵다는 점이다. 우리는 속물이 왜 나쁜 말인지 알지 못하는 모태속물이며, 자본주의의 바깥을 상상하는 대안이 없다는 사실을 염려조차 하지 않는 자본주의 네이티브다. 경제체제를 능숙히 소화하고 생산과 소비를 저울질해 냉정하게 현실을 가꾸는 우리에게 삶은 시장이고, 미래는 가격이며, 매력은 자본이다. 오늘날 가장 인간적인 것은 가장 자본주의적인 것이고, 그 역도 마찬가지다. 그렇다면 우리가 무언가를 희망한다는 건 과연 어떤 의미일까.

치킨, 유튜브, 정기 구독 시대의 사랑과 꿈

소설에서는 매 초 단위의 시간이 돈으로 흘러간다. "거의 매 순간 돈에 대해" 생각하고 "돈 얘기를 너무 많이 한다"(204쪽)고 잔소리를 듣는 정현은 회사에 다니는 임금노동자이며 "일억 육천 정도……"(205쪽)의 빚이 있다. 백만원 단위를 절사해버린 이 찜찜함이 절묘하다. 하지만 정현은 그런 것까지 생각할 여력도 기운도 없다. "나가야 할 돈과 들어올 돈"(204쪽)에 대한 매 순간의 성찰이 정현의 눈과 귀와 피부와 연결된 모든 감각을 찌르고 있기 때문이다. 택시비와 점심 메뉴, 퇴근 후 마트에서 눈에 밟힌 오렌지는 모두 '나갈 돈'인 동시에 향긋하고 안락한 만족으로 생산직인 삶의 기틀이 되어줄 투자라는 점에서 '들어올 돈'을 기대하게 한다. 특정한 만족이 없이는 감히 회사를 다닐 생각이 들지 않을 만큼 어떤 소비는 포기가 되지 않는다. 생산과 소비, 투자와 이윤이라는 호혜적 거래 관계가 끊임없이 몸을 오갈 때 정현이 섭취한 쾌락은 노동의 자원이 되어 연소된다.

감정과 노동 사이, 어딘가에 절여진 듯한 이 미진하고 축축한 기운 가운데 "낙 없이 사는 사람"(204쪽)이라는 정현의 자기소개는 "쾌락을 추구하는 것 말고는 다른 무엇도 할 수 없"(마크 피셔, 『자본주의 리얼리즘』, 박진철 옮김, 리시올, 2024, 72쪽)는 우리 시대의 무능을 적시한다. 쾌락을 얻지 못하는 무능이 아니라 추구할 수 있는 것이 오직 쾌락뿐이라는 무능이다. 기만적인 쾌락이 정치를 대체하고 마는 이 상실에는 어떤 우울증적 고갈, 즉 문화적이고 정치적인 불모가 숨어 있다. 레드콤보 한 마리의 화끈한 맛, 유튜브와 왓챠 등 OTT의 짜릿한 콘텐츠와 영구적인 릴스의 미로 속에서 우리의 패배감과 무기력은 짧고 강렬한 경험에 밀려 무한히 지연된다. 이러한 즉각적인 감정 세탁이 끊기지 않고 제공된다는 것이야말로 '도파민 제국'의 자랑이다. 이토록 가성비 넘치는 미몽의 회로 속에서 "아프기라도 하면 돈도 엄청"(204쪽) 드는 반려동물을 키우는 일은 정현에게는 실로 벅차다.

안온한 공간에서 살기를 소망하는 정현의 상상 속 회로가 건잡을 수 없이 소비의 단위를 점프해버리는 연쇄를 주목해보자. 혀와 위장의 만족을 가져올 치킨 한 마리를 떠올리다가 문득 밥 친구로서 왓챠 정기구독을 욕망할 때, 지출은 구독을 중단할 시점까지 무한정 허가된 빚(구독료)으로 늘어난다. 치킨과 OTT를 안락하게 시청할 소파를, 그 소파가 들어갈 자가를 상상할 때 독자는 마침내 정현이 영원한 빚의 꿈에 도달했다는 걸 깨닫는다.

인간 생활의 기본 요소인 의식주조차 제대로 영위하기 어려운 현실에서 정현의 무의식이 도달한 곳은 '반려빚' 꿈이다. 반려빚은 정현의 꿈에 두 번 굵직하게 등장한다. 정현이 서일과의 연애 끝에 남은 빚으로 허덕일 때 한 번, 서일이 보내준 정체 모를 큰돈의 도움으로 빚을 모두 다 갚았을 때 또 한번.

첫번째 꿈에서 산책길에 나선 정현은 자신의 목줄을 쥔 반려빚이 잡아끄는 대로 움직인다. 시원한 커피를 마시고 싶지만 반려빚이 넌지시 제지하자 포기한다. 꿈이 현실 그대로의 반영이라면 이 꿈은 빚의 노예로 살아가는 통에 가벼운 소비조차 망설이는 정현의 상황을 설명하는 것일 테다. 그러나 무의식이라는 은유가 언제나 그런 일면적인 해석을 거부한다고 볼 때, 꿈에서 정현이 반려빚의 존재에 전혀 불쾌해하지도 놀라지도 않는다는 사실에 주목해볼 필요가 있다. 정현이 두고두고 불쾌해하는 것은 자신의 목줄을 반려빚이 쥐고 있다는 사실이 아니라, 반려빚 탓에 꿈에서조차 마시지 못한 아이스 아메리카노다. 어찌 보면 정현은 의존도 하고 조율도 하며 반려빚을 인정하고 있는 것이다. 무엇보다 이는 헤어진 서일과의 사랑을 반려빚이 남겨진 빚의 형태로 연장하고 있음을 암시한다. 돈과 사랑이 둘 중 하나로 양자택일할 수 있는 가치가 아니라는 것, 돈이 곧 사랑이고 자연이라는 사실이 반려빚이라는 체화된 형태의 감정으로 제시되고 있다는 해석이 가능해진다는 뜻이다.

정현과 서일 사이의 모든 감정의 결은 알알이 돈에서 출범한다. 마치 그런 방식이 아니고서는 사랑을 상상할 수 없다는 듯 말이다. 정현은 사랑하는 서일에게 모든 것을 주고 싶어하고, "자신의 부채마저도 줄 수 있는 것이라고 착각"(209쪽)한다. 그런데 이 착각은 어디에서 오는 것일까? 정현이 서일에게 느끼는 '부채감'의 정체를 살펴보자. "자신이 훨씬 더 부족한 것" 같다는 감정, 기분이 저조한 상대에게 괜스레 미안한 감정, 말 그대로 "빚진 마음"(210쪽) 같은 것 말이다. 사랑의 관계에서 '을'이 된 것만 같은 정현은 그 기분을 "만회하고 싶어서"(같은 쪽) 자신의 신용을 모두 태워 빌린 돈을 서일에게 바친다. 정작 서일은 "사랑 같은 건 필요하지 않았을지도 모"(211쪽)르는데도 말이다. 정현이 서일에게 느끼는 사랑의 부채감은 물질적 부채감과 분리되지 않는다. 이 '부채감'이 바로 반려빚이라는 괴물을 정현의 꿈에 등장시킨 것이다.

"서로에게 영순위"가 되고 싶고 "인생의 동반자"로 두고 싶은 샷된 미래를 향한 상상, "연어를 싫어한다는 것쯤은 까먹지 않을 사람"(205쪽)에게 존중받고 싶은 쓸쓸함은 그 어떤 감정보다 유물론적이다. 여기에는 전세 사기 피해를 입은 연인에게 자신이 아무것도 해줄 수 없다는 죄책감, 그의 생업을 지탱해주지 못하는 무능에 대한 정현의 자괴감도 한몫한다. 그러니 반려빚이라는 말이 "반려라는 단어한테 모욕"(214쪽)이라 응하는 서일에게 정현은 유달리 서운할 수밖에 없다. 정현이 늘 "열과 성을 다해서 서일을 아꼈"(215쪽)고 그리워하며 사랑했다는 증거가 바로 빚이라는 반려였기 때문이다. 서일을 다시 만난 순간 "호구 잡힌 채로, 목줄 매인 채로 살고 싶어졌"(214쪽)다는 정현의 허심탄회한 고백은 반려빚과 서일의 얼굴이 겹쳐지는 찰나의 순간을 그려내며, 자본주의 리얼리즘의 문법을 따르는 이 소설이 철저히 연애소설이라는 사실까지도 깨닫게 한다.

희망의 가격(價格/加擊)

반려빚은 소설의 결말부, 정현의 꿈에 다시 등장한다. 이미 빚은 다 갚았건만, 반려빚은 구태여 정현을 거실로 불러내 헤어지자고 말한다. 기어코 이별의 발화를 수행해 관계의 우위를 점하려는 반려빚의 뻔뻔함 탓에 헤어짐에 기묘한 시차가 발생한다. 정현은 반려빚과 두 번 헤어진다. 빚을 모두 갚았을 때, 그리고 헤어짐을 자기 입으로 선언하는 반려빚을 꿈에서 만났을 때. 이 시차에 서일을 향한 정현의 미련과 빼저린 교훈이 깃들어 있음은 물론이다. 그러나 한 걸음 더 나아가보자면, 이 또 한번의 꿈은 정현의 무의식에는 빚을 전부 갚았어도 청산되지 못한 무엇이 숨죽이고 있다는 것을 뜻하기도 한다.

실로 정현의 꿈에 찾아온 반려빚은 경제적으로 불안정한 청년 여성에게 언제든지 생애를 위협하는 불안이 기습할 수 있다는 효시이기도 하다. 노크도 예의도 없이 찾아온 그것은 젠더와 계급의 교차를 가로지르는 여성 청년의 우울이 개인의 문제가 아니라는 사실을 보여준다. 정현이 겪는 무기력과 권태는 “할 수 없는 것만 가득한 날들”(215쪽) 속에서 배태되었다. 그런 날들 속에서 “할 수 있어!”라는 외침을 일으키는 고작의 희망이란 “다시 또 나를 벗겨먹”(같은 쪽)으러 온 서일과의 만남뿐이다. 이미 망가질 대로 망가진 서일과의 관계가 너무나 절실하게 다가오는 이유는 정현이 빚의 문제를 언니에게도, 부모에게도, 회사 동료에게도, 친구 선주에게도 이야기할 수 없는 채로 고립되어 있기 때문이다. 이 고립 탓에 정현은 카드값 십삼만원이 부족한 어느 날 더없이 절망적인 상상 속으로 빠져든다. 카드는 연체되고, 신용 점수가 하락할 것이며, 심지어는 신용불량자가 되고 말리라는—조금은 과해 보이지만 결코 불가능하지도 않은 그런 절망 말이다. 억이 넘는 빚의 비현실성에 비해 더없이 애처롭고 현실적인 금액인 십삼만원을 구하기 위해 정현은 애플워치를 헐값에 팔아치운다. 날렵한 현실감각으로 무장해 중고 거래를 통해 자신이 처한 위기에서 탈출하는 이 기민함. 여기에서 중고 시장은 아나바다 운동의 장이 아니라 무엇이든 현금화할 수 있는 개인용 전당포로 삼아진다. “있는 힘 없는 힘 쥐어짜내서 모든 걸 돌파해보려”(212쪽)는 이 노력은 경쟁사회의 구조적 문제가 개인의 능력 문제로 치환되는 상황에서 마침내 일인용의 구명보트를 개발한 자본주의 여포의 한 삽화라고도 볼 수 있다.

불공정한 경쟁사회에서 노력과 자책의 악순환이 계속될 때, 정현은 아프지만 숨고 싶고 괴로워서 죽고 싶다. 자신이 망한 이야기를 "사람들이 몰랐으면" 싶고, "멍청함을 들키고 싶지 않"(221쪽)다. 정현은 "콱 죽어버릴까" 생각하다가도, "씨발 누구 좋으라고 내가 죽어"라고 갑자기 분개하다가, 다시 "지금 가장 힘든 건 나니까 내가 죽으면 내가 가장 좋지 않을까?"(같은 쪽)라며 자살의 명분을 찾기도 한다. 그런데 문득 묻고 싶어진다. 정현이 느끼는 우울과 무기력이 "어디서부터 잘못된 것인지"(220쪽)를 아는 사람이 있느냐고 말이다. 정현이 돈을 빌려주기 전에 서일은 주말도 없이 일하며 이십대 내내 번 돈을 전세 사기로 잃어버린 피해자였고, 네일숍을 차려 사정이 나아지기만을 바라는 선량한 인간이었다. 서로의 상황을 나아지게 만들고자 했던 노력이 자꾸만 사정을 악화시켰을 뿐 서일이 "돈에 미친 애"(209쪽)라는 선주의 날 선 정의도 그다지 와닿지는 않는다. "이 일을 해결할 수 있는 사람도 제도도 없"(221쪽)다는 정현의 냉철한 현실 인식이 보여주듯, 신자유주의의 구조적 결함은 개개인의 선택과 실패의 문제로 희석되고 있으며 이로 인해 불안과 우울과 자살 충동은 언제나 노력하는 개인에게 반려처럼 뒤따르리라는 사실만이 존재하는 것이다.

서일에게서 갑자기 큰돈이 입금되어 정현이 마침내 빚을 갚게 되었을 때, 돈의 출처가 명확히 드러나지 않는 이유 또한 의미심장하다. 서일이 말한 것처럼 그 돈은 서일이 이혼한 남편에게서 받은 위자료일 수도 있고, 아닐 수도 있다. 그러나 경제 사정이 불안정한 여성의 처지를 고려했을 때, 남성 생계 부양자 모델로서의 결혼제도를 이용하는 서일의 모습을 상상하기 어려운 것은 아니다. 그게 아니라면 가능한 방법은 복권뿐이다. 정현이 "돈과 숫자에 사로잡혀 있던 때"(224쪽) 복권방을 떠올리는 것처럼 말이다. 로또 1등은 바라지도 않지만 2등, 3등, 4등의 가능성은 또 절대 놓치지 않는 것처럼 정현의 희망은 이토록 가벼운 동시에 진지하다.

정현은 "로또 당첨 같은 요행은 바라지 말고 살자"(226쪽)며 다짐하지만 당첨의 희망을 포기하지 않는다. 그런데 무언가를 꿈꾸는 것이 경제적 불안과 다를 바가 없고, 네일숍을 차리려는 서일에게처럼 희망에는 언제나 투자와 빚이라는 가격표가 따라붙는다면, 로또가 터무니없는 요행으로 비춰질 이유는 또 무엇인가. 희망이 가격의 문제라면 차라리 로또는 오늘날 가격 대비 가장 합리적인 투자일 수도 있다. 그런데 여기에는 이런 질문도 필요하다. 우리에게 자본주의의 매개를 벗어난 희망은 이제 정말로 사라졌는지 말이다. 희망의 가격(price)이라는 자본적 난제에 경종을 울리는 인물은 정현이 로또 번호를 고를 때 등장하는 초등학생이다. 미래 세대인 그는 "정현보다 한참이나 더 야무진 데"가 있어서, 번호 하나를 알려준 대신 "당첨되면 반" 주겠다는 정현에게 "왜 반이나 줘요?"(같은 쪽)라며 행운에도 실리를 따지려 든다. 이 초등학생의 날카로운 질문 탓에 정현의 희망은 미래 세대를 향한 일말의 책임도 고민도 없는 무정치적인 요행이라고 가격(加擊)당한다. 이것이 이 소설에서 밝혀내야만 했던 정치적 무의식이자 "마침내 0이 된 기분"(229쪽)의 무섭고도 이상한 죄의식이다. 그건 서일과 완전히 헤어진 뒤 "누구보다도 열심히 셈하고 값을 따져보"(228쪽)는 정현처럼 연대도 연루도 의존도 하지 않으려는 삶의 방식을 겨냥하고 있기 때문이다. 이제 우리에게 남은 숙제는 '망했다'는 감정과 기분을 어떻게 정치적 무대로 올려놓을 것인지, 우리가 느끼는 불안과 무기력을 어떻게 자원화하여 사회적 문제로 되새겨볼 수 있는지 하는 것이다. 미시적인 현실의 고민을 거듭 중요하게 밝혀온 김지연의 소설이 그 귀중한 물음을 이끌어주었다. 가장 개인적인 것이 가장 고도화된 사회일 수도 있다는 판단을 경유해 도달한, 이 매서운 정치적 긴장을 질기게 붙잡아보고 싶다.

전청림
2022년 문화일보 신춘문예를 통해 평론을 발표하기 시작했다.

성해나

혼모노

작가노트

케세라세라(Qué será, será)

해설 성현아

반항하는 자는 부조리가 있나니, 그 가짜가 참되도다

성해나

2019년 동아일보 신춘문예를 통해 작품활동을 시작했다. 소설집 『빛을 걷으면 빛』, 장편소설 『두고 온 여름』이 있다.

혼모노

역 근처 버거 전문점을 지나다 질겁한다. 앞집 신애기*가 통유리로 된 창가 자리에 앉아 버거를 먹고 있다. 입가에 마요네즈를 잔뜩 묻힌 채 콜라를 마시는 그애를 멀리서 훔쳐본다. 그애는 양상추와 토마토는 모조리 빼둔 채 패티만 여러 장 든 버거를 게걸스레 씹고 있다.

할멈이 저런 음식을 먹는다고?

기가 차다못해 부아가 치밀어오른다. 목구멍이 청와대라 밥은 꼭 고두밥으로, 찬은 고춧가루가 섞이지 않은 담백한 것으로, 보양식이라도 비리고 누린 것은 질색하던 그 까다로운 늙은이가 버거를 먹는다고?

* 신을 받은 지 얼마 안 된 무당을 일컫는 말.

신애기가 버거 하나를 모조리 먹어치우고 너겟을 소스에 야무지게 찍어 먹는 것까지 넋 놓고 지켜본다. 손 없는 날*도 아닌데 어쩌려고 저럴까. 할멈을 몸주로 모실 때 나는 육고기는 일절 입에도 대지 못했다. 그뿐인가. 살(煞)이 낀다는 이유로 애욕도 자제하고, 술 담배도 금하고, 어머니 염하는 것조차 보지 못했는데.

내가 울화를 터트리는 동안 신애기는 자리를 정리하고 일어선다. 혹 마주칠까 서둘러 몸을 숨긴다. 그애는 무선 이어폰을 귀에 꽂은 채 점집 골목으로 들어가버린다. 그애가 걸음을 뗄 때마다 에코백에 달린 무령에서 잘랑잘랑, 방울소리가 난다.

卍

신당에 차례차례 옥수를 올린다. 옥황상제, 칠성, 남이 장군, 그리고 장수 할멈.

장수 할멈 앞에는 일부러 목단도 한 단 놓아둔다. 새벽부터 꽃시장에 가 고른 것이라 봉우리가 굵고 탐스럽다. 무얼 바쳐도 감격이나 감사 한 번 하지 않던 할멈도 목단을 드리면 늘 흡족해하곤 했다.

곱구나, 참으로 고와. 역시 혼모노는 다르네.

몸주마다 차등을 두고 싶지는 않지만, 요 며칠간은 할멈에게만

---

* 악귀가 돌아다니지 않아 인간에게 해를 끼치지 않는 길한 날. 이날은 무당도 일을 쉬고 잠시 일상으로 돌아간다.

정성을 쏟았다. 내가 모시는 신 중 가장 강하고 신통했던 신이 할멈이기에 그 앞에 약과 하나라도 더 놓고, 초도 고급으로 쓰고, 먼지가 쌓이지 않게 때마다 신당을 쓸고 닦았다. 지화(紙花)가 아닌 생화를 제단에 올리는 것도 다 할멈의 비위를 맞추고자 함인데

신령님, 참 곱지요?

친근히 물어도 할멈은 회답하지 않는다.

신애기가 앞집에 들어온 것이 벌써 보름 전 일이다. 보라색 트레이닝복을 입고 제 부모와 짐을 나르는 그애를 보며 순 생짜가 들어왔구나, 조소했다. 그애는 앳되었다. 스물 정도 되었으려나. 나도 저 나이 때 내림굿을 받았는데. 용달차 뒤에 실린 세간을 등에 이고 지며 부지런히 나르는 부모 곁에서 그애는 겨우 거드는 수준으로 가벼운 박스 몇 개만 옮겼다. 창가에 서서 저것은 또 얼마나 버티려나, 어림해보았다. 이 골목은 다른 골목에 비해 음기가 강하고 터가 세 일 년도 못 채우고 떠나는 무당들이 숱했다. 저 애가 들어오기 전 같은 자리에 신당을 차렸던 박수는 딱 아홉 달을 버티다 내뺐다. 저애는…… 넉넉잡아 두 달. 그뒤엔 짐을 챙겨 나갈 게 분명하다고 예감하며 블라인드를 내렸다.

저녁에 신애기 부모가 팥떡을 들고 찾아왔다. 신애기도 함께였다. 우리 아이를 잘 부탁드린다, 신 내린 지 얼마 안 되어 애가 아직 아무것도 모른다, 도사님이 많이 가르쳐주시라, 간곡히 청하는 부모 옆에서 그애는 휴대폰을 만지고 있었다. 떡만 덥석 받고 보내기 뭣해 안으로 들인 뒤 무량사 주지스님에게 받은 보이차를

내왔다. 신애기의 아버지는 중국 출장 갈 때마다 보이차를 마셨다며 그 판별법에 대해 자신이 아는 바를 줄줄이 늘어놓았고, 어머니는 이 사람 또 이러네, 하며 조용히 면박을 주었다.

보기에는 같아도 우렸을 때 차이가 나거든요. 가짜는요, 마실 때 몸이 거부합니다. 역겨운 향도 나고요. 빛 좋은 개살구죠.

신애기는 제 아버지의 이야기에 관심조차 기울이지 않은 채 휴대폰만 들여다보고 있었다. 부부가 하나같이 쥐 상에, 큰 욕심 없이 수수한 면면이 꼭 닮아 있는 데 반해 그 딸은 달랐다. 맹한 인상인데도 눈빛에 묘한 살기가 서려 있었다.

찻잎이 짙게 우러나는 동안 부부는 신당을 구경했다. 옥황상제와 칠성, 남이 장군이 원색으로 그려진 탱화, 와불상과 백호를 품에 낀 장수 할멈상이 나란히 장식된 제단을 그들은 이채롭다는 듯 둘러보았다. 신애기의 아버지가 물었다.

도사님은 신 받은 지 얼마나 되셨습니까?

올해로 삼십 년 되었습니다.

삼십 년……

부부는 신애기를 바라보며 한숨을 쉬었다. 아득하겠지. 고교 시절부터 크고 작은 병치레를 달고 살던 것이 신병 때문이라는 걸 알았을 때 내 어머니도 딱 저런 얼굴이셨다. 평생 무당으로 살아가야 한다는 점지를 받았을 때는 당신 탓이라 자책하며 오읍하셨고. 부부는 아이의 내력을 줄줄이 늘어놓았다. 친·외척을 통틀어 신내림을 받은 이가 단 한 사람도 없는데 이 상황이 믿기지 않는다며.

저희 집이 가톨릭 집안이에요. 지금은 냉담자지만 평생 샤머니즘을 미신으로 여기던 사람들인데, 이걸 어떻게 받아들이겠습니까? 어떻게 믿겠어요?

우러난 차를 찻잔에 천천히 따르며 조언했다.

이런 일을 겪으면 다들 부정부터 하기 마련입니다. 다 내게 올 연이다 받아들이면 편합니다.

침울한 기색으로 차를 마시면서도 부부는 뒷맛이 좋다, 진짜 보이차는 이런 맛이 난다, 칭찬일색인 반면 신애기는 차를 한 모금 마시더니 그대로 뱉어버렸다.

지푸라기 맛이 나.

그 말에 나보다 그 부모가 더 당혹스러워하며 상황을 모면하려 애썼다.

원래 예의가 참 바른 애인데 갑자기 왜 이럴까? 도사님 앞에서.

괜찮습니다. 익숙지 않은 이들은 처음엔 다 쓰고 떫다고들 합니다.

이게 얼마나 비싼 차인지도 모르고 버릇없기는. 속마음을 숨긴 채 신애기 앞에 놓인 잔을 비우고 뜨거운 물을 가득 채웠다.

근데 어쩌다 이리로 오시게 되었습니까? 이 골목은 터가 세서 다들 꺼리는데.

부부에게 한 질문을 신애기가 중간에서 가로챘다.

할멈이 점지해줬거든.

말이 짧아 적잖이 놀랐지만 애기동자가 들어왔구나, 여기며 너그러이 넘겼다. 내림굿을 받은 지 얼마 안 된 무당에게는 예고 없이 신이 들어올 때도 있으니. 어르듯 부드러운 말투로 나는 신애기에게 말했다.

그렇습니까 동자님?

신애기는 시큰둥한 얼굴로 찻잔을 밀쳐냈다.

입이 쓰면 사탕이라도 드릴까요?

동자들이란 달콤한 것이라면 사족을 쓰지 못하는 법. 사탕이라도 물릴 요량으로 찬장을 여는데, 등뒤에서 그애가 웅얼대는 소리가 들려왔다.

장수 할멈이 점지해줬어. 네놈 앞집에 들어가라고.

그것이 시작이었다. 얄궂은 악연의 시작. 혹 잘못 들은 것인가 싶어 신애기 쪽을 돌아보며 물었다.

뭐라고…… 하셨습니까?

신애기가 조소하며 대꾸했다.

신빨이 다했다더니 진짜가보네. 할멈이 나한테 온 줄도 모르고.

그애는 살기어린 눈으로 나를 똑바로 주시했다.

하기야 존나 흉내만 내는 놈이 뭘 알겠냐만.

권

쌀알을 한 움큼 집어 제상 위에 흩뿌린다. 짝이 나온다. 두 번을 해도, 세 번을 해도 죄다 짝이다. 짝은 불길한 수인데 요즘엔 이렇게 흉괘만 거듭된다. 재앙 수, 이별 수…… 지난 삼십 년간 이런 적이 몇 번이나 있었던가. 점사는 집어치우고 창가로 다가

간다. 신애기의 신당 앞엔 오전부터 손님이 몇이나 오간다. 호황이다. 이제 겨우 보름 되었는데 어디서 소문을 듣고 왔는지 사람들이 저 집 앞에 떼로 줄지어 있을 때도 있다. 무당집이라면 으레 걸어두어야 하는 오방기도 걸려 있지 않고 간판조차 없는데 다들 어떻게 알고 모여드는 걸까. 초심자의 행운이려니 무심히 넘기려 해도 도무지 태연해지지가 않는다. 문 앞에서 대기하다 번호가 불리면 앞집으로 하나둘 들어가는 이들을 훔쳐보는 와중에 전화가 온다. 부재중으로 돌릴까 하다 통화 버튼을 누른다. 보현보살의 괄괄한 목소리가 전화기 너머에서 전해져온다.

어디야?

어디긴 신당이지.

신당? 오늘 북한산에 기도드리러 가는 날 아니야?

달력을 넘겨본다. 오늘 날짜에 붉은 원이 표시되어 있다. 매년 입하(立夏)면 잊지 않고 몸주신께 기도드리러 산에 올랐는데 그새 까맣게 잊었다. 정신을 어디 놓고 다니냐, 퉁을 놓다 보현은 슬며시 용건을 꺼낸다.

내가 말한 건 생각해봤고?

오늘의 운세? 나 그 일 못해.

왜 또 변덕이래?

보현의 목소리가 높아지고 내 미간도 따라 찌푸려진다. 얼마전 보현이 잡아준 일거리는 영 탐탁지 않다. 오늘의 운세라니. 선무당이나 하는 소일을 나한테 맡으라고? 낙천적으로 살아가라, 상대의 입장에서 생각해라, 받은 것이 있으면 줘야 한다, 그런 영

양가 없는 소리를 점괘라 뭉뚱그리며 신문에 실으라고? 내 이름을 걸고? 이 말도 안 되는. 못하겠다고 재차 말하자 보현은 어조를 누그러뜨리며 나긋하게 말을 잇는다.

자기야, 이거 아무한테나 주는 기회 아니다? 내 앞으로 줄 선 무당들 다 제치고 자기한테 먼저 연락한 거야.

나를 위하는 것처럼 말하지만, 그 기저에 보현의 은근한 열등감이 깔려 있다는 것을 안다. 평생 질투해온 나를 서서히 바닥으로 끌어내리려는 저놈의 비열함. 장수 할멈도 보현을 가리키며 그런 말을 했다.

독 없는 뱀이야 저놈은. 위험하진 않지만 가까이 둬서 좋을 건 하등 없지.

전화를 다른 손으로 바꿔 들고 적당한 변명거리를 찾는다.

그냥, 몸이 안 좋네. 요즘엔 만사가 성가셔. 몸도 찌뿌듯하니 예전 같지 않고.

병원엔 가봤어?

안 그래도 가봤는데…… 참, 웃겨서 말도 안 나와.

왜?

나한테 번아웃증후군이란다.

내 말에 보현은 경박스럽게 웃는다. 무당이 번아웃이라는 말은 생전 처음 듣는다며 웃음을 그치지 않는다.

정말 번아웃 아닐까.

산에 갈 짐을 다 챙겨놓고도 나갈 채비를 않고 신당에 드러누워 있다. 삼십 년을 한결같이 해온 일인데도 오늘따라 몸이 무겁다. 기도드리러 가면 못해도 엿새는 있어야 하는데, 반나절 꼬박 제상 차려, 매시 알람 맞춰두고 기도드려, 잠도 찬 바닥에서 자…… 산에 가지 않을 구실들을 하나하나 짚어가며 시간만 까먹는다. 아, 정말 싫다. 마음이 동하지가 않아. 더구나 이제 누구를 위해 기도를 드리느냔 말이다. 신이…… 죄다 떠났는데.

수상한 기미라도 있었다면, 어떤 조짐이라도 보였다면 납득이라도 할 텐데 그들은 그저 떠났다. 언질도 없이 홀연히.

신령들이 떠난 것을 깨달은 건, 지금으로부터 두 달 전이었다. 일이 끊임없이 들어오는 와중에 제법 규모가 큰 재수굿까지 맡게 되어 몸은 축났지만 속으로는 쾌재를 부르던 시기였다. 그날 굿판을 벌인 이는 대단지 아파트의 입주민 대표였다. 대입을 앞둔 자녀의 합과 불을 점치러 온 그에게 할멈은 합격운 대신 요상한 점괘를 내놓았다.

땅속에 금맥이 줄줄 흐르는데 훼방 놓는 잡귀 때문에 번번이 망조네.

곰곰이 속뜻을 풀어보니 이십 년 내내 재건축 심의를 통과하지 못한 아파트에 관한 점괘였고, 해서 대대적으로 굿까지 벌이게 된 것이었다.

굿판은 1단지 주차장에서 벌어졌다. 갹출해 굿값을 치른 주민들과 다른 단지에서 구경 온 이들로 주차장엔 차보다 사람이 더 많았다.

여기 주민들 웬만해선 장도 못 서게 해요. 시끄럽다고. 근데 굿 한다니까 이렇게 떼로 몰려온 것 봐. 우리 아파트 재건축 승인 나면 도사님 운도 같이 트일걸?

대표의 말처럼 주민들은 기대와 의심이 반씩 섞인 눈으로 굿판이 준비되고 굿이 진행되는 것을 낱낱이 지켜보았다. 개중엔 유튜브에 올리겠다며 카메라를 들고 설치는 애들도 있었다. 구색을 맞춰 화려하게 차린 굿상이며 징을 치고 태평소를 부는 악사들을 그애들은 빠짐없이 카메라에 담았다. 작두굿을 시작하기 전 격렬히 신칼을 휘두르며 신을 부르는 내게 렌즈를 들이대기도 했고.

야, 저 칼 모형이다.

그러게. 꼭 진짜 같다.

봐봐, 다 짜고 치는 거라니까.

그럴 때 찍지 말라며 윽박지르는 것은 '가짜'들이나 하는 짓이었다. 나는 기세등등하게 렌즈를 주시한 뒤, 잘 벼린 칼날로 왼뺨을 스윽— 그었다. 내가 진짜 무당이라는 것을 명백히 증명해 보이려. 내게 신이 들어왔다는 것을 알리려.

보통 칼춤을 추면 탄성이 터져나오거나 비명과 박수가 뒤섞이는 법인데, 그날은 분위기가 묘한 것이 적막만 감돌았다. 맨 앞줄에 서서 기도를 드리던 대표의 얼굴이 하얗게 질리더니, 태평소도 징도 북도 한순간 무악을 멈추었다.

아저씨…… 피나는데요.

애들 중 하나가 말했다. 뺨이 축축했다. 무복 위로 피가 뚝뚝 떨어지고 있었다. 한 번도 해본 적 없는 실수였다. 당황하기도 잠시, 아무렇지 않은 척 나는 신장대를 들고 할멈을 찾았다. 인파가 몰린 탓에 긴장을 해 접신이 제대로 이루어지지 않은 모양이라 여기며 휘파람도 불어보고 신장대도 흔들어보았다. 어찌된 영문인지 말문이 트이지 않았다. 할멈은 물론 다른 신령들도 짠 듯이 공수를 내려주지 않았다. 진땀이 나고 다리에 힘이 풀렸다.

신령님, 신령님. 오셨습니까?

다시 불러봐도 마찬가지였다. 어떤 신탁도 들리지 않았다. 상황을 수습해야 된다는 생각조차 못한 채 흐르는 피를 소매로 대충 닦으며 허겁지겁 그곳에서 벗어났다.

그후로 한 번도 접신이 이루어진 적이 없다. 누구는 신굿을 받으면 나아질 거라 하고, 누구는 닭 모가지를 잘라 그 피를 시원하게 들이켜면 신이 되돌아올 거라 했다. 모조리 허탕이었다.

그날의 망신이 유튜브에 박제되고부터는 줄줄이 들어오던 일감도 뚝 끊겼다.

그러니 의심스러워지는 것이다. 정말 신애기에게 할멈이 옮겨간 것은 아닌지. 신이며 운이며 죄 저것에게 빼앗긴 것은 아닌지. 길 건너편에 보란듯 서서 손님과 맞담배를 태우는 저 엉큼한 것에게 말이다.

卍

이가 빠지는 꿈을 꾸었다. 멀쩡하던 이가 하나둘 빠지다 우수

수 떨어지는 꿈.

깨어서도 잇몸이 얼얼한 것이 밤새 이를 악물고 잔 모양이다. 뜨거운 물로 몸을 씻어내고 쑥을 태워 그 잔향을 신당 곳곳에 뿌린다. 부정한 기운을 쫓는다. 신당 안에 쑥향이 진동할 즈음 황보 의원에게 메시지가 온다. 가로수길에 프라이빗한 바를 찾아두었으니 이번에는 거기서 보자고 한다. 신당 외 다른 곳에서는 손님과 접선하지 않는 것을 원칙으로 삼고 있으나, 황보만은 예외다. 점을 보다 기자에게 사진 찍힌 적이 있었고 그게 신문 2면에 실렸으니 그로서는 신당에 드나드는 것이 이래저래 부담스럽겠지. 더군다나 지방선거가 코앞으로 다가왔으니 더 예민할 것이다.

신령님은 못 모셔도 손님은 모셔야지.

무복을 벗고 평상복으로 갈아입는다. 원래 황보가 아닌 그의 아내가 내 단골이었다. 아내의 강요에 못 이긴 황보가 억지로 점을 보러 왔던 것이 약 십 년 전 일이다. 못 미더운 기색으로 어디 한번 떠들어봐라, 입을 꾹 다물고 앉아 있던 황보의 모습이 지금도 생생하다. 쉰이 넘었는데도 공천의 벽을 넘지 못해 정치권 주변만 몇 년째 맴돌던 것, 이번에도 공천을 받지 못하면 정계를 떠야 하나 갈등하던 것, 그 일로 어젯밤 아내와 한바탕 다툰 것까지 샅샅이 짚어내자 그는 눈을 동그랗게 뜨고 어떻게 아셨냐며 자세를 고쳤다.

제가 뭘 믿은 적이 없는데, 저 오늘부터…… 도사님만 믿겠습니다.

황보는 티셔츠에 청바지 차림으로 바의 구석자리에 앉아 와인을 마시고 있다. 동생. 그가 나를 발견하고 손짓한다. 나이 차도 얼마 나지 않는데 밖에서만큼은 형 동생 사이로 막역히 지내자 먼저 제안한 건 황보였다. 형님. 황보의 어깨를 가볍게 감싼 뒤, 그의 맞은편에 앉는다.

형님은 볼 때마다 젊어지는 것 같아요. 몸도 탄탄하시고 주름도 없고요.

아냐, 나도 늙었지, 이젠.

얼마 전 보톡스를 맞았다며 그는 눈가와 입가를 가리킨다. 어떻게든 젊게 보이려 안달하는 나이든 의원들을 손가락질하고 비웃던 혈기 왕성한 시절도 있었는데, 자신이 이렇게 될 줄은 몰랐다고.

어리면 환대받고 늙으면 외면당해. 이 바닥이 그래.

생전 안 입던 청바지를 꺼내 입은 것도 그 때문이라고, 다음주에는 눈썹 문신을 예약했다고 황보는 말한다. 어디 정계뿐이겠는가, 내가 몸담은 바닥에서도 나이든 사람은 내쳐지는데, 생각하며 잘 숙성된 와인을 들이켠다. 황보가 의아하다는 얼굴로 나를 빤히 본다.

동생, 술을 마시네? 할머니가 싫어하신다고 생전 입에도 안 대더니.

술을 뱉을 뻔하다 겨우겨우 넘긴다. 할멈이 있을 땐 일절 삼가던 것들을 거리낌없이 할 수 있게 되니 이런 잔실수까지 한다.

젯술…… 비슷한 거죠. 신령님도 가끔은 술을 드셔야 정신도 가벼워지고 영통하시고…… 그런 것 아니겠습니까?

다행히 황보는 더 캐묻지 않는다. 안주로 나온 치즈를 먹으며 그는 이번 선거에 대한 자신의 괘는 어떤지 넌지시 묻는다. 돌려 말하는 것을 싫어하는 사람인 건 진즉에 알았지만, 술도 오르지 않았는데 이렇게 급히 본심을 비친다는 게 새삼 놀랍다.

어때, 당선이 될 것 같다고 하시나? 할머니가?

황보가 묻는다. 양손에 땀이 배어난다. 무슨 말을 할지 고민하다 얼마 전 읽은 기사로 얼른 화제를 우회한다.

형님, 요즘 교회 다니신다면서요?

허를 찔린 듯 그의 얼굴이 굳어진다. 그게 말이야, 그는 급히 변명부터 한다. 그의 말을 슬며시 끊는다.

자주 드나들지 마세요. 이제껏 신령님 모시며 쌓아온 좋은 기운 다 빼앗깁니다.

내 말에 황보는 먹던 치즈를 도로 내려놓는다.

다 표밭 다지기지. 와이프 절 보내고 나는 교회 가고…… 그래도 내가 믿는 건 동생뿐인 거 알지?

알다마다요, 그래도 교회는 안 됩니다.

적당히 눙치며 챙겨온 쌀과 반(盤)을 테이블에 꺼내놓는다. 쌀을 쥐고 반 위에 조금씩 흩뿌린다. 낟알 수를 헤아리는데, 또 짝이 나온다. 다른 수도 아니고 하필 둘로 떨어진다. 불길 수다. 내 표정을 살피며 황보는 조심스레 묻는다.

괘가 영 안 좋나?

아니요, 좋습니다.

일부러 없는 말을 지어낸다. 최대한 긍정적이고 이로운 쪽으로.

올해엔 적장의 목을 벨 수가 들어와 있네요.

정말?

예, 연운이 좋아요.

황보의 입꼬리가 숨기지 못할 정도로 올라간다.

다만……

눈치를 보다 넌지시 말끝을 흐린다. 팽팽히 당겨졌던 황보의 입꼬리가 천천히 내려간다.

왜? 또 뭐가 더 보여?

일부러 대답을 주저하며 그를 감질나게 만든다. 쌀알을 톺아보다 나는 말을 잇는다.

유월에 액운이 껴 있네요. 그때가 형님한테 가장 중요한 시기일 텐데…… 때를 놓치면 기회는 한참 뒤에나 올 것 같고, 이 액을 막으려면 굿을 해야 할 것 같은데……

할멈이라면 뭐라고 했을까. 돈 좀 만져보겠다고 니세모노(にせもの)*도 않는 몹쓸 짓을 한다며 욕이라도 뇌까리지 않았을까. 하지만…… 신도 떠나고 유튜브에 우스꽝스러운 영상까지 올라간 마당에 굿이라도 벌여야 숨통이 트이겠는 걸 어쩌겠나. 당장 월세 낼 돈도 없어 현금 서비스를 받는 통에 이런 기회라도 잡지 못하면 당장 내일이 까마득해지는 것을.

흩뿌린 쌀알을 정리하며 황보의 답을 기다린다. 이럴 때 군말을 보태면 다 된 일에 재 뿌리는 격이므로 말을 최대한 아낀다. 마

---

* '가짜'라는 뜻의 일본어. 여기서는 '선무당'을 가리킨다.

른 입술을 술로 축이며 침묵을 지키던 황보가 입을 뗀다.

동생도 알다시피 내가 성골은 아니잖아. 줄이 있는 것도 아니고. 여기까지 온 것도 다 우리……

다음 말은 안 들어도 알 것 같다. 다 우리 동생 덕이라는 말이겠지. 당의 공천조차 받지 못했던 아웃사이더 시절부터 시장 선거를 앞둔 지금까지. 이 남자의 업적이라 할 만한 것에는 다 내 공이 들어가 있다. 군산에 있던 조상의 묘를 용인으로 옮기라 점지한 뒤 그는 두 번 연속 고배를 마셨던 구에서 국회의원으로 당선되었고, 벼락 맞은 대추나무에 부적을 그려 집에 걸어둔 뒤로는 당의 최고위원이 되었다. 그저 운이라고 단정짓기 어려운 행보였으니 그도 나를 신뢰하는 것 아니겠는가. 황보가 말을 잇는다.

다 우리 할머니 덕이지.

그 말에 맥이 빠진다.

할게. 굿보다 더한 것이라도 해야 한다면 해야지.

그가 잡고 싶은 동아줄은 나일까, 할멈일까. 남은 와인을 들이켠다. 뒷맛이 쓰고 텁텁하다.

卍

편의점 가판대 앞에서 바나나우유와 바나나맛 우유는 뭐가 다른지 한참 고심하는데, 옆에서 누군가 하나 남은 바나나우유를 쏙 채간다. 보라색 트레이닝복이 눈에 익더라니 앞집 신애기다. 그애와 앞뒤로 서서 계산을 한다. 가까이 살다보니 이렇게 오며

가며 마주치는 일도 잦고 가끔은 듣고 싶지 않아도 그 집에서 나는 소리가 내 신당까지 전해질 때도 있다.

며칠 전에는 유리 깨지는 소리며 그애 아버지의 고함소리가 내 신당까지 들려왔다. 돈, 돈, 돈…… 그런 말들이 드문드문 들렸고 시간이 지날수록 점점 격해졌다. 안 봐도 뻔했다. 큰돈 한번 만져보니 욕심이 나는 거겠지. 이 바닥에는 경제적 예속을 빌미로 아이를 극악하게 굴리고 후에는 더 큰 돈을 요구하고 갈취하는 부모들이 더러 있었다. 내 어머니도 그랬다. 시장서 두부값 깎는 것도 죄스러워하던 그 여린 분이 돈맛을 보자 어찌나 그악스러워지던지, 종국에는 어머니의 성화에 못 이겨 이틀간 잠도 못 자고 허벅지를 꼬집어가며 손님을 받은 적도 있었다. 어린 마음에 밤에는 신령님들과 영통할 수 없다고 거짓말하자 어머니는 얼굴을 일그러뜨리며 호통치셨다.

얘, 신령들은 시간 정해서 온다니?

신애기네 집에서는 계속 고함소리가 들려왔다. 돈, 돈, 돈…… 남의 가정사에 함부로 끼어들긴 싫었으나 공연히 걱정이 되긴 했다. 그래도 아직 어린애인데 저렇게까지.

계산을 마친 신애기가 내 쪽을 힐끗 돌아본다. 귀에 꽂은 이어폰에서 시끄러운 전자음이 새어나온다. 예상과 달리 그애는 내게 고개 숙여 인사한다. 멋쩍어하면서도 나름 예의를 차려서.

안녕하세요.

어, 어……

어영부영 인사를 받는다. 주근깨 박힌 말간 얼굴에, 숱 많은 머리를 고무줄로 질끈 묶은 그애는 편의점 안에서 김밥과 라면을 먹는 여느 학생들과 다를 바 없다. 나를 노려보고 야유하며 말 같지도 않은 말을 뱉던 그날과는 판이하다. 정말 저것에게 할멈이 옮겨간 것이 맞을까.

바나나맛이 나지만 바나나는 아닌 우유를 마시며 나는 장수 할멈을 떠올린다.

모자(母子)처럼 붙어 지낸 지 장장 삼십 년. 돌이켜보면 그렇게 오랜 세월 붙어 있었는데도 할멈과 나는 서로를 각별히 아꼈다기보다는 실리적인, 참으로 별난 관계였다. 괴벽한 노인네였지. 입맛뿐 아니라 취향이며 습관도 유별났고 변덕이 손바닥 뒤집듯 해 곤혹스러웠던 적이 한두 번이 아니었다. 가지고 싶은 건 꼭 손에 쥐어야 하고, 듣고 싶은 말은 들어야 직성이 풀리고. 수틀리면 일본어로 욕을 했는데 어찌나 험악하던지 들을 때마다 오금이 저렸다.

그래도 기가 막히게 영험하긴 했다. 두 번에 한 번꼴로 헛다리 짚는 다른 신령들과 달리, 할멈의 예측은 늘 정확히 맞아떨어졌다. 가끔은 내 속내까지 훤히 꿰뚫어 섬뜩할 때도 있었고.

기분이 좋을 때, 할멈은 내게 입버릇처럼 말하곤 했다.

문수야, 너 무형문화재 되고 싶지? 내가 그거 시켜줄까?

문화재는 모든 무당의 꿈이었다. 숭고하고 높은 자리. 비밀스러운 욕망. 흘려듣는 척했지만, 할멈이 그렇게 은밀히 속삭일 때면 떨림을 주체할 수 없었다. 속물처럼 보일까 누구에게도 밝히지 못한 나의 속내를 할멈은 죄다 알아챘다. 내 지저분한 비밀까지도. 문화재 심의에서 번번이 떨어지고 있던 차였다. 네번째 심의를 치르기 전 문화재위원회에 슬쩍 뒷돈을 찔러준 것, 지금이 쌍팔년도인 줄 아냐며 그 자리에서 모욕을 들은 것까지 할멈은 속속 들추어냈다.

나이들어 야심까지 강하면 사람들도 그걸 알아채고 달아나. 좋은 운도 다 황이 되는 법이다.

늙어갈수록 본심을 숨겨야 약이 된다. 그래야 추하지 않다. 조언하며 그녀는 나지막이 덧붙였다.

내가 문화재 시켜줄게. 너는 내 말만 잘 따르면 된다. 그러면 분명 노난다.

그깟 문화재 해서 무얼 하나 싶다가도 할멈이 살살 구슬리면 금세 마음이 돌아섰다. 다른 신령들은 몰라도 그녀의 말이라면 신용이 갔다. 열이면 열, 무슨 일이건 해결하고 성사시켜주던 신통한 신이었으니.

제단에 전시된 장수 할멈 상의 먼지를 털어낸다. 옥수를 갈고, 시들어버린 목단도 새것으로 채운다. 지화를 쓰면 수고로움이 덜하지만 어쩌겠나. 할멈이 생화를 좋아하는걸. 혼모노라면 환장하는걸. 이렇게라도 그녀가 다시 돌아오길, 약속을 지켜주길 고대하며 줄기 끝을 사선으로 잘라 화병에 넣는다. 오래오래 생기 있게 살아남기를 바라며.

卍

거리마다 벽보며 유세 현수막이 죽 걸려 있다. 맨 앞에 걸린 황보의 벽보 앞에 나는 잠시 멈춰 선다. 인자하게 웃고 있는 벽보 속 그는 실물보다 두 배는 젊어 보인다. 보정을 했겠지. 표정은 부드러우면서도 권위 있게, 흰머리도 검버섯도 주름도 전부 지우고. 이런 노력에도 불구하고 황보의 지지율은 몇 주째 그보다 열 살은 젊은 상대 후보와 앞서거니 뒤서거니 하고 있다. 그의 애가 타는 만큼 내 속도 따라 타들어간다. 비록 돈으로 얽혀 있긴 하나 함께했던 십 년 동안 우리 사이에 신의와 우정 역시 돈독해졌다는 건 부정할 수 없을 것이다.

벽보 앞에 한참 서서 황보의 무운을 빈다. 나무아미타불, 나무아미타불.

무속 용품 가게에 들어가 굿에 쓸 종이 신발과 새 무복을 고른다. 그 외에 필요한 것들도 망설임 없이 골라 담는다. 튼튼하고 값나가는 것들로.

이번 굿은 규모가 큰가봅니다? 나라님 굿이라도 치르는 겁니까?

은밀하게 떠보는 사장을 향해 나는 싱겁게 웃고 만다. 황보는 굿판을 크게 벌이고 싶다고 했다. 굿상도 규모 있게, 악사도 여럿 두고, 제물로 바칠 육우는 본인이 직접 고르고 도축까지 맡긴다고 했다. 상대 후보 역시 유명한 만신에게 굿을 받는다는 소문이

돈다며 그에 비견될 정도로, 아니 그보다 더 성대하게 굿을 치르고 싶다고 했다.

하지만…… 과연 잘할 수 있을까. 아직도 칼날만 보면 심장이 뛰고 식은땀이 난다. 신들은 돌아올 기미조차 없고.

서슬이 날카로운 작두를 가리키며 사장에게 묻는다.

혹시 모형은 없습니까.

사장은 어안이 벙벙한 얼굴로 나를 빤히 본다. 괜한 소리를 한 것 같아 귀가 뜨거워진다. 인터넷 쇼핑몰을 뒤지면 나올까. 심장이 떨려 이 짓도 오래는 못하겠다.

굿에 쓸 짐을 양손에 들고 지하상가로 내려가다 신애기를 발견한다. 오늘도 그애는 귀에 이어폰을 꽂고 혼자 걷고 있다. 로드 숍에 들어가 립스틱을 발라보기도 하고, 의류 매장 앞에 멈춰 질이 좋지 않은 니트며 촌스러운 캐릭터가 그려진 티셔츠를 구경하다 직원이 호객을 하러 나오면 급히 걸음을 옮긴다.. 역에 걸린 아이돌 전광판을 한참 바라보기도 하고, 델리만쥬 가게 앞에서 갈팡질팡하다 결국엔 돌아서고, 계단을 두 칸씩 오르며 숨을 몰아쉬기도 한다. 어쩌다보니 뒤를 밟는 꼴이 되어 석연치 않지만, 가는 방향이 같은데 어쩌겠나. 짐을 추켜들며 그애의 보폭에 맞추어 느리게 걷는다.

트레이닝복 주머니에 손을 넣고 걷던 그애가 한순간 우뚝 멈추어 선다. 혹 들킨 건가 싶어 몸을 숨기는데, 그애는 내 쪽은 돌아보지도 않은 채 프랜차이즈 카페 안으로 성큼 들어간다. 망설이다 나도 그 안으로 들어간다. 평일 낮인데도 사람이 꽉 차 있다.

노트북으로 강의를 듣는 사람, 문제집을 펴놓고 공부하는 사람, 디저트를 나누어 먹으며 시시콜콜한 대화를 나누는 사람들. 대부분 그애 또래의 학생들이다. 이 동네가 신당뿐 아니라 대학가와 접해 있다는 사실을 나는 자주 잊는다. 신당 근처만 맴도는 나와는 무관한 일이다. 한때는 일부러 대학가를 피해 멀리 돌아서 다녔으나 그것도 다 이십대 초, 무당이 된 지 얼마 안 되었을 때 얘기다. 내 생활을 부끄러워하고 별스러워할 시기는 이미 오래전에 지났지.

신애기와 두 테이블 정도 떨어진 곳에 조용히 자리를 잡는다. 노트북이나 책, 파트너를 앞에 둔 다른 이들과는 달리 신애기 앞은 텅 비어 있다. 빨대로 무료하게 기포를 만들던 그애가 난데없이 소리 죽여 웃는다. 그애와 비슷한 나이대의 학생 둘이 옆 테이블에서 은어를 주고받으며 서로를 짓궂게 놀리고 있다. 그들의 유치하고도 애정어린 대화를 엿들으며 신애기는 조용히 웃는다.

친구는 있을까. 있어도 일상을 공유하거나 실없는 이야기를 나누며 낄낄대기는 힘들 것이다. 우리가 얻은 생은 여느 평범한 이들의 삶과는 다르니까. 저 나이에 나는 평범한 삶을 살고 범상한 몸을 가질 수 있기를 간절히 염원했는데, 한 번만 살 수 있다는 것을 저주처럼 여겼는데

저애도 비슷할까.

신애기는 음료에 기포를 만들며 오후를 보낸다. 평범하게. 나도 몰래 그것을 따라해본다. 볼에 바람을 불어넣으며. 보글보글 보글보글.

卍

유튜브를 보며 접신 연습을 한다. 과장되게 눈을 뒤집고 몸을 부르르 떨다 자괴감을 느끼고 그만두길 몇 차례. 그동안은 도대체 어떻게 했던 걸까. 신의 출입이 어찌 그리 자연스러울 수 있었던 걸까. 모형 작두와 칼은 주문해놓은 지 오래다. 이제 연습만이 살 길이다. 해원경(解冤經)을 크게 틀어두고 주악에 맞춰 칼춤을 춘다. 티셔츠부터 드로어즈까지 땀으로 젖어갈 즈음 전화가 온다. 황보인 줄 알고 얼른 받으려다 주춤한다. 보현이다. 이게 또 무슨 같잖은 소리를 하려고. 오늘의 운세 이야기를 꺼내면 바로 끊어버리겠다고 다짐하며 전화를 받는다.

왜? 오늘의 운세 때문에 전화한 거지? 나 그거 안 한대도. 다른 무당 알아봐.

퉁명스럽게 운을 떼는데, 보현이 난데없이 묻는다.

자기, 괜찮아?

이건 또 무슨 소리인가 싶어 당황한 내게 보현은 말한다.

……모르는구나?

보현은 자신이 주워들은 이야기를 빠르게 늘어놓는다. 보현이 전하는 소식을 듣는 동안 식었던 몸이 서서히 뜨거워진다. 귓전을 울리던 해원경 장단이 더이상 들리지 않을 정도로 정신이 아득해진다. 보현에게 묻는다.

그거, 진짜야?

농이겠어? 어제 기도드리러 갔다가 장광도사를 만났거든. 나한테만 얘기해주는 거라면서 슬쩍 언질 하더라고. 그이가 황보 의원 상대 후보 만신이잖아.

전화 너머에서 보현은 신나게 떠든다. 전화를 끊어버린다. 땀으로 흠뻑 젖은 옷을 갈아입을 생각도 않은 채 서둘러 앞집으로 뛰어간다.

신애기는 집 앞에서 담배를 태우고 있다. 내가 입을 뗄 틈도 없이 그애가 먼저 말한다.

너 올 줄 알았다.

그애는 담뱃불을 손으로 짓눌러 끄더니 앞장서 집안으로 들어간다. 들어와, 말하며 문을 살짝 열어둔다. 만나자마자 냅다 쏘아붙일 작정이었는데 막상 독대를 하니 아무 말도 나오지 않는다. 기에 눌린 걸까. 아니야, 그래선 안 되지. 정신을 바짝 차리며 신당 안으로 들어간다.

매캐한 향냄새가 훅 끼친다. 신발을 벗기도 전에 기함한다. 옥황상제와 칠성, 남이 장군이 원색으로 그려진 탱화, 와불상과 백호를 품에 낀 장수 할멈상이 나란히 장식된 제단. 그 구조가 나의 신당과 하등 다를 것이 없다.

할멈이 그러더라. 자긴 낯선 환경은 질색이라고.

그래도…… 이건 상도에 어긋나는 일 아닌가. 한 골목에서 영업하는 이들끼리 이래도 되는 것인가. 누그러졌던 분노가 한순간 들끓는다. 하지만 상대는 나보다 한참 밑인 신애기다. 투명히 속내를 비치고 윽박질러 상대를 내모는 것이 과연 옳을까. 마음을 추스르며 용건을 거론한다.

내가 여기 온 이유는……

알아. 너 분해서 온 거잖아. 내가 너 대신 그 의원 굿을 맡게 돼서.

그애는 한마디도 지지 않는다.

그 의원이 그러더라. 이제 넌 감이 다 떨어진 것 같다고. 자기가 정치판에서 굴러먹은 게 몇 년인데 니세모노 하나 구별 못하겠냐고.

니세모노. 그 단어에 퍼뜩 감이 온다. 할멈이 자주 쓰는 말. 저건 분명 할멈이다.

……신령님이십니까?

내 물음에 답조차 않은 채 할멈은 신애기와 둘이서만 영통한다. 나를 앞에 두고 비밀 얘기를 주고받으며 킥킥거린다. 나를 없는 사람 취급하며 장시간 즐겁게 속닥인다. 영통이 길어질수록 안달이 난다. 할멈과 신애기. 그들은 기질이 맞는 것처럼 보인다. 나와는 다르게. 나는 할멈을 모시고 받들었는데, 저것은 할멈과 동등하다. 참다못해 소리친다.

신령님, 말도 없이 떠난 것도 모자라 이젠 다른 무당에게 옮겨 붙어 사람을 피 마르게 하십니까? 어떻게 저한테 이러실 수 있습니까?

배신감에 치가 떨리지만 한편으론 겁이 나 우두망찰한다. 저주를 퍼붓거나 악다구니를 뱉기에 할멈은 너무나 큰 존재다. 여태껏 그녀에게 대들어본 적도, 말을 물고 늘어져본 적도 없다. 할멈과의 관계에서 밑지는 건 항상 나였다. 잔뜩 잠긴 소리로 밑바닥에 고여 있던 울분을 힘겹게 토해낸다.

제가 뭘 그렇게 잘못했습니까. 하라는 건 다 했는데, 드릴 수 있는 건 다 드렸는데……

쉴새없이 떠들어대던 신애기가 말을 멈추고 내 쪽을 빤히 쳐다본다. 묘한 살기를 띤 눈으로, 똑바로.

문수야.

신령님……

드디어 내 부름을 받으셨구나. 감격하며 할멈의 말을 기다린다. 하지만 뒤이어 들려온 말은……

할멈이 너한테 준다고 했던 거, 그거 너 대신 내게 준단다.

뭐?

네가 그렇게 되고 싶어하던 문화재. 그거 나 하게 해준다고. 할멈이 넌 너무 늙었다네. 늙은 게 야심만 가득해 흉하다고.

신애기가 두 손으로 입을 틀어막고 웃는다. 킄킄킄킄, 킄킄킄. 손가락 사이로 기분 나쁜 웃음이 새어나온다. 온몸의 피가 머리로 쏠린다. 종아리가 풀리고 손이 저려온다. 모르겠다. 지금 나를 향해 조소하는 것이 할멈인지 저애인지, 허깨비인지 인간인지, 진짜인지 가짜인지…… 가슴속에서 뜨거운 무언가가 일렁인다. 그 불길에 저애에게 잠시 가졌던 연민이며 동질감, 할멈을 향한 애증과 경외심도 모조리 타버린다.

신발도 제대로 신지 않고 나는 골목을 그대로 가로지른다.

나의 신당은 고요하다. 제단 위에 놓인 장수 할멈상이 눈에 띈다. 시들 기미 없이 여전히 생생한 목단도.

징그러울 만큼 붉은 그것을 화병째로 들어 던진다. 유릿조각이 산산이 부서지고 손에 피가 맺힌다. 제단 한가운데를 점한 장수 할멈상을 향해 소리친다.

이겁니까, 당신이 원하던 게?

억울한 외침에도 할멈은 초점 없는 눈으로 허공을 바라볼 뿐이다.

말씀해보세요. 말씀 좀 해보세요!

중언부언하며 악을 지르는데도 할멈은 여전히 묵묵부답이다. 계속되는 침묵에 분이 가시지 않아 할멈상을 들어올리다, 흠칫한다. 한 번도 인지한 적 없었는데, 너무 가볍다. 원래 이랬던가. 이게…… 원래 이렇게 가벼웠나. 할멈상을 벽에 던진다. 텅, 하는 소리와 함께 할멈상이 바닥에 나뒹군다. 텅, 텅, 텅……

그 꼴을 보고 있자니 나도 모르게 웃음이 터져나온다. 큭, 큭큭큭큭큭. 큭큭큭. 큭큭큭. 멈춰보려 해도 딸꾹질처럼 웃음이 계속해 터진다.

큭큭큭, 큭큭큭큭.

卍

소만(小滿).

하늘빛이 맑고 구름 한 점 없다. 미풍에 무복 밑단이 부드럽게 휘날린다. 이런 날이 일 년에 몇 번이나 될까 싶을 정도로 복덕(福德)이 넘치는 대길일에 굿은 치러진다.

야트막한 오르막길을 따라 필로티 구조의 단층 주택과 관리가 잘된 고급 맨션이 죽 늘어서 있다. 녹지를 품고 있어 주변은 고요하고 녹음이 넘실댄다. 챙겨온 짐을 들고 그 길을 천천히 오른다. 어디선가 미약하게 태평소 소리가 들려온다. 다른 집들과는 한 블록 떨어진 곳에 위치한 이층 주택에 다다르자 소리가 점차 커진다. 문패에 황보의 이름이 한자로 쓰여 있다. 부지는 넓으나 사방을 담장으로 에워싸 바깥에서는 내부가 보이지 않는다. 이 부지도 내가 점찍어주었지. 명당 중 명당이라는 영구음수형 택지라 입맛 다시던 이들이 어찌나 많았는지, 그들을 다 제치고 이곳을 차지하느라 얼마나 큰 품을 들였는지 황보도 잘 알 것이다.

지금 저 집에서는 악기 소리가 요란하다. 독경 외는 소리도 뜨문뜨문 들린다. 뭐에 홀린 사람처럼 나는 거침없이 안으로 들어선다.

다홍치마 위에 장삼을 걸치고 머리엔 흰 고깔을 쓴 신애기가 가장 먼저 눈에 들어온다. 그애 옆에서 금빛 몽두리를 입은 두 명의 무당과 판수, 삼현과 육각의 갖가지 악기를 든 악사들이 굿을 돕고 있다.

굿판은 일정한 기승전결에 따라 움직이는 법이다. 막이 걷히면 긴 장정이 시작되고 하나의 장이 끝나면 곧 다음 장이 이어지는…… 지금 마당에선 불사거리가 한창이다. 신애기는 부채와

방울을 들고 공수를 받고 황보와 그의 식구들은 그 앞에 꿇어앉아 기도를 드리고 있다.

나무아미타불, 나무아미타불. 비나이다, 비나이다.

옆도 뒤도 살피지 않고 불사거리에 몰입해 있는 그들 곁으로 나는 한 걸음 한 걸음 다가선다. 마당에 빙 둘러서 굿을 치르던 이들이 하나둘 내 쪽으로 시선을 돌린다. 이 서사에 기어코 비집고 들어온 나를 황보도, 그의 식구들도, 무당들도 당혹스러운 눈빛으로 바라보는 와중에 오직 신애기만이 내가 올 줄 알았다는 듯 태연히 불사거리를 마치고 장수거리를 준비한다. 신애기는 신칼을 들고 장수 할멈 맞을 준비를 한다. 제상이 거두어지고 성인 남자 팔뚝만한 작두가 마당에 놓인다. 챙겨온 짐을 들고 신애기 곁으로 다가간다. 황보가 나를 막아선다.

저기, 일전에 합의 본 것으로 아는데……

그 말대로 며칠 전 통보를 받은 게 사실이다. 황보는 이해관계가 맞지 않아 굿을 물리게 되었다고 점잖게 설명했으나 사정을 뻔히 알고 있는 내게 그것은 가식이고 우롱일 뿐이었다. 그는 이제 나를 동생이라 친근히 부르지도 않는다. 일말의 정다운 감정들은 사라진 지 오래.

대답 없이 가방 안에 담아온 것들을 하나씩 꺼내놓는다. 주름 한 점 없이 다린 장삼, 흰 고깔, 밤새 숫돌로 날카롭게 벼린 신칼과 쌍작두. 뭐하는 거냐 소리치는 황보를 나는 말없이 쏘아본다. 그는 말을 더 보태려다 말고 주춤하며 뒷걸음질을 친다.

공수를 기다리는 신애기 앞에 마주선다. 악사들도, 다른 무당들도 떨떠름한 얼굴로 나와 신애기를 번갈아 본다. 신애기는 아무렴 상관없다는 듯 칼을 들고 춤을 추기 시작한다. 나도 그애를 따라 조금씩 발동을 건다.

이것은 나와 저애의 판이다. 누구의 방해도 공작도 허용될 수 없는 무당들의 판이다.

머뭇거리던 악사들이 천천히 연주를 시작한다. 북소리가 들리고 피리 소리가 깔리고 태평소의 시나위가 울린다. 판수가 입을 열어 독경을 왼다.

금일 영가 저 혼신은 혼이라도 오셨으면 만반진수 흠향을 하고 일배주로 감응을 하야.

신칼을 들고 달싹달싹 발을 뗀다. 별이 내리쬘 때마다 칼날이 서늘히 반짝인다. 신애기가 먼저 칼을 어른 뒤, 제상에 놓인 사과 한 알에 날을 가져다댄다. 날이 스칠 때마다 단단한 과실이 서걱서걱 토막 난다. 칼의 위력을 확인시킨 다음, 그애는 날을 들어 혓바닥이며 팔과 다리를 서슴없이 긋는다. 다들 숨을 죽이며 그 광경을 지켜본다. 그애는 아픈 기색조차 없이 태평하게 의식을 치른다. 피는커녕 피멍울조차 비치지 않는다. 이제는 내 차례다. 수박도 쩍 갈라놓을 만큼 밤새 매섭게 벼려놓은 칼날이 살갗에 닿고 신경을 지난다. 나를 보는 신애기의 표정이 미묘하게 일그러진다. 피가 흐르고 있겠지. 이미 입안에서도 비릿한 피비린내가 진동하니까. 허나 중요치 않다. 아픔도 고통도 이제 더는 느껴지지 않는다. 신애기는 찜찜한 얼굴로 작두에 오를 준비를 한다. 사다리 모양으로 여러 겹의 칼날을 겹친 작두 위에.

풍화환란 제쳐놓고 재수소원 생겨주고 왕락 극락을 들어가서 인도환생을 하옵소서.

신애기는 무당들의 도움을 받아 가볍게 작두에 올라탄다. 다른 굿거리도 중요하나, 이 긴 서사의 하이라이트는 장수거리다. 갑옷과 칼로 무장한 장수 할멈이 작두 위에서 역신을 쫓는 대대적인 굿거리. 작두 위에서 내리는 공수는 어떤 공수보다 위엄 있다. 신애기는 작두에 올라 할멈을 부른다.

나무아미타불 나무아미타불 나무아미타불 나무아미타불, 오셨습니까.

마침내 할멈이 들어왔는지 신애기의 눈빛이 달라진다. 그애가 작두 위에서 천천히 발을 떼는 동안 황보와 그의 가족들은 손을 모아 간절히 기도를 드린다. 비나이다, 비나이다. 그들의 안중에 나는 없겠으나 신경쓰지 않고 작두를 탄다. 차고 저릿한 감촉이 발끝부터 서서히 전해져온다. 온몸의 털이 바짝 솟을 만큼 송연한 감각이다. 누구에게도 의탁하지 않고 도움을 구하지도 않고 한 발 한 발 조심스럽게 뗀다.

판수의 독경이 점차 빨라지고, 악사들의 장단도 중중모리에서 자진모리로 바뀌기 시작한다. 그에 따라 작두를 타는 몸짓도 다급해진다. 등판은 벌써 땀으로 푹 젖었다. 신애기도 매한가지다. 이제 누가 더 오래 버티나의 싸움이다. 이 서사의 주인공을 가르는 건 그것이다. 과장되게 눈을 까뒤집고 몸을 억지로 떨며 신접 흉내를 내는 것은 지금 내겐 무용한 일이다. 자연스럽게 몸이 떨리고 눈이 뒤집힌다. 오금이 무지근하게 당겨온다. 발바닥은 뜨겁고 끈적한 피로 흥건하다. 황보가 뜨악한 얼굴로 내 쪽을 본다.

북소리가 거세진다. 하늘은 낮고 볕은 강하다. 구름의 방향이 바뀔 때마다 신애기와 내 얼굴에 번갈아가며 그늘이 진다. 이제는 등뿐 아니라 정수리와 목덜미, 발가락까지 찐득하게 젖어든다. 피인지 땀인지 모를 것들이 뒤섞여 뚝뚝 떨어진다. 뒤로 넘어갈 듯 기진맥진한 상태로 작두를 탄다. 신애기 역시 지친 것으로 보이나 멈출 수 없다. 이를 악물고 악착스럽게 작두춤을 춘다.

휘모리로 장단이 바뀌고, 장구를 치는 악사는 채를 왼쪽 오른쪽으로 번갈아 옮겨가며 빠르게 손을 움직인다.

나무아미타불 나무아미타불 나무아미타불 나무아미타불……

구름도 다 사라진 땡볕 아래서 판수도, 악사들도 점점 지쳐가는 와중에 기세가 누그러지지 않는 이는 오직 나뿐이다. 피범벅에 몰골도 흉하겠으나 시야가 환하고 입가엔 미소까지 드리워진다. 신령 근처에라도 가닿은 것처럼 몸이 가뿐하고 신명이 난다. 장단이 빨라질수록 나는 고조된다.

나무아미타불 나무아미타불 나무아미타불 나무아미타불……

삼십 년 박수 인생에 이런 순간이 있었던가. 누구를 위해 살을 풀고 명을 비는 것은 이제 중요치 않다. 명예도, 젊음도, 시기도, 반목도, 진짜와 가짜까지도.

가벼워진다. 모든 것에서 놓여나듯. 이제야 진짜 가짜가 된 듯.

장삼이 붉게 젖어든다. 무령을 흔든다. 잘랑거리는 무령 소리가 사방으로 퍼진다. 가볍고도 묵직하게.

땀을 뻘뻘 흘리면서도 작두에서 내려오지 않던 신애기가 아연

실색하며 나가떨어진다. 그애는 바닥에 주저앉아 휘둥그런 눈으로 나를 올려다본다. 황보와 그의 가족들도 기도를 멈추고 나를 올려본다. 할멈도 이 장관을 다 지켜보고 있겠지.

어떤가. 이제 당신도 알겠는가.

하기야 존나 흉내만 내는 놈이 무얼 알겠냐만은. 크큭, 크큭 크큭.

| 작가노트 |

케세라세라(Qué será, será)

잘 살기 위해 소설을 읽고 쓴다고 입버릇처럼 말하지만, 사실 잘 사는 게 무언지 여전히 모르겠다. 그래도 부언해보자면……

한때는 잘 살고 싶다는 열망이 커서 (지금도 크지만) 과도하게 애를 썼다. 패착을 어떻게든 뒤집으려, 돌아선 마음을 돌리려, 삶을 충족으로 가득 채우려.

소설을 쓸 때도 마찬가지였다. 쓰지 못하고 멍하니 흘려보낸 날에는 캘린더에 X표를 긋고, 호기롭게 쓰다가도 한순간 막히면 금세 낙담했다. 촘촘히 세운 계획이 어긋나는 순간이면 불안에 잠긴 채 잠까지 설쳤고. 그렇게 힘을 주다보니 삶도, 집필도 점점 어렵게 느껴졌다.

「혼모노」를 쓸 때는 되도록 마음이 가는 대로 쓰고자 했다. 잘 쓰고 싶다는 열망보다는 잘 쏟아내고 싶다는 바람으로. 인물의 순간과 감정을 느슨히 따라가며, 욕망을 과감히 쫓으며. 케세라세라. 될 대로 되어라. 그러다보니 완고는 애초 고안했던 것과 완전히 달라져 있었지만 괜찮았다. 외려 흐르고 흐르다 도달한 곳이 여기여서 다행스럽다는 생각도 들었다. 발표한 후에도 더 잘 쓸 수 있었다는 아쉬움보다 후련함이 앞섰고.

케세라세라의 본뜻은 '뭐가 되든 될 것이다'다. '될 대로 되어라'는 오역이지만 구태여 바로잡고 싶지는 않다. 케세라세라. 낙관도, 태평과 무심도 함께 품고 있는 문장. 돌이켜보면 이 격언이 함의하는 두 가지 뜻은 언제나 내 삶에 동시에 적용되고 있었던 것 같다.

제대로 대처하지 못해 좌절했지만 지금은 어느 정도 해소된 사건. 악착같이 붙잡았으나 결국은 끝나버린 관계. 갈피를 잡지 못해 골머리를 앓았지만 종국엔 끝을 보게 된 작품들. 좋든 나쁘든 흘러가며 어떻게든 되어버린 일들.

인생은 계획하고 예측한 대로 나아가는 게 아니라 알 수 없는 방향으로 흘러간다는 것을 조금씩 배우고 있다. 뭐가 되든 될 거라는 격언이 무책임한 말이 아니라는 것도.

'흐르다'라는 말이 좋다. 움켜쥐고 붙잡아두는 것도 좋지만 가끔은 (아니 꽤 자주) 그저 흐르도록 내버려두고 싶다. 그렇게 흐르다보면 슬픔이 기쁨으로 뒤바뀌고, 팽팽한 긴장도 한풀 꺾이고, 절망이 견딜 만해지는 순간도 오는 것 같다. 모든 것을 붙잡아두지 않고 가만히 흘려보내는 것. 뭐가 되든 될 것이라고 여기는 것.

그렇게 잘 살아보고 싶다. 뭐가 되든 될 거라는 낙관도, 될 대로 되라는 터프함도 포용하며. 힘주지 않고 유연하게, 부드럽게.

| 해설 |

반항하는 자는 부조리가 있나니, 그 가짜가 참되도다

성현아

스무 살 즈음 내림굿을 받고 삼십 년 동안 무당으로 살아왔으나 두 달 전 갑작스레 모시던 신을 잃고 만 남자. 「혼모노」의 중심인물인 문수의 범상치 않은 이력은 평범하다고 여겨지는 현대인들의 일상과 거리가 멀어 보인다. 작두를 타고, 제단에 꽃을 바치며, "신령님"(251쪽)을 애타게 부르짖는 중년의 박수무당을 흔히 마주칠 수는 없을 테니 말이다. 그런데 이상하게도, 한 번의 불운(모시던 신의 옮겨감)만으로도 모든 걸 잃고 살아온 세월을 부정당하는 이의 비참한 몰골에 우리 모두의 얼굴이 비친다. 노력과 보상이 연결되지 않는, 오히려 어느 때는 반비례하는 이 사회에서 노력하기를 포기하지 않으며, 한 치의 어긋남만으로도 공든 탑과 함께 삶이 무너지리라는 불안감에 잠을 설치는 현대인들과 그는 빈틈없이 겹친다. 그 이유는 크게 세 가지다.

첫째, 우리가 모두 능력주의 사회에서 자라왔다는 것이다. 영적인 존재가 떠나자 문수가 접신 능력을 잃고 무능해진다는 점에서 신은 재능의 비유로도 읽힌다. 따라서 서사의 큰 줄기는 전승민 평론가가 짚어주었듯, "늙어가는 인간에게서 발생"하는 "재능의 상실" 혹은 "세월의 일방향적인 축적"이 불러오는 "재능의 퇴보"[1]를 그린다고 볼 수 있다. 여기에 더해 주목하고 싶은 부분은, 나이가 들어 신체 기능이 저하됨으로써 재능을 잃어가는 과정으로 다 해명되지 않는 공백, 즉 인간이 결코 이해할 수 없기에 합리적으로 설명해낼 수 없는 장수 할멈의 '변심'이 소설의 중심에 자리하고 있다는 점이다. 이는 재능을 얻고 잃는 일에 문수가 직접적으로 관여할 수 없으며 재능의 습득과 상실이 우연적으로 발생한다는 점을 시사한다.

소설에서 특히 강조되는 것은 문수의 노력이다. "밥은 꼭 고두밥으로, 찬은 고춧가루가 섞이지 않은 담백한 것으로" 먹기를 요하며 "비리고 누린 것은 질색"(249쪽)하는 까다로운 식성을 지닌 장수 할멈을 모시며 문수는 육고기를 입에 대지도 않는다. "애욕도 자제하고, 술 담배도 금"(250쪽)하며 매년 입하에는 몸주신께 기도드리러 북한산에 직접 오른다. 올라서는 "반나절 꼬박 제상"(257쪽)을 차리고 매시 기도를 드리며 잠도 찬 바닥에서 자는데, 문수는 이 일을 삼십 년간 한 해도 거르지 않고 지속해왔다. 반면에 신애기는 장수 할멈이 옮겨갔음에도 "버거"와 "너겟"(250쪽)

1) 전승민, 「인간이 되는 굿」, 『문학동네』 2023년 겨울호, 350쪽.

을 양껏 먹는다. 길가에 서서 수시로 담배도 피운다. 더 정성껏 모시는 몸주가 아니라 불성실해 보이는 풋내기에게로 신이 이동해 간 셈이다. 문수는 신을 다시 불러들이기 위해서, 신굿을 받고 닭 모가지를 잘라 피를 들이마시는 등 갖은 노력을 다하지만, 모두 수포로 돌아간다. 문수는 장수 할멈을 받드는 일에 신애기보다 더 오랜 시간 최선을 다해 노력해왔음에도 신을 영영 잃은 것이다. 이는 문수의 입장에서는 이해할 수 없는 결과이자 불합리한 처사이므로 그는 억울함을 느끼며 "울화"(같은 쪽)를 터뜨리게 된다. 이처럼 불공정해 보이는 인과는 낯설지 않다. 능력주의를 기반으로 하는 현대사회의 메커니즘과 별반 다르지 않기 때문이다.

신분이나 계급, 인종이나 성별과 무관하게 오로지 개인의 능력만을 평가 준거로 삼겠다는 능력주의는 언뜻 계층 간의 자유로운 이동을 가능케 하는, 차별로부터 거리를 둔 공평한 체제로 보인다. 그러나, 노력한 자가 그 대가로 능력을 얻고 이를 인정받아 차등적으로 대우받게 된다는 이 접근법은 노력한다고 해서 누구나 능력을 갖출 수 있는 것은 아니라는 전제를 은폐한다. 편향적으로 축적된 부와 권력이 세습되므로 동등한 출발선에서 시작하기 어려우며 (유전 등 인간이 인위적으로 개입할 수 없는 요소를 제외하여도) 누구나 노력하여 재능을 얻고 능력을 펼칠 수 있도록 하는 인프라가 구축되어 있지 않은 환경에서 노력은 능력과 직결되지 않는다. 부모의 소득수준이 자녀의 능력으로 둔갑하기도 하는 세태를 떠올리면 이해하기 쉽다. 따라서 독자들은 문수가 느끼는

'울화'에서 다소 생경한 무속 신앙의 섭리와 같은 것을 발견하는 게 아니라 능력주의가 심어주는 익숙한 열패감과 억울함을 재확인하게 된다. 예외적인 환경에 놓여 있는 듯 보이는 문수가 아이러니하게도 현대인의 표상인 셈이다.

소설 속의 인물들이 욕망하는 대상을 살피면 이는 더욱 명확해진다. 문수와 신애기는 무당으로서 문화재[2]를, 황보는 '시장'의 자리를 욕망한다. 이는 명예이자 지위이면서 부수적 이득으로서의 경제적 이익까지 포괄한다. 문수의 어머니와 신애기의 아버지는 자식의 노동력을 착취하며 더 많은 돈을 갈구한다. 문수에게 큰 재수굿을 의뢰한 대단지 아파트의 입주민 대표와 주민들은 아파트 재건축 승인이 가져다줄 부가 수익을 기대한다. 이들이 욕망하는 대상은 각기 다르게 보이지만 모두 자본에 엮여 있다. 자본주의는 끊임없이 자본을 추구하게 하고, 불안감과 모욕감을 적절히 활용하여 이를 개인적인 욕망으로 착각하게 한다. 자본에 대한 욕망은 획득한 자본보다 더 큰 자본(궁극적으로는 자본의 무한 증식)을 목표로 하기에 본질적으로 충족될 수 없음에도, 자본주의는 이것이 자연스럽고 당연한 갈망으로 보이도록 가장한다.

나아가 자본주의는 노력해도 결코 원하는 만큼 얻을 수 없다는 불가능성을 가리기 위해, 뺏고-빼앗기는 관계 안에서만 이 욕

---

2) 소설에 직접적으로 제시되지는 않았지만, "문화재는 모든 무당의 꿈"(266쪽)이라고 서술된다는 점과 장수 할멈이 문수 대신 신애기에게 문화재를 하게 해주겠다고 약속했다는 점으로 보아 신애기 또한 이를 일방적으로 제안받았다기보다 욕망하고 있었다고 해석할 수 있다.

망을 사유하게 만들어 시선을 돌린다. 주어졌다 사라졌거나 혹은 주어지지 않은 자본(또는 자본을 창출할 수 있는 수단)을 "빼앗긴"(259쪽) 것으로 생각하게 만드는 것이다. '한정된 재화를 애초에 공평하게 누릴 수 없으므로 경쟁은 불가피하다'고 믿게 하며, 원하는 대상이 주어지지 않을 때도 지배 이데올로기를 의심하기보다 그것을 누리는 구체적인 인물을 대신 원망하게 한다. 이는 보현보살이 문수에게 열등감을 느끼고 문수는 신애기를 시기하는 감정의 연쇄에서 잘 드러난다. 체제 내에서의 분투 외에는 돌파구가 없다고 느끼게 하며, 그것이 지극한 현실이라고 세뇌한다. 그러나 자본주의적인 세계는 벗어날 수 없는 '현실처럼' 꾸며져 있을 뿐, 유일무이한 '진짜 현실'은 아니다.

이는 성해나가 주목하고 있는 '세대'의 문제와도 연결된다. "늙으면 외면당해. 이 바닥이 그래"(261쪽)라고 말하는 황보는 젊게 보이기 위해 보톡스를 맞고 청바지를 꺼내 입는 등 애를 쓴다. 젊음을 유지한다면, 역량과 노동력이 여전하다면 자리를 지킬 수 있을 것이라는 기대는 노력하여 능력을 갖추면 그에 상응하는 결과를 얻을 것이라는 순진한 믿음과 맥이 닿아 있다. "어디 정계뿐이겠는가"(같은 쪽)라고 응수하는 문수는 나이든 사람을 푸대접하는 관례는 어떤 업계에서든 공통임을 인식한다. 장수 할멈이 자신을 정성껏 모셔온 문수를 향해 "늙은 게 야심만 가득해 흉하다"(274쪽)는 야박한 평가를 내리는 것도 같은 맥락이다. 이러한 장면들과 문수가 늙어감에 따라 젊은 신애기가 그의 역할을 대신 수행하게 되는 과정은 세대교체와 늙음을 경시하는 세태를 반영하면서 동시에 고유한 개인의 얼굴을 지우고 이들을 언제고 대체될 수 있는 인력으로 취급하는 시대상을 비춘다. 문수와 황보가 함께한 십 년의 세월과 그간 쌓아온 "신의와 우정"(268쪽)은 자본가치로 환산되지 않기에 없는 것이나 마찬가지이며, 이들이 주고받은 것은 그저 값을 치르고 '제공하고-받는 서비스'일 뿐이기에 이를 대신해줄 더욱 영험한 무당이 나타나면 문수는 곧바로 대체된다. 그러므로 일생을 바쳐 자신을 장작처럼 다 태워버린 문수에게 남은 것은 노력에 대한 보상도, 경력에 대한 존중도 아닌, 육체적으로도 정신적으로도 바닥난 상태로서의 "번아웃증후군"(256쪽)뿐이다. 삼십 년을 근속하고도 내쳐져 "당장 월세 낼 돈도 없어 현금 서비스를 받는"(263쪽) 박수무당의 처지가 직종만 다를 뿐, 작금의 노동자들의 그것과 다르지 않다.

소설의 결미에 이르러 달라진 문수가 보여주는 장수거리는 굉장히 상징적이다. 이를 무능한 인간의 마지막 발악으로 보고 연민하거나, 추잡한 집념으로 보고 조소할 수 있겠지만, 예속되었던 자가 비로소 눈을 뜨고 세계와 대결하고자 열정을 불사르는 장면이 주는 경이로움만큼은 속절없이 인정하게 된다. 혼모노(진짜)-니세모노(가짜), 생화-지화(紙花), 진짜 보이차-가품(假品), 바나나우유-바나나맛 우유, 작두-모형 작두, 접신-유튜브를 보고 따라 하는 접신 흉내와 같이 진짜-가짜의 여러 구별을 통해 '가짜'의 볼품없음과, 가짜로 판명 난 이가 떠안게 되는 수치심, 진짜를 향한 집착을 끊임없이 제시하던 소설은 "진짜 가짜"(280쪽)라는 역설적이고 혼종적인 결론에 도달한다. 진짜와 가짜를 가르는 기준이 과연 유효한지 물으며, 그 구분 자체를 회의하게 만든다.

"바나나맛 우유"와 "바나나우유" 사이에서 신애기는 "바나나우유"를 채가고, 문수는 남은 "바나나맛 우유"(264쪽)를 마신다. 기표로만 따지자면, 바나나맛 우유는 바나나는 아니면서 바나나의 맛을 흉내내는 것이므로 가짜에, 바나나우유가 진짜에 더 가깝겠지만, 바나나우유도 진짜 바나나라고 보기는 어렵다. 이 대목은 신이 옮겨간 신애기도 장수 할멈의 영능에 기대어 그의 말을 전달하고 그의 흉내를 내는 것일 뿐, 진짜라고 보기는 어렵다는 점까지 생각하게 만든다. 이는 진짜와 가짜를 판명하는 기준이 전부 타자에게 달려 있었다는 데 대한 문수의 자각으로 이어진다. 유튜브를 보며 접신 연습을 하거나 거짓된 점괘를 읊으며 타인의 눈을 속이기 위해 애쓰는 문수는 신의 존재 여부로 자신이 진짜인지 가짜인지를 판별해왔다. 그러나 신이 부재함에도 자신이 진짜임을 내보이려고 나서는 순간, 이를 판별하는 기준은 '나'에게로 옮겨간다.

'하기야 존나 흉내만 내는 놈이 뭘 알겠냐만'이라는 말은 소설에서 두 번 등장하는데, 각각 다른 의미를 지니게 된다. 신애기가 문수를 비꼬며 말할 때, '흉내'는 신이 깃든 척하는 행위를 지칭한다. 그러나 이후 문수의 말로 전유될 때, 문수를 조롱하던 말은 신의 꼭두각시이기를 자처하기만 하는 신애기와 그 굿판에 매인 존재들을 모두 조소하는 비판의 말로 탈바꿈한다. 문수는 세간의 기준에서 '가짜'이지만, 자기 기준을 확립한 한 인간의 내적 기준

안에서 '진짜'가 된다. 문수가 스스로 자신의 내력과 진정성을 긍정하는 일에 외부의 인정은 필요치 않으므로 신의 깃듦을 증명할 필요가 없어진다. "이것은 나와 저애의 판이다"(278쪽)라는 구절은 문수가 이 장수거리를, 의탁할 '신'이나 돈을 내고 서비스를 받으려는 '고객' 또는 볼거리를 탐닉하는 '구경꾼', 그리고 그들이 모조리 매여 있는 '이데올로기'에서 벗어난 무당들만의 무대로 인식하고 있음을 보여준다.

알베르 카뮈에 따르면, 인간은 명확함에 대한 갈망을 지니고 있으며 이는 세계 앞에서 생겨나는 무의식적인 감정이다. 반면, 세계는 인간이 결코 이해할 수 없으며 인간적인 것으로 환원될 수 없으므로 인간의 입장에서 언제나 불명확하다. 여기에서 바로 인간의 비통한 열망과 그에 응해주지 않는 세계 사이의 영원한 대립이 생겨난다. 부조리란 "이 비합리와, 명확함에 대한 미칠 것 같은 열망의 맞대면"[3]이다. 카뮈는 삶이 가치 없다고 판단하여 하는 자살은 부조리를 해소해버리므로 대안이 될 수 없다고 말한다. 그는 부조리를 살려놓고 직시하며, 이에 '반항'해야 한다고 주장한다. 이때의 반항이란 인간이 "자신을 넘어서는 현실을 부둥켜안고 대결"하는 것이며, 이는 역설적으로 "삶에 가치를 부여"[4]한다. 부조리를 끈질기게 인식하며 그와 집요하게 싸워내려는 열정적인 태도야말로 삶의 위대함을 회복시킨다는 것이다.

---

3) 알베르 카뮈, 『시지프 신화』, 김화영 옮김, 민음사, 2016, 41쪽.

4) 같은 책, 85쪽.

문수가 대결하려는 대상이 신애기도, 장수 할멈도, 굿판에 모인 사람들도 아닌, 현존하는 자신을 가로막고 침묵하는 불합리하고도 불명확한 세계일 때, 그는 오히려 가벼워진다. "모든 것에서 놓여나듯. 이제야 진짜 가짜가 된 듯."(280쪽) 그 깊은 자유를 신없이 얻어내는 이 반항하는 인간에게 부조리가 있고, 부조리를 놓치지 않고 마주하는 자가 감내하는 이 대결에 치졸함과 궁색함이 아닌 치열함이 깃든다. 그러므로 시간적 배경을 묘사하기 위해 등장하는 짤막한 단어 "소만(小滿)"(275쪽)은 절기의 하나만을 지칭하지 않는다. 만물이 자라서 가득차듯이, 한 인간은 노력이 배반한 재능과 사라진 신의 영능, 저물어가는 젊음에 대한 골몰에서 벗어나 자신의 참됨을 자기 기준에 근거하여 인정하며 충만해진다. 자신을 끝없이 내치며 가짜라고 오도하는 세계에 맞서 '진짜 가짜'이자 '가짜로 불리는 진짜'가 되어간다.

어떤가. 이제 당신도 알겠는가, 이 참된 가짜를. 아니, 거짓되다 손가락질받는 진짜를.

성현아
2021년 경향신문, 조선일보 신춘문예를 통해 평론을 발표하기 시작했다.

전지영

언캐니 밸리

작가노트

가까스로 할 수 있는 말

해설 김건형

시선과 수치심, 권력과 아름다움

전지영

2023년 단편소설 「쥐」가 조선일보 신춘문예에, 「난간에 부딪힌 비가 집안으로 들이쳤지만」이 한국일보 신춘문예에 당선되며 작품활동을 시작했다.

언캐니 밸리

당신의 목적지는 언제나 청한동 꼭대기였다. 저택이 줄줄이 이어진 언덕을 차로 오 분 정도 올라가면 그 집이 보였다. 크기가 다른 자갈을 촘촘히 이어붙인 외벽과 담벼락 덕분에 멀리서도 단번에 그 집을 알아볼 수 있었다.

나는 매일 새벽 야간 운행을 마친 뒤 그 집 담벼락에 기대어 담배를 피웠다. 새벽이 되면 이상하게도 청한동의 공기가 그리웠다. 꼭대기에서 행인을 마주친 적은 없었다. 검은 세단이 지나가거나 담 너머에서 개 짖는 소리가 들릴 때야 비로소 이 동네에 사람이 산다는 걸 실감했다.

언덕 위에서는 이 도시 어디에서도 맡을 수 없는 청량한 공기가 코로 밀려들었다. 맞은편 산등성이를 따라 가로등이 켜진 스카이웨이가 보였다. 나는 턱 밑까지 점퍼 깃을 올렸다. 자갈이 뿜어내는 차가운 기운이 잘 벼린 칼날처럼 등을 찔렀다. 압도적인 높이의 담에 잡아먹히는 기분이 들 때는 두렵기보다 무기력해졌다. 내가 당장 여기에서 사라진다고 해도, 과연 누가 알아챌 수 있을까.

작업실로 돌아오면 아침 일곱시였다. 청한동은 도시의 북쪽, 작업실은 서남쪽 구석이었다. 작업실은 청한동에서 차로 사십 분 떨어진 동네의 낡은 상가 건물 2층에 있었다. 1층에는 영업한 지 이십 년 된 통닭집이 자리했다. 가게는 보통 오후 네시에 문을 열었지만, 새벽공기에는 항상 기름냄새가 짙게 배어 있었다.

도시의 지대는 북쪽에서 서남쪽을 향해 미세하게 내려앉은 모양새였다. 청한동은 북쪽에서도 가장 고도가 높은 지역이었다. 도시 어느 곳에서든 멀지만 또렷하게 보였다. 한마디로 청한동은 달과 같았다. 어디에서나 보이지만, 결코 가까워질 수 없는 곳이었다.

비가 내릴 때는 고도의 차이가 엄청난 결과를 만들곤 했다. 청한동 언덕에서 낮은 곳으로 빗물이 흘러내릴 때, 통닭집에는 물이 무릎까지 차올랐다. 올여름에도 마찬가지였다. 사장과 나는 비를 맞으며 손으로 하수구를 팠다. 낙엽과 쓰레기가 끝도 없이 잡혔다. 가게 안에 고인 물에 묵은 기름이 둥둥 떠다녔다. 고무 대야로 물을 퍼내는 동안 온몸에 오한이 들었다. 몸이 사정없이 떨리는데 청한동에서 피우는 담배 한 모금이 간절하게 생각났다.

작업실 구석에 놓인 일인용 간이침대에 누워 잠을 청했다. 스프링이 조악한 매트리스는 몸을 조금만 움직여도 요란스럽게 삐거덕거렸다. 침대 옆에는 그간 그린 크로키와 팔리지 않은 캔버스 패널이 먼지를 뒤집어쓴 채 쓰레기 더미처럼 쌓여갔다.

졸업 후 내가 판 그림은 딱 한 점이었다. 그것은 당신을 그린 그림이었다. 그 작품은 최근 열린 미술협회 단체전 마지막날 팔렸다. 익명의 구매자. 나는 아직도 그 사람의 이름을 모른다. 큐레이터는 내 작품을 산 사람이 실소유자가 아닌 대리 구매자 같다고 했다. 대리 구매는 흔한 일이니 굳이 자세히 알 필요 없다고 잘라 말했다.

야간 택시 운전은 나의 유일한 밥벌이였다. 누군가 직업을 물어보면 크로키 작가라고 답할 수 없었다. 그림을 판 돈으로 먹고 산 적이 없기 때문이었다. 편의점 아르바이트나 심야 배달도 해봤지만 석 달을 채우지 못하고 그만두었다. 편의점에서는 시간이 너무 느리게 흘렀고, 오토바이 위에서는 너무 빨리 흘렀다. 택시 안에서는 느리지도 빠르지도 않게 흘렀다. 라디오를 듣거나 눈 붙일 겨를도 생겼다. 운이 좋을 땐 경치가 괜찮은 길을 달릴 수도 있었다. 사장이 비밀리에 요구한 사납금은 근교로 나가는 손님을 네 명 정도 태우면 절반쯤 메울 수 있었다. 앱 연동 콜택시 시스템 덕분이었다. 앱을 요령껏 이용하면 빈 차로 돌아다니는 시간이 줄어들었고 장거리 손님을 태우기도 훨씬 수월했다.

나는 장애인고용공단에서 운수회사에 보급해준 택시를 몰았다. 내가 모는 택시는 왜소증이 있는 사람이 운전할 수 있도록 개조한 것이었다. 액셀러레이터와 브레이크에 다리가 닿지 않기 때문에 페달 대신 핸드 컨트롤러가 장착되었다. 나는 장애인등록증을 발급받지 않았지만 구인을 서두르던 사장이 눈감아줬다. 내게 배려란 주로 상대편 사정이 급할 때 베풀어지는 것이었다.

나는 택시에 탄 손님을 주로 그렸다. 신호에 걸린 틈을 타서 룸미러에 비친 손님의 얼굴을 관찰했다. 훔쳐보던 손님과 눈이 마주치면 혹시 불편한 건 없느냐고 능청스럽게 물었다. 의미 없는 질문 하나만으로도 열에 아홉은 경계심을 늦추었다. 한 명은 꼭 대꾸하지 않았다. 아무래도 상관없었다. 그 순간만큼은 내가 시선을 받는 사람이 아닌 주는 사람이 된다는 사실이 중요했다.

손님이 없는 한가한 시간에 후미진 골목에 차를 세운 뒤 조수석 글러브 박스에서 스케치북을 꺼냈다. 시간이 흐르면 기억은 휘발했다. 따라서 작업은 불완전한 기억에 의존했다. 그것도 나쁘지는 않았다. 기억의 왜곡 덕분에 예상치 못한 그림을 그릴 수 있었다.

룸 미러를 통해 볼 수 있는 부분은 승객의 하관과 어깨선 정도였다. 얼굴 전체가 보이는 때도 있기는 했다. 만취해서 좌석에 몸을 푹 파묻은 사람을 태우면 그랬다. 술에 취한 사람은 얼굴에 드러나는 사연이 모호했다. 얼굴만 봐서는 마음을 읽을 수 없었다. 술에 취하면 진심이 드러난다는 말을 나는 믿지 않았다. 대개는 진심 속에 숨어 있던 야만성이 드러나곤 했다.

룸 미러로 볼 수 없는 부분은 상상으로 그려넣었는데, 주로 강한 이미지를 지닌 동물을 동원했다. 이를테면 뱀의 혀, 말의 다리 같은 동물의 신체 일부를 차용했다. 다리에서 배와 등으로 이어지는 단단한 근육, 뻣뻣한 털, 사막처럼 퍼석하게 갈라진 피부, 동공이 큰 눈동자, 주름진 눈꺼풀을 최대한 세밀하게 그려넣었다. 정밀하게 표현된 동물의 신체는 그림에 힘을 불어넣었다. 나는 강함과 약함의 조합에서 나오는 뒤틀린 균형이 마음에 들었다. 결핍은 강한 힘과 맞붙을 때 아름다움을 불러낸다고 믿었다.

역겹다, 그만해라. 전시회를 본 동기는 그런 문자를 보내왔다. 또다른 동기는 변태라는 두 글자만 보냈다. 그나마 지도교수는 정중한 편이었다. 조금 더 가려보세요, 김군. 다 드러내는 건 결코 아름답지 않아.

동기들은 내 그림을 아무도 사지 않을 거라 했다. 전업 작가로 살겠다는 내 의지를 비웃었다. 그 비웃음에서 악의를 압도하는 혐오감이 느껴졌다. 손님 없는 밤길을 달리다보면, 그들의 말이 환청처럼 들려왔다. 그럴 때는 헤어날 수 없을 만큼 쓸쓸한 기분에 휩싸이곤 했다.

*

1월 말이었다. 누군가 작업실 철문을 정중하게 두드렸다. 그 사람은 자신을 청한경찰서에서 나왔다고 소개했다. 너는 살면서 경찰과 판사만 만나지 않아도 인생 성공한 거다. 엄마는 술에 취하면 내 좁고 굽은 어깨를 양손으로 움켜쥐고 말했다. 엄마 말대로라면, 이제 나는 성공한 삶의 최소 조건조차 만족하지 못하게 된 셈이었다.

작업실에 들어온 경찰은 뜸들이지 않고 장신영이라는 사람을 아느냐고 물었다. 나는 모른다고 답했다. 처음 듣는 이름이었다. 경찰은 휴대전화를 꺼내더니 갤러리에 저장된 증명사진 하나를 보여주었다. 사진 속 여자는 분명 당신이었다. 그제야 당신의 이름이 장신영이라는 사실을 알았다. 혼란스러웠다. 내가 아는 이름은 달랐다. 당신은 자신을 김승민이라고 소개했고, 모든 SNS 플랫폼에서 김승민이라는 이름을 썼다.

경찰은 1월 22일 그 사건이 일어났다고 했다. 들어서 아시지요? 그가 물었다. 청한동에서 그 정도의 사건이 일어났는데 모를 리가 없지 않으냐는 투였다. 당연히 알았다. 청한동 염산 테러 사건.

이 도시에서는 하루에도 대여섯 건씩 사건 사고가 일어났다. 라디오 정시 뉴스만 들어도 소식을 알 수 있었다. 오늘은 아버지를 때린 이십대 아들과 상습적으로 이웃집 문 앞을 서성이던 여자가 구류되었다. 내일 더 심한 뉴스가 들려도 놀랄 일이 아니었다. 이 도시에서는 오늘의 사건이 어제의 사건을 덮었다. 사람들은 무슨 일이든 빠르게 잊었다.

그러나 염산 테러 사건은 조금 달랐다. 청한동의 물리적 위치와 인식 때문이었다. 청한동은 도시에서 완전히 분리된 동네였다. 사람들은 청한동 언덕에 사는 사람들의 안위에 별 관심이 없었다. 그들은 어떤 경우에도 안전한 삶을 누릴 거라 여겼다.

"생각보다 보안이 허술한 곳이죠."

경찰이 말했다. 담벼락 모서리나 뒷문에 CCTV 사각지대가 많을뿐더러 아예 방범 시스템이 작동하지 않는 집도 있다고 했다.

마크만 붙여놓고 요금을 내지 않아서 서비스가 종료된 경우였다.

경찰은 사건 발생 전 당신을 마지막으로 만난 사람이 나라고 했다. 당신은 그날 밤 청한동 꼭대기에서 괴한이 뿌린 염산을 뒤집어쓰고 병원으로 실려갔다. 농도 35퍼센트, 2리터가량의 염산이었다. 잠자던 개들이 당신의 비명소리에 깨어나서 동시에 짖었다. 개 짖는 소리와 당신의 날카로운 비명소리가 계속 이어지자 동네 주민 한 사람이 전화로 경찰에 신고했다. 목격자는 없다고 했다. 당신이 얼굴을 부여잡고 아스팔트를 뒹구는 동안, 아무도 주위를 지나가지 않았다는 말이었다.

당신은 얼굴, 팔, 어깨에 3도화상을 입었다. 각막에 염산이 흘러들어가서 시력을 잃을 가능성이 높다고 했다. 의식이 돌아온 지 나흘째지만, 여전히 말을 하지 못했다. 입술과 턱 부근 살이 녹아서 앞으로 말을 할 수 있을지 장담할 수 없었다. 수시로 업데이트되던, 당신의 SNS가 일주일간 침묵했던 이유였다.

경찰이 확보한 사고 당일 CCTV 영상은 택시가 주차된 곳에서 찍혔다. 영상에는 택시에서 내린 나와 당신이 언덕 방향으로 사라지는 모습이 담겨 있었다.

"키가 작으시군요. CCTV 화면에는 그렇게 안 보이던데."

"그냥 언덕 입구까지만 데려다줬어요. 보시다시피, 전 오래 못 걷거든요. 그날 눈이 많이 온 건 아시죠? 그런 날 언덕 꼭대기까지 차 없이 걸어올라가는 건 불가능하다고요. 저 같은 사람들은 모두 그렇죠."

"장애인 등록은 되어 있지 않네요."

"키가 작은 것도 장애가 됩니까?"

그가 미심쩍은 시선으로 내 몸을 위에서 아래로 훑었다. 나는 키가 140센티미터밖에 되지 않지만, 신체 기능에는 별다른 문제가 없었다. 잔병치레는 손꼽았고, 호르몬 수치도 정상이었다. 독감 정도는 약 없이도 이틀이면 거뜬히 이겨냈다. 동기들처럼 수능과 실기시험을 치르고 미대에 입학했다. 특수 개조한 차이지만 운전도 하지 않는가. 병원에서는 내가 왜소증으로 분류되어도 신체 기능과 수명은 일반인과 다를 바 없다고 했다. 그래서 장애인 등록도 하지 않은 것이었다. 장애인 등록을 하고 나면 나는 정말 장애인이 되니까.

물론 내 외모가 눈에 띄는 건 부인할 수 없었다. 두꺼운 상체와 짧은 팔다리, 세 개처럼 보이는 굵은 손가락. 그런 신체적 특징은 시선을 빼앗기에 충분했다. 그 시선이 아무렇지도 않다면 거짓말이었다. 그저 익숙해졌다고 믿었다. 그러나 그건 착각이었다. 당신이 내 몸을 처음 본 순간, 잊었다고 믿었던 수치심이 순식간에 되살아났던 것이다.

어쩌면 자격지심이 과했던 탓인지도 모르겠다. 정작 당신은 나를 보고 놀라거나 겁먹지 않았으니까. 눈 덮인 언덕 위만 물끄러미 바라보는 당신의 시선은 공허해 보일 정도로 차분했다.

"몇 시간 동안 의자에 가만히 앉아 있으면요. 몸과 정신이 완전히 분리되는 기분이에요. 그러니까 타인처럼 내 몸을 볼 수 있죠. 그 기분이 반복되면, 다른 사람을 볼 때도 몸이 아닌 영혼이 보여요."

"나는 어떤가요?"

"당신은……"

당신은 한참 뜸을 들이다가 답했다.

"기괴해요."

나는 일부러 소리 내어 웃었다. 당신은 웃는 나를 말없이 지켜보았다. 상처받았다는 걸 들키고 싶지 않았지만, 이미 그 마음조차 들킨 것 같았다.

경찰에게 걸어서 언덕을 오를 수 없다고 한 말은 거짓이었다. 1월 22일. 나는 당신과 함께 그 언덕을 올라갔다. 그날 이후, 당신을 다시 보지 못했다.

*

당신을 처음 택시에 태운 날에는 때 이른 첫눈이 내렸다. 11월 중순이었다. 나는 구도심 번화가 노변에 차를 세운 채 예약 표시등을 켜놓고 장거리 콜이 뜰 때까지 기다렸다. 라디오에서는 막 아홉시 뉴스가 시작되었다. 뉴스는 지하철 2호선 개통 소식으로 시작해 오늘 자정 3센티미터의 적설량을 기록할 거라는 기상예보로 끝맺었다.

뉴스가 끝날 무렵, 당신이 택시에 올라탔다. 예약 표시등이 켜져 있는데도 망설이는 기색이 없었다. 택시 잡기 힘드네. 당신은 그렇게 중얼거리며 옷에 묻은 싸라기눈을 손으로 털었다. 시트와 유리창에 튄 눈은 금세 녹아 물이 되었다.

"청한동이요."

당신은 무심한 표정으로 시트에 몸을 파묻고 눈을 감았다. 택시가 출발하지 않아도 상관없는 것처럼 보였다. 예약 표시등을 못 볼 정도로 바쁜 사람치고는 기사를 재촉하지도, 초조하게 몸을 뒤척이지도 않았다. 나는 당신이 예약 표시등을 확인하지 않을 만큼 무심한 사람일 거라고 짐작할 뿐이었다.

터널 안은 조용했다. 드물게 맞은편에서 차가 나타나 윙, 바람 소리만 내고 환영처럼 지나갔다. 당신은 눈을 감은 채 창 쪽으로 고개를 돌렸다. 터널을 완전히 빠져나왔을 때도 당신은 눈을 뜨지 않았다. 뒷좌석에서 길고 불규칙한 숨소리가 들려왔다. 당신은 분명 잠들지 않았다. 나는 자는 척하는 사람을 누구보다 잘 구분했다.

깨어 있는 거지? 나는 자주 엄마에게 물었다. 엄마는 거실 소파에 기대 눈을 감곤 했다. 자느냐고 물어보면 언제나 힘없이 응, 하고 대답했다. 후쿠오카에 살던 시절, 엄마와 나는 번화가 한복판에 자리한 상가 2층에서 여러 명의 이모와 함께 지냈다. 입학하기 전이었으니 아마도 예닐곱 살쯤이었던 것 같다. 엄마는 이모들을 직장 동료라고 칭했다. 이모들은 한국어와 일본어, 혹은 전혀 들어본 적 없는 언어를 섞어 썼다. 정확히 기억나지 않지만, 엄마는 후쿠오카 번화가에서 밤마다 어떤 일을 했다. 당시 나는 그 일이 무엇인지 잘 몰랐다. 그러나 엄마가 이모들을 거느리고 찍은 사진이 '라라 클럽'이라는 자막과 함께 번화가 전광판에 번쩍이던 기억만큼은 또렷했다.

엄마가 일하지 않는 날에는 영문도 모른 채 엄마와 이모들 손에 끌려 나카스 유흥가로 나섰다. 그때 나는 중단발이었는데 이모들이 손으로 머리카락을 헝클어뜨려서 꼭 자다 일어난 사람처럼 보이게 했다. 엄마는 내게 흰 버선과 높은 게다를 신기고 여성용 기모노 가운을 입혔다. 거리에는 흰색 와이셔츠와 검은 정장 바지 차림으로 서류 가방을 든 남자들이 무리 지어 오갔다. 주로 인근에서 일하는 회사원이었다. 엄마는 인도 한복판에 나를 세웠다. 나는 한 손에 빨간색 대나무 우산을 쓴 채 엄마를 올려다봤다. 엄마는 내 기모노 가운의 한쪽 어깨 부분을 확 끌어내렸다. 순식간에 가슴팍 맨살이 드러났다.

누군가 통이 긴 렌즈가 부착된 카메라를 들고 사진을 찍기 시작했다. 네온사인 때문에 플래시 불빛을 구분할 수 없었다. 나는 어디에 시선을 두어야 할지 몰라서 주위를 두리번거렸다. 짧은 간격으로 반복되는 셔터 소리는 상점에서 흘러나오는 시끄러운 음악에 묻혔다. 엄마는 카메라 뒤에서 내 이름을 부르며 요란스레 손뼉을 쳤다. 이모들과 사진 기사가 나를 향해 엄지손가락을 치켜세웠다. 예쁘다는 말을 들은 건 그때가 마지막이었다. 지금도 그 순간을 떠올리면 수치심을 참을 수 없었다.

그 사진은 모두 어디로 갔을까. 나는 엄마가 그 사진을 내다팔았을 거라 짐작했다. 나카스 유흥가를 오가던 회사원 중 몇몇은 내 사진을 사서 자신이 아는 가장 비밀스러운 곳에 숨겨두었을지 몰랐다. 상상만으로도 역겨웠다. 그러나 나는 사진 찍히는 일이 싫다고 말하지 않았다. 엄마를 돕고 싶었다. 당시 어린 내 눈에도 엄마는 경제적으로 궁지에 몰린 것처럼 보였다. 일을 나가는 날보다 소파에 기대어 조는 날이 훨씬 많았다. 엄마는 한국으로 돌아갈 계획을 세웠다. 이제 여기서 볼일은 다 봤어. 엄마는 목단 무늬 담요를 덮은 채 눈을 감고 중얼거렸다.

이 도시에 정착한 뒤부터 키가 자라지 않았다. 그 사실 자체는 견딜 만했다. 문제는 시선이었다. 노골적인 익명의 시선. 정수리에서 발아래로 움직이는 눈동자. 도무지 적응되지 않는 은밀한 혐오. 지난 십여 년 동안 나는 견뎠다. 나카스 거리에 서 있던 순간을 떠올리면, 못 견딜 일도 아니었다. 그러나 견디는 건 옳은가. 익숙해지는 건 필연인가. 나는 아직 답을 몰랐다.

"창문 조금만 열어도 될까요?"

당신은 내 대답을 기다리지 않고 창문을 손바닥 너비만큼 열었다. 문틈으로 들이친 눈송이가 오른쪽 뺨과 뒷덜미에 들러붙었다. 타이어와 젖은 도로가 마찰하는 소리가 요란했다.

"눈이 계속 올까요?"

당신이 물었다. 내가 대답 대신 고개를 끄덕이려는데 이번에도 당신은 기다리지 않고 다음 말을 이어갔다. 당신의 질문은 혼잣말이어서 굳이 대답을 필요로 하지 않았다.

"청한동은요. 눈이 쌓이면 차가 꼼짝할 수 없어요. 운전기사를 둔 사람들도 죄다 걸어야 하죠. 누가 그랬어요. 눈은 비랑 다르다고. 모두에게 공평하다고요."

그 말을 듣는 순간, 당신이 청한동에 살지 않을지도 모른다는 생각이 들었다. 그렇다면 이 시간에 대체 당신은 청한동에 무얼 하러 가는 걸까. 나는 몹시 궁금해졌다. 눈이 와도 청한동 언덕을 올라가야 하는 당신, 계절에 맞지 않는 시스루 블라우스를 입은 당신, 지친 눈으로 창밖을 응시하는 당신, 그러나 청한동 언덕에 속하지 않는 당신.

나는 처음부터 당신이 좋았다. 당신은 분명 미인에 속했다. 그러나 모든 미인이 괜찮은 그림의 모델이 되는 건 아니었다. 모델에게는 결핍이 필요했다. 그것이 그림에 자연스러움을 더했다. 당신은 목이 굽고 양쪽 어깨 비대칭이 심했다. 지치고 피곤한 상태를 자세가 그대로 보여주었다. 물론 그런 모습 때문에 당신에게 매력을 느낀 건 아니었다. 내가 주목한 건 당신의 눈, 피곤을 견디려고 부릅뜬 두 눈이었다. 당신의 동공은 부엉이와 닮았다. 노랗고 투명했다. 크로키를 하는 동안, 나는 당신의 두 눈에 야만성을 담으려고 최선을 다했다. 그리고 언젠가는 당신이 배반하길 바랐다. 자신을 지치게 하는 일과 그 일에 품은 열망을.

*

내가 당신을 마지막으로 본 건 1월 22일, 이십칠 년 만에 도시의 최고 강설량을 경신한 날 밤이었다. 지금이 12월이니 벌써 열 달이 더 흘렀다. 당신은 그날 앱으로 콜택시를 불렀다. 근처를 서성이던 내가 당신의 콜에 응했다. 당신은 내 택시를 몇 번이나 거절했다. 그때마다 당신에게 오백원씩 취소 수수료가 부과되었다.

나는 당신의 SNS를 지켜보면서 근처를 맴돌았다. 당신이 SNS 게시물을 올릴 때 현재 위치를 태그하는 습관은 내게 큰 도움이 되었다. 그 덕분에 당신이 있는 장소와 택시 부를 타이밍을 파악하기 쉬웠다. 처음 당신을 청한동에 데려다준 날, SNS에서 당신을 검색했다. 전화를 엿듣다가 알게 된 당신의 이름과 룸 미러로 훔쳐본 당신의 얼굴을 어렴풋이 기억했다. 검색창에 김승민을 입력하면 끝도 없이 뜨는 리스트 중 서른일곱번째가 당신의 계정이었다.

내 작전을 당신이 몰랐을 거라고 생각하지 않았다. 하지만 어쩌겠는가. 당신에겐 선택권이 없었다. 그 시각, 눈 쌓인 청한동 언덕 꼭대기로 승객을 태우고 갈 기사는 없었다. 내키지 않는 건 나도 마찬가지였다. 물론 손님이 당신이라면 다른 이야기였지만.

택시가 청한동 터널을 지났을 때는 눈이 너무 많이 쌓인 상태였다. 바퀴에 체인을 감아도 언덕을 오를 수 없을 지경이었다. 나는 언덕 입구에 택시를 세웠다.

"도저히 못 올라가겠습니다."

내 말에 당신은 한숨을 크게 내쉰 뒤, 말없이 차에서 내렸다. 그러고는 운전석 쪽으로 와서 창문을 똑똑 두드렸다. 창을 내리자 당신이 내 귀에 얼굴을 바싹 붙이고 말했다.

"혹시 언덕 중턱까지만 같이 걸어가주실래요?"

당신은 내 몸을 본 적이 없었다. 작은 키를 들키기 싫었지만 당신의 부탁을 거절하고 싶지 않았다. 당신과 조금 가까워질 기회였다. 나는 차에서 점프하듯 내려 땅에 다리를 내디뎠다. 발이 미끄러지면서 하마터면 눈 위에 나뒹굴 뻔했지만 태연하게 차 문을 붙잡고 균형을 잡았다. 당신은 코트 주머니에 손을 찌른 채 언덕 위를 올려다보는 중이었다.

"언덕길에 가로등이 별로 없거든요. 혼자 올라가기 무섭네요."

고개를 끄덕였지만 무시당하는 기분이었다. 자존심이 상했다. 당신에게 묻고 싶어졌다. 나는 무섭지 않나요? 사람을 해칠 만큼 힘이 세 보이지 않아요? 왜소한 몸과 짧은 팔다리로는 어떤 위협도 가할 수 없다고 생각하나요? 왜죠?

그러나 나는 아무것도 묻지 못했다. 그저 요청대로 말없이 언덕을 오를 뿐이었다. 발이 미끄러지지 않도록 허벅지에 힘을 꽉 주고 평소보다 몇 배 빠른 속도로 걸음을 옮겼다. 종아리와 발바닥이 금세 부어올랐다. 당신은 나보다 열 걸음 정도 앞서 걸었다. 롱부츠를 신은 당신도 발이 미끄러지는 건 마찬가지였다.

언덕은 무서우리만큼 조용했다. 언덕 밑에서 들리던 자동차 배기음이 멀어지면서, 오로지 발아래에서 눈 으스러지는 소리만 들렸다. 저택 문을 지나갈 때마다 담벼락 안쪽에서 개가 낮고 사납게 짖었다. 이곳에서는 개 짖는 소리마저 크고 길게 울려퍼졌다. 장딴지에 터질 듯 열이 올랐다. 땀이 흐른 얼굴에 차가운 공기가 닿으면서 어지럼증이 몰려왔다. 당신이 걸음을 멈추고 뒤돌아섰다. 당신은 입에서 거칠게 흰 김을 뿜어냈다.

"조금만 더 가면 마을버스 정류장이 나와요. 거기서 잠깐 쉬었다 갈까요? 바빠요?"

나는 대답 대신 고개를 저었다. 숨이 차올라서 목소리가 입 밖으로 나오지 않았다. 감각이 거의 마비된 다리를 끌고 십 분 정도 더 걸었을 때, 갈림길 한가운데 위치한 마을버스 정류장이 눈에 들어왔다. 지붕이 없는 좁은 벤치에는 한 뼘 높이만큼 눈이 쌓여 있었다. 벤치 옆에 녹슨 커피 자판기 한 대가 눈에 들어왔다. 먼저 도착한 당신이 가방에서 동전을 꺼내 자판기에 넣었다. 놀랍게도 버튼에 불빛이 들어왔다. 나는 다리에 힘이 풀려 벤치에 털썩 주저앉았다. 밀려난 눈뭉치가 벤치에서 발아래로 후드득 떨어졌다. 당신은 김이 올라오는 종이컵을 내게 건넸다.

"미안해요. 몰랐어요."

나는 계속해서 허벅지를 세게 주물렀다. 뭉친 근육이 자극되면서 신음이 새어나왔다. 당신은 그동안 내 허벅지를 물끄러미 쳐다보았다. 이렇게 힘들어할 줄 알았더라면 부탁하지 않았을 거라 했다.

"청한동 사람들은 모두 차를 가지고 다니던데요."

"저는 여기 안 살아요. 차를 몰 형편도 아니고요. 이 시간에는 마을버스가 안 다니거든요."

청한동 언덕을 오르는 마을버스는 아침 아홉시부터 오후 여섯시까지 한 시간에 한 번 운행되었다. 주민들을 위한 노선이 아니었다. 가사도우미나 과외 선생들이 주로 이용했다. 해가 진 뒤에야 청한동에 도착하는 당신은 마을버스를 이용할 수 없었다. 택시도 잡히지 않을 땐 택시비를 두 배, 세 배 더 부른다고 했다.

"콜 받아줘서 고마워요."

"고맙다는 말은 좀 이상한데요? 당신은 오늘 내 콜 승낙을 여러 번 거절했잖아요."

"매주 번번이 이 택시에만 연결되는 게 좀 이상해서요."

"부근에 장거리 손님이 많거든요. 대기하다가 그쪽한테 콜이 들어온 거예요. 그게 다예요."

나는 다른 꿍꿍이가 없다는 듯 무심한 표정으로 어깨를 으쓱했다.

"운전을 어떻게 하는지 궁금해요."

당신이 조심스러운 말투로 물었다. 벤치에 앉을 때부터 내 다리에서 시선을 떼지 못한다는 걸 알았다. 각오했다고 괜찮은 건 아니었다. 나는 커피를 한 모금 들이켰다. 뜨거운 커피가 목을 지나 뱃속으로 흘러들었다. 굳은 몸이 조금 이완되었다.

"사실 나는 크로키 화가예요."

택시 운전은 생계유지 수단일 뿐이라고 말했을 때, 당신은 웃지 않았다. 오히려 누구나 두세 개쯤 다른 일을 하며 살지 않느냐고 되물었다. 이 언덕에 사는 사람들은 일하지 않아도 잘살아요. 신기하죠? 그렇게 말하며 당신은 씁쓸한 미소를 지었다.

나는 휴대전화에 저장해놓은 그림들을 당신에게 보여주었다. 당신은 그림을 한 장씩 유심히 보았다. 사람의 사타구니에 말의 다리를 붙인 그림을 보면서 얼굴을 찡그렸다. 그러나 싫다는 말은 하지 않고, 끝까지 참을성 있게 사진을 넘겼다.

"이 그림들에는 문제가 있어요."

당신이 휴대전화를 내게 돌려주며 말했다.

"동물과 사람을 붙였잖아요. 근데 너무 매끈해요. 처음부터 하나였던 것처럼."

"그래서요?"

"어딘가 좀…… 아녜요. 신경쓰지 말아요."

나는 실망한 기색을 감추고 휴대전화를 주머니에 찔러넣었다. 당신이 내 그림에서 특별한 점을 발견해주길 바랐지만 헛된 희망이었다. 남은 커피를 입에 털어 넣었다. 커피는 어느새 식어서 쓰고 텁텁했다.

"그 집에도 그림이 엄청 많아요. 그림이나 조각품 모으는 게 이 동네 사람들 취미라고 하더라고요."

익명의 구매자 대부분이 청한동에 산다는 이야기를 들은 적이 있었다. 그들의 손에서 작가의 가치와 미래가 결정되곤 한다는 사실도. 그러나 당신은 그런 이야기에 별 관심이 없었다. 미술 사조, 작가의 생애나 창작 배경 같은 건 알고 싶어하지 않았다. 당신은 청한동의 분위기, 상상 못할 만큼 부유한 삶, 필요한 건 무엇이든 가질 수 있는 능력에 감탄할 뿐이었다.

"그 집에서 뭘 해요?"

내 물음에 당신이 종이컵을 두 손으로 쥐고 나를 향해 몸을 돌려 앉았다. 허리를 쫙 펴고, 다리를 가지런히 모은 뒤, 내 눈을 똑바로 바라보았다.

"이렇게, 앉아 있어요, 거실 소파에."

"뭐라고요?"

"그냥 앉아 있는다고요. 그 사람들이 원하는 거거든요."

나이든 부부라고 했다. 남편은 혼자서 거동도 못해 휠체어를 타고, 아내는 성인용 보행기에 의지해 겨우 집안을 돌아다니는 부부. 일 도와주는 사람이 퇴근하고 나면 둘은 차려진 밥을 먹고 하염없이 당신이 오기를 기다린다고 했다.

"이상한 요구는 안 해요. 몸을 만지지도 않고요. 나는 그런 일 하는 사람이 아니거든요."

"그러면요?"

"거실 소파에 앉아 있는다니까요. 말할 필요도 없어요. 같이 밥 먹을 의무도 없고요. 내가 하고 싶은 거 하면 돼요. 책 읽고, 영화 보고."

그렇게만 하면 돈을 준다고 했다. 처음에는 의심스럽고 눈치도 보였지만, 이제는 편하게 쉬다 오는 기분이 든다고도 했다. 돈은 월급처럼 받는다고 했다. 매달 말일이 되면 당신은 오만원권 칠십 장이 담긴 흰색 봉투를 받았다. 노부인은 그 돈을 작품 대여비라고 불렀다.

나는 불쾌한 기분 탓에 얼굴이 굳었다. 그 일이 편하다는 말을 믿을 수 없었다. 무방비 상태로 타인의 시선을 받는 일이 얼마나 고통스러운지 나만큼 잘 아는 사람이 있을까.

"그렇게 쳐다보지 마요. 그쪽이 무슨 생각 하는지 알아요."

당신이 아랫입술을 살며시 깨물었다. 잠시 망설이더니 작정했다는 듯 코트 주머니에서 플라스틱 병 하나를 꺼냈다. 주먹보다 작은 크기의 약병이었다.

"비밀이 하나 있어요. 그쪽한테만 알려주는 거예요."

당신은 뚜껑을 열어 손바닥에 내용물을 쏟아냈다. 흰색 알약들이었다. 당신이 검지로 알약 더미를 흐트러뜨렸다. 서른 개는 족히 넘어 보였다.

"훔친 거예요. 노부인은 몰라요."

다량으로 구할 수 없는 수면제였다. 처방전이 없으면 마약 취급을 받는 약이었다. 노부인은 거실 콘솔 서랍에 약병을 모아둔다고 했다. 당신은 노부인이 없을 때 서랍을 열었다. 어떤 날은 한 알, 또다른 날은 두 알, 새 약병이 눈에 띄는 날은 서너 알씩 꺼내서 주머니에 넣었다.

"그리고 이 향기."

당신이 코트 깃을 내리고 고개를 한쪽으로 치켜든 뒤 목을 내 코 가까이 가져다댔다. 아무 향도 나지 않는다고 했더니, 더 깊게 숨을 들이마시라고 재촉했다.

"노부인의 집에 다닌 뒤로 내 몸에서 그 집 향이 나요. 난 이 냄새가 너무 좋아요."

당신은 상상만으로도 전율이 인다는 듯 몸을 떨었다.

"세상엔 돈으로도 구할 수 없는 게 참 많아요."

당신 말이 맞았다. 나는 그제야 당신이 언덕을 오르는 이유를 알 것 같았다. 이 도시 어디에도 없는, 그러나 청한동 언덕에는 존재하는 것들을 당신은 열망했다. 어쩌면 그 열망이 당신을 지치게 하는지도 몰랐다. 나는 상기된 당신의 얼굴을 외면했다. 종이컵을 손으로 꽉 쥐었더니, 남은 커피가 손목을 타고 흘러내렸다. 당신은 결코 제 발로 노부인의 집을 빠져나오지 못할 것이었다.

눈발이 굵어지기 시작했다. 나는 무릎에 쌓인 눈을 털고, 벤치에서 일어났다. 구겨진 종이컵을 버리려고 주위를 두리번거리다가 자판기에 가린 쓰레기통을 발견했다. 눈이 쌓인 쓰레기통 안은 가득차 있었다. 대체 얼마나 많은 사람이 언덕을 오르는 걸까. 나는 쓰레기통을 한참 바라보다가, 들고 있던 종이컵을 던져 넣었다.

*

당신이 마지막으로 택시에 탄 그날 이후로도 나는 청한동 언덕 위로 올라가는 손님을 여럿 태웠다. 승차 위치는 죄다 언덕 초입이었다. 기본요금밖에 되지 않는 거리이기 때문에 마을버스를 놓친 사람들은 거부당할 각오와 함께 도박하는 심정으로 콜을 불렀다. 그들은 고맙다는 말을 연발하다가 운전석에 복잡하게 설치된 운전 보조 장치를 발견하고는 입을 꾹 다물었다. 그러나 누구도 차를 세워달라고 말하지 않았다. 모두가 두려움을 견디면서도 기어이 언덕을 올랐다.

당신이 드나들던 집 앞에 차를 세운 사람도 있었다. 예순 살 정도 되는 남자로 낡은 체크무늬 모직 코트를 입고 있었다. 유행은 지났지만 고급스러운 태가 나는 옷이었다. 그가 차에 타자마자 나프탈렌 냄새가 택시 안에 진동했다.

남자에게 목적지가 언덕 꼭대기 집이냐고 묻자, 그렇다고 답했다. 중후한 목소리에 피곤함과 짜증이 옅게 묻어났다. 조금 더 가까이 가주면 좋고. 남자가 반말을 툭 던졌다. 남자의 무릎 위에 올려진 플라스틱 연장통에서 연신 달그락거리는 소리가 났다.

나는 룸 미러로 남자를 힐끗 쳐다보았다. 남자는 감기는 눈꺼풀을 억지로 치켜떴다. 언덕에 진입하자마자 남자는 한 손으로 연장통을 감싸안고 다른 손으로 휴대전화를 들었다. 전화기 너머로 신호음이 들려왔다. 남자는 제 시각에 언덕에 올라갈 수 있을 거라고 말했다. 업무 지시를 받는 데 꽤 익숙한 듯했다.

짧은 통화만 엿듣고도 남자가 반드시 그 집에 가야 한다는 걸 눈치챌 수 있었다. 꽤 절박한 일 같았다. 절박한 일은 대체로 위험과 두려움을 동반하는 법이었다. 전화를 끊은 남자는 연장통을 더 세게 끌어안았다. 경사가 가팔라질수록 통 속에서 연장이 덜그럭거리는 소리가 격렬해졌다.

그를 내려준 뒤, 나는 평소처럼 담배를 피울 요량으로 담벼락 끄트머리에 차를 세웠다. 내가 내리자 남자가 뒤돌아보았다. 남자가 악, 하고 짧고 굵은 괴성을 질렀다.

나는 주머니에서 담배를 꺼내서 손에 쥐고 남자가 볼 수 있도록 흔들었다. 그러나 남자는 다시 악, 하고 소리를 지르더니 아예 바닥에 주저앉고 말았다. 연장통이 바닥에 떨어지며 벌어졌다. 작은 병과 알코올 솜, 비닐에 싸인 주삿바늘이 쏟아졌다. 남자가 쭈그려앉아서 주름진 손으로 쏟아진 물건들을 주섬주섬 챙겼다. 코트 끝자락이 아스팔트에 이리저리 쓸렸다. 그사이 작은 병 서너 개가 순식간에 내 발밑까지 굴러왔다. 남자는 주운 물건을 손에 잔뜩 거머쥐고 허겁지겁 기어왔다. 나는 남자가 겁을 먹을까봐 병을 바닥에 그대로 둔 채, 뒷걸음질쳤다.

마침내 남자가 내 앞에 굴러온 병을 손에 넣었다. 나는 그가 오해하지 않도록 담벼락에 등을 붙이고 서서 꼼짝하지 않았다. 몸을 일으킨 남자가 내게 다가와 낮은 목소리로 말했다.

"말하면 안 됩니다."

"네?"

내가 되묻자, 남자가 병을 든 손을 앞으로 뻗었다.

"이거요. 말하면 안 된다고요. 큰일납니다."

"누가요? 제가요?"

"아니, 저 말입니다. 제가 큰일난다고요."

나는 그 큰일이 무엇인지 묻지 못했다. 다만 연장통에서 쏟아진 의료용품이 적법한 물건이 아니라는 것쯤은 눈치챘다. 내가 고개를 천천히 끄덕이자 남자는 안심했다는 듯 연장통을 들고 저택을 향해 발길을 돌렸다. 초인종을 누른 뒤에도 내가 서 있는 쪽을 자꾸만 힐끗거렸다. 그는 낡은 모직코트 깃을 세워서 얼굴을 가렸다. 잠시 후 대문이 육중한 소리를 내며 열렸다. 남자는 재빨리 문안으로 사라졌다.

반쯤 태운 담배꽁초를 담벼락에 문질렀다. 매끈하게 다듬어진 자갈 표면 위에서 담뱃불이 사그라졌다. 그사이 맞은편 스카이웨이 너머로 해가 밝아왔다. 언덕을 비추던 가로등 조명이 일제히 꺼진 순간, 다시 대문 열리는 소리가 들렸다.

노부인이 보행기에 몸을 지탱한 채 저택 문을 빠져나왔다. 나는 손에 들고 있던 꽁초를 황급히 바닥에 버리고 발로 비볐다. 노부인은 얼굴에 알 수 없는 미소를 띤 채, 내 눈을 뚫어져라 바라봤다. 굽은 등 때문에 나와 눈높이가 비슷했다. 그러나 노부인이 멈춰 서서 꼿꼿이 등을 세우자 형언할 수 없는 위압감이 느껴졌다.

"누굴, 기다립니까?"

노부인은 턱을 덜덜 떨면서도 단어를 하나씩 꼭꼭 씹어 발음했다. 알아듣지 못할 말은 하나도 없었다.

"김승민씨는 집에 갔습니까?"

"누구요?"

"김승민이요."

내가 김승민이라는 이름을 한 글자씩 또박또박 발음했다. 노인이 피식 웃었다. 주름진 얼굴이 더욱 심하게 일그러졌다. 웃는 건지 찡그리는 건지 파악할 수 없었다. 표정을 읽을 수 없다는 사실 때문에 나는 깊은 공포감에 휩싸였다.

"비슷한 사람이 워낙 많아서……"

"이 집에 드나들었던 걸로 아는데요."

"이 나이엔 뭐든 기억이 잘 안 나. 내일이 되기 전에 당신을 만난 것도 잊을 거요."

노부인은 아까보다 더 심하게 턱을 떨었다. 그녀가 내게 다가왔다. 바닥에 짓이겨져 있는 담배꽁초가 보행기 바퀴에 재차 짓이겨졌다. 담배꽁초가 납작하게 바스러졌다.

"방금 우리집에 들어온 사람이 택시비를 안 줬다기에."

노부인은 걸치고 있던 카디건 주머니에서 오만원권 한 장을 꺼냈다. 분명 요금을 받은 것 같은데, 받지 않은 기분이 들었다.

"이거면 충분하지요?"

금액이 너무 컸다. 나는 손사래를 치며 돈을 받지 않겠다는 의사를 표시했다.

"기본요금 거린데요."

"우리집에 오는 사람은 다들 조금씩 더 챙겨 가지. 약이든, 돈이든, 장물이든. 그게 내 계산법이야."

노부인이 눈을 슬쩍 치켜뜨면서 두 손으로 공손히 지폐를 내밀었다. 돈을 받을 때까지 손을 거둘 생각이 없어 보였다. 나는 쭈뼛거리며 돈을 받아들었다. 그제야 노부인의 표정이 밝아졌다.

노부인은 왔던 방향으로 천천히 보행기 머리를 돌렸다. 내일부터는 자갈에 담배꽁초를 비비지 말라는 말을 남기고 대문 쪽으로 향했다. '내일부터'라는 말이 귀에 꽂혔다. 그건 일종의 협박이었다. 내 습관을 알고 있으며, 앞으로도 지켜보겠다는 뜻이었다.

노부인은 한 손을 보행기에 지탱하고 다른 한 손을 최대한 뻗어 초인종을 눌렀다. 저택 문이 열리자 노부인은 금세 자취를 감추었다. 나는 그녀가 집안으로 들어간 후에도 한동안 문에서 눈을 떼지 못했다.

*

경찰은 당신이 청한동 꼭대기 집에서 매주 노부부에게 요가를 가르쳤다고 말했다. 그 집에 드나드는 사람들 모두 그렇게 증언했다. 노부인은 여든아홉 살이었다. 그 몸으로 요가를 배운다는 말을 경찰은 정말 믿는 것일까. 노부부가 뭔가를 감추고 있는 게 틀림없었다. 어쩌면 범죄행위를.

"거짓말이에요."

"그 사람들이 뭐하러 거짓말을 합니까?"

나는 경찰에게 김승민, 그러니까 장신영의 SNS를 보여주었다. 경찰은 피드를 하나씩 살펴보다가 미간을 찌푸렸다.

"이게 장신영씨 SNS라는 보장이 있습니까?"

"네?"

"얼굴도 안 보이고, 글 한 줄 없고, 풍경사진만 있는데? 청한동 스카이웨이에서 사진 찍는 사람이 얼마나 많은 줄 아십니까? 이걸로 뭘 확신할 수 있겠습니까."

경찰의 말이 맞았다. SNS를 다시 확인해보니 거기에는 당신이 김승민, 아니 장신영이라고 확신할 만한 정보가 없었다. 저택이 보이는 사진을 찍었다고, 청한동 스카이웨이를 찍어 올렸다고 해서 이 계정의 주인이 당신이라는 보장은 없다는 사실을 나는 미처 염두에 두지 않았었다.

그렇다면 내가 매일 밤 지켜본 SNS는 누구의 계정인가. 내 택시를 탔던 사람은 누구인가. 언덕 위에서 자판기 커피를 함께 마신 사람은? 김승민, 장신영, 아니면 또다른 사람인가. 그들이 모두 동일인이기는 한 걸까.

다행히 경찰은 나를 용의선상에서 제외한 상태였다. 사고가 일어난 시각, 청한동 언덕 밑에서 도심으로 향하는 손님을 태운 사실이 콜택시 앱 기록으로 확인되었다. 경찰이 나를 찾아온 건 당신이 내게 단서가 될 만한 정보를 흘렸나 알고 싶었기 때문이었다.

"그 여자는 그냥 앉아 있는다고 했어요. 내가 아는 것도 그게 전부입니다."

가끔 노부인이 당신에게 무엇을 원한 건지 궁금했다. 건강하고 젊은 사람 특유의 생기와 아름다움 같은 것이었을까. 그런 건 당신이 아니라 다른 사람도 제공할 수 있지 않나. 나는 노부인이 당신의 이름을 기억할 거라고 생각지 않았다. 그녀는 수많은 김승민을 알았을 테니까. 아무 일도 하지 않고 소파에 앉아 있는 여자, 여자들, 혹은 사람들.

나는 노부인이 당신에게 염산을 부었다는 가정을 접었다. 경찰의 말처럼 거동이 불편할뿐더러 당신을 해칠 만한 동기가 없었다. 무엇보다 그들이 귀찮고 수고로운 일을 벌일 리 없었다.

그러나 한편으로는 노부인이야말로 무엇이든 할 수 있는 사람이라고 짐작했다. 수면제를 수시로 약병에 채워넣고, 연장통 든 남자의 뒷배를 봐주며, 대리인을 통해 그림을 사 모았다. 어쩌면 노부인만이 당신의 아름다움을 살 수도, 해칠 수도, 끝내 간직할 수도 있는 사람 아닐까.

*

나는 여전히 야간 택시를 몬다. 경찰이 다녀간 뒤에도 습관처럼 청한동 꼭대기에 올라가 담배를 피운다. 그러나 시간이 흐르고 날씨가 더워지면서 점점 청한동에 발길을 끊는다.

라디오에서 청한동 염산 테러 사건에 대한 새로운 뉴스를 듣는다. 청한동 일대 저택의 조경을 담당하는 기술자가 강력한 용의자로 지목되었다. 그는 장신영이라는 이름을 모른다고 주장한다. 그의 주장은 일관성이 없고, 바로 그 점이 경찰의 의심을 증폭시킨다. 뉴스를 듣다가 웃음을 터뜨린다. 아직도 장신영이 누군지 제대로 아는 사람이 없다는 사실에 기가 막힌다.

올겨울에도 눈이 많이 내린다. 도시의 적설량은 수시로 경신된다. 구도심 거리에는 여전히 택시를 잡으려는 손님이 넘친다. 나는 길가에 차를 세워두고 장거리 콜이 들어오길 기다린다. 라디오에서 아홉시 뉴스가 흘러나온다. 지하철 2호선 일부 구간에서 전기 공급 장애로 열차 운행이 지연되고, 구도심 인근 아파트 지하 주차장에서 불이 났다는 소식이 전해진다.

그때 누군가 택시 문을 연다. 시트가 푹 꺼지면서 공기 빠지는 소리가 난다. 손님은 내게 청한동으로 가자고 말한다. 터널 초입에 다다르자 라디오가 지직거리기 시작한다.

여자는 언덕 입구로 가달라고 말한다. 나는 여자의 안내대로 운행하다 언덕 앞 신호에 걸려 차를 세운다. 좌회전 신호가 들어온다. 여자는 요금을 두 배로 줄 테니, 언덕 꼭대기에 위치한 집까지 가달라고 부탁한다.

나는 여자의 말을 못 들은 척한다. 여자는 언덕으로 올라가자는 말을 못 들었느냐고 화를 낸다. 나는 신호가 바뀌어도 액셀을 밟지 않는다. 여자가 초조한 나머지 몸을 운전석 쪽으로 바싹 당긴다. 그제야 특수 운전 장치를 발견한다. 여자는 처음으로 내가 위험한 사람일지 모른다고 생각한다.

여자의 우려와 달리 나는 얌전히 청한동 꼭대기 집 앞에 차를 세운다. 여자는 거스름돈은 필요 없다고 말하며 만원짜리 지폐 세 장을 조수석에 던진다. 나는 그 돈을 집어서 요금함에 넣는다. 여자는 대문을 향해 종종걸음 치며 택시에서 멀어진다. 걷는 내내 한 번도 뒤돌아보지 않는다. 마침내 대문이 열리고, 여자는 황급히 문안으로 사라진다.

이번엔 내가 택시에서 내린다. 아무리 주머니 속을 헤집어도 담배가 없다. 담뱃갑을 어디에 흘렸는지 기억을 더듬는 동안, 어느새 나는 저택 문 앞에 서 있다. 문틈으로 마른 잔디가 보인다. 그제야 한 번도 그 집의 내부를 본 적이 없다는 걸 깨닫는다. 나는 있는 힘껏 손을 뻗어 초인종을 누른다. 문은 열릴 기미가 없다. 초인종 소리는 대답 없는 질문처럼 허공에서 사라진다.

고개를 들어 문을 감싼 담벼락을 살핀다. 자갈은 크기가 제각각이다. 담에 한쪽 뺨을 가져다댄다. 살을 에듯 차가운 기운이 전해진다. 나는 조금 뒤로 물러서서 담을 올려보다가, 불룩 튀어나온 자갈 위에 왼발을 올린다. 자갈은 시멘트에 단단히 박혀 있다. 발에 힘을 주면서 두 손을 뻗어 어깨쯤 위치한 자갈을 하나씩 움켜쥔다. 떨어지지 않으려고 손아귀에 꽉 힘을 준다. 담을 반쯤 올라갔는데도, 방범 경보음은 울리지 않는다. 담 너머에서 개가 사납게 으르렁거린다.

| 작가노트 |

가까스로 할 수 있는 말

이 소설을 쓰도록 나를 추동한 두 가지 사건이 있다.

이 년 전 겨울, 그녀가 가슴 일부를 잘라내는 수술을 감행한다는 소식을 들었다. 길게는 다섯 시간이 소요되고 전신마취가 필요한 수술이었다. 부작용에 대한 누적 데이터가 부족한 수술이며, 통증도 심하다고 했다. 보험이 적용되지 않는 탓에 비용도 만만치 않았다.

그녀는 사춘기 시절 또래 아이들에게 '젖냄새가 난다'는 말을 수시로 들었다고 했다. 한번은 엄마와 목욕탕에 갔는데, 옆에 앉은 아주머니가 그녀의 가슴을 노골적으로 쳐다보았다. 엄마는 아주머니에게 '책상 앞에 너무 오래 앉아 있어서 저렇게 되었다'고 말도 안 되는 변명을 늘어놓았다. '저렇게 되었다'는 말은 대체 무슨 뜻일까. 그녀가 내게 물은 적이 있다. 그녀는 아주머니가 목욕탕을 빠져나갈 때까지 온탕에 상체를 담근 채 버텼다. 그래야 할 것 같았다고 했다. 그날 이후 그녀는 더이상 목욕탕에 가지 않는다. 나는 그녀가 '살기 위해' 수술을 결심했다는 걸 알았다. 그래서 말릴 도리가 없었다.

그녀가 수술을 결정하고 며칠 뒤, 나는 도시 북쪽 해안가 별장에서 열리는 살롱 음악회에 초대받았다. 엄밀히는 친구가 부탁해서 동행으로 참석한 것이었다. 주최한 사람은 별장의 주인이었고, 관객은 철저히 그의 지인으로 구성되었다. 나는 관객 중 유일하게 별장 소유주와 연이 없는 참석자였다.

호스트, 연주자, 관객은 각자 자신의 역할에 충실했다. 별장 주인은 직접 바이올리니스트를 섭외하고 관객을 초대했다. 연주 사례금도 그가 부담했다. 덕분에 관객은 무료로 연주를 감상할 수 있었다. 그들은 연주에 마음껏 감탄함으로써 별장 주인의 호의에 감사를 표했다. 그곳에서 일어나는 일은 모두 순조로웠다. 그 순조로움은 묘하게 불쾌한 구석이 있었다. 연주가 시작된 지 삼십 분 만에 나는 그곳을 빠져나오고 싶어졌다.

해가 진 뒤에야 음악회는 마무리되었다. 나는 2차선 도로를 한 시간 정도 운전해서 겨우 해안도로에 도착했다. 몇 번이나 운전대를 놓고 싶을 만큼 길이 험했다. 같은 길인데도 들어갈 때보다 나올 때 더 힘든 기분이 들었다.

나는 별장에 고여 있던 공기를 떠올렸다. 친밀함과 호의로 무장한 그 공기는 끊임없이 나를 문밖으로 떠밀었다. 그곳은 선택된 사람들만 드나들 수 있는 공간이었다. 선택된 사람. 나는 해안도로를 달리며 그 말을 여러 번 곱씹었다.

별장에 다녀오고 얼마 지나지 않아서 그녀의 수술이 무사히 끝났다는 문자를 받았다. 그 소식을 듣고 이 소설을 꺼냈다. 오 년 전 초고를 쓴 뒤 별다른 발전 없이 묵혀둔 소설이었다. 초고는 야간 택시 운전을 하는 크로키 작가가 외딴 동네에 드나드는 아름다운 여자에게 병적으로 집착하는 내용이었다. 주인공의 직업을 제외하면 발표된 작품과는 비슷한 점이 거의 없다.

초고를 쓸 당시 나는 화자의 마음, 그러니까 사랑을 그리는 일에 집중했다. 쓰는 내내 설레고 즐거웠다. 사랑에 빠진 화자는 어떤 모습이든—설령 광인일지라도—심장을 빨리 뛰게 만든다. 그러나 오 년 만에 다시 이 소설을 마주했을 때, 나는 사랑보다 혐오에 대해 더 오랜 시간 생각해야만 했다. 그녀의 잘린 가슴도, 별장에서 느낀 불편함도 결국에는 혐오라는 감정에 가닿았다. 좀처럼 글쓰기에 속도가 붙지 않았다. 이 소설이 누군가를 미워하는 데에 에너지를 쏟지 않기를 바랐다. 그래서 문장을 솎아내느라 대부분의 시간을 보낼 수밖에 없었다. 이러다가 단 한 문장도 남지 않을까봐 두려웠다.

봄이 지나갈 무렵까지 소설을 끝맺지 못했다. 결말이 몇 차례 바뀌었다. 다른 결말에서 화자인 '나'는 누군가를 더욱더 혐오하게 되거나, 정반대로 분노만 품고 현실에 순응한 채 살아갔다. 어떤 결말도 미진했다.

그러다가 여름 어느 날, '나'가 담장 자갈을 밟았다. 아무런 예고 없이, 불현듯 그 일은 일어났다. 나는 지금도 내가 아닌 화자

'나'가 이 결말을 썼다고 믿는다. 소설 속 인물의 열망은 가끔 내 의지를 초월해 스스로 소설을 움직여나가는 것 같다. 이 소설을 쓰며 경험했다. 그리고 '나'의 열망은 혐오의 반대편에 희망이 있다는 걸 깨닫게 해주었다.

마감을 하고 오랜만에 그녀를 만났다. 그녀는 후유증 없이 회복했지만, 여전히 목욕탕에는 가지 않는다고 말했다. 별장 주인은 또다른 음악회를 기획했다. 이번에는 주인으로부터 직접 초대받았으나 참석하지 않았다. 대신 그날 그녀를 만나 칼국수를 먹었다.

소설을 발표한 후에도 주인공 '나'가 담을 넘고 나서 어떻게 살아가는지 자주 상상했다. 지금의 결말이 최선이었을까, 가끔 후회한다. 얼마나 많은 시간이 흘러야 어제 쓴 글을 두고 오늘 후회하지 않는 사람이 될 수 있을까. 어쩌면 그런 날은 영영 오지 않을 거라는 예감이 든다.

요즘 나는 자주 소설 뒤에 숨는다. 나는 비겁하고 용기 없는 사람이다. 서사를 통해서만 가까스로 하고 싶은 말을 할 수 있다. 그러니 앞으로도 소설의 힘에 기대어 살아갈 수밖에 없을 것 같다.

소설이 곁에 있어서 다행이다.

| 해설 |

시선과 수치심, 권력과 아름다움

김건형

흔히 '언캐니 밸리(Uncanny Valley)'는 '불쾌함의 골짜기'라고 번역된다. 로봇공학자 모리 마사히로는, 로봇의 외양이 인간과 비슷해질수록 호감도가 높아지지만 인간과 완전히 같지는 않아 불완전성이 부각되는 특정 시점에 돌연 불쾌함을 일으킨다는 점을 발견한다. 다른 존재에게서 인간적인 속성을 발견하면 호감을 느끼지만, 그것이 본격적으로 인간에 가까워지면서부터는 도리어 타자성, 불완전성 등이 더 많이 보이기 시작한다는 것이다. 그래서 이 호감도의 변화를 그래프로 그렸을 때 골짜기 모양이 나오게 된다. 하지만 언캐니를 단순히 '불쾌'라고만 한정하기는 어렵다. 언캐니는 대상을 확실하게 알지 못하는 불확실성에서 생기는 기이한 느낌을 의미하기도 하기 때문이다. 사회적 규범과 언어적 질서로 명확하게 설명할 수 있다고 생각했던 친숙한 것이

문득 낯설게 다가오는 순간을 언캐니라고 표현할 수 있다.

생각해보면 대다수의 스릴러·공포·추리 서사는 친숙하던 사람이 낯선 존재로 돌변하거나, 안전하다고 생각했던 공간이 위험한 공간이었음을 발견하는 구조로 되어 있다. 전지영의 「언캐니 밸리」 역시 우연히 만난 낯선 사람에게서 순간적으로 느껴진 친밀성과, 그 사람이 실은 무섭도록 낯설고 이질적인 존재였음을 발견하는 반전을 오간다.

「언캐니 밸리」는 본다는 행위의 권력, 시선의 대상이 되는 순간에 달라붙는 끈적끈적한 감정을 끈질기게 붙잡는 이야기이다. 주인공이자 화자 '나'는 엄마와 함께 일본에서 살았던 유년 시절 후쿠오카의 유흥가에서 성적 대상이자 상품처럼 전시되었던 기억, 그것도 자신에게 돌봄을 제공해야 했을 엄마에 의해 전시당했다는 사실을 수치스럽게 되뇌는 사람이다. 그리고 왜소증이 있는 자신의 몸을 향한 "노골적인 익명의 시선"과 "도무지 적응되지 않는 은밀한 혐오"(308쪽), 상대의 편의에 따라 제공되는 '배려'를 매 순간 의식하는 성인으로 성장해, 지금은 택시 운전기사로 일하고 있다. 손님인 '당신'이 익명의 남성인 '나'에게 목적지인 청한동까지 동행해달라고 요청하자, '나'는 자신이 장애 남성이라서 성적 위협이 되지 않는 것일까를 먼저 생각하며 '자존심' 상해하기도 한다. 타인을 응시의 대상으로 만들면서 주체가 되는 것이 (비장애·이성애 중심적) 남성의 인식/감정 구조이기 때문이다. 이는 의식하지 않으면 일상에서 알아차리기도 어려울 만큼 '자연스러운' 과정이지만, '나'는 젠더적 시선의 권력과 비장애 중심적 미의 규범 사이의 충돌로 인해 이를 잘 알고 있다. 그리고 그 응시의 권력과 규범적 아름다움을 갖고 있지 못해서 늘 수치심과 열등감을 느낀다.

하지만 익명의 누군가를 마음껏 바라볼 수 있고, 손님들을 그림의 대상으로 바꿀 수 있는 택시라는 작은 공간에서 '나'는 반대로 주인이 될 수 있다("그 순간만큼은 내가 시선을 받는 사람이 아닌 주는 사람이 된다는 사실이 중요했다", 300쪽). 크로키를 그리는 '나'는 비장애인인 대상의 신체 일부에 동물의 모습을 연결해 그림으로써 "뒤틀린 균형"(301쪽)을 발견한다. '나'는 이를 변태적이라거나 "역겹다"(같은 쪽)고 생각하지 않지만, 손상과 결핍의 아름다움을 정상 규범으로부터 인정받기는 어려운 일이다.

그런데 '당신'이라는 존재는 익명의 응시 대상으로 남지도 않고, '나'를 응시의 대상으로 만들지도 않는 것 같다. 왜 '당신'은 '나'를 무서워하지도 혐오하지도 않는 걸까. 실은 '당신' 역시 청한동 저택의 주인인 노부인에게 '대여'되는 '작품'이기 때문일까. 그래서 '나'는 자신과 기묘하게 닮은 듯한 '당신'에게 내적 친밀감을 느끼며 직접 그린 크로키를 보여주기도 한다. 그렇다고 해서 두 사람이 서로 연대하며 나아가는 것은 전혀 아니다. 친밀감과 안전감, 낯섦과 기괴함 사이를 오가는 두 사람의 관계는 계속해서 불확정적인 영역으로 밀려난다. '나'와 '당신'은 자신의 욕망과 감정을 드러내는 데 거리낌이 없다. 서로를 향해 상처를 주는 대화/생각을 반복하고 이를 곱씹으면서 서로를 만난다. 신체적, 계급적, 젠더적 욕망과 열등감에 대한 대화/독백을 반복하면서,

이들은 규범적 언어 질서를 따르자면 불쾌하고 올바르지 않아서 삼켜야 하는 말, 머릿속에서도 지워야 하는 말에 집중하고 있다. "당신은 (……) 기괴해요."(305쪽)

그렇게 드러난 서로의 욕망을 해부하고 분석하며 은밀한 친근감과 연대감을 느끼기도 한다. "세상엔 돈으로도 구할 수 없는 게 참 많"기에 "청한동 언덕"에 "존재하는 〔아름다운—인용자〕 것들을 당신은 열망했다. 어쩌면 그 열망이 당신을 지치게 하는지도 몰랐다."(316쪽) 그 피곤한 열망을 '나'도 잘 알고 있다. '당신' 역시 자신의 열등감과 질투심을 '나'가 마찬가지로 보고 있다는 것을 어렴풋이 깨닫고 공포와 불쾌함을 느낀다. "그렇게 쳐다보지 마요. 그쪽이 무슨 생각 하는지 알아요."(315쪽) 이들은 사실 서로가 자신의 욕망(만)을 드러내 비춰주는 거울이었다. 마치 서로 마주보게 세워둔 거울처럼 각자의 (불쾌한) 욕망이 무한히 반사되고, 무한히 증식된 이미지는 언캐니해진다.

이 소설 속 인물은 누구도 선량한 피해자가 아니다. 누구도 윤리적인 결단을 하지 않는다. 어떤 인물도 자신의 정체를 전부 말하지 않는다. '나'는 끊임없이 다른 사람들의 말에 담긴 뜻을 분석하고 그 의중을 추리하지만, 그것도 물론 확실하지가 않다. 심지어 '나'가 소설의 화자인데도 사건의 자초지종을 제대로 파악했는지, 독자에게 사실대로 전달하는지조차 다소 불명확하다. 그래서 이야기를 전달하는 서술자로서도 '나'는 불친절하고 불쾌하다. '나'도 경찰도 끝내 '당신'을 테러한 사건의 범인이 누구인지 명확하게 밝혀주지 않는다. 의심과 불안으로 가득한 이 미스터리

속에서 중요한 것은 그 사건의 진실이 아니다. 그 사건은 일종의 맥거핀처럼 독자의 추리와 긴장을 유도하기만 할 뿐이다.

'나'는 자신을 '김승민'이라 소개했던 '당신'의 SNS를 스토킹하다시피 보면서 '당신'의 욕망을 꿰뚫어보고 있다고 자신한다. 그러면서 '당신'이 청한동 언덕을 향한 계급적 열망을 배반하길 응원한다. 하지만 '당신'은 '나'의 응원을 배반하고 '장신영'이라는 낯선 존재가 되어 사라진다. '당신'은 '나'의 섬뜩한 응시와 통제욕을 허무하게 빠져나가버리지만, 노부인의 통제와 지배로부터는 빠져나가지 못했다. 물론 소설에서 노부인이 '당신'을 해쳤는지는 확실히 알 수 없다. 소설이 관심을 갖는 것은 노부인이라는 개별 인물의 행위 여부가 아니다.

다만 확실한 것 하나는, 응시하는 권력의 비가시성과 그 겹겹이 가려진 공간적 위계다. 소설 속 노부인은 아름다움을 가질 수도 있고, 가질 수 없거나 질려버린다면 없애버릴 수도 있다. 하지만 정말 그렇게 했는지 아닌지는 절대 드러나지 않는다. 그것이 권력의 작동 방식이다. 할 수도 있고 하지 않을 수도 있는 힘을 갖고 있다는 사실은 알려주지만, 그 힘을 실제로 실행했는지의 여부는 절대 알려주지 않는 것이다. 응시하는 권력은 자신이 보고 있다는 사실은 드러내지만, 응시하고 있는 위치를 숨김으로써 힘을 얻는다.

그래서 청한동은 "어디에서나 보이지만, 결코 가까워질 수 없는 곳"(298쪽)이다. 노부인의 저택은 소설의 결말에 이르기까지 그 내부가 절대 공개되지 않는다. 그렇지만 노부인은 모든 것을 꿰뚫어보는 중심에 있다. '당신'이 약을 몰래 훔쳐간다는 사실을 이미 알고 있으면서도 조금씩 챙겨갈 만큼만 채워두는 것이 노부인의 "계산법"(321쪽)이다. 담벼락에 담뱃불을 비벼 끄며 담으로 상징되는 권위에 도전하는 '나'의 "습관을 알고 있으며, 앞으로도 지켜보겠다는 뜻"(같은 쪽)을 넌지시 내비칠 때도, 노부인이 과연 그럴 것인지는 명확하지 않다. 그 모호함이 공포를, 또한 언캐니를 유발한다. 저택의 "압도적인 높이의 담에 잡아먹히는 기분이 들 때는 두렵기보다 무기력해졌다"(298쪽).

소설은 일종의 연극 무대처럼 '나'의 작업실과 청한동 저택의 고도에 차이를 두었다. "눈이 와도 청한동 언덕을 올라가야"만 하지만 그렇다고 결코 "청한동 언덕에 속하지 않는 당신"(309쪽)이, '당신' 같은 처지의 무수한 이들이 이 골짜기를 오간다. '나'는 '당신'들이 무수히 빨려들어갔다가 지쳐서 다시 나왔다가 소리 없이 사라지는 과정을 직접 지켜보고 있다. 시선의 대상으로 전락하는 것의 수치심과 분노를 너무도 잘 알고 있는 '나' 또한 청한동이 굴러가는 시스템의 한 축이기도 하다. 결국 '당신'이 사라져도 아무런 변화도 일어나지 않는다. 손쉽게 대체된 새로운 '당신'이 청한동 언덕을 올라가길 반복한다.

이는 부를 독점한 권력이 가난과 아름다움을 빨아들이고 이를 통해 즐거움과 쾌락을 생산하는 시스템에 대한 어떤 은유로 읽히기도 한다. 잘 만든 스릴러는 인간 내면의 공포가 어디에서 출발하는지를 비춰준다는 사실을 상기해보면 더욱 그렇다. 「언캐니 밸리」는 아름다움에 대한 규범과 폭력적 소유욕, 열등감과 질투심을 집약한 고전적인 스릴러의 형식을 따르면서 이를 한국적으로 패러디하고 있는 셈이다. 불쾌하고 기괴한 이 골짜기를 감히 들여다볼 때, 우리는 무엇을 맞닥뜨리게 될까. 당신은 무엇이 가장 두려운가.

김건형
2018년 문학동네신인상을 수상하며 평론을 발표하기 시작했다. 평론집 『우리는 사랑을 발명한다』가 있다.

2024 제15회 젊은작가상

심사 경위
심사평

심사위원

김건형 김인숙 배명훈 최은미 황종연

선고위원

박서양 성현아 이소 임정균 전승민 전청림 최다영

| 심사 경위 |

젊은 작가들을 더 많은 독자에게 소개하고 한 해 동안 한국소설이 이룬 성취를 집약하여 볼 수 있는 즐거운 독서의 장을 만들고자 제정된 젊은작가상이 올해로 15회를 맞이했다. 동시대 한국소설은 어디에 있으며 어디로 가고 있는가를 알고 싶다면 젊은작가상 수상작품집을 펼쳐보아야 한다는 한 독자의 평을 읽은 적이 있다. 젊은작가상을 만들고 운영하는 사람들의 노고는 바로 이 한마디를 위해서 축적되어온 것이 아닐까. 심사위원들 역시 그 기대에 부응하기 위하여 신중하고도 무거운 마음으로 심사에 임했다.

젊은작가상은 작품활동을 시작한 지 십 년이 넘지 않은 작가들이 한 해 동안 발표한 중단편소설을 대상으로 한다. 계간 『문학동네』의 계간평 코너를 맡은 박서양, 이소, 임정균, 전승민 평론가가 2023년에 발표된 중단편소설을 성실하고 꼼꼼하게 검토해주었고, 이 작업을 바탕으로 성현아, 전청림, 최다영 평론가가 각자의 추천작을 더하고 함께 선고심을 진행해 총 스무 편의 작품이 본심에 올랐다. 본심 심사위원으로는 김건형, 황종연 평론가와 김인숙, 배명훈, 최은미 소설가가 위촉되어 2024년 1월 26일에 본심 심사가 열렸다.

다섯 명의 심사위원들은 각자 관심을 두었던 작품에 대한 의견을 공유하고, 아직 충분히 언급되지 못한 작품이 있지는 않은지도 꼼꼼히 확인하였다. 그 과정에서 각 소설이 던지는 문제의식이 젊은작가상이라는 상의 이름에 적절한지, 그 문제의식을 그려내는 소설적 전략에 대해 동시대의 독자로서 동의할 수 있는지를 중심으로 토론했다. 심사위원들의 문학적 가치관에 따라 일부 작품에 대한 선호가 갈리지 않을 수는 없었지만, 대체로 지지하는 작품이 겹치는 것을 확인하였다. 따라서 심사 과정은 큰 의견차이 없이 평론가로서, 작가로서 각자가 해당 작품이 흥미로웠던(혹은 조금 아쉬웠던) 서로 다른 이유를 공유하면서 서로의 독서 경험을 통해 배우는 자리에 가까웠다. 즐거운 배움의 독서를 통해 꼽은 수상작은 다음과 같다.

공현진의 「어차피 세상은 멸망할 텐데」, 김기태의 「보편 교양」, 김남숙의 「파주」, 김멜라의 「이응 이응」, 김지연의 「반려빛」, 성해나의 「혼모노」, 전지영의 「언캐니 밸리」. 이중 김멜라의 「이응 이응」은 성에 대한 대담한 상상력과 '반려'와 '사랑'에 대한 천착이 두루 지지를 받으며 대상작으로 선정되었다. 김지연의 「반려빛」

과 공현진의 「어차피 세상은 멸망할 텐데」는 청년 세대의 현실과 그 고투를 생생하게 그려낸 점에서 눈길을 끌었고, 김기태의 「보편 교양」과 성해나의 「혼모노」는 위선과 위악을 세밀하게 포착하면서도 재치 있는 문장으로 주목받았다. 김남숙의 「파주」와 전지영의 「언캐니 밸리」는 인간의 폭력성, 불안이라는 주제를 인물들의 관계와 공간을 통해 효과적으로 형상화하는 솜씨가 돋보였다.

이렇게 일곱 명의 수상자를 꼽고 나서 보니, 젊은작가상을 처음 수상하는 신인 작가들이 상대적으로 많다는 결과가 또한 반가웠다. 이들의 다음 작품이 더욱 기대된다. 재기 넘치는 젊은 작가들의 활약을 독자들에게 소개할 수 있어 기쁘다. 이번 젊은작가상 수상작품집도 독자 여러분에게 즐거운 독서의 시간을 선물해 줄 것이라 믿어 의심치 않는다.

| 심사평 |

김건형(문학평론가)

김멜라의 「이응 이응」은 어떤 근본적인 지점 하나를 끝까지 밀고 나가서 세계를 재구성한다면 어떻게 될까를 실험하는 소설이다. 그런 점에서 소설만이 할 수 있는 질문을 던지고 소설만이 할 수 있는 대답을 내놓는 소설이다. 인간의 갈등과 폭력이 욕망 때문이라면, 애초에 모두가 평등하고 동등한 욕망을 누린다면 세계는 어떻게 달라질까? 자기 몸에 대한 최소이자 최대의 욕망인 섹슈얼리티 자체를 '초기화'하고 인류를 제로에서부터 다시 세팅할 수 있다면? 신체-감정 테크놀로지를 통해 욕망의 깔끔한 해소가 가능하다는 상상에도 불구하고 도리어 화자가 끝까지 놓지 않는 것은 같이 사는 존재들과 서로 몸을 접촉하는 일이다. 화자는 이

간극을 조율하는 일에 매진하고 있다. 소설은 섹슈얼리티를 단순히 육체성으로 한정하지 않고 모든 개별자 사이의 관계성과 세계를 인식하는 기본 감각으로 확장할 수 있도록 해준다. 한편 '이웅'을 보급하는 국가/자본이 섹슈얼리티에 개입하는 사태나 개인정보를 수집하는 보이지 않는 기술의 정치성에 대한 포착이 더 있었다면 좋았겠다는 아쉬움이 이야기되기도 했는데, 이 소설의 포부가 워낙 커서 단편의 한도를 초월한 대답을 기대하게 만들었던 때문일 것이다. 김멜라 작가의 더 많은 질문과 대답을 기다리는 마음으로, 대상 수상을 축하드린다.

김건형

공현진의 「어차피 세상은 멸망할 텐데」는 사랑스럽지만 진중한 소설이다. 뭔가를 배우면 잘해야 하고, 못한다면 잘하려는 타인에게 민폐를 끼치지 말고 빠질 것. 유교적 성장 제일주의 사회의 기본명제는 걷고 움직이는 기본적인 몸동작부터 서로를 대하는 마음은 물론이고, 사회적 관계 맺음의 형식과 공간의 규칙까지 장악하고 있다. 이 보편적 질서에서 벗어나면 반드시 상응하는 처벌이 온다. 작게는 수영 강사의 조롱부터 크게는 실직까지. 그런데 그렇게 해서 잘하게 되면 결국 무엇을 얻게 될까. 그렇게 속도를 높여 성장한 끝에 우리는 과연 행복해지는지 물으며 희주는 꿀벌에 관한 기사를 저장한다. 어차피 이 빠른 성장 때문에 지구가 멸망한다는 결말이 기다리고 있다면, 더 잘하게 되는 게 무슨 소용일까. 주호는 산업재해로 직원이 죽어도 변하지 않는 직장의 속도에 맞춰 일을 하고 돈을 버는 것이 무슨 의미가 있는지 묻는다. 그 속도에 가담해온 "나는 정말 책임이 없는 걸까". 소설에서 가장 인상적인 장면은 그 속도에 맞추어 살라고 요구하는 수영 강사에게 질문을 되돌리는 장면이다. 당신 역시 그 속도가 정말, 괜찮냐고. 그저 그 속도에 따라가길 멈추었을 뿐인데 수영장에서는 작은 혁명이 일어난다. 이 작은 에피소드는 세계에 대한 속도 감각을 바꾸는 놀라운 힘을 감추고 있다. 갈 수 있는 만큼만 가도 되는 속도로 이루어진 세계는 어떤 세계일까.

그와 반대로 김남숙의 「파주」는 세계의 폭력을 끝까지 응시한다. 그것이 상투적인 세계 질서의 일부로서 자행된 미시적인 폭력임을 모르지 않으면서도, 그것으로부터 빠져나가는 방법을 찾기보다는 그 악무한 자체를 냉철하게 직시한다. 단순하고 어설퍼서 표정에 모든 것이 드러나는 정호는 왜 현철에게 평생 잊지 못할 상처를 남긴 것일까? 미안하다는 사과로 정호는 너무 손쉽게 책임에서 벗어나려 한다. 폭력의 체계 속 일부였을 따름이라는 변명은 더 무의미하다. 그렇다면 현철은 무엇을 원하는 것일까? 자신이 그랬듯 오랜 기간 정호가 폭력에 대해서 억지로라도 생각하도록, 정확히 기억하도록 만들고, 그 폭력을 가했던 스스로가 무서워지길 기다리는 것일까. '나'가 연인이 저지른 폭력을 계속해서 곱씹어 생각하면서도 쉽게 그를 떠나지 못하는 데에는 노동계급 여성 청년의 여러 조건이 작용하겠지만, 동시에 그 폭력의 체계에서 누구도 벗어나 있지 않다는 체념어린 깨달음도 있을 것이다. 타인에 대한 미움과 폭력은 기실 자기 안의 공포와 분노 때문이라는 진실도. 돌이킬 수 없는 순간을 책임질 수 없을 때가 누구에게나 있다. 그 시간으로부터 벗어날 수 없어 결국 일생 동안 안고 살아가는 것 말고는 답이 없다는 결론은 서늘하고 묵중하다. 이 소설의 시시한 복수극은 더없이 강렬한 죄의식을 담아냈다.

언젠가 한국인이 가장 사랑하는 시인이 윤동주라는 통계를 들은 적이 있다. 왜 한국인들은 유독 반성하는 지식인의 자기 성찰과 고백을 사랑할까? 물론 대부분이 입시 교육을 통해 문학을 접하는 영향일 텐데, 그렇다면 한국의 문학 교육이 만들어내고 기대하는 인간형 역시 반성하는 지식인이라는 추리도 가능할 것 같다. 「보편 교양」의 화자도 윤동주 시를 상기하며 자신이 늙은 대학교수 같은 존재가 되지 않을까 미리 반성하는 성실한 지식인이다. 지식인이 마땅히 갖추어야 하는 교양을 보급하고 학생들을 지식인으로 길러내는 일이 교사로서 그의 소임이자 보람이다. 하지만 그런 교양에 대한 선험적 당위는 학생들에게 잘 통하지 않는다. 지나간 역사로 치부되거나 입시 컨설턴트의 조언을 빌려 늙은 대학교수에게 선발되기 위한 문화 자본으로 가까스로 기입될 뿐이다. 고전읽기를 통한 입시의 성공이 교양교육의 실패라는 역설 속에서, 지식인적 "반성과 실천"에 대한 교양이 학생들을 비껴가는 이유는 무엇일까. 어쩌면 그가 학생들에게 사연을 묻지 않았기 때문은 아닐까. 야간 배달을 하며 잠을 자는 학생들의 상황을. 또한 전교조냐는 의심을 받으며 수업권을 침해받는 자신에게 필요한 고전을 생각하기보다, 먼저 고전을 정하고 나서 그 선험적 교양의 필요를 가르치려고 했기 때문에. 김기태 특유의 역설이 만들어내는 달콤한 패배감으로부터 기존의 선험적 지식인 주체와 시민 주체에 대한 철학을 전환하는 계기를 찾아볼 수 있다.

김지연의 「반려빚」은 인물에 감정을 이입하는 독서를 무척 오랜만에 다시 경험하게 했다. 처음 들었지만 이미 오랫동안 써왔던 것 같은 자연스러운 착각을 주는 신조어 '반려빚'처럼, 처음 만난 인물의 이야기임에도 이미 알고 있던 친구들의 이야기를 접한 것 같았다. 내 주변의 전세 사기 소식이나 무한히 배신하는 연인을 무한히 품어주는 부처 언니들이 저절로 떠올랐고 이는 서사의 신빙성을 더해주었다. 세계와 서사에 대한 독자의 감각이 상호 순환하는 '자연스러운' 과정, 즉 핍진성이 동시대적으로 갱신되는 양상이 이러할 듯하다. 청년 세대의 내 집 마련이 사실상 가능하지 않은 시대에, 반려자와 법적 가족을 이루는 것이 불가능한 퀴어 커플에게 남은 것은 반려빚이다. 소설은 시대적 조건을 체현한 인물의 취약한 지위를 형상화하는 데서 멈추지 않고 그 안에서 작동하는 치졸하고 절실한 마음의 역동을 담아낸다. 가족과 사회가 인정하는 최소한의 일 인분은 하려는 여성 청년의 노력이 사랑하는 사람으로 인해서 흐트러지고 말 때, 옛 연인에 대한 원망과 그럼에도 느껴버리는 애정 사이의 긴장감은 소설을 웃기고도 슬프게 만든다.

성해나 작가의 여러 전작이 그러하듯 「혼모노」도 586 기성세대 남성의 자의식을 신랄하면서도 유쾌하게 가로지른다. 무속 문화와 무속인의 세계를 섬세하게 그리는 묘사는 물론 그 안의 자기파괴적인 인정 욕망을 그리는 대목에서 어느 하나 허투루 쓴 문장이 없는 소설이다. 신애기에 대한 질투로 치를 떨고, 인간문화재가 되고 싶은 허영이 놓친 것이 무엇인지 어렴풋이 알지만 인정하지 못하는 절실한 심리에 대한 서술도 능청스럽다. 속도감 있는 전개를 허겁지겁 따라 읽다보면, 이 화자가 믿을 수 없는 인물이라는 점을 알면서도 그의 사연이 궁금해지고 만다. 기묘하게도 질투와 자기기만이 최고조에 달하는 순간에 진정성어린 깨달음에 도달한다는 결말도 단편 특유의 긴장감을 폭발시킨다. 단연 승복하는 마음으로 읽을 수밖에 없었다.

「언캐니 밸리」의 화자도 온전히 믿기는 어려운 인물이다. 사건의 전말을 온전히 서술해주지도 않는데다, 살인미수 사건이 일어난 비밀스러운 저택으로 가는 택시를 운전한 수상한 인물. 게다가 그의 내면은 질투심과 열등감에 사로잡혀 있다. 결핍이 있는 아름다움을 욕망하고, 아름다움을 소유할 수 있는 자본을 질투한다. 화자뿐만이 아니다. 모든 사람의 욕망을 통제하고 그들의 비밀을 다 꿰뚫어보는 노부인과 그 저택에서 자기 존재를 전시하고 또 그 전시를 향유하는 사람들을 선망하는 여자 또한 둘 다 정체를 알 수가 없다. 온통 수상한 사람, 수상한 물건, 수상한 욕망, 그리고 일부러인 듯 실수인 듯 드러내는 이야기들. 비밀스러운 저택처럼 서사는 일말의 진실을 보여주지 않는다. 다만, 언제나 전시되고 소유되고 사라지는 것은 여성 청년들이라는 점, 그것이 반복된다는 점만은 확실하기에 등골이 오싹해진다. 아름다움을 향한 욕망을 예술적으로 승화하는 장애 남성이라는 구도와 아름다운 여성을 파괴하는 염산 테러라는 구도가 한 세기 전의 유미주의적 고전들을 떠올리게 한다는 점, 다소 직설적인 제목에 대한 아쉬움이 거론되긴 했지만, 도리어 잘 만든 한 편의 추리 스릴러이기에 어느 정도의 전형적 모델을 성취하는 것도 당연한 일일지 모른다.

김인숙(소설가)

곁을 주지 않으면 살아갈 수 없는 사람들이 있다. 우리 모두, 혹은 대부분이라고 말하도록 하자. 그 대부분은 '곁을 주지 않으면 살아갈 수가 없어서'가 아니라 '곁을 주기 위해 살아가는' 존재들일지도 모른다. '곁'이란 말을 관계라고 바꿔보면 어떨까. 좀더 구체적으로 말한다면 '곁'은 안타까운 소통, 더욱 안타까운 접촉, 닿으려고 애쓰나 닿지 않는 당신과 나의 접촉, 절망적일 정도로 안타까운 성애, 끝까지 가고 싶은 욕망과 쉬 닿지 않는 곳을 향한 갈망이다.

김멜라의 소설 「이응 이응」은 그 '곁'을 도구적으로 해결해버린 미래 세계를 그리고 있다. 소설에서는 '해결'했지만, 나는 '해석'이라고 말하기로 한다. 곁이 그렇게 해석되어버린 후, 남게 되는 것. 그것은 또다시 질문일 수밖에 없을 터인데, 아무리 미래 세계라 하더라도, 가상의 세계라 하더라도 그 질문이 놀랍게 새삼스럽거나, 신통한 대답이 준비되었을 리는 없다. 질문은 언제나 구태의연하다. 구태의연한데, 말로 할 수가 없거나 말해지지 않는다. 소설은 말과 말 사이의 곁을 벗겨내는 일일 터이다. 그런데 벗겨내는 일이 수월한가. 벗는 일이 수월한가.

질문에 도달하기 위해 김멜라는 여러 길의 우회로를 선택한다. 삶과 죽음 사이의 판타지를 가로지르고, 기억과 현실 사이의 계단을 차근차근 오른다. 마침내 무엇이 현실인지, 무엇이 기억인지 판단하지 않으면 안 될 지점에 이르러 김멜라의 소설이 알려주는 것은 판단의 기준이 아니라 존재의 기준이다. 다시 맨 앞으로 돌아가서 말한다면 '곁을 주는 사람들'의 기준. '곁이 필요한 사람들의 기준'.

쉽게 읽었을 때 이 소설은 로맨틱하다. 읽는 방식에 따라 다 다르게 읽히기도 한다. 내가 구하는 대답에 따라, 내가 원하는 질문에 따라 소설은 내게 다른 길을 제시하고, 다른 곳에 이르게 한다. 그곳에는 죽은 강아지와 죽은 할머니가 있기도 하고, 나를 기계적으로 해결하거나 해석해버리는 '이응'이 준비되어 있기도 하다.

소설의 마지막 부분이 의미심장하다. "우리의 스토리가 마음에 드셨습니까?" 그리고 이어 말한다. "나는 그 새가 나의 개라는 걸 알았다. 보리차차, 이제 뛰지 않고 나는 거야? 날개로 나는 법을 배운 거야?"

곁이 필요한 사람들은 무언가를 배워야 할지 모르겠다. 아주 사소한 것들. 개가 나는 것처럼, 그렇게, 사소한 것들.

김멜라에 이어 김지연의 「반려빚」을 흥미롭게 읽었다. 나는 언제부턴가 김지연의 팬임을 자처하는데, 김지연의 소설을 읽을 때마다 빠져들게 되는 속도와 호흡이 좋기 때문이다. 온전히 독자의 자리에서 그렇다. 「반려빚」은 단지 독자의 자리에서 읽을 수 없었음에도 역시 그렇게 읽혔다. 매우 구체적인 일상, 그 일상을 묘사하는 심심한 문장들. 그런데 소설이 보여주는 것은 어느덧 나의, 혹은 내 곁의 세계.

빚을 떠안고 사는, 심지어 그 빚을 '반려'라고까지 표현하는 김지연의 수사법에 감탄하는 순간, 실은 이 소설은 빚에 대한 소설이 아니라는 아주 단순한 사실을 다시 한번 깨닫는다. 경제를 분리하지 않은 채 동거를 했던 두 여인이 있다. 분리되지 않았던 경제처럼 뒤섞여버린 애정이 있다. 그 잔흔은 누군가에게는 무겁게 남겨졌고, 누군가는 그걸 남겨둔 채 가볍게 사라져버렸다. 그리고 이제 그 흔적을 수습하는 일이 남았다. 소설에는 거대한 질문도, 안타까운 대답도 없다. 언제나 그런 것처럼 일견 심심하기까지 하다. 그러나 바로 그래서, 빚은, 애정은, 불안은 독자에게도 반려처럼 달라붙는다. 소설에서는 빚이 해결된다. 하지만 여전히 빚지게 한 존재가 남아 있다. 그 빚을 기꺼이 떠안았던 존재가 크게 달라지지 않았다는 것도 문제다. 빚은 사라졌으나 반려는 남았다. 김지연의 소설도 그렇게 남았다. 소설은 삶의 속도로 독자에게 달라붙는다.

김인숙

김지연의 「반려빛」과는 달리 성해나의 「혼모노」는 심심할 틈 없이 강렬하다. 이번에 검토한 본심 대상작 중에서 가장 강렬한 작품이라고 말해도 좋을 것 같다. 무속의 세계라는 소재의 독특함이 먼저 눈에 띄기는 하지만 단지 그 때문은 아니다. 낯설고 새로운 무대는 익숙한 질문을 난데없이 생생하게 만든다. 무엇이 진짜일까. 이 질문의 대답을 구하려면 세대와 젠더와 심지어 영과 속을 가로질러야 한다. 그 차이를 넘으려면, 진짜가 뭔지 알려면 별수없이 피를 흘려야 할지도 모른다. 맨발을 베이면서도, 피를 철철 흘리면서도 작두 위에서 춤을 멈추지 못하는 소설 속 주인공처럼 말이다.

전지영의 「언캐니 밸리」 역시 강렬하고 독특하다. 야심으로 가득찬 작품이라고 말해도 좋을까? 무엇을 쓰고, 무엇을 말하고, 심지어는 무엇을 쓰지 않고, 말하지 않을지까지 미리 계산이 다 되어 있는 작품이라는 생각이 든다. 그 계산이 어딘가에서 어긋날 법도 한데, 조금도 그렇지가 않다. 작가는 제목에서부터 독자들을 언캐니한 밸리로 초대한다. 제목이 초대장이나 마찬가지다. 초대된 독자들은 그 언캐니한 밸리의 불가사의에 빠진다. 안갯속에서 어느 쪽을 보느냐에 따라 해석이 달라진다. 다만 한 가지 공통점은 '언캐니'라는 사실뿐이다. 이 사실은 세계의 모호함과 그 모호함 때문에 확장되는 불안과 불길함을 강조하기도 하지만, 단지 그뿐이라는 점에서 아쉽기도 하다. 불안은 불안정을 품을 수밖에 없다는 점에서 어쩌면 소설의 빈틈조차도 의도된 것일지 모르겠다.

공현진의 「어차피 세상은 멸망할 텐데」는 쓸쓸하고 따듯하다. 쓸쓸해서 따듯하고, 따듯해서 쓸쓸하다. 빌어먹을 정도로 서툰 두 사람이 있다. 수영 레슨을 받는 두 강습생이다. 아무리 발장구를 쳐도 물속에서는 한 뼘도 앞으로 못 나가는 사람. 그 사람이 실은 세상에서도 역시 앞으로 한 발자국도 못 나갈 거라는 걸 알아보는 사람. 의도와는 다르게 참지 못한 순간을 경험해봤다는 점에서 이들에게는 공통점이 있다. 참을 수 없는 순간이 생을 긋고 지나간 적이 있었다는 것. 누군들 그렇지 않겠는가. 그 순간에 주목하고 그 순간을 저장하는 사람이 있고, 그러지 않는 사람이 있을 뿐이다. 그들은 레슨 시간마다 꼬박꼬박 수영장에 가서 늘지 않는 수영을 배운다. 그래서 물속, 그 자리에, 그대로 머문다. 굳이 세상으로 나가야 할까. 그들은 질문하지도 않는 것 같다. 제목이 역설로 다가온다. 세상은 좀처럼 멸망하지 않을 것 같고, 나의 쓸쓸함을 알아보는 사람도 세상에는 좀처럼 없을 것 같기 때문이다.

폭력에 대해, 폭력을 치유하는 방식에 대해 묻는 소설은 많다. 그러나 김남숙의 「파주」에 등장하는 폭력은 기억하는 폭력이다. 폭력 그후에 남겨진 것. 남겨지면서 재생산되고, 재생산되면서 더욱 야비해진 것. 그것은 최초의 폭력처럼 강력하지도 않고, 호소할 만한 통증이 있지도 않다. 지리멸렬하고 치사하다. 그래서 안개처럼 삶에 스며들어 아예 달라붙어버린다. 폭력 사실을 알게 되는 순간, 당사자가 아님에도 그 기억을 공유 혹은 점유하게 된다는 점에서, 소설 속 폭력은 번식한다. 용서의 문제가 아니다. 파주나 일산의 안개처럼 번식하여 주인공에게 이런 말을 남긴다. "우리는 여전히 같이 살고, 나는 여전히 비슷한 공간에 있다. 우리는 전과 똑같아 보인다." 우리는 똑같다. 결국 그럴 것이다.

김기태의 「보편 교양」에서는 위선으로 가득찬 한 지식인의 초상이 그려진다. 이 위선은 얼마나 정교한가. 소설은 또 얼마나 정교한가. 호흡 하나, 단어 하나 어긋남 없이 꽉 차 있다. 그렇지 않으면 교양이 가능하겠는가? 특히나 보편 교양이 가능하겠는가. 이 완벽한 위선과 서술은 그 완벽함 때문에 곧 무너지게 되리라는 점에서 일종의 블랙코미디로 읽히기도 한다. 위선은 혹시 세상에 저항하는 힘일 수도 있을까. 그것이 위선이든, 허위든, 혹은 정말로 고결함이든, 세상과의 불화는 무너지는 순간, 에너지를 발생시킨다. 파괴하는 에너지. 그리고 질문을 남긴다. 김기태의 소설이 갖는 미덕이다.

배명훈(소설가)

그럴 의도는 없었다지만, 결과적으로 올해 본심 대상은 모두

배명훈

순문학 분야의 작가가 쓴 작품으로 한정되어 있었다. 오랫동안 들어온 이 상의 취지를 고려하면, 작년에 발표된 젊은 작가의 모든 작품 중 가장 빼어난 소설 스무 편이 다 순문학 소설이었다는 말이 되는데, 이 암시에는 동의하지 않는다. 요즘처럼 반례를 떠올리기 좋은 시절도 없기 때문이다. 물론 이 상이 순문학 분야의 상으로 한정되어 운영되었다 해도, 각자의 문학장 안에서 작가들이 이루어낸 성취가 왜소해지는 건 아니다.

원래 남의 예술은 다 이상하고, 당신도 나도 다른 사람 눈에는 마찬가지다. 정신을 바짝 차려 존중할 수 있을 뿐, 그 많은 남의 예술을 다 이해할 수는 없다. 다른 시각을 지닌 심사자가 필요한 이유는, 언뜻 이상해 보이지만 어쩌면 대단한 성취일지도 모를 작품을 알아보기 위해서다. 그러나 아쉽게도 올해 심사 대상작 중에는 다른 시선이 필요한 작품이 거의 없었다. 다만 지난 몇 년간 너무 자주 반복된 정형화된 이야기의 다음 단계를 고민하는 작품이 늘어난 점은 반가웠다.

공현진 작가의 「어차피 세상은 멸망할 텐데」와 전지영 작가의 「언캐니 밸리」를 이해하기 위해서는 다른 심사자들의 해석에 기대야 했다. 이건 두 작가의 문제가 아니고 내 문제일 텐데, 전말이 밝혀지지 않는 스릴러나 명확한 연결고리를 알 수 없는 서사는 이해가 쉽지 않았다. 그래도 다른 심사위원들의 적극적인 지지를 받은 만큼 분명 훌륭한 작품이리라 믿는다.

김남숙 작가의 「파주」는, 시원하게 이루어질 수 없는 복수와 사죄 뒤에 남겨진 어정쩡한 삶을 섬세하게 포착하고 있다. 장르소설이었다면 뭐든 해결을 봐야 끝이 났겠지만, 현실의 삶은 결국 이런 "시시한"(작품에 등장하는 표현이다) 입맛을 잔뜩 머금고 이어지는 것이라는 점을 설득력 있게 보여주는 작품이다.

김기태 작가의 「보편 교양」은 작지만 의미 있는 성취에 이른 인물이 겪는 마음의 움직임을 속도감 있게 잘 담아낸 작품이다. 계획과 검토, 실행과 성찰, 그리고 빠른 조정으로 착착착 이어지는 목소리가 순문학에서 자주 보던 '담담한' 목소리와는 사뭇 달라 인상적이다.

김지연 작가의 「반려빚」은 '두 여성이 한 공간에 사는 이야기' 패턴의 다음 단계를 고민하고 답을 낸 작품이다. 사랑이나 연대의 쓰라린 기억 다음에 오는 건 뭘까? 이 소설의 해답은 '돈, 돈, 돈' 따지는 현실적인 목소리인데, 이 목소리가 오히려 경쾌하고 코믹하다. 그 끝에 도달한, 플러스마이너스 제로가 된 인물의 위치는 원점이 아니라 진화로 읽혔다.

성해나 작가의 「혼모노」는 강렬한 에너지를 발산하는 작품이다. 제목에서부터 시작되는 '진짜냐 아니냐'의 문제는, 보편적인 만큼 젊지는 않은 질문인데, 결말에서 작가는 이 질문의 구도를 부숴버림으로써 이 소설이 젊은 작가의 작품임을 보여준다. 동시에 이 소설은 대단히 노련한 작가의 작품으로 보이기도 한다. 그만큼 짜임새가 좋은 글이다.

김멜라 작가의 「이응 이응」은 심사 대상작 중 유일한 SF 소설이었다. 현실에 존재하지 않는 새로운 감각을 문학적으로 형상화하는 SF 본연의 목표를 훌륭하게 달성한 작품인데, 어째서인지 '이응'이라는 노붐을 다루는 데는 다소 어색함이 보였다. 소설 전체를 채운 대단히 뛰어난 감각 묘사와 비교하면 두드러지는 평이함이었다. 다만 순문학 중심의 심사 과정에서는 검토 대상이 되지 않는 기술적인 요소인 듯했고, 그렇게 도입된 노붐을 통해 얻어낸 바가 더 훌륭해서 즐겁게 읽을 수 있는 작품이었다.

수상의 영예를 차지한 작가들의 성취는 모두 훌륭하지만, 직접 참여해본 이 상의 진행 방식에는 의문이 남았다. 창작자에게는 언급되는 것이 가치 있는 일인 만큼 언급되지 않는 데서 오는 절망도 가볍지 않다. 그런데 이 상에서 거론하지 않은 작가 중에도 대단한 성취를 이룬 젊은 작가가 적지 않다. 순문학 장르 안에서도 마찬가지인데, 어째서 그 많은 작가가 다뤄지지 않는지 의아했다.

어쩌면 이 상은 한국문학이 겪고 있는 가장 치열한 변화를 포착할 수 없는 상태가 되었는지도 모른다. 나 또한 문학상에서 거론되는 일이 거의 없는 작가이니, 이 진단이 공감을 얻지 못한다 해도 더 말을 얹을 자격이나 의무는 없다고 본다. 그저 심사를 맡은 사람의 의무로 한마디를 덧붙일 뿐이다.

마지막으로, 특별한 성취를 통해 수상자로 선정된 모든 작가와, 언급되지 않았지만 각자의 자리에서 치열하게 살아가는 많은 작가에게 축하와 찬사를 보낸다. 새해에도 새 글을 시작할 용기가 모두에게 더 자주 찾아들기를 기대한다.

최은미(소설가)

누군가의 등장에 일상이 뒤흔들리면서도 변화하지 않는 사람과 그의 등장이 위협이 아님에도 변화하게 되는 사람. 그들 사이엔 어떤 역학이 존재할까. 김남숙의 「파주」는 남자친구와 함께 사는 집 앞으로 갑자기 찾아온 남자친구의 군대 후임을 여전히 기억하고, 계속해서 기억하는 자의 이야기다. 심사 과정에서 나는 파주는 떠났으면서도 남자친구는 떠나지 못하고 있는 '나'를 어느 순간 변호하고 있었는데 이 인물에 못내 마음이 쓰였던 건 그가 자기혐오의 긴 터널에서 아직 빠져나오지 못한 상태여서였을 것이다. 타성과 무력감에 전 자신이 하찮아 죽겠는 채로 '나'는 현철을—자기 자신을 더는 미워하지도 무서워하지도 않기 위한 움직임을 시작했던 현철을—계속 생각하는 사람이다. 현재의 '나'가 있는 곳은 현철을 마주칠 수 있는 파주도 아니고 현철을 완전히 지워버릴 수 있는 파주 아닌 곳도 아니다. 살던 대로 사느라 파주를 피해왔지만 파주와의 완전한 이별은 불가능함을 알아버린 어떤 지대에 현재의 '나'가 있다. '나'가 어디쯤에 있는지가 어쩌면 이 소설의 모든 것이다. 김남숙은 그간 자신의 소설에 등장했던 인물들, '시시하게' 걸어가고 '시시한' 복수를 시도하고, '죽을 것 같다'가 아니라 '뒈질 것 같다'고 말해야만 겨우 전달되는 상태에 빠진 인물들을 그대로 등장시키면서도 자신의 인물들이 언젠가 겪었을 법한 상황 속으로 좀더 압축적으로 들어간다. 두 인물 간의 복수와 변명과 보상과 혐오를 '나'가 목격하고 함께 겪게 함으로써 관계의 역학을 드러내고 폭력의 영역을 확장시킨다. 여전히 시시하고 답답한 채로도 다른 가능성이 열리게 된 누군가의 중간 지대로 조심스럽게 걸어간다. 「파주」를 읽고 나면 이 인물들의 '다음'을 생각해보지 않을 수 없다. 가려운 곳은 이미 건드려졌고 기억하는 자는 언젠가 움직인다.

김기태의 「보편 교양」의 곽은 모든 호들갑에서 거리를 두고 싶다고 말하는 고등학교 교사다. 실제로 그는 자신이 몸담은 세계의 호들갑에서 거리를 둘 수 있는 여건에 있다. 그가 맡고 있는 고전읽기 수업은 입시 위주의 학교 현장에서 주류가 아니기에 독자는 곽의 난관을 어느 정도 예상하면서 초반엔 그의 고군분투(타탄체크 커튼과 네이비색 재킷)를 응원하게 된다. 하지만 소설에 포진된 디테일들이 곽의 진술 하나하나에 거리감을 발생시킬 때쯤엔 이 소설이 짐작보다 잔인한 풍자를 하고 있다는 걸 알게 된다. 자신의 분투가 계속해서 "패배"할 것임을 예감할수록 어쩌면 곽은 한결 더 마음 편하게 안전한 영역 안에 머물면서 자신만의 진심에 몰두할 수 있을 것이다. "실례"일까봐 어떤 학생들에게는 아무것도 묻지 않으면서. 그렇다면 은재는 어떤가. "읽고 생각하고 쓸 수 있"고 "인류의 정신적 유산을 흡수하며 성장할 수 있는 '지성'을 갖고 있"는 은재는 이십 년 후 곽과 어느 정도로 다른 삶을 살고 있을까. 적어도 이 소설이 직조한 세계에서 은재의 이십 년 후를 낙관하긴 힘들 것이다. "퇴근했다"로 끝나는 이 소설의 마지막 문장은 너무도 일상적이고 일견 평화로워 보이는데도 근래 읽은 어떤 문장보다 냉담한 여운을 남긴다. 퇴근했다는 말이 이렇게나 딱 떨어지다니. 어쩌면 거기에 이 소설의 무서움이 있는지도 모르겠다.

최은미

죽어가는 세계를 예민하게 감각하며 사는 이들이 있다. 공현진의 「어차피 세상은 멸망할 텐데」의 희주와 주호는 수영 초보반의 뒷줄 담당이다. 그들은 이 세계의 규칙으로 보면 아무것도 안 하고 있지만 실은 가장 어려운 수영을 배우고 있다. 수영을 배운다는 건 가라앉아가는 세계에서 숨쉴 영역을 확보하는 일이자 부자연스럽게 죽어가는 생명들의 숨을 감각하는 일이다. 어떤 감정이입은 배워야만 한다는 리베카 솔닛의 말처럼 이들이 수영을 '배우고' 있다는 건 학습과 연습을 통해 타인과 세계에 다가서고자 하는 태도의 하나라고 볼 수 있을 것이다. 이들은 애를 쓰는 중이다. 이 소설에서 가장 인상적인 건 주호라는 캐릭터가 만들어내는 장면들이다. 주호는 자신이 속한 세상에 깊은 연루감을 느끼는 사람이고 무슨 일에든 책임을 져야 할 것 같아서 아무 일도 할 수가 없다고 느끼는 사람이다. 그는 분노의 방향과 결을 알아본다. 그리고 눈치가 없다. 희주의 집으로 함께 걸어가는 동안 주호가 거리의 사람들에게 다가가는 장면이 연극적인 채로도 읽는 이의 마음으로 스며드는 건 작가가 고심했을 캐릭터의 힘 덕분일 것이다. 그 장면을 읽으면서 「파주」의 현철이 포켓몬을 가리켜 '얘네들은 친절하거든요'라고 말하던 장면을 떠올렸다. 최소한의 친절로도 누군가는 죽지 않을 수 있고, 주호는 그 친절을 익히는 사람이다. 「파주」의 '나'와 「보편 교양」의 곽이 희주와 주호의 수영 강습반에서 함께 수영을 배우는 장면을 상상해보기도 했다. 나도 그들과 함께 수영을 배우고 싶다고도 생각했다. 갈 수 있는 만큼씩이라도, 물을 밀어낼 수 있는 딱 그만큼씩이라도 사라져가는 세계를 확장시키는 일에 함께하고 싶다고, 이 소설은 끝내 그런 마음을 불러일으키는 힘이 있었다. 어떤 소재는 다루는 것만으로도 작가의 작의가 손쉽게 오해받곤 하는데 오해의 요소를 감수하고서라도 하고 싶은 말을 흔들림 없이 하고 있는 이 소설이 나는 참 고맙게 느껴졌다.

성해나의 「혼모노」는 신들이 홀연히 떠나버린 삼십 년 차 박수무당을 화자로 세워 자신이 오랫동안 매달려온 것의 실체를 마주하게 되는 자의 소란을 그린다. '혼모노라면 환장하는' 장수 할멈신을 삼십 년간 몸주로 모셔온 박수무당 문수는 앞집에 신애기가 들어오면서부터 자신에게 무슨 일이 일어나고 있는지를 알아차리게 된다. 소설에서 존재감이 가장 두드러지는 것은 '신빨'이 다

한 문수도 아니고 '신빨'이 생생하게 벼려진 신애기도 아니다. 문수가 오래 모셔온 신, 장수 할멈이다. 그 판에 생을 건 자의 욕망과 열등감을 자극하며 어르고 써먹다 더 나은 쓸모에게로 옮겨가 버리는 장수 할멈의 가차없음을 과연 삼십 년 후의 신애기는 비껴갈 수 있을까(비껴갈 수도 있다는 데에 문수의 낙담이 있고 비껴가지 못할 거라는 데에 문수의 연민이 있다). 이 소설은 자신이 '진짜'임을 증명하기 위해 가짜 작두를 구하러 다니던 문수가 결국엔 진짜 작두 위에 올라 자신을 '가짜'로 공표하는 지점으로 거침없이 나아간다. 그것은 그 판에 고하는 공식적인 은퇴 선언이자 동경과 욕망에 저당잡혀온 시간에 대한 결별 선언이고 신에게 부려보는 처음이자 마지막 객기, 드디어 자신을 전환하는 자의 피 흘리는 의식이다. 인물을 어떤 지점으로 단숨에 데려가는 이 소설의 호흡과 에너지에 이끌릴 수 있어 나는 성해나의 「혼모노」를 읽는 시간이 즐겁고 통쾌했다. 독자로서 자신을 기꺼이 의탁해보고 싶은 힘과 색을 가진 소설을 만날 수 있다는 건 흔치 않은 행운이다.

김지연의 「반려빚」에서 정현은 물리적 빚과 심리적 빚 사이를 오간다. 긴 연애 끝에 사람은 떠나고 빚은 남은 정현에게 빚은 곧 그 사람이고 그 사람은 곧 빚이다. 상대를 백 퍼센트 믿는 마음, 다 퍼주고 싶은 마음, 열과 성을 다해 아끼는 마음, 그런 마음들이 구체적 숫자를 가진 빚으로 남은 정현에게 빚은 자신의 감정과 판단으로 이루어온 자신의 세계 자체를 휘젓는 것이 된다. 그러므로 빚과 헤어지기 위해 애쓰는 일은 곧 자기 자신에 대한 믿음을 되찾기 위해 애쓰는 일이기도 하다. "마침내 0이 된 기분". 소설의 마지막에 이르러 숫자 0이 시각적으로 눈에 들어오는 순간이 되면 안도감과 쓸쓸함과 홀가분함이 한꺼번에 밀려왔다 다시 조용히 잦아든다. 숫자 0을 이전과는 전혀 다른 강도로 감각할 수 있었던 건 이번에도 김지연의 화자와 같이 웃고 우는 마음으로 소설을 따라갈 수 있었기 때문일 것이다.

전지영의 「언캐니 밸리」를 읽고 나면 가장 먼저 습기의 감각이 남는다. 소설의 대부분이 눈이 쌓인 청한동 언덕에서 진행되는데도 밀폐된 공간의 입김으로 흐려지는 안경의 습기 같은 텁텁함이 계속해서 따라온다. 이 소설은 독자들을 언캐니함으로 이끌어가는 구도들이 비교적 분명한 편인데도, 읽고 나면 예상치 못한 감각이 함께 남아 소설이 만들어낸 분위기 속에 좀더 머물러보고 싶다는 생각을 갖게 된다. 그건 아마도 왜소증을 가진 화자가 세상에 되받아치는 악의의 기미들이 조마조마하게 포착되다 흩어질 때처럼 읽는 이의 기대가 쉽게 충족되지 않는 덕분일지도 모르겠는데, 이 소설에 세워진 결핍과 동경, 강함과 약함, 아름다움과 파괴의 구조를 어그러뜨릴 수 있는 잡히지 않는 악의를 나는 왠지 좀더 경험해보고 싶다는 생각을 했다. 소설에 대한 정서적 감응 여부와 상관없이 다음 소설이 너무 궁금해지는 작가가 내겐 전지영이었다.

2024년 젊은작가상 본심에 오른 스무 편의 소설에서 가장 자주 보인 키워드를 하나 꼽자면 아마 '반려'일 것이다. 그중에서도 김지연의 소설과 함께 반려에 대한 여러 사유를 나누어준 소설이 김멜라의 「이응 이응」이었다. 「이응 이응」은 성욕을 해소해주는 기계가 널리 보급되어 있다는 정치적인 설정을 감정적으로 설득해내고 있는 소설이다. 사실 이건 선후가 바뀐 말일지도 모르겠다. 이 소설에서 '이응'의 고안 목적은 성욕 해방 자체에 있지 않고 성욕 때문에 방해받을 수 있는 다른 친밀감을 지키기 위한 것으로 보이기 때문이다. '나'가 같이 살던 강아지 보리차차와 할머니와 함께 나눈 것은 오직 신체 접촉이 동반되어야만 충족될 수 있는 친밀감이다. 털의 감촉과 콧방울의 숨, 세숫대야에 물을 받아 얼굴을 씻겨주던 할머니의 손. 고유의 온기와 냄새와 몸으로 감각되던 반려들을 잃은 뒤 만지고 싶은 마음, 닿고 싶은 마음, 참을 수 없이 안고 싶은 마음을 타인들과 나누는 게 가능할까? 소설은 할머니와 보리차차를 잃은 '나'가 포옹을 나누는 단체를 찾아가는 과정과 '이응'을 만나는 과정을 통해서 성적 끌림과 정서적 끌림이 분리될 수 있는지, 만지고 싶은 마음과 성적 쾌감이 분리될 수 있는지 물으며, 누구로도 대체될 수 없는 반려를 잃은 상실감과 그 이후의 생에 대한 질문들을 남긴다. 성욕과 그를 떠받치는 제도들이 인간의 더 깊고 넓은 접촉에 얼마나 번거로움을 주는지를 역설적으로 드러내주는 것은 덤이다. 이 소설은 여전히 김멜라의 고안과 발명들로 반짝이면서도 그간의 어느 작품보다 그리움과 사랑과 상실의 정서들로 감정과 감각을 흔들어놓는 소설이었다. 소설을 다 읽었을 때 가장 오래 남은 단어는 포옹도 이응도 아닌 차차였다. 시간을 품은 부사 차차.

수상자들께 진심으로 축하의 마음을 전해드린다.

황종연(문학평론가)

공현진씨의 「어차피 세상은 멸망할 텐데」를 읽고 나서 착한 남녀가 주 인물인 단편이라니 오래간만이지 않은가 하는 생각을 했다. 희주는 학교 당국과 자신 사이에 벌어진 거리를 느끼던 끝에 교사 생활 십 년 만에 사직하고 환경 위기에 슬기롭게 대처하는 검약하고 건강한 삶을 살고자 노력하고 있다. 주호는 자신이 일하는 공장에서 한 신입 직원이 가동되던 기계에 끼여 죽는 사고가 일어난 다음 그 죽음에 대해 책임을 져야 한다는 생각에서 휴직 권고를 받아들였고 이후 백수 상태에서도 선의 넘치는 사람으로 남아 있다. 수영 센터 강습생으로 우연히 만나 친분을 쌓아가는 그들에 관한 서술은 지구 멸망에 대한 예감을 배경에 두고 있으면서도 전반적으로 밝은 어조다. 그것은 결국 어떤 대파국 앞에서도 건재한 사람의 살고 싶은 욕망을 따뜻하게 긍정하는 방향으로 나아간다. 인간 현실에 대한 이해 방식이 평범한 반면, 교만한 지성이나 방종한 상상의 악덕에서 벗어난 작품이다.

오늘날 한국에서 교사에 관한 소설을 쓰는 것은 상당한 모험이다. 그 인물을 영웅화하는 것은 특히 그렇다. '꼰대'라는 말의 유행이 의미하는 한국의 대중 심리를 심각하게 이해한 작가라면 조세희의 수학 교사(「뫼비우스의 띠」)를 어떤 식으로든 승계한 인물을 내세우려 하지 않을 거다. 김기태씨가 「보편 교양」에 등장시킨 고등학교 교사 곽은 다행히 민중 선동가형 교사는 아니다. 그렇기는커녕 학교란 이데올로기적 국가 장치의 일부라는 것을 알고 있는 사람이다. 그가 자신을 객관화해서 성찰하려고 노력하는, 그리고 도덕적 자기 향상이라는 동기에 따라 자신과 자신의 세계를 생각하는 개인이기에 그의 고전읽기 교육을 둘러싼 이야기는 한 교양 많은 중년 남성 교사의 자화자찬으로 흐르지 않았다. 지식인-교육자형 인물을 좋아하지 않는 독자라도 때로는 진지하고, 때로는 유머러스한 그의 생각 중 어떤 대목에 기분좋게 공감할 것이다.

김남숙씨는 추운 지방 도시의 가난과 폭력을 배경으로 일찌감치 체념을 배운 젊은이들의 초상을 그려 우리에게 깊은 인상을 남긴 바 있다. 「파주」 역시 그 사회적 한랭 지대의 활짝 피지 못한 청춘 스케치 범주에 속한다. 파주에 거주중인 한 남자가 군복무 시절 자신을 폭행한 선임을 그 시절로부터 삼 년이 지난 시점에 느닷없이 찾아와 자신이 입은 피해에 대한 보상을 요구한다. 파주 액정 생산 공장에 다니고 있는 그 군대 선임은 과거 소행의 방자함과 가혹함을 충분히 짐작하게 하는 말투로 그를 바보 취급하면서도 그의 보복 위협에 당혹감과 공포감을 감추지 못한다. 어떤 독자는 이 복수의 모티프를 접하고 모종의 스릴러를 기대할지 모르겠으나 소설의 초점은 감춰진 범죄를 둘러싼 긴박한 거래가 아니라 사회적 수모에 시달리는 사람 내부의 슬픔을 향한다. 종종 '시시하다'라는 말로 지칭되는 그 슬픈 생존의 묘사에는 '포켓몬 고' 게임과 같은 세목들이 사려 깊게 동원되어 읽는 재미가 있다. 김남숙씨 덕분에 파주는 문제적인 젊음의 생태 구역으로 한국소설의 상상 지리 내에 뚜렷하게 자리잡지 않았나 하는 느낌이다. 파주시청에는 반갑지 않을 이미지이겠지만.

김멜라씨는 최근 수년간 레즈비언 성을 표현하는 새로운 한국어의 생산에 누구보다 많은 기여를 해왔다. 「이응 이응」은 김멜라씨가 더욱 확신을 가지고, 더욱 대담하고 발랄하게 그 표현의 길을 탐구하고 있다는 증거가 되지 않을까. 그 소설 제목이 가리키는 것은 각자가 원하는 방식으로 그 사람의 몸을 자극해서 성적 만족을 주는 캡슐형 인공지능 기계. 성욕 때문에 감수해야 했던 모든 구속으로부터 사람들을 해방시킨 그 기계는 공중 사우나는 물론 학교 기숙사에도 마치 공익 시설처럼 설치되어 있다. 그런데 이 소설에서 나에게 흥미로운 것은 성의 영역에서의 기술공학적 유토피아에 대한 상상이 아니라 촉각을 핵심으로 하는 성애의 재인식이다. 만지고 싶은 마음과 만져지고 싶은 마음이 주도하는, 단지 성기가 아니라 피부 전체가 성애 지대가 되는 이 성애의 양식은 작중의 '위옹'이라는 클럽의 여성들을 레즈비언 연속체로 만들 뿐 아니라 인간과 동물의 조에(zoe, 生) 동일성을 회복시킨다. 작중 할머니는 '이응' 찬미자이자 어린 손녀와 늙은 개에게 둘도 없는 애무자이다. 할머니를 에로스의 도사로 만들다니, 정녕 사랑스러운 뒤집기다.

김지연씨는 어쩌면 '반려빚'이라는 말을 지어낸 일 하나만으로도 오랫동안 기억될지 모른다. 그 말의 위트는 빚을 지는 일이 상례가 돼버린 동시대 한국인, 특히 젊은 세대 한국인의 낭패감이나 자조감에 정확히 닿아 있는 것 같다. 「반려빚」은 사랑 때문에 부채를 늘린 나머지 궁지에 몰린 젊은 여성에 관한 단편이다. 작가는 채권자-채무자 관계와 레즈비언 관계를 겹쳐놓아 이야기에 흥미로운 굴곡을 주었다. 작중인물 정현은 친구 서일과 동거할 셋집을 마련하기 위해, 그리고 서일에게 자신이 줄 수 있는 최대의 사랑을 주기 위해 많은 빚을 졌지만 서일은 그 빚 때문에 정현을 떠났고, 정현에게 충격적이게도 어떤 남자와 결혼까지 했다. 정현에 관한 서술은 위트 많은 저자의 그것답게 다채롭다. 그녀가 처한 경제적, 심리적 곤경을 파고든 대목은 세심하고, 빚이 반려견이나 반려자처럼 등장하는 꿈 대목은 유머러스하고, 계산 없는 사랑의 불가능함을 말하는 대목은 통렬하다. 이 다채로운 화법 때문에 「반려빚」은 한국 부채 경제 포로기(捕虜記)이면서, 순정파 여성의 자기 계몽기이면서, 그 이상이다.

황종연

성해나씨의 「혼모노」는 현대 무속이라는 소재에 대한 장악력이라는 면에서 우선 인상적이다. 무속 고유의 어휘가 풍부하고 정확하게 사용되었고, 굿을 비롯한 무속인의 행위들이 구체적으로 재현되었으며, 무당이 하나의 직업으로서 현대 한국에 존재하는 방식이 적절하게 포착되었다. 박수 생활 삼십 년에 이른 현재 더이상 신기가 들지 않아 곤경에 처한, 급기야 '신애기'의 출현으로 말미암아 직업상 불안과 함께 실존적 위기에 직면한 작중인물은 상당히 실감나게 그려졌다. 그러나 「혼모노」가 겨냥하는 것은 무당에 대한 생태학적 보고 그 이상이다. 사실적으로 그려진 부속 세계는 무엇이 진짜인가, 사람은 어떻게 해서 참다운 자가 되는가 하는 철학적 주제의 배경 역할을 한다. 작중 박수의 자기 서술은 신령이 자신에게서 떠났다고 자인하는, 그래서 무당으로서 가짜라는 비난에 맞서지 못하는 그가 참담한 고민 끝에, 신애기에게 맡겨진 굿판에 끼어들어 작두에 올라타서는 두 발이 피범벅이 되어가는 중에도 신명나게 놀아서 불현듯 진짜의 위세를 떨친다는 결말로 나아간다. "이제야 진짜 가짜가 된 듯"이라는 박수의 감회로 끝나는 그 자기 서술은 원본과 사본, 진짜와 가짜의 구별은 무의미하다는 생각을 표현한다. 우리에게 익숙한 포스트모던 사상의 일면을 새삼스레 내세운 무모함을 양해하기로 한다면 「혼모노」는 서사와 주제가 고루 갖춰진 좋은 단편이다.

전지영씨의 「언캐니 밸리」는 미스터리 계열의 장르 픽션에 가깝다. 미스터리물에서 흔히 접하는, 그리고 제목에도 명시되어 있는, "언캐니"한 것을 향한 상황 설정과 세목 선택이 두드러진다. 청한동이라는 구릉 지역의 상부에 위치한 부자 동네 중 한 저택은 충분히 언캐니하다. 택시 기사인 일인칭 서술자에 따르면 자신이 그 저택 앞에 데려다준 적이 있는 미모의 젊은 여자는 그 저택의 주인 노부부에게 일종의 관상동물 역할을 하는 대가로 거액을 받으며 그곳을 드나들던 중 어느 날 밤 얼굴에 염산 테러를 당했고 이후 종적을 감추었다. 노부부의 저택을 둘러싼 언캐니함은 서술자가 반인반수의 모습으로 스케치해 재현했다는 그 미모의 젊은 여자의 비밀스러운 신원, 왜소증 신체를 가졌고 그로 인한 마음의 독기를 감추고 있는 서술자 자신 등과 같은 요소들에 의해 크게 증폭되고 있다. 노부부의 미스터리는 끝내 풀리지 않지만 여러 추측과 해석, 특히 도덕 너머의 부(富)와 그 야만에 대한 생각—현대 한국사회의 정황에 비추어 조금도 비현실적이지 않은 생각—을 독자로부터 불러낸다. 다소 야단스럽게 말해도 좋다면, 한국판 픽션 누아르의 새바람이 예고되었다는 느낌이다.

| 수록 작품 발표 지면 |

이응 이응 …… 문장웹진 2023년 5월호

어차피 세상은 멸망할 텐데 …… 『악스트』 2023년 3/4월호

보편 교양 …… 『창작과비평』 2023년 가을호

파주 …… 『에픽』 2023년 1·2·3월호

반려빛 …… 『문학과사회』 2023년 여름호

혼모노 …… 『자음과모음』 2023년 가을호

언캐니 밸리 …… 『창작과비평』 2023년 가을호

문학동네 젊은작가상 수상작품집
2024 제15회 젊은작가상 수상작품집

1판 1쇄 2024년 3월 31일
1판 7쇄 2024년 12월 20일

지은이 김멜라 공현진 김기태 김남숙 김지연 성해나 전지영
책임편집 정민교 | 편집 서유선 이재현 김내리 정은진
디자인 이혜진 이보람 최미영
저작권 박지영 형소진 최은진 오서영
마케팅 정민호 서지화 한민아 이민경 왕지경 정유진 정경주 김수인 김혜원 김예진
브랜딩 함유지 함근아 박민재 김희숙 이송이 김하연 박다솔 조다현 배진성
제작 강신은 김동욱 이순호 | 제작처 영신사

펴낸곳 (주)문학동네 | 펴낸이 김소영
출판등록 1993년 10월 22일 제2003-000045호
주소 10881 경기도 파주시 회동길 210
전자우편 editor@munhak.com | 대표전화 031) 955-8888 | 팩스 031) 955-8855
문의전화 031) 955-2696(마케팅) 031) 955-1906(편집)
문학동네카페 http://cafe.naver.com/mhdn
인스타그램 @munhakdongne | 트위터 @munhakdongne
북클럽문학동네 http://bookclubmunhak.com

ISSN 2982-7280
ISBN 978-89-546-3874-6 03810

www.munhak.com